NOTRE A

Né en 1909 à Perpignan, ... Sens, puis à Paris, et en ... supérieure. Il y était enco... livre : Présence de Virgile.
Attiré par le fascisme italien et allemand, il fut, avec Drieu La Rochelle, le grand écrivain « fasciste » de sa génération. Poursuivi en 1945 pour collaboration pendant la guerre, il fut condamné à mort en raison des articles qu'il avait écrits dans Je suis partout. *Avant son exécution, il a écrit des poèmes qui ont paru sous le titre* Poèmes de Fresnes.
On lui doit également des études parmi lesquelles il faut citer l'importante Histoire du cinéma, *écrite en collaboration avec son beau-frère Maurice Bardèche.*

1925 est devenu le symbole des « années folles », période d'entre-deux-guerres tourbillonnante et ivre de liberté. Cette année-là, Robert Brasillach, âgé de seize ans et demi, arrive à Paris pour préparer le concours d'entrée à l'Ecole normale supérieure, mais la Bourgogne d'où il vient et son Midi natal restent longtemps les pôles réels de son existence.
L'accoutumance s'établit, bien sûr. Le lycée, l'école ensuite sont les ports d'attache d'où il part explorer la vie avec des compagnons qui se nomment Maurice Bardèche, Georges Blond ou Jacques Talagrand (le futur Thierry Maulnier). Il découvre le prestige du théâtre avec les Pitoëff, celui de l'idéal avec Charles Maurras, de l'histoire avec Jacques Bainville, celui de la politique et du journalisme avec l'*Action française* et *Je suis partout*.
Dans *Notre avant-guerre* qui couvre les années 1925 à 1939, Robert Brasillach présente au fil d'une série de souvenirs un témoignage passionné sur cette époque fertile en remous et en événements avant-coureurs de drames – de la guerre d'Espagne à la triomphale montée au pouvoir du nazisme.

ROBERT BRASILLACH

UNE GÉNÉRATION DANS L'ORAGE

Notre avant-guerre

MÉMOIRES

LE LIVRE DE POCHE

© Maurice Bardèche, 1992.

A MES AMIS

ON n'a pas coutume d'écrire ses mémoires à trente ans. Aussi bien ne sont-ce pas des mémoires que je commence, dans ce cantonnement de la Ligne où, tout à l'heure, ne veilleront plus aux carrefours que les deux lampes bleues de la guerre. Mais il me semble en somme, puisqu'à notre tour, nous venons de connaître une époque désormais close, vingt-cinq ans après l'autre, sur le recommencement de tant d'erreurs et de folies du passé, il me semble que nous pouvons essayer d'en fixer les traits. Ces traits seront forcément personnels, et je n'ai jamais trop eu le cœur aux généralisations. Je sais des garçons de trente ans qui ont connu autre chose de la vie, de ses plaisirs, de ses espérances, que ce qu'en ont connu mes amis et moi-même. Pourtant, je ne crois pas qu'ils refuseront de retrouver quelques-uns des aspects de ces quinze ans, qui viennent d'être brutalement rejetés dans l'ombre. Il ne s'agit ici à aucun degré de confessions. Je n'ai pas à dire absolument tout ce qui m'a tenu à cœur, je rassemble seulement les images de quelques amis, les uns connus, les autres aussi inconnus que les personnages d'un roman pour qui le commence, et je voudrais justement qu'on pût lire ce livre comme un roman, comme une suite d'éducations sentimentales et intellectuelles. Je voudrais qu'on pût le lire comme une histoire plus vaste que la mienne, encore que je désire m'en tenir à ce que j'ai vu. Je voudrais surtout, de même qu'on respire parfois dans une chanson à demi oubliée, dans une ancienne photographie, dans de vieilles images, le parfum et le souvenir de l'avant-guerre de 1914, je voudrais qu'on pût respirer ici le souvenir d'un temps particulier. Ce temps est peut-être différent de ce qu'on a nommé l'après-guerre. Il est notre jeunesse, il est notre avant-guerre à nous.

I..., 13 septembre 1939.

I

LE MATIN PROFOND

Le goût du passé ne s'acquiert pas. L'enfant le possède, qui est triste à sept ans d'avoir atteint ce qu'on nomme autour de lui l'âge de raison, qui ne veut pas grandir, qui veut retenir autour de lui un monde fuyant et beau, ses jouets, sa mère jeune. Elle le possède la petite fille, qui sait que demain ses poupées ne seront plus qu'un assemblage de bois, d'étoupe et de porcelaine. Peut-être même, contrairement à l'opinion commune, le temps qui fuit est-il plus sensible à l'adolescent qui regrette à vingt ans sa dix-huitième année, au jeune homme de vingt-cinq ans qui se penche, avec un coup au cœur, sur sa propre jeunesse, qu'à l'homme mûr installé dans sa vie solide, et possesseur du temps présent. On me l'a dit. Je crois plutôt que le sens du passé naît en même temps que certains êtres, et que d'autres ne le connaîtront jamais que sous la forme d'une nostalgie banale et fugace.

Il est des époques de l'existence pourtant, où le passé, même le plus voisin, constitue un abri tellement profond que le reste de l'univers semble avoir disparu. Si je me retourne vers lui en ce moment, c'est que j'ai, pour quelques mois, l'impression que ce passé forme un tout désormais descendu, quoi qu'il arrive, dans l'irrévocable. Ce qui a été ne sera plus, dans la paix ou dans la guerre. Sans les événements de Septembre 1939, aurais-je songé à rassembler ici ces images ? Evidemment non, c'était une tâche pour bien plus tard. Mais septembre est venu, et je me permets de songer à ce temps si proche. Il y a quatorze ou quinze ans, dans une étude grise et noire, je me penchais un peu de la même manière, avec tendresse, et sans amertume, vers un monde purement personnel qui venait, lui aussi, de disparaître. Mais cette fois-ci, il ne me semble pas que moi seul sois en cause, et bien des choses ont disparu aussi pour d'autres que pour moi, dont on n'a sans doute pas encore fait l'histoire. C'est pour cela que je puis laisser monter sans remords autour de moi les images de quinze années, décors à peine poudreux, que ces autres, peut-être, reconnaîtront.

Je n'ai pas besoin de beaucoup réfléchir pour ranimer autour de moi le Paris de ma dix-septième année. A-t-il tellement changé ? je ne sais pas. Si je le revoyais, sans doute en éprouverais-je mieux les métamorphoses, comme dans ces films accélérés où se condense la vie des plantes. Parfois, j'essaie de retrouver les minces détails où s'accroche tout ce qui fut une existence apparente. Cela n'a pas beaucoup d'importance, pour certains, de se souvenir qu'alors la ville était sillonnée de tramways (où le receveur tendait des billets roses, jaunes et bleus), que l'autobus AA s'appelait AI *bis* et que l'AX prenait son départ au bas de la rue Soufflot, devant un café aujourd'hui disparu, la Taverne du Panthéon. Pour moi, il me semble que ces faits insignes sont la clé même d'un Paradis perdu. Je me rappelle encore que les timbres pour affranchir les lettres étaient bleus et coûtaient six sous, puis huit l'année d'après. Le boulevard Haussmann n'était pas percé, et, dans la rue Rataud, un chevrier menait encore ses chèvres, au petit matin, sur les pentes de la colline Sainte-Geneviève. La Seine était dominée par un étrange monument ventru, sommé de deux tours, qui tenait du Colisée et de Saint-Sulpice : il nous venait d'une lointaine Exposition universelle, à travers bien des railleries et des brocards, et se nommait le Trocadéro. C'était en 1925, l'Exposition des Arts décoratifs venait de fermer ses portes, c'était en 1925, c'était Paris.

Ce n'est pas en vain que nous y avons débarqué après cette Exposition, très vraisemblablement la seule, depuis longtemps, à avoir eu une influence sur le décor d'une époque. Elle rassemblait des recherches qui avaient déjà cessé d'être hasardeuses, elle n'était pas une découverte, elle était une consécration. A la foule naïve qui s'étonnait, elle apprenait, certes, beaucoup de choses, mais elle en apprenait davantage encore aux industriels avisés qui allaient copier ce style nu, ces meubles, ces étoffes, accentuer encore un aspect massif dont les premières manifestations, d'ailleurs, paraissent si grêles, lancer dans les magasins à bon marché les bois clairs, les tissus bariolés, la belle matière brute, le fer et le nickel, bref, mettre à la portée de tous le cubisme dans l'ameublement et dans l'habitation. Un historien de l'art affirmerait sans beaucoup se tromper que par là cet été de 1925 a été la dernière saison inventive de l'après-guerre, et les années suivantes n'ont fait qu'exploiter ce qui tombait désormais dans le domaine commun. Derrière Le Corbusier se profilait M. Lévitan, et ses meubles garantis pour longtemps. C'est précisément l'heure où nous arrivions, l'heure de l'embourgeoisement des anarchies, l'heure d'où l'on peut sans doute dater le commencement de l'avant-guerre.

Est-il si difficile, par ailleurs, de classer dans le temps ces années frivoles ? C'étaient les jours des illusions, et nous ne devrons jamais oublier qu'en même temps que la rentrée scolaire, les étudiants de cette année-là, le 17 octobre, apprenaient la signature du pacte de Locarno qui abolissait les réalités de la guerre, et dans une atmosphère de guinguette, profitait aux banquiers anglais et aux banquiers allemands. La France était riche, et toute prête aux gaspillages de l'euphorie, elle avait terminé son occupation de la Ruhr, elle avait joué avec toute chose, et elle avait élu, pour finir, lasse de ses anciens combattants et de sa chambre bleu horizon, un Parlement de Cartel, amicale alliance des révolutionnaires bourgeois et des radicaux. Nous regardions en riant, en province et à Paris, les albums et les dessins du plus grand historien de l'époque, c'est-à-dire de Sennep. *A l'abattoir les cartellistes!* était publié sur papier de boucherie, et tous les fantoches du régime, et Briand à jamais immortalisé, et le petit Painlevé, et M. Herriot devenu vache, et Léon Blum en Cécile Sorel, et M. Caillaux devant le Rubicon (c'était le temps où on espérait beaucoup de lui), dansent dans notre souvenir sur les airs à la mode, tels que les a vus Sennep. Le jazz devenait langoureux, les guitares hawaïennes faisaient entendre leurs miaulements, et déjà c'en était fini des premières danses sommaires de l'après-guerre, et l'on se déhanchait à la mode nègre. L'exotisme à bas prix pénétrait les milieux les plus simples : on avait chanté *Nuits de Chine* et *les Jardins de l'Alhambra,* on chantait *Dinah* et *Ukulele-lady,* on dansait le charleston et la upa-upa, et les dominos avaient laissé la place au mah-jong, où l'on jonglait avec les vents et les fleurs. Les mots croisés naissaient, on les présentait alors sous forme de dessin, l'éléphant, le paysage, la libellule, l'araignée. Tristan Bernard en préconisait une forme nouvelle et littéraire, y cachait des secrets et des allusions, et définissait le soir comme « réclamé par la douleur du beau-fils d'un général [1] ». Les femmes portaient la robe au genou, en forme de chemise, la taille basse, les cheveux souvent coupés à « la garçonne », comme on disait alors, car on n'avait pas oublié un scandaleux roman de ce titre, qui paraîtrait aujourd'hui plus ridicule que méchant. La Tour Eiffel inscrivait dans la nuit les armoiries d'une grande maison juive. La

---

1. *Sois sage, ô ma douleur, et tiens toi plus tranquille;*
   Tu réclamais le soir, il descend, le voici...
         BAUDELAIRE *(beau-fils du général Aupick).*

belote avait remplacé la manille parfois, le bridge, et Mistinguett en consacrait la mode dans une java alors célèbre. Les chansonniers la prenaient pour cible, avec Mme Cécile Sorel et avec Maurice Rostand, mais elle régnait toujours sur ses escaliers géants, au music-hall, dans ses parades de plumes, ou en pierreuse des faubourgs, comme y régnaient les fantaisies adroites de Maurice Chevalier, cependant que se levait une étoile nouvelle, bien faite pour cette époque : les vingt ans crépus, agiles et noirs de Joséphine Baker. Aux carrefours de Montparnasse, la foule cosmopolite continuait d'affluer, on montrait aux étrangers la place de Lénine, tous les chauffeurs de taxi étaient princes russes, on avait joué les *Six personnages en quête d'auteur*, on employait à force les expressions « climat » et « sous le signe de », on disait de toute chose qu'elle était « formidable », on découvrait encore la drogue, la pédérastie, le voyage, Freud, la fuite et le suicide. Bref, tous les éléments de la douceur de vivre. Alain Gerbault s'en allait seul en barque à travers les océans, et les jeunes Français, qui avaient vu leur échapper la révolution soviétique, la marche sur Varsovie, la Marche sur Rome, se disaient que l'époque était calme et terne. Ils ne faisaient pas confiance à l'imagination du destin.

Et qu'étaient-ils, eux qui survenaient dans cet univers inconnu, dont quelques journaux, quelques hebdomadaires surtout (*Candide* était né en 1924, par quoi Arthème Fayard avait créé la formule de l'hebdomadaire moderne) leur avaient offert des images alléchantes et fragmentaires ? Nous avions, en 1925, entre seize et vingt ans, jamais plus. Nous étions peut-être la dernière génération à avoir conservé quelques souvenirs directs de la guerre. Après nous, la guerre, ce serait de l'histoire. Pour nous, même pour ceux qui avaient passé leur enfance dans des provinces éloignées et tranquilles, c'étaient quelques visions de notre *propre vie,* c'était quelque chose de puéril, sans doute, mais de lié à une tragédie vivante : nous avions connu les permissions, certains les nuits d'alerte, d'autres les évacuations, les longs défilés de charrettes dans les campagnes détrempées, la sirène dans l'ombre noire, les blessés dans les rues de la convalescence, — les deuils. Nous étions les derniers contemporains de la guerre, et nous n'avions pas, pour la plupart, de souvenirs plus anciens qu'elle-même. Nos aînés avaient ouvert leurs yeux sur le monde avant elle, et pour Radiguet, la guerre, c'était quatre ans de grandes vacances, interrompant sa vie précédente. Pour ceux qui n'avaient pas huit ans, pas cinq ans, en 1914, il n'y avait pas de vie précédente, et il m'avait fallu à moi, un dépaysement bien fort pour conserver mes belles images antérieures du Maroc de la conquête. C'était le premier spectacle sur lequel avaient pu s'ouvrir nos yeux, et c'est pour cela, peut-être, qu'à tant d'entre nous la paix a paru pendant vingt ans quelque chose de précaire, toujours menacé, — à tant d'entre nous qui ont atteint ou dépassé de peu leur trentaine aux environs de 1939.

Et nous arrivions, pour préparer notre existence personnelle, dans une vie dont nous pensions qu'elle était folle, et pleine d'une ardeur exubérante, et que l'argent y était facile, et tous les plaisirs permis. Les livres, du moins, nous l'avaient dit, et les journaux. Nous trouverions, pour commencer, le travail, la séparation du monde, mais nous saurions, de peu de chose, faire notre bonheur et notre jeunesse, car nous saurions que tout est éternellement en danger, et qu'il faut jouir du plus simple abri, de la plus courte fête, du feu le moins visible, et de l'alcool le plus modeste dans son gobelet de fer.

*
* *

Il m'arrive de rencontrer mon double, quelquefois, par les fins de journée, en hiver, sous le ciel gris, vers quatre heures, lorsque je passe dans la rue Saint-Jacques qui s'assombrit ou sur le boulevard Saint-Michel déjà éclairé. Un peu plus tard, je le vois rentrer, un peu pressé déjà par l'heure, montant du métro profond vers les hautes bâtisses où l'on enferme la jeunesse. C'est avec prudence, pourtant, que j'abordais alors la ville, bachelier de seize ans et demi, débarqué un matin de novembre 1925 à la gare de Lyon, pour préparer à Louis-le-Grand le concours de Normale Supérieure ; je me refusais même, quelque temps, à considérer comme ma patrie cette bruyante bourgade, dont j'explorais les rues et les joies avec une méfiance de chat. Je venais de terminer une enfance heureuse, balancée entre une petite ville bourguignonne et les plages éclatantes de ma Méditerranée natale. Je venais surtout de passer une dernière année au milieu des amis et des jeunes filles, en courses sur les collines, en promenades, en danses le soir, en découvertes amicales et sentimentales. A Paris même, j'en prolongeais les échos, et mes amis des premiers mois, ce n'étaient pas ces compagnons que m'apportaient le hasard et l'étude. Je ne suis pas sûr d'avoir alors vécu pour autre chose, pendant plusieurs mois, que pour les dimanches où je quittais Paris ou pour ceux où l'on venait me voir, non seulement, me semblait-il, des *lieux* de mon proche passé, mais encore du *temps* même de ce passé.

Aujourd'hui, je pense pourtant avec plaisir à ce Louis-le-Grand de mon adolescence, où j'ai mené une vie si contraire à toutes mes habitudes, et où j'ai connu tant de joies, la découverte du monde, la découverte de Paris, les discussions, la fièvre de la jeunesse, l'amitié. Sans doute peut-on décrire ce qu'était une classe préparatoire aux Grandes Ecoles en 1925 : c'est déjà de l'histoire. Le vieux lycée n'a pas encore eu le temps de changer depuis quinze ans : il a toujours son ancienne cour d'honneur du grand siècle, avec son horloge, et ses deux cours avec étages à arcades, en contrebas : celle de gauche est réservée aux élèves qui préparent les Grandes Ecoles. C'est une grosse et belle maison, où la discipline n'était pas alors trop rigoureuse. On était libre toute la journée du dimanche et tout l'après-midi du jeudi. On se levait à six heures, été comme hiver (parfois plus tôt, lorsqu'on le désirait), et on se couchait à neuf.

Nous travaillions beaucoup. Le concours de l'Ecole normale supérieure a un programme assez vaste : il rassemble, en les approfondissant, les matières des deux baccalauréats. Il nous arrivait de rester dix et onze heures par jour sur nos cahiers d'histoire [1].

Quarante-cinq en hypokhâgne, quatre-vingt-dix en khâgne (la classe plus tard fut dédoublée), la plupart des élèves étaient de milieu assez modeste, fils de petite bourgeoisie, de petits fonctionnaires, d'instituteurs ou de professeurs. Bons « sujets », comme on dit, trente prix d'excellence pour le moins, pas mal de boursiers, quelques Juifs, quelques élèves aisés aussi, en général externes, qui nous portaient les journaux, les

[1]. On peut en principe se présenter au concours après un an de préparation : la classe de Première Supérieure se nommant la *Khâgne* (orthographe « sçavante » remontant aux manies graphiques de Leconte de Lisle), c'est ce qui s'appelait être reçu K_1. Cela est assez rare, et n'était pas pratiqué à Louis-le-Grand, où la classe de Première Supérieure était précédée d'une classe de « Première Vétérans » nommée *hypokhâgne* (HK). On se présentait au concours la seconde année seulement comme K_2, mais il était admis que l'Ecole se préparait en trois ans, et que la plupart des élèves étaient reçus K_3. L'enseignement était, en fait, fondé sur ce principe, et la classe de Khâgne était ainsi composée d'anciens et de nouveaux, les nouveaux dans le fond de la salle, et assez régulièrement classés au moins au début, les derniers aux compositions. Les promotions étaient bien tranchées, et, bien que nous vivions en fort bons termes les uns avec les autres, nous formions en réalité des cercles fermés d'hypokhâgneux, de K_2 ou de K_3. Il y avait même, ancêtres respectables entre tous, quelques K_4 soit malchanceux soit scrupuleux à l'excès, qui n'avaient pas voulu se présenter parce qu'ils n'étaient pas sûrs d'eux, et parce qu'on n'a le droit d'affronter que trois fois le concours. Nous ignorions totalement les candidats à Normale Sciences, qui ne vivaient pas du tout avec nous et dont la classe se nommait *Gnouf*. Pour nos rapports avec l'administration, nous avions un chef élu président de notre classe, qui portait le titre de *sekh de khâgne*.

livres, les nouvelles du dehors. Nous nous entendions bien.

Les heures de travail, à Louis-le-Grand, ne coïncidaient guère avec les heures de classe. En été surtout, il était bien rare que la moitié des élèves assistât aux cours. Les classes étaient un repos, une distraction. On n'écoutait pas toujours les professeurs, et j'alternais en philosophie la lecture de Bergson et celle d'*Arsène Lupin*. Même lorsqu'on écoutait, il n'y avait aucun rapport entre cette osmose passive et le dur et réel travail [1].

La seule classe que l'on suivait avec régularité, qui jouait toujours à bureau fermé, avec salle pleine de ses quatre-vingt-dix élèves, était la classe d'histoire. Notre professeur ne tolérait pas les absences. De tous les maîtres qui ont tenté de m'apprendre quelque chose, je dois dire que M. Roubaud est celui auquel j'ai conscience de devoir le plus. Non seulement cet homme admirable m'a enseigné un peu d'histoire, mais il nous forçait à composer, à être clair, à bien diviser nos raisonnements. Nous lui devons tous

---

1. Bien entendu, les internes étaient en principe obligés d'assister aux classes sous peine de punition. Mais on ne portait jamais les absences sur les cahiers, et on fermait les yeux. Tout le monde savait bien que ceux qui s'abstenaient avaient réussi à s'isoler dans quelque étude et qu'ils y travaillaient. Dans la grande classe de khâgne (qui était trop petite pourtant, puisqu'on devait installer entre les tables des chaises supplémentaires et une planche de bois qu'on nommait *pons Sublicius*), il y avait même derrière la chaire deux petites thurnes en angle, réservées pour des raisons acoustiques, où nous travaillions souvent à deux ou à trois. Même lorsqu'il entendait du bruit, une chaise remuée, une toux, jamais un professeur ne se serait permis d'y aller voir, et il se contentait de sourire discrètement.

cette mystérieuse faveur, dont on parlait avec un respect à demi ironique, et que l'on nommait la Méthode.

Presque tous, nous connaissions son cours par cœur. La mémoire extraordinaire de Jacques Talagrand lui permettait de répliquer aux interrogations les plus baroques. Il connaissait la couleur de la robe d'un président à mortier sous Louis XV, et si on lui demandait : « Qui a éteint quoi ? », il savait qu'il s'agissait de l'extinction du feu sacré par Théodose en 376. On prétendait qu'il était même capable de répondre à la question : « Qu'arriva-t-il ensuite ? » Son père avait été compagnon de Péguy à l'Ecole normale, et, mécréant, lisait à haute voix Voltaire pendant les orages, à ce que racontent les Tharaud. Quant à lui, quelques années plus tard, il prendrait le nom de Thierry Maulnier.

Les mois d'été surtout, proches du concours, étaient favorables à de telles extravagances de méthode. Nous avions l'autorisation de ne plus travailler en étude, mais par groupes de cinq ou six, en *thurnes* répandues dans tout le lycée. On inscrivait au tableau le nom des occupants, précédés de la rituelle inscription latine : *Hac in thurna strenue laboraverunt...* En 1928, nous occupions ainsi la classe de khâgne mais, plus ambitieux, nous l'avions ornée d'une inscription grecque[1].

1. Il était dit qu'« en dehors » d'elle (car nous nous tenions plutôt sur la galerie de la cour) et dans les deux petits placards de chaque côté, travaillèrent ardemment six khagneux beaux et bons *(tès d'exô tès thournès te kai mikroïn ekaterothi thalamoïn sphodr'eirgasanto hex khagnaioi kaloi kagathoi)*, — et un certain autre *(kai tis allos)*. Cet autre, ni beau, ni bon, était un hébreu ignorant du

Nous revisions les matières du concours, nous attachant surtout aux surprises. On se rappelait, avec terreur et indignation, les questions proposées par des examinateurs sadiques, qui avaient pu demander aux candidats de parler dix minutes sur « les rues d'Alexandrie » ou « les jeux des enfants grecs ». A l'oral du concours, en effet, on tire au sort un sujet, on le travaille dix ou vingt minutes, et on l'expose pendant la même durée de temps. Louis-le-Grand préparait très bien à cet exercice, et presque tous les jours, indépendamment de nos heures de classe, des professeurs nous faisaient passer des examens en miniature, que l'on nommait des « colles », sur toutes les matières du programme. Nos professeurs habituels étaient secondés dans cette tâche par d'autres, venus du dehors, dont certains étaient jeunes, amicaux et amusants, comme notre « colleur » de français, Pierre Gastinel, depuis auteur d'une belle thèse sur Musset et professeur à la Faculté de Lille à la guerre de 1939. Mais nos « colles » personnelles n'avaient pas une moindre utilité. Nous choisissions les sujets les plus difficiles et ceux sur lesquels nous ne savions manifestement rien. Car il est important de ne pas rester muets à l'examen[1]. On prétendra que cet exercice oratoire était fort dangereux et bien « normalien », car il nous habi-

---

grec, et que nous tenions un peu à l'écart du groupe composé de Maurice Bardèche, Thierry Maulnier, José Lupin, Jean Martin, Paul Aurousseau et moi-même.

1. Je me rappelle avoir parlé dix minutes, devant Maurice Bardèche, d'Hippodamos de Milet qui dessina les rues du Pirée pour Périclès. Ma science n'allait pas au-delà, mais on peut broder.

tuait à parler avec aplomb sur ce que nous ignorions. J'en conviendrai volontiers, mais il nous donnait aussi une assurance non négligeable, tempérée par l'ironie. Et c'est même ainsi, à la réflexion, que l'on pourrait définir ces années de labeur, un très grand travail constamment tempéré par l'ironie.

Nos professeurs étaient, en général, de bons professeurs, et les moins travailleurs d'entre eux m'ont toujours paru des ascètes de conscience à côté des professeurs de la Sorbonne. C'est par l'enseignement secondaire, il n'en faut pas douter, que l'Université française « tient » le mieux. Il paraît, en outre, que notre professeur de philosophie d'hypokhâgne était un homme très remarquable. Mais la phrase qu'il commençait avec l'heure de son cours n'était pas toujours terminée lorsqu'il finissait, et il usait d'un langage obscur. En outre, ses classes se déroulaient, en général, dans le brouhaha des conversations particulières, voire des concours publics de jeux divers, et ce véritable philosophe n'y attachait aucune importance. Il parla même un jour dans une salle que nous avions décorée de guirlandes et de feuilles. Pour ma part, je lisais *les Nouvelles littéraires*. Je ne saurais donc parler de cet excellent homme qu'avec un peu de remords.

Mais nous savions, en arrivant à Louis-le-Grand, que nous allions entrer dans la classe d'André Bellessort, qui enseignait le latin et le français en hypokhâgne. Beaucoup d'histoires couraient sur son compte, qui n'étaient pas toutes exactes, mais qui lui composaient une physionomie particulière. Nous vivions dans une crainte sacrée de ses colères, mais il nous plaisait parce qu'il avait la réputation d'être irrespectueux des pouvoirs établis, réputation fort juste. On disait que, l'année précédente, lorsque l'Académie avait préféré M. Célestin Jonnart à Charles Maurras, André Bellessort était arrivé en classe, avait froncé ses épais sourcils sous sa ride en forme de V, avait ouvert sa serviette, et avait déclaré :

— Messieurs, l'Académie française vient d'élire monsieur Jonnart. Je vais vous lire du Charles Maurras.

Et il avait passé toute l'heure du cours à commenter à ses élèves *Anthinéa* et *Les Amants de Venise.*

Nous-mêmes n'avons point eu l'aubaine d'un pareil coup d'éclat. Mais il nous suffisait de le voir bousculer les inspecteurs généraux et les idées toutes faites pour que nous lui en ayons une grande reconnaissance, et nous ne lui gardions pas rancune de ne pas corriger tous nos devoirs et de penser parfois à autre chose pendant que nous expliquions Tacite. Nous arrivions, pour la plupart, persuadés qu'Edmond Rostand était un grand poète et Henry Bataille un grand dramaturge. Nous étions des provinciaux attardés. On se tromperait beaucoup en croyant que 1925 était exclusivement adonné au culte des grands hommes de la *N.R.F.* et il est sûr en tout cas que la province les ignorait. D'un geste, André Bellessort balayait ces poussières, il nous donnait à rédiger des dissertations sur la poésie, et il ne détestait pas qu'on évoquât les querelles de l'abbé Bremond, à qui il devait succéder à l'Académie, et il nous expliquait les auteurs anciens avec une verve ronde et vivante.

— Vous ne comprendrez pas la situation du Nicomède de Corneille rentrant chez lui, nous disait-il, si vous ne vous imaginez pas qu'il trouve une cour analogue à une cour hindoue dominée par le colonisateur. Son frère Attale, c'est un fils de rajah qui a fait ses études en Angleterre, et qui revient persuadé que rien n'est meilleur que l'armée anglaise, la diplomatie anglaise, la prudence anglaise, et le plum-pudding anglais.

Nous discutions de façon érudite sur Hermione qui, d'après Jules Lemaître, est une jeune fille encore sans homme, dont toute la fougue est celle de la femme indomptée et pure — mais en qui André Bellessort voyait au contraire la fièvre, les joues rouges et marbrées, le désespoir de la fille séduite qui n'a plus une minute à perdre et qui *doit*, vous m'entendez bien, qui doit épouser Pyrrhus.

Nous nous amusions lorsqu'il nous lisait un acte de *la Tour de Nesle* avec un talent d'acteur si consommé que jamais je ne puis songer sans évoquer sa voix aux exclamations de Dumas : « En 1293, la Bourgogne était heureuse... Hola ! tavernier du diable. » Il feuilletait avec nous *l'Anthologie du pastiche*, et, dans sa classe du lundi après-midi, qui durait trois heures, son grand plaisir était de nous faire, à la fin, quelque lecture. Aussi n'aimait-il pas être dérangé et traitait-il mal les inspecteurs[1].

1. Je me souviens qu'un jour où nous avions « expliqué » à haute voix, pendant qu'il songeait visiblement à autre chose, près de quatre actes de l'*Illusion comique,* qui était alors au programme de la licence, l'inspecteur général arriva, comme allait sonner la troisième heure. André Bellessort le foudroya du regard, l'autre se fit le plus petit

C'est pour ses éclats que nous avons conservé d'André Bellessort un souvenir fidèle, et que ceux qui l'ont connu alors l'évoquent tel qu'il arrivait dans la classe en gradins, son parapluie et sa serviette sous le bras, roulant jusqu'à sa table d'un pas de vieux loup de mer. Lorsqu'il était saisi par le démon de l'explication, il descendait de sa chaire, se promenait de long en large devant nous, et improvisait quelques vérités solides et pittoresques. C'est, on le sait, un excellent conférencier : mais ses classes, jamais préparées, toujours nouvelles, étaient supérieures encore à ses conférences. Il retrouvait les notations de Proust dans un vers de Virgile décrivant l'ivoire qui devient rose à côté de la pourpre, les hommes de la Convention dans ceux de Tacite, Baudelaire chez Boileau, et par ailleurs il ne faisait point mystère de ses opinions réactionnaires. Sans jamais en avoir l'air, il nous a appris beaucoup de choses.

En dehors des classes, nous organisions notre travail avec une assez grande liberté.

Nous allions à Sainte-Geneviève, dont l'odeur goménolée me rappelle toujours ces années, à la bibliothèque de la Sorbonne. Les joies de la Nationale nous étaient inconnues. Nous n'avions

possible, on continua l'explication de textes. Reprenant de l'audace, le pauvre inspecteur tenta d'élever la voix, de donner son opinion sur quelque phrase particulièrement embrouillée.

— Qu'en pensez-vous ? demanda-t-il aimablement à notre professeur.

— Je crois surtout que Corneille bafouille, répliqua André Bellessort de sa voix de basse. Veuillez continuer.

pas froid l'hiver, et parfois nous allions nous cacher, au printemps, sous les fusains de la cour d'honneur, à même l'herbe, pour y travailler. Au mois de juin, lorsqu'il m'arrive de traverser le Luxembourg, je regarde toujours les jeunes gens et les jeunes filles assis sur les chaises de fer, sous les statues des reines de pierre. Nous avons été pareils à eux, nous avons traîné, par les journées tièdes, nos cahiers d'histoire sous les arbres, nous avons travaillé en plein air, amollis soudain par une bouffée d'air parfumé, devant les enfants autour du bassin, les voiliers, les marchands de coco. Il nous fallait trois, quatre chaises. Nous nous ruinions. Il nous arrivait même d'y dormir à poings fermés, au scandale des gardes municipaux, écrasés par le travail plus que par la chaleur. Mais c'était la jeunesse, la jeunesse irréparable, et les visages ronds et purs, et la buée de la jeunesse autour de nos traits, et toutes les querelles du temps, toutes les curiosités du passé, qui se dissolvaient sous les arbres verts et les statues grises. Je ne passe jamais dans ces lieux enchantés, au long des grosses balustrades, sans me rappeler ces rares après-midi où nous fuyions la classe pour un peu d'air, de liberté et d'étude.

Puis, sous les arcades de la cour en puits, nous tournions, en nous tenant par le bras, et en parlant de toute chose connaissable et inconnaissable. Au début du *Protagoras*, alors au programme, Platon décrit les allées et venues des jeunes gens qui écoutent Socrate, à cette heure du point du jour que les Grecs nomment « le matin profond ». Je n'ai jamais oublié ce mot, ni l'exquise description des mouvements d'une jeunesse libre. Nous n'avions pas de Socrate parmi nous, nous n'avions pas le soleil, mais c'était le matin profond pourtant, l'éternel matin profond de la jeunesse. Nous n'étions pas vêtus comme les jeunes gens platoniciens. Les uns portaient la longue blouse blanche, d'autres la grise, d'autres la noire. Je me souviens encore que j'avais une petite veste de laine noire où j'avais fait broder en bleu la chouette d'Athéné qui était le symbole de la classe. Mais quel que fût notre costume, c'était le matin profond.

*
* *

Cela me frappe, à distance, de reconnaître la tolérance dont nous étions animés les uns à l'égard des autres. Ce serait trop peu de dire que les brimades n'existaient pas. Non seulement nous avions, bien entendu, la plus grande indulgence à l'égard des opinions, et nous discutions amicalement, catholiques et non-catholiques, royalistes et communistes, mais encore nous admettions toutes les habitudes individuelles, même les plus saugrenues. Nous avions une « case », au fond de l'étude, un placard fermé au cadenas, où nous rangions nos livres, nos cahiers, nos objets personnels. J'y faisais le thé sur une lampe à alcool, parfois, au risque de mettre le feu à mes papiers. Dans la « case » placée à la tête de mon lit, je l'ai parfois mis à mes cravates. Nous écrivions, nous nous occupions d'autre chose, sans que personne s'en mêlât jamais, et si je traversais l'étude avec la serviette de cuir marocain où je plaçais mes papiers, on blaguait bien «la serviette des œuvres complètes», mais sans méchanceté, et même sans imaginer la moindre farce. Il en fut de même lorsque avec deux ou trois camarades, nous installâmes une sorte de roulette fabriquée par nous-mêmes, où nous jouions le soir au vestiaire, là où se poursuivaient parfois des conversations interminables, surtout le dimanche, quand tout le monde était couché, entre deux passages du veilleur de nuit. Nous n'abandonnâmes la roulette que lorsque nous nous rendîmes compte que nous y perdions le peu que nous avions d'argent, au bénéfice du seul tenancier. Car il va de soi que nous n'étions pas riches, et que nous apprenions, le dimanche, à ne pas dîner pour pouvoir aller au théâtre, au concert, et je plains beaucoup ceux qui n'ont pas, dans leur jeunesse, payé Mozart, Claudel ou René Clair d'un repas fait d'un café-crème. Mes amis et moi savons bien que cet enseignement a été la leçon sacrée de notre dix-huitième année, et celle que nous souhaitons n'oublier jamais.

Telles étaient, au milieu de la classe, les habitudes d'un petit groupe que nous formions à quelques-uns. D'autres vivaient autrement, mais tous pourtant participaient plus ou moins à cette vie. Nos distractions étaient, bien entendu, parfois assez savantes, sinon pédantes. Je les considère pourtant avec autant d'amitié aujourd'hui que les grosses chansons d'étudiants, car il faut avoir dix-huit ans et beaucoup de travail pour arriver à se distraire avec autant de conscience.

A la rentrée de 1926, nous décidâmes de composer, à nos heures de loisir, un immense roman-feuilleton parodique, qui prit, dès le premier jour, le titre de *Fulgur*. Nous ne savions pas très bien alors si *Fulgur* serait un homme, une divinité, une devise, et l'un de nous proposa même que ce fût le nom d'un chien, idée qui fut à l'unanimité jugée grotesque. Fulgur serait un redresseur de torts, quelque chose d'analogue au Judex du cinéma de notre enfance. Je crois que l'idée nous en était venue à lire des livraisons de *Fantômas* que notre camarade Roger Vailland nous avait apportées. De telles plaisanteries ne sont point rares : plus rares, me semble-t-il, sont le sérieux et la constance avec lesquels celle-ci fut poursuivie. Notre méthode de travail était simpliste : j'écrivis le premier chapitre, un camarade le second, qui n'avait aucun rapport avec le premier, un troisième se chargea de raccorder les deux aventures. Au bout de quelques jours, Thierry Maulnier rentra au lycée en retard, se jeta dans *Fulgur* avec tout son sérieux, et composa d'abord des chapitres en argot, précurseurs de Louis-Ferdinand Céline, avant de décrire, en un style imité de Hugo et de Flaubert, une grande bataille navale où la flotte afghane battait la *Home Fleet* anglaise. On ne peut raconter *Fulgur*, où se mêlaient les aventures les plus abracadabrantes, les épisodes sentimentaux et les inventions pseudo-scientifiques. Quelque temps après, par la force des choses, nous nous aperçûmes que notre feuilleton devenait trop clair. Nous nous réunîmes à treize, et, en même temps, nous composâmes un chapitre chacun, en employant de nouveaux personnages, et sans aucun lien avec la première partie. Le reste du roman se passa à débrouiller ce considérable imbroglio. Il y eut même quelques fragments que nous ne pûmes utiliser, comme celui de la rame de métro qui disparaissait entre deux stations. Le premier prix fut à l'unanimité attribué à notre camarade Jean Martin qui réunit les membres du gouvernement dans l'ascenseur de la tour Eiffel, et termina son chapitre par cette phrase : « Arrivé à la troisième plate-forme, l'ascenseur ne s'arrête pas... »

Nous nous amusions de découvrir pourtant, à mesure que nous écrivions notre parodie, quelques lois de l'art d'écrire. Nous avions fait de notre détective un grand génie, émule de Sherlock Holmes. Au bout de quinze feuilletons, il s'était si souvent trompé que nous devions convenir qu'il était un parfait imbécile. C'est ainsi, nous expliquions-nous gravement à nous-mêmes, que les personnages échappent à leur créateur. Car nous vivions au temps de Pirandello.

Nos camarades non collaborateurs suivaient avec amusement notre jeu. Roger Vailland donnait sous le titre *Une armée digérée* des pages fort surréalistes qui devaient produire un effet étrange dans cette œuvre. Il est vrai que nous devions bientôt proclamer assez haut son aspect prophétique. Nous avions fait d'une révolte de la Catalogne un des ressorts de notre action, — et c'était bientôt la conspiration du colonel Macia pour établir la république catalane. Nous annoncions des troubles en Indochine, qui ne tardaient pas à éclater. Et surtout, nous faisions disparaître un banquier en avion deux ans avant Lœwenstein. A ce monument considérable collaborèrent, d'ailleurs, de plus illustres : nous avons recopié sans vergogne le chapitre de la pieuvre des *Travailleurs de la mer*, et nous avons même emprunté à Philippe Soupault qui n'en a jamais rien su une description d'assassinat dans un roman que j'ai oublié. Parmi les collaborateurs de Louis-le-Grand, il y a aujourd'hui plusieurs agrégés des lettres, des journalistes, et peut-être même des personnages très graves [1].

Notre œuvre, d'ailleurs, ne devait pas rester ignorée des foules. Je la proposai à un journal de province dont le directeur murmura après avoir lu la première partie :

— C'est *un peu* extraordinaire, mais ça plaira.

Cette phrase nous parut modeste et définitive, et *Fulgur* parut, d'avril à août 1927, dans *la Tribune de l'Yonne*, où dix ans plus tard, un de nos camarades professeur à Sens alla l'exhumer pour la lire à haute voix à ses élèves. Aux premiers mois de cette guerre, on m'a fait suivre une lettre d'un professeur luxembourgeois qui m'en demandait le texte pour une thèse de doctorat sur le roman d'aventures. Je ne désespère point de voir cette œuvre immortelle au programme de l'agrégation.

La dernière année, nous avons aussi composé, Thierry Maulnier et moi, une autre parodie. Nous venions de voir *Hamlet* et nous décidâmes incontinent de donner une représentation. Après un canevas rapidement établi, la veille du départ

---

1. Pour la postérité, je rappelle que leurs noms, outre celui qui signe ces lignes, sont ceux, tout d'abord, de Jacques Talagrand qui s'appelle aujourd'hui Thierry Maulnier, de José Lupin, de Pierre Frémy, et, à titre plus éphémère, d'Antonin Fabre, notre répétiteur, qui doit être proviseur quelque part, de Fred Sémach, de Jean Martin, de Paul Gadenne, et de Roger Vailland. Lorsque Roger Vailland, sous le nom de Robert François, écrit pour *Paris-Soir* des reportages peut-être ironiques, je reconnais *Fulgur*.

pour les vacances de Noël, nous jouâmes donc *la Tragique résurrection d'Hamlet* qui montrait tous les inconvénients et toutes les catastrophes qu'aurait pu causer la résurrection du prince de Danemark. Jean Beaufret imitait assez bien la voix de Ludmilla Pitoëff dans le rôle d'Ophélie, et j'essayais d'imiter celle de Georges dans celui d'Hamlet. Thierry Maulnier jouait le Spectre. Je me rappelle le grand monologue d'*Hamlet* qui commençait par ce cri shakespearien : « *Encore vivant... Alors il faut toujours revenir sur la terre...* » Après le jour de l'an, nous mîmes au point cette représentation conçue comme une *commedia dell'arte,* et nous écrivîmes ce que nous venions de jouer, en suivant les règles de traduction de la « collection Shakespeare », en prose, vers rimés et vers blancs. Cet intéressant chef-d'œuvre, dû cette fois à la seule collaboration de Thierry Maulnier et de moi-même, a, malheureusement pour la postérité, été confié à un camarade qui l'a perdu sans aucun égard.

Thierry Maulnier a toujours eu un vif talent de parodiste. Il était, en particulier, incomparable dans le pastiche de Hugo. Il nous récitait les poèmes les plus fous de *la Légende des siècles,* ceux où Hugo semble se parodier :

Lorsque le Cid entra dans le Généralife,
Il alla droit au but et tua le calife,
Le noir calife Ogrul, haï de ses sujets...

Cela permettait à l'un de nos camarades, doué d'un grand talent d'imitation, de nous faire un cours sur les Ogrul à la manière de notre professeur d'histoire. Thierry Maulnier, lui, décrivait en un long poème imité de *Kanut,* le viol d'un de nos professeurs et la naissance d'un de nos camarades qu'on plaisantait sur sa forte taille. Nous composions aussi des bouts rimés sur des rimes assez difficiles, sur le modèle des poèmes sans queue ni tête dont il circulait alors au Quartier latin de nombreuses versions, où l'on célébrait les bémols arthritiques et le pétrole assis sur le bord de la route. J'ai oublié beaucoup de poèmes que j'admire, et je me souviendrai sans doute jusqu'à la fin de mes jours de sonnets sur rimes données par Thierry Maulnier, aux environs de 1927, dans la salle d'études de Louis-le-Grand.

Le lycée, cependant, ne suffit pas à décrire notre vie. Nous avions certes nos jours réguliers de sortie, mais il y avait aussi les autres. Je ne parle pas des diverses méthodes qu'ont toujours employées les pensionnaires de tous les temps pour invoquer la visite familiale ou le dentiste [1].

La première année, il s'était établi par entente tacite qu'un surveillant général qui avait pris à Molière le nom de M. Josse signait tous les vendredis une liste d'élèves qui désiraient sortir pour « vérifier leurs inscriptions en Sorbonne ». Il

1. Dans le genre, la plus belle leçon nous avait été donnée par un élève de philosophie, un Albanais nommé du nom déjà italien de Peppo, à qui nous avions fait croire qu'il venait d'être condamné à mort dans son pays et qu'il devait se défendre. Il alla tout droit trouver le surveillant général qui en resta tout éberlué. Mais avec un Albanais, sait-on jamais ? Peppo, qui avait cru pendant vingt-quatre heures à sa condamnation, sortit pendant huit jours pour « se défendre » auprès de son consul. Ainsi cet ingénieux Balkanique utilisait-il les farces innombrables qu'on lui montait, et il ne devait pas en rester là sur ce terrain.

me semble que c'était le prétexte étrange qu'on lui avait donné la première fois. Par la suite, on épargna même les prétextes. Ainsi allions-nous faire une promenade au Luxembourg, ou bien, plus généralement, travailler à la Bibliothèque Sainte-Geneviève, car nos âmes étaient studieuses. Nous n'admettions les escapades pour « le plaisir » qu'au printemps, au moment des examens [1].

Au mois de mars et de juin, les internes présentaient donc une liste chaque matin, aux surveillants généraux : c'était la liste des candidats aux examens, autorisés à passer la journée au-dehors. Mais les examens des différentes disciplines durent une semaine ou plus. Impavides, nous sortions tous les matins, et jamais on ne vit censeur ou surveillant vérifier cette curieuse boulimie intellectuelle qui précipitait chaque jour les étudiants vers tous les certificats possibles et imaginables, depuis les études littéraires classiques jusqu'à la musique chinoise. On nous servait à sept heures un petit déjeuner copieux qui comportait immuablement une omelette et des confitures (plusieurs, qui n'avaient vraiment aucune décence, venaient au

---

1. A cette époque, il y avait deux sessions de certificats de licence, l'une en mars, l'autre en juin. Par la suite, on supprima celle de mars pour la remplacer par une session d'octobre. Les étudiants qui préparent Normale Supérieure préparent en général en même temps deux ou trois certificats de licence afin de gagner du temps. Nous faisions presque tous ainsi, tout au moins en seconde année, et nos professeurs choisissaient d'ailleurs les auteurs classiques parmi ceux qui étaient inscrits au programme de la licence. (Il n'y a pas de programme d'auteurs au concours de l'Ecole.)

déjeuner sans même avoir la pudeur de sortir et portaient sans honte le nom de licencié d'omelette), et, sur le coup de sept heures et quart, nous étions lâchés sur le pavé de Paris.

C'est un de mes meilleurs souvenirs d'alors. Nous allions à pied, à travers le boulevard Saint-Michel et les Halles encombrées, prendre un café-crème à la Maison du Café, boulevard Montmartre, et nous découvrions le Paris matinal, celui qui nous était le plus secret, avec ses cris, ses montagnes de légumes, l'odeur fraîche des boutiques ouvertes, les viandes en tas, les poissons gris et blancs. Par les beaux jours de printemps, se dessinaient ainsi devant nous la Seine entre les livres, les petites églises rouillées, la ville grise et unique.

Nous allions aussi ramer, le matin, et c'était ce que nous nommions passer la licence au Bois de Boulogne. La grande affaire était de se procurer le billet de cinquante francs qu'on laissait en gage en louant ces lourds bateaux à fond plat qui font le tour du lac, et qui ne coûtaient que cent sous. On rendait le billet à la restitution du canot : encore fallait-il le posséder.

Nous passions là une heure ou deux, dans le Bois matinal, autour des îles rondes, à travers le frais matin. Nous oubliions ainsi les études, le travail, nous découvrions les oiseaux, la fraîcheur, et ce Bois parisien nous ramenait aux campagnes de notre enfance, aux rivières, aux loisirs passés. C'était la licence au Bois de Boulogne, où nous croisions parfois les étudiantes qui nous imitaient, en robes très courtes et claires, comme on les portait, sur des bateaux pareils aux nôtres. Les plaisirs du grand air n'avaient point alors l'importance qu'ils ont prise par la suite. Il est sûr que très peu de mes camarades connaissaient la neige et même que beaucoup ignoraient la mer. Nous n'étions pas beaucoup à savoir allumer du feu de bois, faire la cuisine ou le café, à avoir planté une tente sur une plage. Je crois que les nageurs auraient formé une très humble minorité. Je ne parle pas du camping, certainement inconnu[1]. Le Bois n'était en général qu'une trouée d'air pur dans notre vie studieuse, que bien peu renouvelaient, aux dimanches de juin, sur la Marne ou la Seine.

Ainsi se construisait le Paris de ce temps. Lorsqu'ils quittaient les blouses noires ou blanches, les garçons d'alors, même les plus modestes, arboraient très volontiers des costumes de couleur mauve ou vieux rose, et des cravates de « batik », tissus légers imprimés à la cire, que l'on portait avec de très petits cols durs hauts d'un demi-centimètre. En 1925, les pantalons étaient rétrécis dans le bas. Brusquement, l'année d'après, ils devinrent très larges. Je puis me souvenir aussi avec stupéfaction que les étudiants d'alors avaient souvent des cannes, et qu'il arrivait que le Quartier latin fût le théâtre de bagarres. Les camelots du roi portaient la

1. Ce fut un grand événement lorsque Thierry Maulnier, José Lupin et deux ou trois autres, décidèrent, un beau jeudi, de faire le tour de Paris à pied (38 km 5). Je leur préparai des sandwiches dans le fond de la classe de français, et, ne désirant point participer à cette performance, j'allai les attendre à la porte d'Orléans vers cinq heures de l'après-midi. Car je dois dire qu'ils avaient avancé à une allure juvénile, formellement déconseillée à tous les adeptes de la marche.

grosse canne recourbée. Nous étions déjà presque tous des va-nu-tête. Nous découvrions, dans la mesure de nos moyens, généralement petits, quelques plaisirs de la mode. Sans doute, nous lisions, dans les journaux et les revues, que la jeunesse de ce temps aimait les cocktails, l'auto, parfois les drogues. Notre jeunesse à nous, pauvre et enfermée au lycée, était plus réservée. Nous buvions peu de cocktails, nous ignorions bien entendu les drogues, et je suis sûr qu'il n'y avait pas un seul de ces garçons de dix-sept à vingt ans qui sût conduire une voiture. Beaucoup aimaient danser, et se livraient à leur plaisir dans des lieux sans luxe, fréquentés par des femmes sans grand pittoresque. Je suis allé, un dimanche ou deux, avec des camarades, au bal du Moulin-Rouge, qui était une vaste cohue d'employés, de calicots, de putains et de vendeuses. Et j'allais aussi parfois, avec Jean Beaufret et Jean Valdeyron dans un petit thé du boulevard Saint-Michel, les Yvelines, ou bien, avec des jeunes filles, dans un honnête salon pour dames anglaises, rue Boissy-d'Anglas, où l'on dansait les danses d'alors, et où nous nous perfectionnions dans le charleston. Aux vacances, sur ma plage de toujours, je rapportais dans les provinces ces plaisirs parisiens. Vers la Noël, Louis-le-Grand donnait d'ailleurs un bal, ce qui nous permettait d'aller au théâtre ou au cinéma la nuit, plaisir peu coutumier, avant de faire danser les sœurs, les cousines ou les petites amies de nos camarades. Une fois par trimestre, en outre, Louis-le-Grand offrait au grand amphithéâtre de la Sorbonne un concert... obligatoire (notion qui m'a toujours paru aussi prodigieuse que celle des séances de prestidigitation obligatoires auxquelles j'assistais enfant). Il n'était pas sottement composé, faisait appel le plus souvent à de grosses célébrités de tout repos, mais pas toujours méprisables, et mêlait agréablement la musique, le music-hall et le théâtre. Je me souviens d'y avoir entendu Sacha Guitry nous expliquer qu'il avait toujours été un cancre et que ça lui avait bien réussi (ce qui fut jugé inconvenant par nos professeurs). Il était venu avec Yvonne Printemps et il nous déclara :

— Dans la vie, l'essentiel est de bien choisir son métier et de bien choisir sa femme.

Et pour les esprits plus hardis, qui ne craignaient pas les explorations lointaines, il y avait encore dans ce Paris d'autres plaisirs naïfs, comme celui d'aller prendre le thé arabe, le café maure, à la Mosquée, alors presque neuve. Quand ma sœur venait me voir à Paris, je l'y menais à mon tour, et c'est là que je lui fis connaître, en 1928, mon ami Maurice Bardèche.

Ces années-là ont été les années de l'amitié. Mais comment parler des amis ? Cela est plus difficile que tout, surtout lorsqu'on pense aux liens que la suite des temps devait tisser entre nous. Nous tournions en rond autour de la cour, en nous tenant par le bras, nous parlions de toutes choses, de la poésie et de Dieu et de la nation, et nous étions tout près de nouer les liens les plus forts et les plus beaux qui aient jamais été, ceux de la jeune amitié. Je parlais, je sortais, je découvrais le cinéma allemand, le théâtre des Pitoëff, avec un jeune juif syrien, Fred Sémach, qui a sans doute été mon premier camarade de Louis-le-Grand. Avec lui j'allais voir Pirandello et *Sainte Jeanne*. Et nous nous promenions le long des quais, qui sont peut-être le premier lieu de Paris à m'avoir attiré, et où je ne passais guère de semaine sans suivre le fleuve couleur d'acier, sans feuilleter les livres oubliés, toujours trop coûteux, les images authentiques ou fausses. Je le faisais sans ordre, sans compétence, comme il faut faire toute chose, livré aux découvertes minces du hasard, à ces heures où sur le ciel gris se découpe le fin dessin japonais des arbres nus. Mais en même temps, j'apprenais ce qu'était *l'Action française,* je discutais des rois de France et du meilleur régime avec José Lupin, et Thierry Maulnier. Thierry Maulnier avait un frère dans la même classe, presque aussi long que lui, qui est aujourd'hui magistrat. Lui-même torturait les élèves de première ou de philosophie avec une réelle science des supplices chinois et un sérieux imperturbable. Notre lycée comptait dans sa population quelques enfants de la Martinique, qu'il poursuivait, je ne sais pourquoi, d'une persécution extrêmement vigilante. En toute chose d'ailleurs, il était d'une rosserie froide qui nous enchantait. D'une paresse immense et imperturbable, il se montrait capable d'un travail continu qui eût semblé au-dessus des forces humaines, et préparait en général ses huit auteurs grecs ou latins de la licence en quarante-huit heures, de jour et de nuit, au prix de ruses d'Apache pour trouver de la lumière. Quant à José Lupin, si j'essaie de me rappeler, après tant d'années communes, ce qu'il était à cette époque, je crois qu'il faut me souvenir surtout du plus gai de nos compagnons. Il nous faisait, de sa ville natale de Savoie, des récits de beuveries gigantesques, il inventait des fables moqueuses et composait avec son camarade d'enfance Georges Blond des chansons obscènes en « vieil françois ». Avec nous, certes, il lisait Valéry, les surréalistes, et Gide. Mais au *Retour de l'Enfant prodigue,* il préférait opposer une autre version, qui nous paraissait pleine de sens :

— Le veau gras, devant le sort qui lui était réservé, s'est sauvé, nous disait-il. Il a erré à travers les champs, pendant des mois, il a connu la vie dure, il a maigri. Un beau jour, il n'y a plus tenu, il est rentré. Toute la famille était rangée sur le perron pour l'accueillir, par rang de taille. Et pour fêter le retour du veau gras, on a mangé l'enfant prodigue.

Chacun jouait son rôle dans la comédie de la classe. Il y avait les historiens, gens graves, les philosophes, qui disputaient avec leur professeur et l'écrasaient, me semble-t-il, avec beaucoup d'aisance. L'un de ces derniers, Roger Lefèvre, est devenu député socialiste en 1936. L'autre, Jean Beaufret, récitait la prière d'Iphigénie avec la voix de Ludmilla Pitoëff : c'était un garçon rose et blond; nous allions voir les pièces du Studio des Champs-Elysées, il aimait *Pelléas,* il avait compris notre professeur de philosophie l'année précédente, il était ingénieux, subtil, souriant et gracieux. Le fils du professeur Lecène, agent de liaison avec l'extérieur, apportait Proust et l'air du dehors. Je revois aisément, dans ma mémoire, ces amis d'autrefois, qui sont souvent les amis d'aujourd'hui, et qui me semblent avoir peu changé[1]. Parfois, il est malaisé

1. A ce tableau de la khâgne de 1925, on ajoutera, à l'intention du lecteur d'aujourd'hui, quelques noms que l'auteur n'a pas cités dans ce livre écrit en 1940, mais qui peuvent intéresser aujourd'hui. En hypokhâgne, nous avions comme camarade Lucien Paye, excellent élève et

de distinguer entre ces années et leur suite. Je revois bien cependant ce qu'était Maurive Bardèche, vers 1926, avant même qu'il devînt mon ami, puis mon frère. Il se moquait de moi parce que je me promenais dans l'existence avec une lampe à alcool et que je faisais du thé en étude, il portait une blouse noire serrée à la ceinture, il était vif, furieux, subtil et têtu. A cette époque, il agitait au-dessus d'un mince visage des cheveux horriblement hérissés et touffus. Avons-nous parcouru Paris, ensemble, de jour et de nuit ! Je me rappelle comme les plus beaux instants de ma vie, cette soirée où nous revenions de *l'Annonce faite à Marie,* à l'Œuvre, en nous arrêtant pour gober des huîtres et boire du vin blanc, dans les rues en pente de Montmartre. Je me rappelle la veille de 14 juillet où nous allions dans les petits bals de la colline Sainte-Geneviève, en 1927, boire du vin rouge à quatorze sous le verre, rue Mouffetard, sous les lampions roses et bleus, au son des accordéons et des violons fringants. J'y ai pris quelques notions du Paris populaire, de ses fêtes, de ses personnages. Maurice était, et est resté, grand errant devant l'Eternel. A son imitation, mais moins que lui, il m'est arrivé de marcher sans but dans les rues fumeuses, sous les métros aériens des quartiers éloignés. J'ai pu revenir depuis à Vaugirard ou à Montrouge, c'est à cette époque que j'attribue

prix d'excellence de la classe, qui fut plus tard ministre de l'Education nationale et ambassadeur. L'année suivante, en khâgne, on comptait parmi les élèves qui vinrent nous rejoindre : Paul Guth, Henri Queffélec et Georges Pompidou, qui ont fait ensuite leur carrière dans la politique ou la littérature.

pourtant certaines rues énormes et vides, brouillées de pluie, où j'errais interminablement, puisque la dix-huitième année est l'âge des espoirs, mais aussi des tourments et des fuites. Maurice découvrait en même temps Pantin et Belleville, et c'est lui qui m'emmenait au cinéma que j'ignorais, et c'est lui aussi qui m'a appris à travailler, car il était un bûcheur acharné, ce qu'il est resté, et c'est lui qui me faisait lire Proust et Barrès, et ensemble, nous allions reconnaître les bistros parisiens, les corbeilles de coquillages le long des comptoirs verts, le Bois de Vincennes et ses foules populaires. Le dimanche, je déjeunais souvent chez une amie d'enfance de ma famille, que j'avais toujours connue, dont la jeunesse de caractère et la bohème charmante faisaient ma joie : nous y avions des orgies d'huîtres à deux francs et de plats catalans, à la confection desquels je collaborais, dans une étroite chambre au sixième près de la place de la République. Ainsi je continuais à connaître les grands quartiers populaires de Paris pour lesquels j'avais beaucoup d'amour. L'avenir ne nous accorderait plus la même ardeur à saisir, à conquérir, à boire la vie. Toutes les formes de cette vie nous paraissaient presque également désirables, et nous prolongions par lettres les souvenirs de nos journées studieuses ou errantes, pendant les vacances.

Il m'est difficile de remettre ces choses et ces êtres sur le plan qui était le leur, à cette époque, aujourd'hui que la vie a fait des différences entre les amis, et que les uns sont éloignés, les autres réunis, — avant toutefois que la guerre de 1939 les ait dispersés. Il y en avait d'autres. Avec

José Lupin, je voyais quelquefois, au bal de Louis-le-Grand ou dans quelque café, son vieux camarade d'enfance, Georges Blond, qui n'était pas encore aspirant dans la marine, et moins encore journaliste. Le dimanche soir, lorsque nous rentrions vers dix heures, nous parlions longuement au vestiaire de notre après-midi, du théâtre, de la politique, de Dieu même, avec une ardeur que nous ne retrouverons jamais plus.

Nous n'étions pas libéraux mais nous étions tolérants. Au moment des élections de 1928 (je n'étais pas en âge de voter) comme la garde des urnes est confiée aux plus jeunes électeurs qui se présentent, elles furent gardées dans le Ve arrondissement par deux très bons amis, mes camarades José Lupin, qui était royaliste, et Jean Martin, qui était communiste. Ils furent d'ailleurs roulés tous les deux, car le député élu fut un infâme radical. Mais nous discutions avec passion et avec amitié, et avec une sympathie intellectuelle, une sorte d'honnêteté que je n'ai jamais plus rencontrée par la suite.

Je n'ai jamais trop participé aux luttes politiques des étudiants de ce temps. José Lupin et Georges Blond assistaient aux fêtes de Jeanne d'Arc, que l'A. F. imposait à Paris avec tant de courage. Je n'étais pas assez sûr de moi-même et de mon opinion pour prendre parti. Cependant, mes premières réflexions politiques ont rencontré *l'Action française* et Maurras, dès ce temps, et ne les ont plus beaucoup quittés depuis lors. Subitement un monde s'offrait, celui de la raison, celui de la précision, celui de la vérité. Je ne l'avais pas soupçonné en province avant de venir, je le reconnais. D'autre part, un garçon de trente ans, Pierre Gaxotte, publiait son livre sur *la Révolution française,* où il nous apprenait quelques salubres vérités. C'est dans la cour de Louis-le-Grand qu'a commencé mon amitié pour *l'Action française.*

Aux vacances de 1926, la condamnation de *l'Action française* par l'archevêque de Bordeaux, puis par le Saint-Siège devait nous apporter de plus graves sujets de discussion. Etait-il vrai que Maurras cherchait à s'emparer de l'âme de la jeunesse ? Un catholique devait-il se soumettre à l'interdiction qui lui était faite de lire le journal, d'adhérer à la Ligue ? Ou devait-il penser qu'il s'agissait là d'un domaine réservé, non religieux, mais politique ? L'approbation officielle donnée au 1er janvier par le nonce à la politique de M. Briand ne prouvait-elle pas qu'il s'agissait là d'une condamnation irrecevable ? Mais n'y avait-il pas danger dans le naturalisme de la doctrine ? Nous nous posions ces questions diverses et contradictoires. Il y avait parmi nous des catholiques qui souffrirent de l'événement. Il y avait des incroyants, ou des tièdes, qui s'en étonnèrent. *L'A. F.* tenait une grande place dans notre vie intellectuelle, quelles que fussent nos opinions. Nous nous passionnions encore — c'était le temps du procès Bajot — sur l'assassinat du petit Philippe Daudet. L'évasion de Léon Daudet, qui fit rire la France entière, ne trouva chez nous qu'une approbation enthousiaste et amusée. Mais je ne crois pas, pour être sincère, que la condamnation de Rome ait beaucoup nui, chez nous, au crédit de *l'A. F.* Si quelques-uns cessèrent de lire le journal, au moins avec régularité, l'influence de la doctrine ne fut pas ébranlée.

Mais d'ailleurs nous parvenaient des nouvelles plus pénibles. De vieux royalistes, qui avaient brisé parfois leur vie pour l'Eglise, au temps des inventaires, par exemple, se voyaient refuser le prêtre à leur lit de mort. Les enterrements civils faisaient scandale dans des villages où ils étaient inconnus. Des prêtres étaient déchirés par le conflit. Dans un admirable livre, *les Manants du Roi*, Jean de La Varende a laissé le témoignage poignant de cette crise immense, qui aura été la grande crise spirituelle de cette époque. Il a peint de façon magnifique ces vieilles gens dépossédés de leur foi nationale, troublés dans leur foi religieuse, et le désarroi jeté dans la conscience catholique des Français. Par la suite, même avant la réconciliation, les rigueurs s'atténuèrent, sans jamais disparaître tout à fait. Rien n'est plus dur qu'une persécution ecclésiastique. On voyait passer alors des cercueils sans clergé, que des ligueurs déposaient devant la porte fermée des églises, pendant que la foule à haute voix récitait les psaumes ou le chapelet. Derrière cette porte, il y avait parfois un prêtre aussi tourmenté, aussi ému que ceux qu'il repoussait. La porte ne s'ouvrait pas. Pendant ce temps, à Paris, les vieux lutteurs continuaient leur combat patient, avec la même violence et le même courage, sous les sarcasmes des démocrates chrétiens, le rire des anticléricaux, les applaudissements des antipatriotes. Aujourd'hui que l'apaisement est venu, dans la dignité, par la décision charitable et belle d'un grand pape, on peut demander le silence sur tout cela. Je ne crois pas qu'on puisse raisonnablement demander l'oubli de ceux qui ont souffert.

L'Action française en tout cas dominait alors

sans conteste le Quartier latin, nous savions qu'elle venait de tenir des réunions triomphales, et même ceux qui ne s'y ralliaient pas reconnaissaient sa suprématie. Les partis de droite nous semblaient bourgeois et vieillots, le fascisme italien n'avait suscité en France qu'une imitation falote, dirigée par un lunatique fort suspect, Georges Valois, dont nous faisions des gorges chaudes mais où entrèrent, je l'ai su après, quelques braves dupes, les mêmes que l'on retrouva au P. S. F. dix ans plus tard. Je n'oublie pas cependant qu'on rencontrait au Quartier des jeunes gens vêtus d'un imperméable bleu, qui laissaient toujours des victimes dans les attentats politiques : c'étaient les *Jeunesses patriotes,* les J.P. Nous nous entendions volontiers avec eux, mais il n'y en avait pas à Louis-le-Grand, et nous ne pouvions rien trouver qui représentât mieux que *l'A. F.* la jeunesse du nationalisme, une sorte de « pré-fascisme » déjà dans l'air, l'union d'une doctrine sociale forte et de l'intelligence nationale, et même les communistes le savaient, et la précision de l'idée fasciste ou national-socialiste a toujours été depuis notre grande recherche.

Nous étions pourtant en pleine euphorie briandiste. Ou plutôt le monde y était autour de nous, des catholiques aux défaitistes. En Allemagne, un homme de génie, Gustav Stresemann, relevait patiemment son pays, et déjeunait avec le vieux Briand dans les petites auberges sentimentales des lacs suisses. J'avoue n'avoir jamais rencontré pourtant parmi mes amis de sectateurs fidèles de la Société des Nations, d'admirateurs de la politique du jour. Révolutionnaires et nationalistes s'accordaient pour mépriser alors

M. Briand, pour rire des précieuses de Genève. Nous lisions avec beaucoup de délectation les livres de René Benjamin sur la folie démocratique et le temps des augures, — et pour faire notre apprentissage de l'irrespect, nous les joignions à ceux qu'il avait écrits sur la justice ou cette farce de la Sorbonne dans laquelle nous allions nous engager. Beaucoup d'entre nous étaient d'ailleurs assez indifférents en matière politique : je soupçonne que nous étions avant toute chose anarchistes de tempérament, nous lisions aussi volontiers *le Canard enchaîné* que *l'Action française*. Après la désastreuse expérience du Cartel, M. Poincaré venait permettre à l'économie française de respirer, mais il manquait trop de choses à M. Poincaré pour enthousiasmer la jeunesse. L'Union Nationale n'était qu'un compromis démocratique comme un autre. Nous restions assez loin, dans l'ensemble, de la politique active : si je me souviens bien, les grands événements avaient lieu précisément en notre absence. Les seuls que nous ayons connus furent l'évasion de Léon Daudet, qui arrêta net tout travail dans la préparation du concours, et nous jeta dans une immense et satisfaisante rigolade, — et, dans un autre ordre, la fausse nouvelle de l'arrivée à New York, après la première traversée de l'Atlantique, des aviateurs Nungesser et Coli, qui suscita dans tout Paris un enthousiasme sans doute égal à celui de l'armistice, et que notre lycée subit comme tout le monde, jusqu'à la brusque désillusion du lendemain. A part cela, les manifestations de 1926 contre le Cartel nous intéressaient, mais de loin ; les journées révolutionnaires d'août 1927 pour protester contre l'exécution de deux anarchistes italiens, Sacco et Vanzetti, aux Etats-Unis, nous trouvaient impartiaux pour regretter les procédés américains employés contre les condamnés, mais je ne suis pas sûr que nous ayons cru sérieusement au danger révolutionnaire. Nous ne manquions pas d'amitié intellectuelle, en ce temps-là, d'ailleurs, pour le communisme, et le grand homme du parti, Doriot, nous paraissait une figure curieuse, dangereuse (la guerre du Rif finissait) et attirante. Nous avions dix-huit ans, un peu de confusion d'esprit, pas mal de dégoût du monde moderne, — et quelque penchant foncier pour l'anarchie.

*
* *

La politique ne nous suffisait d'ailleurs pas et l'on sait qu'il y eut en ces années deux grandes querelles littéraires. La première fut celle de la poésie pure. La poésie inclut-elle la raison ? Est-elle totalement indépendante de la raison ? On en discutait à l'Académie et au *Temps*. Nous en parlions, et des reflets de nos querelles passaient dans nos devoirs de classe. Je ne suis pas très sûr que nous comprenions exactement de quoi il s'agissait. André Bellessort scandait ses classes des mots magiques :

> *Orléans, Beaugency,*
> *Notre-Dame de Cléry*
> *Vendôme, Vendôme...*

et nous opposions la blanche Oloossone à la fille de Minos et de Pasiphaé. Mais je crois bien que nous mettions dans le même plateau de la balance et Mallarmé et Rimbaud et les derniers surréalistes, ce qui ne nous empêchait pas de conserver une suffisante ironie, de résumer, comme Jean Beaufret, *le Cimetière marin :*

(Ce toit tranquille où marchent des colombes...)

comme une opposition toute scolaire entre le Toit et le moi, et de nous demander si « Midi le juste » voulait vraiment y dire autre chose que « Midi juste ».

La seconde querelle fut celle de la défense de l'Occident contre les charmes de l'Orient. Henri Massis venait de publier son célèbre livre, mais nous lisions aussi les traductions de Tagore, et *Bouddha vivant* de Paul Morand, et le Juif russe Chestov nous présentait un drôle de Pascal. Roger Vailland nous vantait le nirvâna, la dissolution à tous les appels de la nature. Nous l'écoutions, puis, comme nous étions curieux de théologie, nous opposions à ces songes quelques constructions hâtives, et certains poussaient l'audace jusqu'à se passer de petits volumes qui commençaient à paraître et où on rassemblait *la Somme* de saint Thomas.

Nous discutions avec une ardeur aussi grande le freudisme, encore presque neuf, et le livre de Léon Daudet sur *Le Rêve éveillé*. Rares étaient les camarades qui n'étaient pas allés quelque dimanche matin à Sainte-Anne voir le professeur Dumas parler dans une salle décorée par les pensionnaires. J'y suis allé moi-même, mais je n'ai pas eu de chance, il n'y avait pas de fou ce jour-là, et seulement un trépané dont le crâne se gonflait quand il faisait une multiplication. D'autres s'introduisaient, au lycée Henri IV, chez Alain, qui n'a jamais connu le nombre exact de ses élèves, et chez qui le censeur arrivait de temps en temps pour expulser les indésirables. On parlait aussi de la *Trahison des clercs,* qui nous apprenait le nom de Julien Benda. Nos professeurs évoquaient parfois la clé des songes de M. Freud. Tout cela était matière à disputes amicales, il n'est pas sûr que tous ces étudiants y aient vu autre chose. Le vendredi matin, en classe de philosophie, nous déployions largement et ouvertement *les Nouvelles littéraires,* dont c'était la belle époque, et qui nous offrait un nouveau génie chaque semaine, dans les célèbres interviews publiés par Frédéric Lefèvre sous le titre d'*Une heure avec...* J'ai gardé depuis quelque amitié rétrospective pour ce journal. Il était alors certainement le plus lu dans notre classe. A sa suite, nous nous embarquions vers les querelles du temps, et vers des lectures diverses. Je dois dire que c'était encore avec une certaine timidité. Barrès n'était pas mort depuis longtemps, et sa gloire était obscurcie par son rôle public et par quelques ouvrages bien pensants que, nous, anarchistes, ne lui pardonnions guère. Nous aimions pourtant *l'Oronte* et *la Colline inspirée.* En poésie moderne, nous avions fort à faire à découvrir Valéry, et c'est encore Roger Vailland qui nous apportait la première édition de *Charmes.* Baudelaire et Rimbaud restaient les plus proches des divinités de la jeunesse, et je dois avoir annoté à cette époque, ce qui ne m'arrive guère, toute la *Saison en enfer.* Je crois bien que Péguy et Claudel étaient mal connus : mais nous rapprochions de l'acte gratuit des surréalistes le Lafcadio de Gide, nous lisions *les Nourritures terrestres* comme nous ne pourrons plus jamais les lire, et les années où parurent *les Faux monnayeurs* et *Si le grain ne meurt* nous parurent fertiles pour la discussion et pour l'intelligence. Nous aimions Giraudoux, et Colette qui avait publié ses plus beaux livres, amers, gonflés de feuilles et de fruits, salés et ensoleillés, tristes et sages, *Sido, La Naissance du jour.* Je défendais Anatole France dont on commençait à se déprendre. Nous lisions la *N. R. F.* si on nous la prêtait, nous discutions sans la lire de la collection du *Roseau d'Or* que dirigeaient Henri Massis et Jacques Maritain, et je me rappelle toujours l'impression de torrent et d'orage que fit soudain parmi nous le premier livre de Georges Bernanos, que Léon Daudet fit découvrir avec tant de passion. Nous parcourions François Mauriac, qui remplaçait pour nous de plus grands. Je ne crois pas que beaucoup d'entre nous se risquaient, en effet, à Dostoïevsky, et quant à Proust, nous n'étions pas quatre, sans doute à l'avoir découvert en bloc, un peu avant que l'œuvre entière n'ait paru, dans quelques journées éblouissantes et inoubliables de l'été 1926. Il nous restait beaucoup à connaître, beaucoup à apprendre, et le travail par-dessus le marché, et nous avions moins de vingt ans, et nous étions de petits provinciaux ignorants de beaucoup de choses, qui commençaient seulement à aimer Racine.

La littérature contemporaine, nous la découvrions chez Picard, le libraire du Quartier latin, bienfaiteur public s'il en fût, où nous feuilletions les livres non coupés, prenant une vue de notre temps « par la tranche ». Picard remplaçait pour nous les Galeries de l'Odéon d'avant-guerre, et je n'ai jamais cessé d'y venir regarder les nouveautés ou feuilleter les revues. Les romans, en ce temps-là, n'avaient guère plus de deux cents pages, imprimées en gros caractères d'alphabets. En 1927, mourait à Paris Rainer Maria Rilke, dont nous ne connaissions encore qu'une édition abrégée des *Cahiers de Malte Laurids Brigge,* qui, pour vingt sous, nous avait apporté ses brumes désespérées et ses songes merveilleux.

Il va de soi que nous aimions Alain-Fournier. Non seulement *le Grand Meaulnes,* mais surtout la *Correspondance* avec Jacques Rivière qui venait de paraître. Je ne crois pas avoir pratiqué aucun livre autant que ces quatre gros volumes passionnants, où je découvrais, pour la première fois, que les jeunes gens d'avant-guerre avaient les mêmes discussions, les mêmes poètes que nous. J'en connaissais, j'en connais encore tous les détails, les obscurités, les lacunes. J'y trouvais aussi, et surtout, la fièvre de la jeunesse et de l'amitié, le modèle des exigences de cet âge, les désirs qui étaient les nôtres. Je m'identifiais tantôt à l'un, tantôt à l'autre des correspondants disparus, je désirais, moi aussi, écrire « par petits paragraphes serrés et voluptueux », une histoire qui aurait pu être la mienne. Je regardais courir autour de moi la jeunesse, pareille à celle d'Augustin Meaulnes dans les campagnes du Berri, pareille à celle d'Henri Fournier au Cours-la-Reine. Si tous les jeunes gens ont leur livre, imposé par la ressemblance qu'ils y trouvent avec eux-mêmes plutôt que par le génie, le mien fut durant

deux ou trois années, cette *Correspondance.*
 Il était d'ailleurs un livre personnel, sujet d'une faveur particulière. Nous parlions entre nous d'autres sujets, et de thèmes volontiers plus étranges. Car ce temps était aussi le temps du surréalisme.
 Je me rappelle un garçon au visage osseux, aux cheveux longs, volontiers porteur d'une pèlerine qui lui donnait un air byronien : il commença un jour, dans le couloir qui menait à la classe d'André Bellessort, à me parler de poésie. Nous avons presque tous eu des camarades de ce genre. Il ne devait rester qu'un an et demi avec nous, avant d'aller terminer une licence de philosophie à la Sorbonne, et de s'aiguiller ensuite sur le journalisme. C'était Roger Vailland, à coup sûr un des personnages les plus extraordinaires de notre classe. Il nous apportait le *Manifeste du surréalisme, Poisson soluble* et les poèmes de Paul Eluard. Il nous « traduisait » mot à mot Mallarmé et Valéry. Par lui nous avions communication avec d'autres camarades, une petite société anarchisante et déréglée, dont le chef principal était René Daumal. Le surréalisme lui paraissant vite démodé, il se vantait volontiers d'avoir créé un ultra-surréalisme, qu'il nommait le *simplisme.* A vrai dire, les différences nous paraissaient minimes, lorsqu'il nous chantait les mérites de l'acte gratuit — qu'il nommait acte pur — et de l'écriture automatique. Il était le Lafcadio de Gide incarné pour nous, et bien qu'il soit rare d'admirer quelqu'un de son âge, il est exact que nous l'admirions. D'ailleurs, plein d'une séduction vraie, d'un talent réel, plus proche de Baudelaire sans doute que des erreurs surréalistes, il aurait pu, à n'en

pas douter, traduire bien des mondes inconnus en accents assez saisissants. J'ai gardé longtemps de ses petits poèmes. Mais je crois qu'il préférait mettre le pittoresque, l'inquiétude, il aurait dit : le génie, dans sa vie plutôt que dans ses œuvres. Lorsqu'il eut quitté Louis-le-Grand, ses amis fondèrent une luxueuse revue trimestrielle, comme il en paraissait encore aux environs de 1928, et qui se nommait *le Grand Jeu.* Elle s'ornait de pensées définitives, telles que : « Il faut battre les morts pendant qu'ils sont froids », « Nous admirons Sacco et Vanzetti, mais nous préférons Landru », et autres éléments d'un anarchisme total, somme toute assez facile. Je m'en suis souvenu pourtant lorsqu'en 1939, le procès du tueur Weidmann fut suivi pour *Paris-Soir* par Roger Vailland (avec Colette).

Le Grand Jeu ne doit d'ailleurs pas avoir eu plus de trois ou quatre numéros, et s'est éteint avant même *Bifur,* que nous feuilletions chez Picard, et où nous admirions d'horribles et belles photographies, et des articles profonds et décousus. C'était notre jeunesse.

— Il y a des gens, nous expliquait Roger Vailland, qui, placés devant deux boutons électriques dont l'un est ouvert et l'autre fermé, s'ils veulent fermer celui qui est ouvert, se tromperont toujours. Il y en a qui ne se tromperont jamais. Les premiers n'ont pas *la grâce,* les autres ont *la grâce.*

On reconnaîtra là l'abus que faisait cette époque oisive des vocables de la religion, appliqués parfois à d'étranges domaines. Nous lisions avec lui les ouvrages fiévreux, séduisants, riches de tant de possibilités inexplorées, qu'avait écrit René Crevel, qui devait se tuer un jour de 1935.

Non que nous fussions le moins du monde portés vers cette littérature, que *Mon corps et moi* fût notre Bible. Mais c'étaient les livres de notre temps, et même éloignés de nous, ils nous étaient fraternels, et notre étrange camarade nous servait d'intermédiaire. Il nous frappait tellement que José Lupin et moi avions essayé alors de le mettre chacun dans de vagues romans, que nous composions en étude. Mais qu'il était difficile de faire sentir ce qui nous touchait dans tant d'extravagance parfois puérile et appliquée ! Les poncifs de l'abbé Brémond, les discussions sur l'âme et l'esprit, sur Animus et Anima, les déformations les plus faciles des notions religieuses, Roger Vailland les présentait de façon à nous amuser et parfois à nous plaire, mais écrites noir sur blanc, ses phrases devenaient de simples calembredaines. Il est vrai qu'il ne manquait pas non plus d'une certaine ironie savante, qui plaisait aux lecteurs passionnés des *Copains* de Jules Romains que nous étions à cette époque (nous sommes deux ou trois à avoir su ce livre à peu près par cœur.

— L'ivresse, nous expliquait notre docteur, est le meilleur moyen que l'on connaisse d'apercevoir l'âme. En temps ordinaire, le corps est droit, l'esprit aussi, et l'âme est derrière, cachée. Quand le corps vacille sous l'action de l'ivresse, l'esprit le suit et vacille aussi. Mais non l'âme. Et on aperçoit l'âme qui reste droite à travers les oscillations de l'esprit, comme à travers celles d'un balancier.

On peut penser aujourd'hui en souriant à de tels propos, à de telles images, qui gardent si bien pour moi la couleur des années 1926 et

1927 et qui s'apparentent aux plus fameuses « querelles littéraires » du temps.

Faut-il croire par là que nous donnions dans toutes ces fables ? Ce serait une grande erreur. Nous avions trop d'ironie, et au fond, trop de bon sens. Nous nous moquions quotidiennement, avec Vailland lui-même, des thèmes alors à la mode, de « l'évasion » et de « l'inquiétude de la jeunesse contemporaine ». Nous parlions avec curiosité des convertis littéraires, mais aucun de nous, j'en suis sûr, n'a jamais pris une seconde au sérieux la *Lettre de Jean Cocteau à Jacques Maritain* et la *Lettre de Jacques Maritain à Jean Cocteau*. Cela nous paraissait une duperie assez rigolote, propre tout au plus à faire marcher *les Nouvelles littéraires*. Mais, que nous le veuillions ou non, ces discours funambulesques étaient les rites de l'époque, et nous y participions au moins comme témoins : c'est pourquoi nous les jugeons aujourd'hui avec un peu plus d'indulgence qu'alors. Ils n'ont pas fait partie de notre vie, pas plus que le luxe, les bars, les voyages, nous qui étions pauvres, sobres et prisonniers, mais ils étaient les spectacles que nous contemplions de loin, à travers nos barreaux.

*
* *

De telles discussions ont toujours existé, et c'est pour cela que je retrouvais dans la *Correspondance* d'Alain-Fournier et de Jacques Rivière quelque image de notre propre jeunesse. Il y avait pourtant une grande différence : la musique ne me semble avoir joué qu'un bien petit rôle dans notre existence. Je ne suis pas le moins du monde musicien, et donc mauvais juge. Nous ne manquions certes pas, d'autre part, de camarades qui couraient les concerts. Mais aucun événement ne fut évidemment comparable à la révélation, pour Alain-Fournier et ses contemporains, de *Pelléas,* de Moussorgsky, des Ballets russes. Les musiciens découvraient parmi nous ces plaisirs-là comme des classiques d'un autre genre. De même n'avons-nous connu aucune passion philosophique, comme celle qu'ont pu connaître les auditeurs de M. Bergson en 1910. Nous lisions ses livres, je me rappelle avoir beaucoup discuté des articles de l'*Energie spirituelle,* où demeurent peut-être les pages les plus vivantes et les plus justes du philosophe, mais Bergson, c'était un homme comme Montaigne, déjà solennellement retiré de notre monde. Nos vraies émotions de découvertes étaient ailleurs. Et nous avions quatre conseillers habituels, Edmond Jaloux pour les livres, Lucien Dubech pour le théâtre, et Jean Fayard et Alexandre Arnoux pour le cinéma.

Nous allions en ces époques naïves, aux pièces du Studio des Champs-Elysées de Gaston Baty, où s'élaborait une féerie mécanique, voire algébrique, qui nous amusait. Nous découvrions Louis Jouvet, qui jouait alors Marcel Achard avec Valentine Tessier, et *Knock,* avant de nous éblouir par le plus grand événement théâtral de vingt années, l'apparition du théâtre de Jean Giraudoux, et le *Siegfried* de 1928. Pour la première fois (car les représentations de Claudel étaient éphémères) nous entendions, sur une grande scène, *parler français,* une langue gracieuse, vivante, fraîche. Pour la première fois, nous assistions à la naissance de quelque chose de neuf et d'ingénieux, qui pourrait être grand. Comment ne pas s'émerveiller ? Mais nous allions aussi chez Dullin voir Ben Jonson et Aristophane, en ce Théâtre de l'Atelier qui ressemble, sur la place Dancourt, à une mairie de sous-préfecture. Et à l'Œuvre encore, où l'on jouait Ibsen, et où un jour, nous vîmes rayonner, à travers une interprétation médiocre, l'éblouissement de *l'Annonce faite à Marie.* Et c'est ainsi que nous découvrions les Pitoëff.

C'est seulement au mois de mai 1926, si je me souviens bien, que j'allai les voir, après la lecture d'un article de Lucien Dubech dans *Candide.* J'étais avec Fred Sémach, un dimanche après-midi, et nous avions pris des places à six francs, tout en haut du vaste et poussiéreux Théâtre des Arts [1].

Le rideau se leva sur ces décors simplifiés que j'ai préférés à tout, et ces cinq tables rondes qui composaient tout l'ameublement de la scène.

1. On jouait tout d'abord, je m'en souviens, un petit acte de Mérimée qui doit s'appeler *l'Amour africain,* qui nous laissa quelque temps tout surpris. Cette pochade un peu lourde était montée en parodie, mais on ne nous en avait pas prévenus, et nous étions inquiets de voir les acteurs jouer si mal. Ce n'est qu'à la fin, au grand massacre où des flots de ruban rouge figuraient le sang, que notre âme candide fut rassurée.

J'eus un petit choc. Quand je jouais au théâtre avec les poupées de ma sœur, à douze ans, je me rappelais de la façon la plus nette avoir monté un décor presque semblable. Nous avions habillé d'étoffes des boîtes rondes, et nous les avions placées en quinconce sur le plateau exigu, au milieu des rideaux unis, exactement comme Georges Pitoëff avait placé les siennes. Dans le silence cependant la pièce de Pirandello commençait à se dérouler, si surprenante encore en ce temps-là, si neuve pour moi. Je ne devais voir que plus tard les fameux *Six personnages en quête d'auteur,* mais encore aujourd'hui je crois que *Comme ci ou comme ça,* qui est de la même veine, lui est supérieure. Des créatures déchirées par l'intelligence et par le doute souffraient au milieu d'un univers sarcastique. Nous voyions s'avancer, au milieu des rideaux bleus, un homme mince et noir, qui penchait un peu la tête de côté, qui souriait tristement, et dont la voix monotone et basse, un peu fêlée, nous laissait une impression si étrange. Car il chantait, il chantait son drame et le drame de la vie, et il enveloppait de ses phrases chantées la passion et la souffrance. Nous finissions par écouter, au-delà des mots, une certaine ligne mélodique, une cantilène pareille au chant grégorien, une plainte lente, déroulée et sourde, qui semble faire lever autour de l'action comme un chant funèbre, comme une musique d'église, une déploration religieuse. Longtemps, je le reverrai tel qu'il m'apparut pour la première fois, debout au milieu de ces tentures, expliquant la mort de sa mère, et l'insecte noyé dans un verre d'eau qu'il avait si longtemps regardé, et pendant ce temps il ne s'était pas aperçu que sa mère mourait. Auprès du commentateur du drame une petite créature à grande cape avait sa figure dévorée de passion, et ses yeux immenses. Et de la scène montait alors, en ces années merveilleuses, une poésie mortelle et désenchantée, une poésie parfois factice, morte aujourd'hui, mais qui porta sa magie, que nous avons subie en même temps que celle des beaux jours de la paix, de la jeunesse et de l'espoir, et que nous ne retrouverons jamais plus.

Nous rentrâmes dans une sorte d'enthousiasme sacré, que je n'ai sans doute plus connu par la suite au théâtre. Je crois bien que toute la classe alla voir Georges et Ludmilla. Et nous ne devions plus, par la suite, manquer beaucoup de spectacles d'eux.

Il y a une carte déchirée aux coins et jaunie que j'ai toujours gardée comme une sorte de talisman, de sésame de la jeunesse. Elle est à en-tête du Théâtre des Arts et datée du jeudi 16 décembre 1926 : «*A treize heures précises,* dit-elle, *matinée offerte à la jeunesse intellectuelle de Paris par Georges et Ludmilla Pitoëff et leur compagnie :* la Tragique Histoire d'Hamlet, prince de Danemark, *de Shakespeare, dans son texte intégral, traduction d'Eugène Morand et Marcel Schwob; mise en scène, décors et costumes de Pitoëff.*» Et je revois aussitôt la cour de Louis-le-Grand et ses arcades, l'étude grise et noire où l'on nous apporta ces invitations; je revois la vieille salle du Théâtre des Arts, emplie du haut en bas par la seule jeunesse, et la plus belle représentation théâtrale, la plus exaltante et la plus vivante sans doute à laquelle j'aie jamais assisté. C'est là que j'ai compris, non pour la première fois, ni pour la dernière, mais le plus profondément, l'accord qui s'était établi une fois pour toutes entre Georges et Ludmilla Pitoëff et la jeunesse.

Il faut saisir l'émotion qui s'emparait de nous lorsque, dans les salles obscures, Georges et Ludmilla Pitoëff invitaient « la jeunesse intellectuelle de Paris » à écouter *Hamlet.* On a dit beaucoup de mal de « l'après-guerre » et le signataire de ces lignes ne s'en est pas fait faute. Pourtant, si cette époque troublée dans les âmes et dans les cœurs, mais vivante, mais riche en curiosités, nous touche encore, je crois que c'est à cause de ce qu'apportaient en l'interprétant Georges et Ludmilla Pitoëff. Décantés dans Ibsen, dans Pirandello ou dans Shakespeare, les troubles contemporains, à passer par ces deux voix, l'une claire, l'autre sombre, nous paraissaient les troubles éternels de la vie humaine, et ces mots qui revenaient si souvent dans la littérature d'alors, le mot de rêve, le mot de mort, prenaient tout leur sens et tout leur poids, et devenaient vraiment le rêve et la mort de Shakespeare, le rêve et la mort de Racine.

Vêtu de noir, dans la composition noire et grise de ses décors synthétiques, Georges Pitoëff offrait à nos regards ses gestes sobres, à nos oreilles sa voix surprenante. L'accent russe qui déconcertait tant de ses auditeurs nous enchantait chez lui. Il était alors le douteur acharné qui interrogeait le vide du ciel : mourir, dormir, rêver peut-être. C'est pourquoi, après avoir incarné tant de petits fils d'Hamlet, il donnait son apparence au prince de Danemark. Aussi ne rencontrions-nous point d'acteur qui nous saisît pareillement, aucune salle ne nous était plus chère que cette salle du Théâtre des Arts où passaient tant de tempêtes. Cette voix blanche, ce regard qui souffre et qui questionne, ce grand corps gauche nous procuraient une émotion unique. Georges Pitoëff nous semblait incarner exactement certaine âme moderne, déséquilibrée par le heurt des instincts, rêvant de vie ardente et d'absolu. « Il y a plus de choses sous le ciel, Horatio, que n'en peut comprendre ta philosophie » et c'est pourquoi n'avons-nous jamais vu rêver avec tant d'ardeur le prince de Danemark au repos des grands sommeils que ne troublent pas les rêves. « Laissez-moi tranquille » lui entendions-nous dire à peu près dans tous ses rôles. Et cela était symbolique, et nous essayions ensuite d'imiter sa voix, son accent, pour prononcer ces mots fatidiques. Il nous semblait le type parfait d'un monde privé d'appui. Aussi était-il l'éternel Hamlet. Aussi, quand il joua ce rôle écrasant, fit-il mieux que de l'interpréter. Nous ne saurions analyser son jeu, mais nous ne nous sentons plus capables, désormais, d'imaginer le prince autrement que sous ses traits. Quand je relis cette œuvre, c'est sa voix que j'entends, c'est lui que je vois surgir aux premières mesures du drame vêtu de noir, devant sa mère ; c'est lui qui, porté par les quatre capitaines blancs de Fortimbras, s'élève à bout de bras, corps mort, lorsque le rideau tombe. Comme l'a dit Lucien Dubech au jour de sa mort, il a ainsi atteint la plus haute récompense de l'interprète. « Grâce à lui, nous avons *vu* Hamlet. »

Dans les lettres que j'écrivais alors, pendant

les vacances, inlassablement, à Maurice Bardèche et à José Lupin, c'est de Georges et de Ludmilla que nous parlions sans cesse. Ils sont inséparables pour moi de ce temps, où ils nous apportaient tant de choses, le théâtre, le rêve, les enchantements mortels. Quand nous avions la permission de sortir le soir, ce qui était rare, c'était chez eux que nous courions, presque toujours. Nous nous répétions, comme mots de passe, les phrases d'*Hamlet* : « *Economie, Horatio, économie : le rôti des funérailles a été servi froid sur la table des noces...* » et nous nous souhaitions bonsoir par le *Good night, sweet prince* qui laisse à son destin l'héritier d'Elseneur. Et nous recomposions aussi, inlassablement la légende des Pitoëff, avec leurs enfants, leurs décors, leurs soucis, leurs rêves. Du haut des places à bon marché, ils nous semblaient s'avancer sur la scène comme sur un radeau miraculeux.

Vers minuit moins le quart, à la fin des soirées, il y a toujours un moment où Georges et Ludmilla sont face à face, et même si le bonheur doit les attendre dans dix minutes, il passe dans leur voix on ne sait quels obscurs regrets. Ils se font des adieux, ils nous font des adieux. Et lorsque le rideau tombe et se relève, entre chacune de ses apparitions, on voit Ludmilla Pitoëff s'incliner en secouant la tête de côté avec une drôle de petite révérence enfantine, comme si le plateau était le pont d'un navire, qui déjà, s'éloigne du quai.

Le soir de *Comme ci ou comme ça,* ou le soir d'*Hamlet,* moins encore, d'une pièce oubliée, triste et énervée, qui peut dire ce qu'il est devenu dans notre symbolique personnelle ? C'était un soir de l'avant-guerre, un de ces soirs comme il n'y en aura plus, et on aura de la peine à savoir ce que de pareilles minutes pouvaient représenter pour nous, qui avions dix-sept ans, ce printemps parfumé, ces féeries envoûtantes, ces voix blanches et alternées. C'était un soir de l'avant-guerre, où l'on croyait encore à tant de choses, et à la jeunesse éternelle, et au goût de miel des tilleuls sur Paris. Dans seulement quinze ans, comment y penseraient ceux qui avaient connu tout cela ?

*
* *

Nous découvrions aussi, à cette époque, le cinéma. Sans doute avions-nous des aînés dans cette découverte, et les années précédentes avaient vu les artistes et les hommes de lettres s'approcher avec des mines gourmandes de l'art nouveau. Ils continuaient encore en 1926, et ne devaient cesser, à vrai dire, qu'avec le cinéma muet. Aujourd'hui, on n'en trouve plus pour s'intéresser sérieusement, profondément, à ses plaisirs. Ils vont peut-être au cinéma, ils ne croient plus en lui, et je ne suis pas certain que les fabricants de films y croient bien davantage. Alors on discutait de l'image, du rythme, et de problèmes aujourd'hui oubliés, comme celui des sous-titres. Nous arrivions, nous, ignorants, et pour ma part, j'étais dans une situation particulière : j'étais allé fort souvent au cinéma dans mon enfance, au temps des *Mystères de New York* et des premiers Charlot, et à peu près plus jamais par la suite. Je n'ai certainement pas vu dix films entre 1918 et 1926. Bien entendu, nous restions tous assez méprisants des vedettes qui régnaient habituellement sur la foule : c'était le temps où les femmes se tuaient pour Rudolph Valentino, et toute la publicité d'Hollywood n'a sans doute jamais atteint à la folie collective que ce nom suscitait. A Paris, je compris subitement ce que pouvait offrir l'écran avec le film allemand *Variétés*. Nous en discutions longuement, dans la cour de Louis-le-Grand; la semaine suivante j'allai voir *En rade* de Calvacanti au Vieux-Colombier, et peu d'œuvres ont fait autant d'impression sur moi que cette composition mélancolique, ces belles images méditerranéennes, et cette nostalgie facile. Désormais, c'est presque à chaque spectacle que je revins au Vieux-Colombier de Jean Tedesco, dont le nom n'évoque pas pour moi le théâtre, comme aux fidèles de Copeau, mais simplement l'art silencieux de ces belles années. Films allemands, reprises de films anciens, films absolus, je n'en ai guère manqué. Il y avait d'ailleurs dans cette salle un fort bon orchestre, et l'on parlait aussi beaucoup à cette époque de la musique d'accompagnement, surtout lorsque Honegger composa la partition du gigantesque *Napoléon* d'Abel Gance, dont nous allâmes presque tous contempler les trois écrans. Nous nous hasardions aux Ursulines voir *Jazz,* nous courions au Ciné Latin, sur les pentes de la montagne Sainte-Geneviève, où l'on présentait, déjà, les œuvres du répertoire. C'était une salle un peu borgne, avec des bancs de bois, où j'ai vu le premier « spectacle René Clair » avec *Entr'acte, le Fantôme du Moulin-Rouge* et *le Voyage imaginaire.*

A l'une des rentrées, je m'y précipitai. Les grilles étaient fermées. Une ombre s'avança, une bougie à la main : c'était un moine. Stupéfait, je lui demandai si le cinéma allait ouvrir.

— C'est maintenant un monastère arménien, me répondit l'ombre avec dignité.

Les Ursulines, le Ciné-Latin, le Vieux-Colombier, tels ont été les temples du cinéma à cette époque. Et je serais tout près d'admettre que celui-là n'a pas connu le cinéma, qui n'a pas connu ces salles des temps héroïques, où montaient, comme des fumées, les vertigineuses images grises, où tout était oublié des bruits de la terre. Les grandes réussites n'étaient pas alors si lointaines que l'on ne pût aller en chercher le témoignage dans les salles de quartier. Je n'avais pas vu *la Rue sans joie* en 1922, mais je regardais, à travers les pierres lépreuses de Vienne, passer Greta Garbo et la belle Asta Nielsen, au petit cinéma Cluny, avec Fred Sémach. Je n'avais pas vu *la Ruée ver l'or* en 1925, mais avec Maurice Bardèche, nous allions près de la Nation contempler la danse des petits pains et *écouter* de tous nos yeux le chant de Noël des émigrés. Et ensemble encore nous découvrions l'expressionnisme allemand, jusque dans la salle à vingt sous du Ciné-Sabin, près de la Bastille, avec ses bancs, ses images tremblantes, ses fumées, et son public populaire qui prenait tout ce macabre pour une farce. *Caligari, Nosferatu,* et les images polynésiennes qui furent alors à la mode, et les patientes œuvres du réalisme d'outre-Rhin, tout cela est inséparable pour moi de ces années magiques.

*
* *

Quant à mes vacances, elles étaient toujours les mêmes, interposant au milieu des ciels gris, des brumes et des théâtres parisiens, l'éclat du soleil et de la mer. On s'était mis à porter, un an ou deux, sur les plages, le petit béret blanc de la marine américaine. Pas encore de pyjama, ni de short. C'est en 1926 que je rencontrai à Collioure un jeune Catalan, dont je devais ensuite parler avec beaucoup d'admiration à mes amis de Louis-le-Grand. Il s'appelait Jaume Miravitlles, tout le monde l'appelait Jaumet, et il avait vingt ans. Il avait, en outre, un grand moyen de séduction : il s'était évadé d'Espagne après un attentat manqué, et il y avait été condamné à mort par contumace. Condamné à mort à vingt ans, n'était-ce pas magnifique ? Nous le pensions tous.

Pour quelques jours, plusieurs jeunes gens, plusieurs jeunes filles avaient ainsi formé autour de Jaumet une cour respectueuse et enthousiaste. Je ne songe plus à Collioure, à la ville rousse et ronde autour du port, à son église rose dans la mer, à ses plages de galets, sans entendre la voix de ce garçon, qui parlait encore français avec un accent savoureux, à qui nous apprenions Verlaine et Baudelaire. Et c'est ainsi que j'ai commencé à connaître l'Espagne, ce pays qui jouerait un certain rôle, plus tard, dans notre vie à tous et notre amitié, par un révolté contre elle.

Avec lui, quelque temps, je ne jurai plus que par Jaume Ier de Majorque, les portulans, les explorateurs et les aventures, le roman de *Tirant le Blanc* et les œuvres de Ramon Llull. J'achetai *la Publicitat* aux kiosques des boulevards et je me procurai une grammaire catalane.

A vrai dire, ce qui m'émerveillait chez lui, c'étaient les chansons. Nous avons tous eu de ces camarades bourdonnant de vers ou bourdonnant de chansons. Jaumet en connaissat une quantité prodigieuse. Il chantait tour à tour, et tout aussi bien, de sa belle voix naturelle, chaude, un peu voilée, la Jano d'Aimé périgourdine qui allait à la fontaine, et Margarido de Provence, et le moineau de Cerdagne qui pleure à minuit son amour, et le jour de la Saint-Jean parmi les sentiers de la montagne.

> *El dia de San Joan,*
> *N'es diada senyalada,*
> *Jo anava, cami avall,*
> *Cami de l'enamodara,*
>   *O laïro*

> Le jour de la Saint-Jean
>   — Et c'est un beau jour —
> Je descendais le chemin,
> Le chemin de la bien-aimée
>   O laïro !

> *Quan en soc a mitg cami*
> *En veitg la porta tancada,*
> *Amor meù, baixeù m'obrir,*
> *Que tinc la barba gelada*
>   *O laïro*

> Quand j'en suis à mi-chemin
> J'en vois la porte fermée
> Mon amour, descends m'ouvrir,
> J'ai la barbe gelée
>   O laïro !

D'autres fois, il m'apprenait les vieux chants de révolte des Catalans, ceux qu'en 1936, les Maisons de la Culture apprendront aux amateurs de disques révolutionnaires, les admirables *Faucheurs,* et la *Sainte Epine :*

> *Som y serem gent catalana*
> *Tant si es vol com si no es vol...*
> Nous sommes et serons la race catalane
> Que vous vouliez ou non...

C'est même en catalan que j'ai appris de Jaumet *l'Internationale :*

> *Es la lluta darrera,*
> *Arropeu nos, germans*
> *L'Internationala sigui*
> *La patria dels humans.*

Tout cela formait un romantisme de la révolte et de la conspiration qu'il faut bien que tout jeune homme ait connu un jour. Les chants interdits se mêlaient aisément aux évocations de fontaine, d'amour, d'anneau perdu, aux filles sur la tour, aux étoiles dans le ciel. Vêtu de toile bleue, ce garçon vigoureux, aux yeux si clairs dans son visage brun, ramait au centre de Collioure en chantant de sa voix grave et douce, et cela suffisait bien pour justifier sa vie et ses chimères.

Je devais le rencontrer deux années de suite à Collioure, où nous allions danser sur la place, le jour de la fête du pays, ou bien à l'ermitage de Consolation, le 8 septembre, ou bien encore, une fois, chez des amis à lui, sur une terrasse qui dominait le port éclairé et la nuit. Je devais aussi le revoir à Paris, quelquefois. Je me souviens d'un jour où il m'emmena chez une jeune femme, qui habitait un atelier de peintre à Montmartre. On y rencontrait des émigrés et des conspirateurs. Elle-même, Danoise ou Norvégienne, parlait le catalan avec aisance. J'avançais dans le romantisme. Au cours des années qui suivirent, je perdis Jaumet de vue. Eclata la conspiration de Macia, où il fut naturellement mis en prison. Puis vint la République, il retourna en Espagne, et je n'entendis plus parler de lui, sauf, de loin en loin, par quelque poème dans une revue plus ou moins surréaliste, parfois par quelque appel aux peuples opprimés. A la révolution espagnole de 1936, il devint secrétaire général des milices antifascistes, délégué à Paris de la propagande catalane, et il rompit, plus tard, avec les communistes. Il m'a même écrit une fois, pendant la Révolution, pour m'assurer qu'il lisait toujours Maurras, le seul Français qui ait compris la Catalogne. Je sus qu'il était revenu à Paris, de nouveau exilé, et qu'il écrivait des articles des plus remarquables à *la Flèche*. Je ne l'ai plus revu, mais j'ai pensé à lui en traversant son Figueras natal, à la veille de la guerre de 1939. A travers tout ce qui nous sépare, je sais bien que nous n'aurions qu'à évoquer notre mer, nos rivages salés, l'été, couleur de pêche, les rochers roux de nos plages, pour nous rapprocher.

*
* *

Ainsi, dans notre cercle un peu fermé sur des livres, pouvaient entrer parfois des images de la vie, colorées du romantisme de la jeunesse, mais vigoureuses. Nous les remaniions à notre gré, et chacun apportait la sienne, pendant ces trois années que nous avons passées en marge de nos contemporains, il n'en faut pas douter, et regardant se profiler sur le mur de notre caverne platonicienne les ombres de la douceur de vivre qui se mourait. Nous les traitions parfois avec le sourire, et je bénis le ciel de n'avoir pas vécu au milieu d'une jeunesse sérieuse. Devant même ce que nous admirions, et qui nous enthousiasmait profondément, nous réclamions le droit à une petite réserve d'ironie. L'ironie n'empêche pas la sincérité, ni même le respect, mais c'était sans doute notre façon à nous de prouver que nous étions, malgré tout, un peu isolés de l'existence réelle.

Telles furent ces trois années. Je ne les oserai pas dire exemplaires tant chacun de nous est un modèle inassimilable à autrui. Tous les jeunes gens, entre 1925 et 1928, n'ont pas mené la même vie. Pas même tous les étudiants, pas même tous ceux d'entre eux qui se préparaient à la même Ecole. Ils ont pu avoir d'autres goûts, d'autres passions, et puis aussi, à travers ce qui nous était commun, chacun de nous s'avançait, parfois difficilement, à la recherche de soi-même, dans ce passage long et étroit de l'adolescence. Cependant, il a bien dû y avoir, pour tous ceux qui ont connu ce temps, quelque ressemblance plus ou moins claire. Le fond du décor était le même, qui livrait aux luttes intellectuelles la jeunesse, en des années relativement paisibles, pleines de curiosité et de naïveté. C'était Paris, c'étaient les belles images grises et silencieuses de l'écran. C'était le théâtre dans sa vigueur et sa renaissance, c'étaient les livres aujourd'hui vieillis, mais frais alors et neufs. Et nous avancions, au milieu de tout cela, avec cette jeunesse du corps qui n'est plus, avec la fragilité, avec la fraîcheur nous aussi. A considérer ce que nous fûmes, je comprends que le mot le plus banal et le plus vrai sur la jeunesse soit le mot de fièvre. Oui, la fièvre de la jeunesse nous l'avons connue. La fièvre de l'esprit, à travers les constructions les plus hasardeuses comme les plus solides, les découvertes, les tentations. Et la fièvre de Paris. Et la fièvre du cœur aussi. Et la fièvre de voir et de toucher. Et les trois concupiscences, celle de l'esprit, et celle des sens, et la plus forte de toutes, celle de la vie. Comme nous étions prêts à entendre ceux qui, en ces années, nous conseillaient de ne pas choisir, de ne pas nous limiter, de laisser courir autour de nous-mêmes nos désirs et nos tentations ! Les plus sages espéraient de l'avenir la modération, la naturelle accalmie : mais en attendant, ils laissaient battre le sang à leurs tempes, ils s'avançaient avec un appétit merveilleux vers tout ce qui était permis et tout ce qui était défendu, vers les fruits de tous les paradis terrestres, miraculeusement suspendus à chaque arbre proche de leur main.

II

LA DOUCEUR DE VIVRE

A ce moment de ce récit, peut-être faudrait-il dire que l'univers, selon les lois marxistes, subit d'assez gros changements. Nous autres, pauvres naïfs, avions passé notre matin profond à contempler Paris et l'existence un peu à travers les barreaux d'une prison. Nous savions par ouï-dire qu'on jetait l'argent à la volée, qu'on s'amusait, que les directeurs de boîtes de nuit s'enrichissaient vertigineusement, et des aînés pas tellement lointains nous feraient bientôt le récit de cette époque fabuleuse. Si fabuleuse qu'on aurait un peu trop tendance à croire qu'elle a été la même pour tous, ce qui n'est pas. Nous autres, par exemple, nous l'avons bel et bien ignorée, en la plupart de ses effets, et nous n'en avons connu que les reflets intellectuels. Et la malchance peut-être (faut-il lui donner ce nom ?)

a voulu que nous surgissions à l'air libre tout juste quand elle a été close. C'est du krach américain de 1929 que les graves économistes datent en effet la fin de l'ère de prospérité. M. Tardieu, qui fut à cette époque président du Conseil, n'en croyait sans doute rien, puisqu'il peignait, environ ce temps-là, dans un discours célèbre, la France avançant sur les routes joyeuses de ses destinées. Belles routes que celles qui commençaient à la crise, et qui menaient, pour moins de dix ans plus tard, à la guerre !

Gustav Stresemann était mort à l'automne de 1929, après qu'une conférence à La Haye eut encore marqué pour lui une nouvelle victoire, et après l'évacuation d'une nouvelle zone rhénane. « *Saluons,* écrivait Jacques Bainville, *c'est le plus beau travail diplomatique que l'on ait vu en Europe depuis le temps où Bismarck avait conduit à Sadowa et à Sedan la Prusse humiliée à Olmütz.* » Passant à la seconde phase de son action, l'Allemagne réclamait ouvertement la révision des traités. On essayait pourtant de maintenir les vieux rêves, M. Briand devenait « le Pèlerin de la Paix », on fabriquait des *Plans* fort intellectuels, et une jeune revue prenait ce nom, qui essayait de mêler le fascisme italien, les Soviets, les leçons de l'Amérique industrielle. Le scandale financier de *la Gazette du Franc* secouait le régime, les communistes gagnaient du terrain, le traître Marty était élu député de la Seine, M. Poincaré reprenait le pouvoir et les marxistes menaient contre lui la campagne de « l'homme qui rit dans les cimetières ». Bloc des gauches, Bloc National, se succédaient, dans une euphorie factice et le mépris des réalités. On était riche, on dépensait, on votait la gratuité de l'enseignement, les Assurances sociales, les ministères de droite faisaient de la politique de gauche, mais on arrêtait les révolutionnaires, espérant se défendre de la Révolution. La bourgeoisie bien-pensante tentait de croire, sinon à sa force, du moins à sa chance.

En cette année 1929 ainsi, les mots d'*avant-guerre* prennent déjà tout leur sens, bien que les années précédentes, pour quelques-uns, lui aient constitué un assez bon prologue. Et pour nous, en tout cas, il n'y a pas eu de nouveauté, nous avons continué à développer l'existence qui était déjà la nôtre, nous n'avons pas participé aux fêtes et aux folies de l'après-guerre, nous avons toujours été, de toute façon, ceux de l'avant-guerre. Les seuls changements ont été les changements personnels de notre liberté, les changements de l'apparence.

Ma première impression de l'Ecole normale date du concours de 1927. Admissible à la première fois, je me présentais à l'oral sans grand espoir. Les épreuves se passaient dans la bibliothèque de l'Ecole et dans les salles de cours, et je fus stupéfait, dans mon ignorance de la maison, de voir, en plein après-midi, se mêler aux candidats et aux professeurs, sans que personne y trouvât rien à redire, quelques élèves en pyjama et en sandales, qui se penchaient d'un air innocent sur les examinateurs. Chose curieuse, nous ne nous préoccupions absolument pas, à Louis-le-Grand, de la vie qui serait la nôtre si nous étions reçus. Quelques-uns avaient bien assisté au bal de l'Ecole, étaient allés voir rue d'Ulm d'anciens camarades, mais la plupart n'y pensaient point. Quant à moi, cette première notion de l'anarchie légale où vit l'illustre communauté universitaire me laissa rêveur. Puis, j'échouai à l'oral, et j'oubliai un peu que l'Ecole pouvait être le paradis de la liberté vestimentaire, intellectuelle et matérielle.

Je retrouvai la vérité l'année suivante. L'écrit du concours se passe à Louis-le-Grand, dans la salle des fêtes où se donne d'habitude le bal annuel. C'est là également qu'est subie l'agrégation. La semaine qui précède, nous rentrions presque tous dans nos familles pour quelques jours, livres fermés, nous adonner à une cure d'oubli. Je me souviens encore d'une journée de juin sous les cerisiers à cueillir les cerises avec les jeunes filles. Puis on ouvrait solennellement les portes sur la rue Cujas et on nous enfermait : six heures pour les compositions de français, d'histoire, de philosophie, quatre heures pour la version latine, la version grecque, le thème latin, — la cour toute proche pour nous promener, — un petit encas composé de sandwiches et de café froid, — et, l'après-midi, par les belles journées chaudes, l'anéantissement sur les chaises du Luxembourg. J'y pense sans déplaisir, je ne l'ai pas vécu sans déplaisir. En deux ans, j'ai exprimé successivement mon opinion compétente sur la question d'Orient au dix-neuvième siècle, les mouvements sociaux, économiques et politiques de la Restauration, le *Don Juan* de Molière, et deux ou trois autres points dont je ne me souviens plus guère. On subissait une épreuve par jour. L'oral avait lieu un mois après, un mois de demi-travail, de demi-liberté, en attendant les résultats de l'écrit. Et c'était de nouveau une semaine de manège, avec une ou deux interrogations par jour, la préparation des sujets saugrenus, l'exposé imperturbable de savoirs vacillants déguisés en certitudes. Cette fois-ci, je fus reçu de justesse [1]. J'avais dix-neuf ans. De mes premiers camarades de jeunesse, les uns allaient disparaître plus ou moins [2]. D'autres, au contraire, entrés ou non à l'Ecole, continueraient à partager les occupations et les plaisirs de ce groupe de jeunesse d'avant-guerre que nous avions formé vers mes dix-sept ans.

L'Ecole normale de la rue d'Ulm a changé d'apparence depuis ce temps, et risque, d'ici quelques années, de devenir parfaitement méconnaissable. On a beaucoup bâti, on a abattu, par malheur, beaucoup d'arbres. En 1928, elle comprenait essentiellement un quadrilatère de bâtiments, autour d'une cour plantée d'arbres, ornée d'un bassin et de pelouses. Auprès de la grille qui la sépare de la rue, une basse maison sans étage sert d'infirmerie. C'est là que Pasteur découvrit la guérison de la rage [3].

Sur le côté sud s'étendait le jardin du directeur, où les élèves avaient accès, et où donnent les fenêtres de la rue Claude-Bernard. De l'autre

1. Vingt-septième sur 28. On admettait en ces années, 28 candidats de lettres sur 350 candidats environ, 20 de sciences, et les jeunes filles en surnombre.
2. Entraient avec moi à l'Ecole, Maurice Bardèche, Thierry Maulnier, Jean Beaufret, quelques autres. Ajoutons, cette fois encore, quelques noms que l'auteur omet, ceux de l'écrivain Claude Jamet et de Simon Neil dans notre promotion, ceux de Jean Bérard, de Maurice Gaït, de Pierre Uri, de Jacques Soustelle, de René Brouillet dans la promotion de l'année suivante.
3. L'infirmerie était alors dirigée par Mlle Tannery, de la famille de l'éditeur de Descartes, et que l'on appelait la Vierge. Elle était charmante et fort populaire à l'Ecole, et les chambres de l'infirmerie, plus confortables que les autres, s'ouvraient volontiers aux fatigués ou aux fantaisistes qui avaient envie d'y faire un séjour.

côté de l'Ecole, il y avait le tennis, un vague emplacement pour des agrès de gymnastique, une salle pour d'inénarrables « leçons de danse », qui fut décorée de fresques dans le goût montmartrois, et surtout, dominant la rue Rataud qui est en contre-bas, un large ravin planté d'arbres touffus que nous appelions *le maquis,* et qui a aujourd'hui disparu de la façon la plus sotte[1]. Enfin, sur le côté nord, une sorte de ruelle intérieure, éclairée par des becs de gaz préhistoriques, menait à une petite maison de préparateurs de chimie et à une sorte de jungle ridicule où on élevait des têtards, à l'ombre des grands arbres : c'était le jardin destiné aux expériences de sciences naturelles, qui se nommait *la Nature.* On a aujourd'hui construit sur ces emplacements champêtres les bâtiments géants de l'Ecole des sciences, qui se sont développés jusqu'à la rue Lhomond, où se trouvait alors une annexe de l'Ecole polytechnique. Ni l'Ecole de physique et chimie, ni le Musée pédagogique, ni les nouvelles maisons de la rue Rataud n'avaient encore été achevées, et le quartier était plein de verdure, de jardins, épaves charmantes du temps où le petit Hugo jouait aux Feuillantines.

Je puis bien dire que j'ai passé là des années merveilleuses, bien différentes de mes années de Louis-le-Grand, trois années de grandes vacances, dans la plus entière liberté matérielle et intellectuelle. Je ne sais pas ce qu'a pu être l'Ecole pour les élèves d'avant 1914, malgré ce qu'en a dit Jules Romains. Je ne sais même pas

1. Les nouveaux bâtiments de l'Ecole normale (section Lettres) n'étaient pas construits lorsque cette phrase fut écrite. Ils s'élèvent aujourd'hui à la place de ce ravin qui donnait sur la rue Rataud.

ce qu'elle peut être maintenant. C'était en ce temps-là un des asiles les plus étonnants de l'anarchie poétique.

L'Université française, qui est pourtant insensible à l'imagination, a eu son heure de faiblesse, d'indulgence et de génie. Elle a été un jour visitée par la grâce, et elle a créé l'Ecole normale. Sans doute, cette invention funambulesque n'a point été parfaite du premier coup. Il y a fallu le temps, des révolutions, des guerres[1]. L'essentiel était d'aboutir à ce fragile chef-d'œuvre de liberté dont je ne vois pas qu'aucun pays puisse offrir le modèle. C'est que l'Ecole normale a pour vertu première de ne pas exister, ce qui, on en conviendra, est assez rare.

Il n'y a point de règlement. C'est un établissement sans obligation ni sanction. Ou, pour être plus exact, il est obligatoire d'être reçu aux examens de fin d'année[2]. Mais on a tout à fait

---

1. On pense avec effroi que dans les *Hommes de bonne volonté*, Jules Romains nous décrit le secrétaire général passant discrètement dans les chambres lorsqu'un élève n'est pas levé à huit heures.

2. C'est-à-dire aux examens que passent, dans les mêmes conditions les élèves de la Sorbonne : certificats de licence, diplôme d'études supérieures, agrégation. Avant la réforme scolaire de 1902, l'Ecole avait une sorte d'autonomie, des cours particuliers, des professeurs. Elle ne fut plus par la suite qu'un internat pour boursiers, sans cours particuliers, du moins en Lettres, et sans autres professeurs que ceux de la Sorbonne. Si on échoue à sa licence, on est « suspendu » jusqu'à réussite (j'ai failli l'être, malgré les trois certificats que j'avais en entrant, ayant échoué deux fois à mon certificat de philologie et n'ayant dû le salut qu'au rétablissement de la session d'examens d'octobre, cette année-là).

le droit de ne jamais assister aux cours. Si l'on y mettait quelque ostentation, le directeur présenterait des observations timides, que ne pourrait rendre efficaces aucune sanction. Le seul cours obligatoire est la préparation militaire : encore les antimilitaristes, au prix de deux ou trois blâmes inefficaces, passaient-ils outre aisément. Quant aux sanctions, il n'en existe qu'une : le renvoi. On conçoit qu'elle ne puisse être prise que dans des cas assez graves.

S'il n'y a pas de règlements proprement dit, il existait cependant encore des habitudes. A sept heures et demie, une cloche sonnait pour annoncer le petit déjeuner. Les trois quarts des élèves n'y assistaient pas. Le café au lait était d'ailleurs horrible, et on venait tout juste d'abandonner l'habitude répugnante de le servir dans des assiettes. Nous préférions en général les bistrots des environs. Et nous nous levions à huit heures, à neuf heures ou à onze [1].

En outre, en 1928, les élèves étaient censés avoir regagné l'Ecole à dix heures du soir. Ils devaient s'inscrire sur un registre, passé ce délai, et on leur ouvrait la porte jusqu'à une heure. C'était une simple formalité. Après quoi le veilleur de nuit gagnait l'intérieur de l'Ecole et on ne pouvait plus rentrer. Mais il existait quelques clefs en circulation, et pour ceux qui n'en étaient pas munis, le bec de gaz de la rue Rataud permettait assez facilement de gagner le

---

1. Mais si par hasard nous descendions au réfectoire un quart d'heure après la cloche, nous ne trouvions plus que des soupières de liquide froid et infect. Aujourd'hui, on a installé, m'a-t-on dit, des percolateurs qui tiennent les déjeuners jusqu'à dix heures.

maquis, le tennis et son lit [1]. Par la suite, j'ai vu disparaître le burlesque registre ; le veilleur de nuit, entre ses rondes, est revenu près de la porte d'entrée et a pu ouvrir aux retardataires. Ainsi se sont effilochés les derniers lambeaux de discipline.

Nous couchions dans des dortoirs séparés en boxes. L'Ecole était en 1928 peinte d'une antique peinture brunâtre, et d'une épouvantable saleté. J'entrepris, ce qui ne s'était sans doute jamais fait, de peindre ma chambre, de remplacer le lit par un divan, d'y placer un ameublement sommaire d'étagères et de table en bois blanc. On trouvait à l'Ecole, en cherchant bien, de ravissantes chaises pour églises de campagne. Un rideau de velours bleu à quelques francs le mètre, des coussins fabriqués en éventrant quelques matelas pour en retirer le varech, c'était suffisant pour se bâtir un asile qui étonna sans doute, mais que l'on respecta. L'année suivante, l'Administration frappa même un grand coup, et repeignit en gris clair toute l'Ecole. Un nouvel économe fit placer au réfectoire des nappes à carreaux, remplaça les timbales par des verres. C'était le luxe. Il paraît que nous le devions aux singes du Jardin des Plantes : comme on allait augmenter leur budget, M. Herriot, ancien élève de la rue d'Ulm, protesta à la Commission de la Chambre :

— Et les normaliens ? dit-il.

On rit, et on fit passer le crédit des singes aux normaliens. Le directeur était alors depuis un

---

[1]. Je dois à la vérité d'avouer n'avoir, pour ma part, « fait » le bec de gaz qu'une fois, en compagnie de Thierry Maulnier et de José Lupin, qui n'appartenait d'ailleurs pas à l'Ecole mais qui y coucha cette nuit-là.

an, un scientifique, M. Vessiot, homme paraît-il remarquable, que je n'ai, pour ma part, jamais rencontré. Le directeur adjoint, Célestin Bouglé, était un radical à belle barbe, aimable, sociologue, collaborateur de *la Dépêche de Toulouse,* et persuadé que la Tchécoslovaquie était nécessaire au maintien de l'idéal laïque en Europe. Ses idées m'ont toujours paru étonnantes, mais il s'est attaché, d'une manière excellente, à améliorer un confort que MM. Lavisse et Lanson avaient scandaleusement négligé. Il était assez libéral, c'est-à-dire qu'il s'occupait peu de nous, et il n'avait rigoureusement aucune influence.

Si j'avais fait de ma chambre un lieu où l'on pouvait vivre, les élèves habitaient normalement les petites salles d'études que l'on appelle des thurnes. En première année, on travaille à six dans une pièce du rez-de-chaussée. En seconde année, à trois ou quatre au premier étage, en troisième année, sous les combles, à cet étage qu'on nomme emphatiquement *le Palais,* et où l'on est en général deux ou trois. Les élèves de quatrième année, c'est-à-dire ceux qui n'ont pas de certificat de licence en entrant, ceux qui préparent une agrégation de langues vivantes et qui passent un an à l'étranger, y logent aussi [1].

---

1. Les élèves portent, par promotion, les noms successifs de *conscrits, carrés* et *cubes.* Les anciens élèves sont les *archicubes,* et la chanson officielle de l'Ecole déclare en termes formels ce qui suit :

> *Notre Ecole est une serre*
> *Dont les cubes sont les fruits,*
> *Les carrés, leurs bons amis,*
> *En sont la fleur printanière.*
> *Les conscrits sont le fumier*
> *Dont le sol doit s'engraisser.*

Les thurnes de première année sont en général laissées à leur délabrement, avec les cinq ou six bureaux individuels et les casiers qui les ornent : ce sont celles pourtant que l'on achète, 400 ou 500 francs, à ses prédécesseurs. Par la suite, il n'est pas rare de s'installer un peu plus confortablement, et la plupart des thurnes ont leur divan, leurs images au mur, la théière sur le gros calorifère rond couvert de marbre noir. Ainsi s'organise la vie. Le tennis, la bibliothèque, offrent leurs plaisirs alternés. Un *Centre de documentation sociale,* établi par M. Bouglé, est prêt pour les discussions les plus graves, et offre quelques revues savantes. Un cercle, au rez-de-chaussée, reçoit tous les journaux, et ceux là que j'ai lu, des années durant, les plus introuvables, ceux que ne lisent que les normaliens et les journalistes, *la Volonté, le Petit Bleu, l'Homme libre.* Il est décoré de vieilles affiches de Toulouse-Lautrec (*La Goulue au bal du Moulin-Rouge),* de Steinlein, d'autres encore. On déjeune à midi, on dîne à sept heures, sans aucune obligation de présence, la cuisine n'est pas mauvaise, et le vendredi est le jour du vin blanc. Il n'y a pas de surveillants : les agrégés-répétiteurs sont des camarades restés à l'Ecole après leur agrégation pour préparer une thèse, et qui sont censés servir de conseillers d'études. Ils dirigent même quelques travaux pratiques d'explication de textes. On les nomme des *caïmans.* Le premier de la promotion, ou *cacique,* sert de représentant auprès de l'administration, et possède la faculté de travailler à la bibliothèque après la fermeture à quatre heures. Nous entretenions les meilleures relations avec le secrétaire général de l'Ecole, Roger Dion, et surtout avec son aide de camp, Jean Thomas, qui était nonchalant, gentil et cultivé, et préparait depuis des années une thèse sur Diderot. Le personnage le plus important de l'Ecole était assurément le « gardien du vestibule ». Je n'ai jamais su son vrai nom. Depuis plusieurs générations on le nommait Louvois. A l'entrée de l'Ecole, dans un hall soutenu de colonnes se trouve une cabine vitrée où les élèves viennent chercher leurs lettres : c'est *l'aquarium*. Dans *l'aquarium* se tenait Louvois, dont la mission était de montrer leur chemin aux visiteurs, et, en réalité, de surveiller les élèves et leurs relations. Il est bon de remplacer l'absence de règlement par un peu d'espionnage. *L'aquarium* est, par ailleurs, un des lieux les plus importants de l'Ecole. On y affiche les avis officiels, les heures des cours, la liste des admissibles et des reçus au concours, cette liste que les anciens couvrent rituellement de plaisanteries sur les noms propres. Les avis officieux sont en général placardés à l'une des entrées du réfectoire, dans un bout de couloir qu'on nomme le *Forum*.

On voit que le vocabulaire de l'Ecole est abondant. J'ai toujours trouvé assez comiques les anciens élèves qui le pratiquent avec persévérance et, parfois, l'apprennent à leur femme et à leurs enfants. Je ne me souviens pas l'avoir pour ma part trop utilisé, et j'ai besoin aujourd'hui d'un effort pour en rassembler les bribes [1].

1. Nous disions le dîner, le réfectoire, l'économe : les trois, en argot normalien, se nomment le *pot*, et le *pot*, c'est encore le pécule de 150 francs par mois que touche chaque élève comme argent de poche. La préparation militaire se nomme le *bonvoust*.

Lorsque les conscrits arrivent, ils sont soumis à des brimades d'ailleurs fort douces, qui consistent à les réveiller vers les deux heures du matin pour les promener dans les greniers, et dans les caves, où se trouve un tuyau d'incendie dénommé *serpent de mer*. On braille les chansons obscènes du folklore commun des étudiants, et les savants ont traduit en latin *le Pou et l'Araignée*. A cette occasion, scientifiques et littéraires sont réunis. Puis on rentre se coucher. A la fin de la période d'initiation, a lieu le chahut nocturne le plus violent, avec promenades à la lueur des torches dans les jardins, et hurlements qui tiennent éveillé tout le quartier. Une année, des journalistes bien pensants se voilèrent la face dans *l'Echo de Paris* parce que les normaliens avaient chanté *l'Internationale*. Il est vrai qu'il ne se passait guère de journée, ni même de repas, sans que *l'Internationale* retentît, en même temps que *Sauvez la France au nom du Sacré-Cœur*. Personne n'y attachait l'ombre d'importance. Le dernier chahut se nomme la *Nuit du Grand Mega,* et il précède de peu un punch de « réconciliation » offert par les conscrits aux anciens et aux archicubes, qui est en général une nuit de grande soûleries.

Telles sont les distractions officielles de l'Ecole. Elles sont souvent grossières, presque toujours simplistes, et ce sont elles, il n'en faut pas douter, qui donneraient l'idée la plus fausse de la maison. Non que beaucoup de camarades ne s'en souviennent ou n'y participent avec plaisir, comme ils participent à la *Revue* annuelle. Mais, durant que nous y étions, il n'y a même pas eu de revue, tant nous poussions loin le goût de l'anarchie. Et justement, le charme de l'Ecole est qu'on peut y refuser les plaisanteries collectives, la vie en commun, et les distractions sommaires.

Cela ne l'empêchera jamais d'être le repaire de ces célèbres farces un peu pédantes qui ont reçu le nom de *canulars,* et qui ont donné à la littérature une sorte de chef-d'œuvre bouffon, *les Copains* de Jules Romains. Le *Canular* est, à proprement parler, et dans ses hautes réussites, une mystification créatrice, une farce qui atteint au mythe. Quelques mois avant notre venue, les élèves de l'Ecole avaient envoyé une note aux journaux pour leur apprendre que Lindbergh venait d'être promu élève d'honneur. La foule se massa rue d'Ulm, avec les reporters et les opérateurs de cinéma. Une auto arriva, un grand garçon blond salua, prononça quelques mots. On mit très longtemps à comprendre que c'était une farce.

Nous-mêmes, qui avions écrit *Fulgur,* ne pouvions tout à fait rester insensibles, bien entendu, à d'aussi hauts exemples. Mais nous continuions par là, nous semblait-il, au moins autant l'esprit de notre groupe que celui de l'Ecole.

Chaque année, entrent à l'Ecole des élèves étrangers. Les uns par voie de concours, comme les Français, et je crois, par exemple, que M. Bergson fut reçu à ce titre. Les autres, plus simplement, parce que leur gouvernement leur donne une bourse d'entretien. Ainsi avons-nous côtoyé quelques Balkaniques, et spécialement des Roumains. Mais il y avait aussi un Albanais, le Peppo que nous avions connu à Louis-le-Grand, et qui se montrait toujours aussi crédule et aussi roublard qu'aux temps où nous lui

85

faisions croire qu'il était condamné à mort dans son pays. Il partageait la thurne de Thierry Maulnier, qui l'envoyait écouter le *Siegfried* de Wagner avec le *Siegfried* de Giraudoux comme « livret de la pièce ». Un jour où Benjamin Crémieux vint nous voir, Peppo resta trois heures perclus d'admiration devant sa belle barbe noire : il est vrai que nous l'avions persuadé que Benjamin Crémieux était le plus grand poète épique français, auteur du *Vair Palefroi* et du *Couronnement de Louis.* Mais Peppo atteignit l'apogée de sa carrière albanaise avec l'affaire des Poldèves. On se rappelle qu'un collaborateur de *l'Action française,* Alain Mellet, envoya un jour une circulaire à un certain nombre de parlementaires pour les apitoyer sur un peuple opprimé, les Poldèves, qui n'existait pas plus qu'Hégésippe Simon, précurseur de la démocratie. La circulaire était d'ailleurs signée Inexistantoff et Lamidaëff. Malgré cela, plusieurs députés assurèrent leur correspondant qu'ils étaient tout prêts à porter la noble cause des Poldèves devant la Société des Nations. Ce fut un grand éclat de rire, mais la chose nous parut trop belle pour s'arrêter là. Thierry Maulnier persuada Peppo que *l'Action française* essayait tout simplement de déconsidérer un peuple attaché à la démocratie, et, pour plus de vraisemblance, assura qu'il approuvait d'ailleurs cette manœuvre. Nous découpâmes dans des journaux tout ce qui concernait les Poldèves, et nous remîmes le dossier à Peppo. Comment ne connaissait-il pas ce peuple ? N'était-il pas voisin des Albanais, leur ami séculaire ? Notre victime n'osa pas le nier. Il devait tout justement faire à la *Jeune République,* chez Marc Sangnier, une conférence sur les Balkans. Nous l'adjurâmes de poser la question Poldève. Il hésitait encore. Nous allâmes à Louis-le-Grand, nous racolâmes deux élèves qui portaient les cheveux courts et quasi rasés. L'un de nous avait réussi, je ne sais comment, à dérober au commissariat voisin une feuille quelconque de contrôle des étrangers, qui servirait de pièce d'identité à l'un de ces personnages. Nous donnâmes rendez-vous à Peppo dans un café de Montparnasse pour *lui montrer des Poldèves*. Thierry Maulnier et moi l'accompagnions. Les deux complices s'y trouvaient saluant à l'allemande, à angle droit. L'un d'eux était muet, ignorant le français. L'autre le parlait avec une difficulté extrême. Il tendit le bras vers moi en disant avec gravité : « France généreuse. » Peppo regardait de tous ses yeux ces voisins de frontière. Au bout de cinq minutes, la porte s'ouvrit et Georges Blond, grave, une serviette sous le bras, apparut. Il se présenta comme secrétaire de Paul-Boncour, et affirma que son patron attachait une importance particulière à la conférence de Peppo. On agita le papier du commissariat. Les Poldèves, l'œil morne, abrutis par les persécutions, lorsque le garçon de café leur demanda ce qu'ils voulaient, répondirent, héroïquement :

— Vodka.

Paul-Boncour, la vodka, les papiers officiels... Peppo ne pouvait plus douter. On lui apporta même l'hymne poldève — qui était une marche militaire, le *Salut au* 85e, je crois bien. On loua une salle. Tous ceux d'entre nous qui avaient échangé des vœux au 1er janvier avec leurs professeurs envoyèrent à Peppo les cartes qu'ils avaient reçues, agrémentées de remarques flatteuses : le recteur, le directeur de l'Ecole, toute la Sorbonne, assuraient l'Albanais de leur sympathie et promettaient de venir à sa conférence. Elle eut lieu, au milieu d'un chahut indescriptible, pendant que le pauvre garçon jurait ses grands dieux qu'il avait vu, de ses yeux vu, des Poldèves, et qu'on n'a rien à opposer à un témoin oculaire. Cette farce fut le triomphe du « document vécu ».

Plus encore que nous ne le croyions d'ailleurs. Car, quelques mois plus tard, nous découvrîmes que Peppo avait écrit à son consul pour lui demander une augmentation de bourse. Il s'appuyait pour cela sur ses mérites, et il envoyait comme preuve de son succès dans l'Université les cartes de visite des professeurs de Sorbonne que nous avions rédigées. C'est ainsi que l'ingénieux Balkanique se tirait toujours avec profit, sinon avec honneur, des mauvais tours qu'on lui jouait.

Mais telle fut peut-être notre unique contribution à ce qu'on nomme « l'esprit normalien » et à la vie de groupe.

C'est l'Ecole d'autrefois qui vantait volontiers, comme Polytechnique, son esprit de corps et sa cohésion. Nous avons connu surtout son anarchie. L'ancien directeur qui la définissait comme un hôtel meublé (on lui attribue même une expression plus rude) n'avait pas tort. Rares, tout d'abord, étaient ceux de nos camarades littéraires qui avaient des relations avec les scientifiques. Je n'ai même pas su les noms de ceux de ma promotion. Les seules rencontres étaient le court de tennis, la première année de préparation militaire, et le groupe des élèves catholiques, qui s'appelle depuis un temps immémorial le groupe *tala* [1]. Les scientifiques y ont toujours fourni la majorité. Quant aux littéraires, c'est à grand-peine que j'ai connu ma promotion et celle qui nous précédait immédiatement, puis quelques-uns de celle qui nous suivait. On n'avait en réalité de rapports suivis qu'avec les élèves de son lycée d'origine. Les groupes et les amitiés s'étaient noués beaucoup plus en préparant l'Ecole qu'en y vivant.

Notre camarade José Lupin n'avait pas été reçu au concours. Mais il ne perdit pas pour cela le contact avec l'Ecole. Logé dans les hôtels du Quartier Latin, il venait travailler dans nos thurnes, et il lui arrivait aussi de prendre part à nos repas. Nous continuions à sortir ensemble, et nous avons même formé pendant ces années-là, Maurice Bardèche, ma sœur Suzanne, lui et moi, une société assidue de quatre amis qui est pour moi l'événement important de cette époque. Nous nous retrouvions donc le soir, assez fréquemment, dans les cafés du Quartier (ce sont les seules années où je les ai fréquentés un peu assidûment). Nous n'avions pas de demeure, hormis l'Ecole, nous vivions dans ce que José appelait « l'éminente dignité du provisoire », qui fait le charme de la vie. Nous courions les théâtres, et nous avions découvert que l'autobus H, qui, de l'Ecole, gagne l'Odéon, le Vieux Colombier, le Français, le Théâtre de Paris, les boulevards, le Théâtre des Arts, que sais-je encore, est l'autobus même des spectacles

---

1. On discute sur l'origine de ce terme, les uns y voyant une abréviation du voltairien *talapoint,* prêtre bouddhique, les autres une apocope subtile pour ceux-qui-vont-*à-la*-messe.

parisiens. Je regarde notre reflet ancien, parfois, dans la glace d'un épicier-confiseur, rue Gay-Lussac, avant d'arriver au boulevard Saint-Michel. Nous nous y arrêtions toujours quand nous sortions le soir : ce reflet a dû y rester. A une heure du matin, nous revenions, et sur la plate-forme, il nous arrivait de chanter des chansons extrêmement bêtes où nous faisions l'éloge d'une célèbre crème de gruyère, ou d'improviser des pastiches d'opéra. Nous courions les cinémas aussi, et comme José publiait des comptes rendus dans un journal de province, lorsque venait l'été, nous l'accompagnions faire sa « provision de films » pour les vacances. C'est ainsi que la même semaine de juillet 1930, nous pûmes voir, six ou sept fois de suite, aux « actualités », l'évacuation de Mayence et le départ des régiments français. « *Au drapeau! puis : en France! s'écrie le général Guillaumat!* » Ainsi parlait le commentateur, et j'entends encore cette phrase.

Ainsi tissions-nous au-dessus de la ville et de notre jeunesse un monde amical et commun, d'idées, de sentiments, de prévision et de souvenirs. Je crois bien que ce fut là une chose rare et merveilleuse, dont nous nous souviendrons tous quatre toute notre vie et qu'il faut bien remercier le destin, quoi qu'il arrive, de nous avoir accordée. Nous étions libres, au-delà des entraves du travail, libres comme nous ne le serons jamais plus ; nous avions en commun les distractions, les jeux, les loisirs, les études, et à peu près l'argent, les logis. Les normaliens d'ailleurs, en général, ne sont point pauvres. Outre le mince pécule de l'Etat, ils donnent des leçons, et de ma vie je ne me suis trouvé aussi riche. Les élèves se nomment en argot les *tapirs,* mot dont l'origine est controversée, et l'un des seuls que nous ayons adopté, avec joie, en lui donnant d'ailleurs un sens un peu plus étendu. Les *tapirs* en effet appartenaient presque toujours à la société riche des XVIe et XVIIe arrondissements, et l'esprit *tapir* est complexe. Le *tapir* type doit être recalé plusieurs fois à son bachot, doit avoir été mis à la porte de divers établissements et doit posséder une grand-mère qui l'a fait travailler dans son enfance. La jeune *tapiresse* fréquente des écoles libres où l'on ne va en classe qu'une fois par semaine, et où le chœur des mères ou des « Mademoiselles », dans le fond, souffle à la chère enfant les réponses à faire. José, lui, donnait des cours dans une honnête et sérieuse institution libre. Mais Maurice, Suzanne et moi, pouvions connaître le monde irréel et magique des *tapirs,* leur oisiveté, leurs distractions coûteuses. L'après-guerre fut la véritable époque des *tapirs,* avec ses boîtes de nuit, son luxe, son gaspillage. Il en restait encore des traces. J'ai donné des leçons à de jeunes Juifs qui disposaient sur leur table de travail, pour m'éblouir, les notes de leurs relieurs : car on leur reliait *les Pieds nickelés* ou *Zig et Puce* à 300 francs le volume. J'ai même tourné un film avec l'un d'eux sur le lac d'Enghien. J'ai donné des leçons de littérature moderne à un diplomate suédois. Suzanne faisait travailler un petit garçon et une petite fille, d'une famille sympathique, mais par elle, elle connaissait d'autres familles, aux ahurissants principes d'éducation, et ces étranges maisons d'enseignement tenues par des illettrées, voire des mulâtresses, qui, pour des prix exorbitants, versent une science illusoire dans des cervelles légères. Nous savions qu'une pension est à la mode une année, et que l'année d'après elle ne l'est plus. Les dames l'affirment, dans les salons, d'une voix acide, en s'étonnant avec amabilité lorsqu'une malheureuse avoue avoir placé sa fille dans un de ces lieux démodés :

— La pension Espérance ? Oh ! comme c'est curieux. On allait beaucoup, *autrefois,* à la pension Espérance. On y va donc encore maintenant ? Moi, mes enfants sont à la pension Volubilis.

Nous autres, élèves des lycées démocratiques, nous nous plongions avec volupté dans ce monde saugrenu. Nous nous instruisions aussi. Plusieurs d'entre nous avaient donné des leçons à un garçon d'ailleurs gentil, qui avait erré à travers beaucoup d'institutions. Il m'apprit comment on compose des ceintures à soixante et une poches, soixante pour les sujets de français les plus probables, une pour la table des matières, et comment on écrit les devoirs sur de petits papiers en accordéon qu'on peut plier dans le creux de la main. Cette ceinture valait 500 francs, presque ouvertement, à l'institution dont il sortait. Ailleurs, il partageait l'argent de ses leçons avec son répétiteur. Je faisais semblant de ne pas entendre ces invites. Nous assistions à une sorte de survivance du monde d'après-guerre, et il nous paraissait à la fois cocasse et un peu désuet. On préparait devant nous des enfants à une vie future de très grande politesse, de bonne éducation en général, de cervelles vides et de tasses de thé. Les filles surtout y étaient outrageusement soumises. Les garçons se préparaient à dilapider joyeusement la fortune amassée par des parents généralement travailleurs et habiles, laissant ainsi retourner à la dispersion finale l'accumulation des capitaux. Passant devant Louis-le-Grand, ma sœur indiqua un jour à la petite fille qui l'accompagnait :

— C'est ici que mon frère a fait ses études.

— Ah! dit l'autre sans hésiter et sans la moindre nuance d'interrogation. *Il a été mis à la porte.*

Car il est bien entendu qu'on ne sort des lycées que par l'expulsion administrative. Cette phrase m'a toujours paru symbolique d'un monde dont nous avons pu retrouver plus tard les représentants dans quelques salons, dans quelques journaux et dans quelques ministères. C'est en ces années encore paisibles que nous avions appris à les reconnaître.

Notre société des quatre amis s'en accommodait à merveille, comme elle s'accommodait à merveille des autres détails du Paris de 1930. C'est au premier mois de cette année que ma sœur, qui avait passé un an en Angleterre, était venue à Paris préparer une licence d'anglais. C'est au printemps de cette année, un des plus beaux de notre vie, que les robes des femmes allongèrent, que les filles plates de notre adolescence se mirent soudain à montrer des poitrines jeunes et rondes, un beau matin, toutes à la fois. En débarquant, ma sœur était allée loger dans une étonnante maison puritaine d'un quartier du Centre près de Saint-Lazare où elle resta un mois. L'inconfort y était grand, et le climat baroque : on y trouvait des employées, des candidates au Conservatoire, des femmes de chambre, des étudiantes. La délation et l'arbitraire y régnaient avec candeur. Durant ce mois de séjour, nous y avons entendu parler d'une voleuse, d'une droguée, d'une folle qui avait des voix, d'un avortement et de plusieurs hystériques. D'abord étonnée, ma sœur s'amusa beaucoup, tout en cherchant une chambre ailleurs, ce qui était difficile. L'année d'après, elle y revint encore quelques jours, et par elle nous avions une idée de ces maisons de jeunes filles qui, sous le couvert de la bienfaisance, sont de prodigieux asiles pour la bêtise, voire pour le sadisme, et où règnent des directrices adonnées à la philanthropie et à l'espionnage. Nous allions y dîner avec Maurice et son frère Henri, alors soldat à Orléans, et nous courions à la recherche des chambres meublées du Quartier latin, tenues presque toujours par des logeuses à marmottes, emplies de peluches et de rideaux poussiéreux. Une fois la chambre trouvée, généralement à des prix fort élevés, ma sœur abandonnait ses asiles universitaires ou charitables avec une nouvelle provision de types saugrenus, — et elle venait travailler à l'Ecole.

Ce n'était pas difficile. On parlait encore d'un garçon qui était arrivé un jour de novembre, quelques années auparavant, avec les élèves. Il s'était installé dans une thurne, il avait choisi une chambre, il allait tous les jours à la bibliothèque et au réfectoire. On avait mis des semaines à s'apercevoir qu'il n'était pas normalien. La légende prétendait qu'on l'avait compris le jour où il était allé chez l'économe demander à toucher son pécule. Sans parler d'installations aussi complètes, il y avait bien toujours deux ou trois camarades de l'extérieur qui, lorsqu'ils étaient fauchés, venaient coucher et se faire nourrir. Seulement, d'habitude, on leur portait à manger en thurne, et ils ne venaient pas au réfectoire.

Ma sœur, dont la première chambre était difficile à chauffer, prit l'habitude d'arriver tous les matins, vers neuf heures. Il lui arrivait même de faire la dînette d'une tranche de bœuf froid à la mayonnaise (menu rituel du dimanche soir), d'un peu de salade, d'un œuf à la coque transportés du réfectoire. Le long d'un couloir fermé de deux belles portes, qui sont les portes de l'ancienne chapelle, au premier étage, les élèves de seconde année ont leurs abris. Deux pièces minuscules, de la grandeur d'un placard, ont reçu le nom de *monothurnes,* et on peut y travailler seul. Elles sont fort recherchées. Raoul Audibert en possédait une, j'avais la seconde, la thurne 22 si je m'en souviens bien. Tout près devait être *la thurne Utopie* où vécurent Péguy et l'un des Tharaud. Je concédais la mienne, que nous avions tapissée de gris, à ma sœur. Pour moi, j'allais travailler dans la salle voisine, où ne logeaient que Thierry Maulnier et Maurice Bardèche, décorée de vieux journaux, de tracts politiques, et de caricatures de professeurs, et dans un désordre tout à fait répugnant. A l'entrée, sur un pupitre, un abat-jour renversé figurant un tronc d'église, et portant l'inscription : « Pour les pauvres de la thurne. » La vérité oblige à dire qu'il ne contint jamais plus de deux sous.

On ne s'étonnait pas trop de la présence saugrenue de Suzanne dans ces premières années du proconsulat de M. Bouglé. En toute vérité, elle pouvait repasser ses robes de bal au fer électrique, dîner d'une feuille de salade quand elle était trop pressée, jouer au bridge avec Thierry Maulnier, Maurice et moi pendant d'interminables après-midi de dimanche, ou traduire, à l'aide de traductions françaises du dix-huitième siècle, désuètes, exquises et fanées, le *Samson Agônistês* de Milton, ou l'*Amelia* de Fielding, inscrits à son programme de licence.

Le jour de ses vingt ans, Maurice lui offrit une poupée à la mode de 1930 : on la nomma Amelia, et le baptême eut lieu dans la petite thurne grise, avec José Lupin, et l'on renversa beaucoup de champagne. Sur un divan de toile écrue, Amelia étalait sa robe couleur de rose. Nous avions fait de la brandade de morue sur une lampe à alcool, nous avions joué un peu de phonographe. Puis, le soir, nous allâmes tous quatre revoir Ludmilla Pitoëff dans *les Criminels*. Nos distractions, on le voit, étaient claires, et nous n'avons pas eu une jeunesse compliquée.

L'été, nous passions beaucoup d'heures dans les jardins. Il nous arrivait de retarder le départ en vacances (l'Ecole ne ferme que le 1er août, hormis pour les candidats à l'agrégation, et il y a longtemps que les cours et les autres examens sont finis) pour goûter, au milieu de Paris, cette nonchalance d'oasis. Nous nous étendions dans l'herbe, oublieux du présent et de l'avenir, nous dormions en plein air, légèrement vêtus, créant une campagne, presque une plage, entre les hauts murs. Les habitants du quartier ont depuis longtemps cessé de se choquer en voyant des garçons en pyjama aller prendre un verre rue Gay-Lussac ou rue Claude-Bernard. Nous buvions le porto sur les pelouses avec les amis, nous faisions tourner une fois encore les disques de Marlène Dietrich et de Damia. Nous parlions de nos manies d'hier et d'aujourd'hui. Toujours vieux amateurs de romans d'aventures, nous découvrions dans de grandes livraisons à couverture bariolée, les premiers récits de Georges Sim, *les Bandits de Chicago.* L'année d'après, Georges Sim se muait en Georges Simenon, rénovait le roman policier, promenait à travers les brumes du Nord son gros et placide commissaire Maigret, et nous ne manquions aucun des volumes sous couverture photographique qui sont un des éléments essentiels de ce temps-là. C'était la belle mode du roman policier, qui a duré plusieurs années, et nous opposions les mérites de S. Van Dine à ceux de Simenon, et nous conservions tous un faible pour le romanesque charmant, si peu mathématique, d'*Arsène Lupin,* et nous empruntions à la bibliothèque de l'Ecole l'énorme et savante thèse de Régis Messac sur *le Détective Novel,* bible de la question. Par la suite, Simenon est devenu un romancier psychologique, il s'est fait lire de M. André Thérive, il s'est pris au sérieux, et nous l'avons abandonné. Mais alors, en souvenir de *Fulgur,* je crois bien avoir commencé et poussé assez avant avec Maurice Bardèche un roman d'aventures, *le Masque et le Couteau,* qui ne fut jamais terminé.

Nous avions d'autres distractions aussi amusantes, mais d'un ordre plus relevé. Je me souviens d'un après-midi dans la cour centrale, par un beau soleil frais, où José Lupin et moi lisions alternativement à haute voix *Dieu* et *la Fin de Satan.* Le fou rire nous prenait comme aux beaux temps de Louis-le-Grand, et soudain, tous les vingt vers, quelques mots éclataient, mystérieux, flamboyants, où le vieil Hugo enferme ses secrets à lui, son intimité avec les astres, les chevaux ailés, les chimères, toute la volière dorée dont le bruissement de plumes, parfois, s'apaise et s'immobilise pour lui laisser voir Dieu. Puis nous nous remettions à rire au milieu des apostrophes véhémentes et du garde-à-vous des antithèses deux par deux.

Les amis du dehors venaient nous rejoindre. Nous avions déjà vu, de temps en temps, en uniforme d'aspirant de marine, Georges Blond, ami d'enfance de José. J'avais rencontré à la Sorbonne, un jour d'examen, une jeune fille rieuse et éplorée à la fois. Georges Blond travaillait maintenant à Paris chez l'éditeur Fayard. Il s'était marié avec la jeune fille de la Sorbonne, en avril 1930, et c'est surtout à ce moment que s'est formée notre amitié. Nous allions chez eux, dans un petit appartement de Montmartre, où nous buvions les vins de Savoie, l'Ayze et le Seyssel. Ils venaient à l'Ecole, aux bals, à la garden-party, et nous avons même organisé, dans notre thurne de troisième année, un grand déjeuner où nous avons fait la cuisine nous-mêmes, après avoir emprunté au réfectoire les assiettes et les couverts. Pour aller à Montmartre, d'ailleurs, il n'était pas rare non plus que nous nous munissions de couverts supplémentaires et des grosses faïences de l'Ecole. Georges et Germaine Blond, dans notre société d'étudiants sans domicile, représentaient une sorte de foyer, à quoi la jeunesse conservait sa grâce provisoire, sa légèreté, sa gaieté, et préservaient des défauts de notre ennemi commun, l'esprit bourgeois.

Tous les ans, en hiver, a lieu dans les salons de la Sorbonne, le bal de l'Ecole : nous le terminions par un souper dans notre thurne, comme nous terminions aussi dans notre thurne la garden-party de l'été. C'est notre dernier logis, sous les toits, que je me rappelle surtout : ne m'ont jamais quitté, depuis, une grande photographie d'un bas-relief romain, Vestale gardienne de mes foyers toujours provisoires, et une petite image de Ludmilla Pitoëff dans *Sainte Jeanne*. Sur un pupitre était ouvert quelque dictionnaire, au-dessous du programme des examens affiché au mur avec la liste des films à voir. Une étoffe grise sur le divan, une étoffe grise sur la table, que Suzanne avait cousues. Sur le gros calorifère, le filtre à café, car nous en buvions tous les jours dans la maison fragile édifiée au milieu des institutions officielles. Des livres un peu partout, de la poussière encore plus, et la fenêtre ouverte sur les larges gouttières par où l'on pouvait gagner les toits. Au printemps, on apercevait dans la cour un arbre blanc en fleur, et l'été, derrière le rideau de bois descendu, la tiédeur à l'ombre ressemblait un peu à celle des chambres du Midi de mon enfance. Pouvions-nous croire, lorsque nous étions réunis dans cette espèce de grenier, que nous n'étions pas chez nous, avec les amis, bien loin de toute administration, de toute Ecole, et écoutant sur notre premier phonographe acheté par mensualités, *la Pavane* ou *l'Après-midi d'un faune ?*

Etrange Ecole, où l'on rencontrait assurément quelque fanatique de l'érudition penché sur ses livres, — mais c'était presque toujours au sommet des toits, ou les pieds pendants dans le bassin des poissons rouges. Où tel garçon ennuyeux, qui ferait plus tard un excellent professeur de sixième, ne s'intéressait à rien en dehors de ses grammaires comparées, — mais il les transportait dans les gouttières, mais il se levait à midi. Où le matin, vers quatre heures et demie, ceux qui ne s'étaient pas encore couchés acceptaient la relève, sur les courts de tennis, de ceux qui s'éveillaient. Où dans le réfectoire à moitié vide chaque jour, on emportait solennellement quelques plats pour les pensionnaires clandestins qui attendaient patiemment leur dîner dans les thurnes. Où dans les nuits claires, sans arrêt, des garçons de vingt ans marchaient le long des toits, et regardaient au loin miroiter doucement la brume rouge de Paris.

C'était une île sous ses arbres agités par le vent, une île discrète et inconnue, avec son buste de Pasteur au-dessus d'un banc de pierre circulaire, son petit jardin autour du bassin pour les têtards, sa rue intérieure ornée de becs de gaz Louis-Philippe, et son absence totale de lois. L'île de Sancho, ou plutôt l'île dont tous ont rêvé, l'île de *Trois ans de vacances,* — un an de plus que chez Jules Verne.

Lorsque nous revenons dans la cour centrale de l'Ecole, nous pensons toujours avec amitié aux gardiens du lieu. Mieux que par l'homme du vestibule dans son aquarium, mieux que par le rideau soulevé, comme sur un mail de province, à la fenêtre du directeur, nous nous sentions épiés par les soixante bustes qui garnissent la façade intérieure. Sans doute il est beau que les futurs agrégés des lettres aient sous les yeux durant trois années Massillon et les futurs agrégés des sciences Lavoisier. Mais ces bonasses célébrités au nez noirci n'ont pas été mises là seulement, chacune entre deux fenêtres, pour les visiteurs de la garden-party, les filles de l'inspecteur général, les polytechniciens qui viennent secrètement, le dimanche, échanger chez un camarade leur bicorne contre un chapeau mou et leur épée contre une petite amie. Les soixante bustes sont les gardiens du mensonge et de l'isolement. Même le jour où il ne restera plus rien des vieux murs qui tombent en ruines, ils pourront être vendus aux enchères sans rien révéler de leur secret.

Leur secret, c'est ce démon qui, sur les pelouses de juin, sème les boîtes de disques, les tasses à thé, et les jeunes filles qui viennent prendre le porto. C'est celui qui ôte de la bibliothèque tous les livres utiles, et n'y laisse que des ouvrages vains et délicieux, baroques merveilles offertes aux fantaisistes : traités d'occultisme, poètes ignorés, traductions du dix-huitième siècle, hérétiques suédois, généalogie des rois de France avec leurs bâtards. C'est celui qui le soir, dans le jardin des naturalistes, élève les têtards et embroussaille les ronces. Le buste de Pasteur, par les après-midi de fêtes, les salles d'étude ornées de fresques par M. André-François Poncet, ambassadeur de France, le veil amphithéâtre décoré de fresques apaches et de lampions, les caves où s'abrite le serpent de mer, les greniers, les toits où l'on voit le soleil se coucher à la pointe même de la tour Eiffel, composaient dès alors pour nous un lieu magique soumis à l'empire de ce démon inconnu. Mais ce démon inconnu, c'était notre jeunesse. Et c'est pourquoi nous faisons aujourd'hui un signe d'amitié aux soixante bustes de la cour d'honneur, lorsque, devant le jet d'eau de sept heures du soir, la nuit commence de tomber, et que les gardiens de pierre décident de maintenir autour de l'oasis, autour de l'île, leur conjuration silencieuse.

*
* *

Dans cette île, abordaient parfois des explorateurs.

Ce n'est pas nous qui avions décidé de recevoir à l'Ecole des écrivains et des artistes. Je crois que cela s'est toujours plus ou moins fait. Le *Centre de documentation sociale* invitait de temps à autre, pour de graves conversations politiques autour d'une table, quelques économistes, quelques voyageurs français ou étrangers. D'autre part le groupe *tala* se délectait à l'audition des personnalités toujours un peu mitées de la démocratie chrétienne. Mais nos camarades de l'année précédente avaient déjà rompu les règles des clans politiques et religieux. Ils avaient fait venir Jules Supervielle, qui avait lu des poèmes, d'autres encore. Nous suivîmes leurs traces. Dans une thurne du rez-de-chaussée, nous nous cotisions pour acheter des petits fours et du porto, et nous lancions nos invitations. C'est ainsi que nous avons vu en 1928 et 1929, André Maurois, avec qui nous parlions, comme c'était encore la mode, de l'inquiétude contemporaine, — et André Chamson, qui n'était encore qu'un romancier non sans mérite, mais qui nous parut malin et attentif aux directions du vent, — et René Clair, qui vint, un peu avant l'agonie complète du cinéma muet (on donnait alors de lui, au Vieux-Colombier, cette œuvre exquise qu'est *les Deux Timides*, nous parler des inquiétudes que lui donnait la nouvelle invention, dont nous étions tous adversaires. Il avait l'air presque d'un gamin, à peine notre aîné, malgré ses trente ans, le visage fin et méchant, l'air de beaucoup s'ennuyer. Mais il était déjà le jeune maître du cinéma français, l'un des quatre ou cinq noms valables de l'écran universel. Nous l'admirions beaucoup, il nous intimidait et je ne suis pas sûr qu'il était très à l'aise, lui non plus, avec nous. Des critiques, parfois, venaient discuter aussi, Benjamin Crémieux, Alexandre Arnoux. Je crois que cela leur était très profitable. Et en souvenir de notre amitié d'autrefois pour le surréalisme, nous fîmes venir, l'un convoyant l'autre, Tristan Tzara, Roumain monoclé, qui nous lut des proses véhémentes tirées de *l'Homme approximatif*, et Jean Cassou, noir et chevelu, qui projeta comme une seiche des explications obscures et également approximatives. Un jour, nous nous hasardâmes à écrire à Colette. *« J'aime bien votre invitation,* nous répondit-elle. *Mais je suis au lit (angine suite de grippe). Entre le 6 et le 9 mars, je peux aller vous voir? Non, pas le 9, je dîne dehors. Enfin arrangez cela. Ou téléphonez-moi... »* Nous allâmes la voir, Jean Beaufret et moi, dans le long appartement à plafond bas qu'elle occupait rue de Beaujolais. Nous la vîmes arriver, un après-midi de printemps de 1929, avec son bouledogue Souci à qui nous essayâmes de faire manger des sandwiches à la banane. Elle goûta avec nous, elle écouta les chansons de l'Ecole, elle se promena dans le jardin, appelant par leur nom, que nous ne connaissions pas, tous les arbres, comme des amis. Devant la petite maison des préparateurs, au bord de « la Nature », elle s'exclama qu'elle aurait voulu habiter là. Puis elle repartit avec son chien, son sourire mince, ses cheveux mousseux, sa voix ronde et rude.

Nous n'avions eu garde, bien entendu, d'oublier nos découvertes, nos admirations, nos passions de Louis-le-Grand. Je ne sais plus comment Georges et Ludmilla Pitoëff vinrent nous voir pour la première fois. Je crois que notre ancien camarade de Louis-le-Grand, Jean Valdeyron, qui passait ses vacances à Capbreton comme les enfants Pitoëff, nous les amena. On les promena tout à travers l'Ecole, par une belle après-midi d'été commençant, on les fit monter sur les toits, où ils eurent très peur, on goûta dans le jardin. Je revois le cher Georges, tel que nous ne le reverrons plus, hélas ! avec sa tête un peu penchée, les lunettes qu'il portait toujours à la ville, son sourire charmant, hésitant au bord des gouttières, et si vite camarade de ces garçons qui l'entouraient. Il nous parlait de ses projets, de son avenir, de ses pauvres dix ans d'avenir, et de son passé si court aussi. Il le faisait avec gentillesse, avec ironie, avec cette finesse souriante que tous ceux qui l'ont aimé se rappellent aujourd'hui avec tant de regret :

— Une fois, je jouais *Hamlet*. Une ouvreuse, qui entendait ce qu'on disait sur la scène, demanda : « Qu'est-ce qui parle maintenant ? » On lui répond : « Mais c'est Pitoëff. » Elle prend un air très étonné et demande à nouveau : « Il joue donc, dans cette pièce ? — Oui, il joue Hamlet, le rôle principal. » Elle réfléchit un moment, et puis : « Après tout il a raison ! Ça leur économise un acteur. »

Nous rassemblons aujourd'hui ces minces propos, d'autres encore, son ironie, sa compréhension. Je me rappelle qu'un jour que je lui revoyais jouer le Charles VII de *Sainte Jeanne,* quelqu'un, devant moi, lui demanda si Bernard Shaw n'avait pas poussé à la caricature la figure du roi.

— On croit que c'est une caricature, répondit-il. On ne comprend pas. C'est un homme plein de défauts, un peu ridicule, mais très intelligent. Au fond, on peut même dire que c'est le seul qui comprenne Jeanne. C'est le seul qui lui ressemble. Il est pareil à elle : seulement, lui, *il n'a pas la grâce.*

Car cet homme incomparable, dont l'intuition brusque paraissait être le don premier, était peut-être plus encore un homme qui comprenait, qui saisissait de toute son intelligence, et qui, revivant un rôle mieux que personne, savait aussi, mieux que personne, l'expliquer.

Nous les avons vus beaucoup tous deux ces années-là. Ils s'étaient pris d'amitié pour l'Ecole, ils assistaient aux bals et à la garden-party. Nous dansions avec Ludmilla en nous souvenant de nos premières admirations de Louis-le-Grand. Je me rappelle une nuit glacée et claire, sur la place du Panthéon, en 1931, où nous revenions de souper à l'Ecole, et où nous avons formé une grande ronde autour de Georges et de Ludmilla, en leur demandant de s'embrasser, sous l'œil inquiet des agents du poste de police. En revanche, ils nous invitaient à la centième, à la deux centième des *Criminels,* cette pièce judéo-allemande à la mode du temps, qu'ils ont beaucoup jouée, et où nous sommes allés souvent, car Ludmilla restait longtemps dans la coulisse et nous pouvions parler avec elle. Que de fois sommes-nous allés dans ces loges des Pitoëff, la grande loge au divan bleu du Théâtre des Arts, la petite loge en sous-sol de l'Avenue, les cabines sordides du Vieux-Colombier ! Elles étaient toujours décorées d'un ou deux dessins des enfants, sur papier quadrillé de cahier scolaire, et parfois, d'une photo de Ludmilla à cinq ans, et de Georges à huit. Tous les acteurs nous connaissaient, sans savoir nos noms, nous rencontrions Lenormand, les enfants Duhamel, et on nous permettait parfois, à notre grande joie, de monter sur la scène quand on avait besoin de « foule ». Des camarades ont ainsi figuré dans *Sainte Jeanne* sous la cagoule des inquisiteurs, nous avons dansé dans le cabaret de nuit des *Criminels,* et quelques années plus tard, encore, j'ai été comédien muet ou machiniste dans les *Six personnages en quête d'auteur.* Mais surtout, nous annexions ces domaines irréels du théâtre, avec une facilité que nous n'avons jamais connue ailleurs.

Je ne me rappellerai jamais sans une immense gratitude ce Théâtre des Arts, lointain et provincial, où, vers mes dix-neuf ans, j'avais découvert à la fois ce qu'étaient la poésie et l'art de la mise en scène, et le génie du comédien. Depuis, combien de fois suis-je resté, debout sur le plancher craquant, derrière un rideau de velours bleu, ou derrière le pied de fer d'un projecteur, à écouter pour la dixième fois la même scène, à saisir dans la présence et l'affrontement de deux êtres extraordinaires, cette seconde d'éclair, ce feu qui unit soudain un homme pâle à la voix sombre, une femme blanche et musicale! Accroupi sur un escalier inachevé, avec mes camarades, je m'enivrais de poussière et de quelques fragments d'œuvres admirables. Le théâtre est un bloc, pour la plupart, et on ne sait point, sauf par la lecture, isoler d'une pièce le point culminant, la minute de tension et d'extase. Grâce au facile accueil de ces coulisses toujours ouvertes aux jeunes gens, j'ai pu choisir, à mon tour, et comme le lecteur de romans ou de poèmes revient sur un seul sonnet, une seule scène, immobiliser et résumer une tragédie en dix minutes incomparables. En ces années, nous vîmes les pièces du théâtre russe, et nous n'oublierons jamais *les Trois Sœurs* de Tchékhov, avec l'admirable Germanova, la grande tragédienne du Théâtre des Arts de Moscou, disparue depuis, — ou cette première représentation du *Cadavre vivant* présentée par une vieille dame qui était la fille aînée de Tolstoï, et jouée, à côté des Pitoëff, par une enfant de seize ans qui était la petite-fille du vieux rêveur.

En même temps, nous nous prenions d'amitié personnelle pour ces deux êtres qui apportaient si naturellement le rêve et la grandeur avec eux, au milieu des soucis matériels, de la peine, du dévouement absolu au théâtre, des difficultés de la vie. Nous qui allions fréquemment les voir, nous aimions, de Georges, la bonté profonde, la dignité extraordinaire unie au sens du cocasse, de Ludmilla une irréalité de jeune fille. Que de fois nous nous retrouvons en pensée, nous qui avons connu ces années-là, dans la loge éclairée, loin des bruits de la scène et de la rue!

A l'entracte, devant la table à maquillage,

nous regardons cette petite personne pâle, aux yeux immenses, aux pommettes un peu saillantes, qui parle d'une voix pure et réfléchie, comme une enfant sage. Ce qui s'abrite derrière ce visage irréel est d'un prix incomparable. La petite personne, un jour entre les jours, est vêtue de noir, avec un grand col, comme l'une des jeunes filles en uniforme. Elle me regarde, elle me dit des paroles aimables, puis elle rit, elle rit en penchant sa tête de côté, en secouant de courts cheveux noirs. Parfois, on la sent si lointaine, d'une autre race et d'un autre pays, évoquant de sa voix pure, de sa voix d'enfant gourmande, un monde que nous ignorerons toute notre vie. Parfois, elle devient aussi proche qu'une jeune fille du Valois, que la Sylvie de Gérard de Nerval.

Toute chose sert à la légende des Pitoëff, et leurs poètes, et leur pays, et les enfants. Ils en ont sept, comme les parents du Petit Poucet, deux garçons et cinq filles. Dans les jardins de l'Ecole, Ludmilla nous expliquait :

— Il y en a une qui s'appelle Ludmilla, comme moi. Ludmilla veut dire : sympathique aux gens. Il y a eu une princesse Ludmilla qui a été martyre, autrefois.

C'est une phrase bien simple : je ne puis pourtant l'oublier. Et nous nous amusions à nous souvenir du nom des cinq petites filles, pareils à une litanie : Nadia, Sveltana, Ludmilla, Varvara et Aniouta.

Nous avons vu beaucoup jouer Ludmilla ces années-là. Nous savons surtout qu'en 1929 et en 1931, nous l'avons entendue deux fois dans ce drame, plus beau que tous les drames, que composent, mis bout à bout, les simples textes authentiques du procès de Rouen. Nous nous souvenons encore d'un grand film de l'époque silencieuse : *la Passion de Jeanne d'Arc,* de Carl Dreyer, avec Mme Falconetti. Mais la véritable Jeanne était une enfant de dix-neuf ans, pleine d'insolence, volontaire, vivante, abattue seulement à la fin, et c'est ainsi que nous la montrait Ludmilla. Qui ne l'a pas vue pleurer et balbutier, le jour de l'abjuration au cimetière de Saint-Ouen, en répétant les formules forcées, n'a pas vu la chose la plus émouvante et la plus belle peut-être qui soit au monde. Nous aurons su ce qu'est le génie.

Un peu plus tard, dans la prison, les cloches sonnent, et elle joint les mains, comme une enfant. Et les mots admirables parlent de rondes des fées, d'arbres miraculeux, de saintes familières. Qui pourrait commenter, mieux que ces mains fragiles, que ce front enfantin et têtu, les mots les plus purs de l'histoire ? Je garde toujours la lettre qu'elle m'écrivit , un jour de l'été de 1931, où elle me racontait un voyage à Domremy :

« ... *J'ai rôdé dans le bois Chenu.* « Il y a un bois de chênes appelé bois Chenu, qu'on voit de l'huis de la maison de mon père, et il n'y a pas la distance d'une demi-lieue... » *Je suis allée dans l'église, elle est très restaurée, mais le bénitier est son contemporain, et la statue de sainte Catherine devant laquelle elle priait s'y trouve encore. La statue est très jolie et très petite.* « Mes apparitions me venaient en grande multitude et toutes petites. » *L'église est immédiatement à côté de la maison. Je suis allée dans le jardin, et j'ai tourné le dos à la grille de façon à regarder la maison et avoir l'église à ma droite. Les cloches ont juste sonné une heure quelcon-*

que, les cloches sont vieilles et ont le son fêlé. Je ne puis vous décrire ni vous expliquer mon trouble. « Et vint cette voix sur l'heure de midi environ, en temps d'été, dans le jardin de mon père. J'entendis la voix du côté droit, vers l'église... » *Entre toutes ces places bienheureuses, en plein champ, au bord de la Meuse, je me sens captive dans un filet miraculeux, et je ne voudrais pour rien au monde en échapper, car tant de secrets s'ouvrent aux yeux de mon cœur.* »

Ainsi parvenions-nous à approcher les songes que nous avions faits au théâtre, quand nous étions encore enfermés dans les lycées de notre adolescence.

*
* *

Le cinéma aussi, d'ailleurs, pendant quelque temps, continua d'avoir la même importance pour nous que par le passé, et surtout nous courions les salles de quartier et les salles de répertoire, comme les Agriculteurs, pour connaître les films d'autrefois que nous n'avions pas vus. La foule commençait à s'enthousiasmer pour la plus célèbre des étoiles de l'écran, la Suédoise Greta Garbo. L'Amérique achevait de nous envoyer ses films sur la prohibition, où des organisations de bandits se formaient pour vendre de la bière, images bien surprenantes. Nous, nous allions voir les films d'avant-garde aux séances privées, quasi secrètes, qu'organisait l'A.E.A.R. ou *Association des Ecrivains et Artistes Révolutionnaires,* et nous pleurions de douleur parce que nous avons été des années sans trouver de la place aux représentations du *Cuirassé Potemkine*. Mais l'invention du cinéma parlant nous laissa désemparés. Allait-on, de notre cher art d'images grises et muettes, où les sous-titres même gênaient les plus intransigeants d'entre nous, de notre belle musique visuelle, faire un pauvre théâtre en conserve que nous laissaient prévoir les premiers films parlants français ? José Lupin et moi sommes revenus navrés des *Trois Masques*. Peu après heureusement, nous allions écouter et voir *Hallelujah,* le grand poème frénétique de la vie noire, le film le plus riche en véritables inventions sonores que nous ait encore apporté l'écran, celui qui nous révélait la valeur du silence entre les bruits. Peu après, nous retrouvions René Clair. C'est lui, à vrai dire, qui a été le cinéma presque tout entier dans ces années-là, qui s'est incorporé à notre façon de comprendre le monde, qui a collaboré à nos promenades dans Paris, dressant au-dessus de nous le monde imaginaire de ses petites gens, ses ballets d'épiciers et de crémières, ses escaliers où jouent les enfants, toute sa grise et douce et fine transposition des spectacles de la ville unique. Combien de fois avons-nous vu *Sous les toits de Paris, le Million* et ce spectacle amer et enchanté, avec ses Luna-Park où chantent les oiseaux mécaniques, sa poésie de papier doré et de romances, qu'est *A nous la liberté ?* Je ne saurais le dire, mais c'était pour nous le symbole de ce temps heureux, où les dangers restaient l'américanisme, la surproduction, et non la grève et la misère, et où, pour finir, deux vagabonds gagnaient en chantant, eux aussi, les routes joyeuses du destin. Ainsi l'écran nous donnait-il des nouvelles de l'univers. Ainsi apprenions-nous de René Clair à connaître Paris comme nous l'apprenions de Baudelaire, de Balzac.

Comme il est naturel, nous élisions parfois des œuvres moindres. Un soir, aux débuts du parlant, nous allâmes, les quatre amis, par hasard, voir une opérette filmée, *le Chemin du Paradis* où s'agitaient agréablement autour d'une jeune fille trois garçons sans le sou, mais sans souci, dans une frénésie baroque de gestes, avec deux ou trois inventions charmantes. Ce film et ces chansons, en 1931, devinrent nos totems, nos mots de passe. Je l'ai revu quatre ou cinq fois, nous avons fait le voyage de Versailles pour le retrouver, nous l'avons vu en version allemande. Il y a quelques mois, nous sommes allés le contempler à nouveau aux Ursulines, démodé, charmant encore, tout étonnés des modes féminines, du jeu des acteurs, de son aspect de document historique, et un peu surpris, malgré tout, de savoir par lui en 1939 notre jeunesse et son époque déjà lointaine et si curieuse.

Nous continuions, d'autre part, à apprendre Paris, ses mystères et ses beautés. Attentifs à ce que nous enseignaient les films de René Clair, nous regardions autour de nous les quartiers populaires, les petites figures simples et curieuses. L'Ecole se trouve en bordure d'un des plus beaux « villages » parisiens, celui de la Montagne Sainte-Geneviève. Il nous arrivait d'aller acheter pour vingt sous un paquet de frites chez le marchand de la rue Mouffetard, de suivre ce fleuve de victuailles et de légumes, plein de querelles et de couleurs, et puis de rôder par les rues désertes entre les hauts murs de couvents, les entrées à escaliers de la rue Lhomond. De l'autre côté du ravin, la rue Rataud avait encore le même aspect, même pas provincial, mais villageois, avec ses hauts arbres inclinés sur le mur dégradé, et le petit réverbère de nos escalades. Nous étendions nos explorations au-delà, nous revenions vainqueurs et émerveillés, comme d'une Venise, d'un Amsterdam, des ponts chinois sur le canal Saint-Martin, des jardins autour du Père-Lachaise, de l'autobus qui nous menait, à travers Charonne et Belleville, vers les terrains de préparation militaire de Romainville. Nous allions dans les piscines populaires, à la Butte-aux-Cailles, près de la porte d'Italie, où certains jours sont réservés pour les couples, et où l'on voit des garçons chastes et sportifs attendre à la porte une compagne de hasard, en tout bien tout honneur, comme ils attendent parfois aussi à la porte des restaurants féminins. Notons pour l'historien qu'à cette époque encore on nageait moins qu'aujourd'hui, et que le *crawl* était presque inconnu. Mais notre patrie restait toujours le Quartier latin, notre jardin le Luxembourg, nos cafés les étroites salles du boulevard Saint-Michel, et nous allions dans les petits cinémas à trois francs de l'avenue des Gobelins, revoir les vieux Buster Keaton, les vieux Harold Lloyd dont nous étions friands. Paris s'étendait autour de nous, Paris nocturne surtout que nous n'avions qu'entrevu à Louis-le-Grand, et qui nous offrait ses esplanades désertes, ses rues clignotantes de feux rouges et verts, sa cohue montmartroise, et sous les hauts piliers des métros aériens, par les soirs de brume, ses femmes fardées et ses clochards. Nous sommes allés à la foire voir les dompteurs de puces de la place Blanche (puces de personnes, messieurs, pas puces de chiens, pas puces de chats), admirer le village des puces, les puces tireuses de canon, les puces jongleuses, les puces danseuses. Nous revenions de chez Dullin ou de cet étonnant restaurant balzacien qui se nomme le Bon Bock, où l'on mange à heure fixe à une table d'hôte, comme à la pension Vauquer, des repas gigantesques et quasi à discrétion. Nous recherchions, aussi, de Saint-Séverin à Saint-Pierre de Montmartre, à Saint-Julien le Pauvre, les anciennes petites églises paroissiales de Paris, leurs jardins, leurs ombres. Enfin, ces années-là furent les dernières où l'on put se promener au quartier juif, rue Brise-Miche, rue du Roi de Sicile, rue de Venise, les plus sales et les plus étroites rues de Paris, aujourd'hui détruites. La beauté lépreuse et balzacienne de ces vieilles maisons noires, de ces renfoncements hideux, nous évoquait le Paris médiéval, et puis soudain, nous nous apercevions que les ghettos de l'Europe Centrale avaient déversé là leurs Juifs à chapeaux de fourrure, leur crasse, leurs patois, leurs commerces, leurs boucheries Kasher, leurs restaurants à quarante sous, pour un rapide décrassage avant les ghettos commerçants du faubourg Montmartre, les ghettos luxueux de l'avenue du Bois et de Passy. Ainsi s'approfondissait pour nous l'envoûtement de Paris, à quoi ceux qui l'ont connu à dix-huit ans n'échapperont jamais.

Pourquoi certains lieux, certains carrefours sont-ils désormais empreints pour nous d'une magie incommunicable ? C'est que nous les avons reconnus, en ce temps-là, à des signes mystérieux, comme faisant partie de notre monde autonome. Un soir, avec Raoul Audibert, notre aîné de Louis-le-Grand, entré avant nous à l'Ecole, nous nous égarions dans les rues de Montrouge et de Montparnasse, nous nous arrêtions dans ces bistros où braillait encore, vers 1930, un haut phonographe à pavillon, nous prenions la rue de la Gaîté, rouge et bleue, ruisselante de lueurs, aussi animée qu'une rue de Marseille. C'était le temps où (en même temps que nous nous délections de la Marlène Dietrich de l'*Ange bleu)* nous avions découvert au phonographe Damia, et sa belle voix populaire et noire, ses chansons de marins et de filles. Nous sommes allés la voir à Bobino, dans la salle pleine à craquer, belle femme dans sa robe sombre, avec sa grosse tête de lionne, nous lui avons réclamé *la Rue de la Joie,* et les *Goélands,* nous avons applaudi avec les gars à casquette, à travers la fumée grise des cigarettes. Puis nous repartions par les rues où sonnait notre pas, attentifs à laisser venir à nous les odeurs et les bruits de la nuit, et, sur le boulevard Saint-Michel, nous croisions le train désuet d'Arpajon, qui apportait alors aux Halles, traîné avec lenteur par sa locomotive fumante, les légumes des jardiniers. Le train d'Arpajon, inséparable du Quartier Latin de minuit, en ce temps-là, ne passe plus aujourd'hui.

Dans la journée, nos plaisirs du Quartier étaient chez Picard, où nous n'avons jamais cessé de feuilleter les livres, ou dans un « pathéphone » aujourd'hui disparu. On y entendait des disques nouveaux, mais surtout des disques anciens. C'est ainsi qu'à travers une sorte de fracas d'assiettes, de grincements de poulies, ne saisissant qu'un mot sur trois, nous avons pu nous faire une idée de Sarah Bernhardt dans la déclaration de *Phèdre,* telle que l'a décrite Marcel Proust. Quand la longue et bizarre mélopée était terminée, le disque continuait à crachoter un instant, puis la divine Sarah, reprenant sa voix naturelle, concluait : « Et voilà. C'est pas sorcier. »

Nous ne dînions pas toujours à l'Ecole, et ce tableau du Quartier Latin vers 1930 ne serait pas complet si nous n'y mentionnions pas les restaurants russes. Raoul Audibert tenait pour le Bartek, d'autres pour le Miron, pour le Coq d'Or, pour Vieille-Russie, voire pour le lointain Dominique de la rue Bréa. Nous étions les fidèles du K'nam de la rue Royer-Collard, où je ne reviens pas, de temps à autre, sans donner un souvenir à notre ancienne table de quatre où nous avons fait connaissance avec les blinis, le bortsch et le goulasch, et qui est pour moi un lieu féerique. Pour un prix bien modique, alors que les restaurants dits français vivotaient dans la crasse et l'odeur de graisse, les étudiants avaient l'illusion du luxe, des fleurs sur les petites tables, des serveurs polis, un orchestre dont les chanteurs n'ont jamais changé, des images aux murs, et le plaisir de l'exotisme [1]. La cuisine était convenable, et l'atmosphère, surtout, aimable, jeune et naturelle. Nous mettions nous-mêmes les disques au phonographe, dans le petit couloir, où ne parvenait point le bruit de l'orchestre, et où, à midi, résonnait la clochette d'un couvent proche. Nous achetions parfois des fleurs à une très vieille dame charmante et blanche, qui promenait des sloughis dans la journée, et passait, timide, vendre quelques roses

---

1. Il est pénible de voir l'appareil hideux de la prétendue bienfaisance à la Cité Universitaire ou dans les restaurants féminins, lorsqu'on voit ce que font de simples commerçants qui ne tiennent point à leur brevet de philanthropie.

et quelques œillets dans les restaurants russes où on lui donnait discrètement à dîner. Nous achetions les journaux à un vieil homme rasé l'été, barbu l'hiver pour avoir plus chaud. C'est ainsi que, la mode de l'évasion littéraire n'étant pas encore achevée, nous nous payions le luxe ironique de ces voyages à bon marché.

*
* *

Il nous arrivait aussi de travailler. La Bibliothèque de l'Ecole participait de la fantaisie qui règne sur la maison. Le classement des livres avait été refait, je crois, par Lucien Herr, dont les intellectuels de gauche ont fabriqué un grand homme, et qui fut, en réalité, d'après le portrait qu'en trace Andler, une sorte de raté obtus, mais influent. Il avait soigneusement banni les auteurs modernes non orthodoxes de ses rayons, et Barrès n'était représenté que par des morceaux choisis *en italien.* Quant à Pascal, il était classé parmi les romanciers. Beaucoup de livres utiles manquaient, lorsqu'ils n'étaient pas retenus indûment par des anciens élèves. Pourtant, la Bibliothèque restait un instrument de travail assez remarquable, et par ailleurs offrait d'incomparables aliments à la flânerie. Sur les échelles branlantes, j'ai parcouru des kilomètres, au long des rayons, à rechercher des livres mystérieux, à lire Escobar ou la Patrologie, à déchiffrer Lycophron, *les Dionysiaques* de Nonnos, les petits poètes alexandrins. Pour le grec et le latin, la Bibliothèque est bien composée. Les livres d'histoire y sont assez abondants pour le profane, si l'histoire littéraire et la littérature pure laissent à désirer. Mais je considérais plutôt ces hautes salles qui plient littéralement sous le poids des volumes comme j'aurais considéré la suite des boîtes des quais. J'y fouillais au hasard, je recopiais sur de beaux volumes armoriés la généalogie des rois de France, je lisais Swedenborg, Restif de la Bretonne, Macrobe, et les compilateurs de la basse latinité. La bibliothèque de l'Ecole était le lieu rêvé pour des Esseintes.

J'y ai appris à coup sûr plus de choses qu'à la Sorbonne, dont je fus l'élève bien infidèle. Les cours m'ennuyaient, et je n'ai guère suivi, pendant un an, avec quelque suite dans les idées, que ceux de M. Mazon, qui était un admirable professeur de grec, et avec qui nous expliquions Eschyle. En quatre ans, j'ai dû tout juste faire trois ou quatre exposés, qui parurent, je crois bien, fantaisistes. L'année la plus charmante de toutes les études est celle du diplôme [1]. José Lupin étudiait le salon de Fanny de Beauharnais, qui fut une charmante folle chez qui fréquentèrent Restif et Mercier, et tira toute son érudition de la bibliothèque de l'Ecole où je lui copiai en trois jours l'essentiel de sa rédaction [2]. Thierry Maulnier ne songea que quelques jours avant de le remettre à son travail sur les préfaces de Racine et son art dramatique : je me souviens, dans la thurne tapissée de vieux journaux,

---

1. Lorsqu'on est licencié et qu'on veut se présenter à l'agrégation, il faut rédiger un petit mémoire de cent à deux cents pages sur un sujet que l'on a choisi soi-même. En un an, le travail n'est pas écrasant.

2. Cette année est aussi l'année où l'on subit, dans un lycée, un stage pédagogique, qui consiste à écouter une classe pendant trois semaines, et à la faire pendant quinze jours. Je fis un stage à Janson et cet unique contact avec la vie universitaire m'amusa beaucoup.

lui avoir vu rédiger sans désemparer, en une seule journée, cinquante-huit pages d'une écriture petite et serrée, qui obtinrent la note éblouissante de 18 sur 20. Maurice suivait alors les cours de l'histoire de l'art, et il composa pour M. Focillon un fort savant travail sur les fonds de tableau dans la peinture flamande de la première moitié du quinzième siècle, ce qui lui permit d'aller à Gand voir les beaux parterres de fleurs et les villes féeriques du retable de l'Agneau. Pour ma part, j'avais proposé à M. Fortunat Strowski, qui était nonchalant, indulgent et fleuri, et chez qui couraient tous les fantaisistes, une étude sur les rues de Paris chez Balzac. Je me promenais dans les quartiers proches du nôtre, qui n'ont guère changé depuis cent ans, je retrouvais la maison du mendiant de Saint-Sulpice, ou la maison de l'usurier des *Petits-Bourgeois,* rue Lhomond. Le passé collaborait ainsi à mon goût pour la ville sacrée.

C'est à la bibliothèque de l'Ecole que je pris un jour un mince volume où l'on a réuni tout ce que les rhéteurs de l'antiquité nous ont légué sur Virgile, quelques *Vies* dont la plus longue a dix pages. Nous étions en pleine mode des vies romancées et je me demandai s'il ne serait pas possible d'écrire, en partant de données aussi brèves, une biographie où rien pourtant et surtout pas un dialogue ne serait imaginaire. On parlait déjà, d'autre part, de célébrer, en 1930, le deuxième millénaire du poète latin. Je commençai cette biographie, où je m'attachai à n'user ni de couleur locale, ni de couleur temporelle, et à présenter mon personnage comme s'il avait vécu de nos jours, — toutefois sans rien inventer. Je tentai d'adresser les premiers chapitres à *la*

Revue universelle de Jacques Bainville et Henri Massis et ils y parurent en avril 1930. C'est aussi le temps où je lus le théâtre de Sénèque, rougeoyant de passions et de pierreries, et où j'envoyai à la *N.R.F.* une étude sur lui, qui parut un peu plus tard, lorsque les Pitoëff jouèrent *Médée*. Pour achever le tableau de ces activités un peu «en marge», je dois dire que le premier travail un peu lucratif que j'aie effectué fut la traduction d'un volume de quatre cents pages en latin de cuisine, *la Pierre philosophale,* de Jean Isaac, alchimiste de la Renaissance. Un curieux me l'avait demandée, et si je n'y appris à faire de l'or, je sus qu'à travers les corps glorieux, à la fin des temps, brûleront l'âme et la quinte essence qui est l'âme des choses, et beaucoup d'autres merveilles, perdues dans un rabâchage assez lassant. Nous traduisions cela en thurne, ou à la plage, et cette pierre philosophale avait même payé, cette année-là, nos premières vacances en pays basque. Mais il nous arrivait aussi de lire les auteurs du programme, et c'est en ce temps-là que j'appris à connaître un peu sérieusement Joinville et Montaigne. Le bavardage murmuré de Montaigne, son chaud et amical conseil, son amour des jeunes corps, sa sagesse égoïste, sa frivolité profonde, nous les avons beaucoup aimés ces années-là, où il nous apprenait que «c'est une absolue perfection, et comme divine, que de savoir jouir loyalement de son être».

Un jour de printemps de 1930, nous apprîmes que quelques étudiants, qui rédigeaient le journal royaliste *l'Etudiant français* venaient de quitter brusquement *l'Action française*. Jacques Talagrand alla proposer de faire le numéro suivant, dans les quarante-huit heures, pour qu'il n'y eût pas d'interruption, et il fut rédigé tout entier dans notre thurne par Maurice Bardèche, José Lupin, lui et moi. C'est à cette occasion, d'ailleurs, que Jacques Talagrand prit le pseudonyme de Thierry Maulnier. Nous collaborâmes ainsi quelque temps à *l'Etudiant français,* et Henri Massis, que j'étais allé voir deux ou trois fois, m'envoya à Pierre Varillon qui dirigeait la page littéraire de *l'Action française* nouvellement créée. *L'A.F.* logeait encore rue de Rome et j'allais voir Pierre Varillon tantôt dans une sorte de grenier perché au sommet de la maison, tantôt dans son cabinet de directeur des éditions de la *Cité des Livres.* C'est ainsi que je commençai à collaborer à *l'Action française,* dont le critique littéraire était le jeune et charmant Jacques de Montbrial. Le vieux journal, accusé d'être le journal des douairières, publia un jour, entre autres, une page littéraire dont les collaborateurs, Jacques de Montbrial, Pierre Varillon, Thierry Maulnier et moi, n'avaient pas cent ans à eux quatre. En 1931, Jacques de Montbrial, malade, abandonna ses fonctions et disparut quelques mois plus tard, à vingt-cinq ans. On me demanda de le remplacer. Je ne crois pas qu'il existe un seul grand journal, en dehors de *l'Action française,* qui ait donné à un garçon de vingt-deux ans un feuilleton littéraire aussi important.

Toutefois, nous ne nous mêlions pas encore à la vie du journal et nous y adressions nos articles par la poste. Charles Maurras nous avait accueillis comme il accueillait tous les jeunes gens, avec ce sourire et cette confiance que je n'ai vus qu'à lui. Un jour d'avril 1930, on invita au Manoir d'Anjou, en Belgique, résidence des prétendants, trois étudiants, et nous nous arrangeâmes, Thierry Maulnier, Maurice et moi, pour représenter auprès du comte de Paris l'Ecole normale. Dans la banlieue bruxelloise, nous gagnâmes donc cette belle maison bourgeoise qui sert d'abri à la famille royale. Le comte de Paris avait alors vingt-deux ans, il était d'une extraordinaire séduction, et nous frappa par son prodigieux *art d'écouter*. Qu'avions-nous à lui dire, nous, étudiants sans relations ? Pas grand-chose. Il nous écoutait, comme si chaque mot eût été une révélation. Nous étions intimidés, au fond, et nous parlions de façon volubile, pour déguiser notre émoi, et nous accumulions les gaffes et les fautes de protocole, et nous laissions refroidir dans notre assiette les côtelettes et les petits pois, pendant que les valets, et le général, et le prince, attendaient respectueusement que nous eussions fini. Il levait sur nous ses beaux yeux pâles, son visage de Valois peint par Clouet [1], ses fines mains asiatiques, il hochait la tête à nos moindres propos comme pour nous persuader de notre propre génie. Nous revînmes absolument conquis.

L'Ecole, à ce moment-là, comme toujours, passait pour révolutionnaire. A vrai dire, une demi-douzaine de camarades y faisaient plus de bruit que de mal, et la moyenne se tenait dans une honnête médiocrité radicale ou socialiste. Ils ne négligeaient pas l'avenir d'ailleurs, ce qui nous changeait de Louis-le-Grand. C'est dans ces années-là que le briandisme donna sa plus belle fleur. Tout normalien pouvait passer ses vacan-

---

1. Il y a à Chantilly un Vendôme qui lui ressemble trait pour trait.

ces, gratuitement, à Genève, sous prétexte « d'information », aller l'hiver à Davos, et on espérait ainsi l'attirer vers les doctrines orthodoxes et le soutien du régime. De plus bucoliques allaient à l'abbaye de Pontigny [1], que dirigeait Paul Desjardins, et où l'on parlait « sur des sujets », ce qui m'a toujours paru une étonnante manière de passer ses vacances. Nous décidâmes de donner un peu de publicité à notre visite au prince. Nous écrivîmes une lettre indignée, signée Weil, à M. de la Fouchardière, à *l'Œuvre,* pour lui annoncer l'importance du mouvement monarchiste à l'Ecole normale supérieure, le voyage d'obédience au prétendant, les brimades subies par les vrais républicains, et le prier de protester contre cela. Il le fit avec ironie, se moquant des uns et des autres, ne voulant point attaquer la liberté d'opinion. Mais enfin, il en parla. M. Bouglé ne fut pas très content. L'année suivante, en 1931, Briand échouait à l'Elysée et mourait quelques mois plus tard. Nous l'avions tant vu caricaturé par Sennep, nous avions tant parlé de sa politique que nous regardions soudain fuir ce vieil homme courbé, avec sa manière feutrée et glissante, étonnés comme si nous avions vu disparaître une sorte de compagnon de notre jeunesse. Aucun de nous n'avait été briandiste, mais on a peine à imaginer, aujourd'hui, ce qu'a été le briandisme, l'Europe de Benès, de Titulesco, des maçons et des banquiers et nous nous demandions soudain ce qui allait venir, à la place des illusions.

---

1. Il existait aussi une maison de repos en Normandie, nommée « le Vieux-Pressoir », mise à la disposition des élèves de l'Ecole par M. Lazard.

C'est ainsi que nous commencions à connaître le monde en dehors de l'Ecole, et à essayer de regarder au-delà de nos études et de nos plaisirs immédiats [1].

A la Revue universelle, installée alors auprès de son propre appartement, boulevard Saint-Germain, nous avons connu Henri Massis. Il avait accueilli avec une rapidité et une indulgence qui me confondent les pages sur la jeunesse de Virgile que lui adressait un normalien inconnu, au début de 1930. Par la suite, je crois qu'il aima retrouver cette Ecole où il avait eu des camarades avant la guerre, tel Henri Franck, et qu'il se plaisait parmi nous. Nous avions regardé avec quelque crainte le grave auteur de *Défense de l'Occident,* dont nous parlions jadis avec tant de sérieux dans la cour de Louis-le-Grand. Mais c'était cet homme mince et droit, avec ce visage

---

[1]. Par quelqu'un qui y avait des relations, j'envoyai un jour à *l'Intransigeant* un article où je racontais la visite qu'avaient faite à l'Ecole les Pitoëff. Cet article parut pendant les vacances de 1929, et j'en envoyai deux ou trois par la suite. Fernand Divoire, qui était alors rédacteur en chef de *l'Intransigeant* me demanda si je voulais entrer tout à fait au journal. J'alléguai mes études, le stage pédagogique de cinq semaines que je devais accomplir prochainement, voire ma préparation militaire. Il me proposa de venir tous les matins, et d'apprendre le métier de journaliste, et j'acceptai, supposant qu'il valait mieux le faire en un moment où je n'en avais nul besoin et où je pouvais faire l'expérience en toute liberté. Elle dura un mois, et me paraît aujourd'hui bien saugrenue. On m'envoya, pour commencer, interviewer la présidente de la Société Protectrice des animaux, et on parut scandalisé parce que j'avais écrit — ce qui était la vérité — que cette excellente dame avait au-dessus de sa cheminée un tableau représentant une chasse à courre. Je visitai l'Exposition des Arts ménagers, je

vif et espagnol, ces grands yeux marron passionnés, cette large mèche barrésienne de cheveux noirs, cette extraordinaire gentillesse d'accueil, cette extraordinaire mobilité du regard, des mains, de l'esprit, ce goût de la jeunesse. Ah ! il n'avait rien d'un dogmatique, Henri Massis, lorsqu'il venait s'étendre sur le divan d'une thurne, à l'Ecole, qu'il nous aidait à faire le thé, qu'il se promenait avec nous au Luxembourg, ou qu'il nous emmenait écouter chez lui les disques des vedettes de music-hall ! Je me rappelle un lendemain de bal de l'Ecole, auquel son fils Jean avait assisté, et où il vint nous retrouver vers une heure de l'après-midi, quand nous commencions à ranger la vaisselle et les bouteilles de notre souper d'étudiants, Thierry Maulnier, Maurice, Suzanne et moi. Ses adversaires bien sérieux, bien épiscopaux, bien cravatés, auraient sans doute été surpris de voir l'écrivain de *Jugements,* dans le petit réduit du troisième étage où se trouve un réchaud à gaz et un poste d'eau, essuyer les tasses à thé en fredonnant les airs du *Congrès s'amuse :*

Serait-ce un rêve, un joli rêve ?...

Ils auraient été surpris, mais pas nous.

fis de petits papiers sur la Galette des Rois et sur la destruction du quartier juif. Tout cela me paraissait singulièrement vide, et je m'ennuyais beaucoup. Je ne vis jamais un marbre d'imprimerie, ni une machine, je n'appris rien, hormis les mystérieuses consignes qui font, paraît-il, de l'article le plus anodin un pamphlet absolument contraire aux lois de la publicité, — et le mois de janvier 1930 écoulé, comme le temps de mon stage était venu, l'expérience ne fut pas poursuivie. Tels furent mes débuts dans le « grand journalisme ». Ils ne prouvent que la liberté dont nous jouissions à l'Ecole.

— Es-tu sûr que c'est le même Henri Massis ? me demandait avec inquiétude un camarade.

Mais oui, c'était le même, et voilà surtout ce qui nous touchait : une affection grandissante, une vraie liberté d'allure, une passion par les idées qui ressemblait toujours, justement, aux passions des étudiants que nous étions encore. Il pouvait nous parler de Barrès et de Gide, il pouvait aussi se promener avec nous sur le bord des toits, joyeusement, s'asseoir avec nous à la terrasse de Saint-Germain-des-Prés. Et c'est de cela que nous lui étions reconnaissants.

Nous continuions à découvrir les lettres de ce temps, nous avancions un peu dans la lecture de Claudel et de Péguy, et il nous parlait d'eux, et il venait nous montrer et nous lire leurs lettres, et il nous prêtait un jour, pour le faire copier, son exemplaire dactylographié de *Partage de Midi,* l'œuvre la plus rayonnante et la moins connue de Claudel, et nous nous récitions la prière de Mesa :

Salut, mes sœurs ! Aucune de vous, brillantes,
Ne supporte l'esprit. Mais seule au centre de tout, la Terre
A germé son homme. Et vous, comme un million de blanches brebis,
Vous tournez la tête vers elle, qui est comme le pasteur et comme le Messie des mondes...

Et nous commencions à lire les poètes et les romanciers étrangers, et nous aimions Rilke, et nous découvrions les livres de Rosamond Lehmann, (la mode était aux romancières anglaises, à *Poussière,* à *la Nymphe au cœur fidèle)* et nous allions toujours entendre le théâtre de Giraudoux, *Amphitryon* et *Judith.* Mais comme nous étions éclectiques, nous nous amusions bien, aussi, de quelques comédies plus abordables. L'important était pour elles de pouvoir désormais entrer dans notre langage particulier, de nous permettre de prononcer : « Elle a dit qu'on prendrait le porto » et « C'est coquet » avec la voix de Michel Simon dans *Jean de la lune,* — Ou « Qu'il est joli, ce petit » et « Morne soirée, Antoine » avec l'accent moldo-valaque de Marguerite Moreno dans *le Sexe faible.* Car nous n'étions pas loin de penser que la littérature n'a de valeur que pour fournir des mots de passe. Tels étaient ceux de ces années.

Les lettres, elles, n'avaient guère changé. Edmond Jaloux déclarait qu'il y avait dans les romans « excès d'adolescents » et excès « d'évasion ». Un disciple de Jean Cocteau, Jean Desbordes, publiait *J'adore,* et Jean Cocteau lui-même achevait *les Enfants terribles.* Le maître véritable de tout ce paganisme achevé en culte de la drogue, André Gide, songeait déjà avec appétit au communisme, comme moyen définitif de destruction. Nous lisions tout cela avec plaisir, par respect de l'anarchie. Une luxueuse revue, *Commerce,* publiait des textes savants et purs. Les éditeurs lançaient encore des collections, sur les sujets les plus variés, donnaient des devoirs français à leurs auteurs, et leur commandaient toutes les biographies imaginables. Mais nos amours étaient ailleurs.

D'autre part, environ ces années-là, nous commencions aussi à découvrir la peinture. Qu'on excuse un profane de n'y avoir pas songé plus tôt. Mais nous n'étions pas faits pour les découvertes hasardeuses, pour les génies éclos à l'ombre des grands marchands, et nous ignorions tout, et il nous fallait peu à peu acquérir un peu de ce goût pour l'univers plastique auquel préparent si mal les études françaises. Je ne sais pas si les grandes Expositions — nous devions en voir, un peu plus tard, d'encore plus belles — avaient été aussi fréquentées, les années précédentes, qu'elles le furent ces années-là. On nous permettait d'abord, à peu de frais, de connaître les impressionnistes, et on ramenait pour nous d'Amérique et des collections particulières des toiles que nous ne reverrons sans doute plus de notre vie. Ce fut le temps de l'Exposition Renoir, des beaux enfants frais à la joue comme une botte de fleurs, des femmes grasses, violettes et nues, des amples statues modelées sous la direction du peintre aux mains mortes, de l'un des regards les plus prodigieusement sensuels qui se soient posés sur l'univers. Ce fut le temps de Manet. Ce fut le temps de Toulouse-Lautrec, de ses gommeuses vertes et violettes, de toute une époque laide, triste et sale, ressuscitée par un vilain gnome dessinateur. Ce fut le temps où l'on nous rassembla soudain tout Picasso, depuis les beaux et tristes adolescents gris, les beaux et humains chevaux de la jeunesse, jusqu'aux manteaux d'Arlequin, si frais, du premier cubisme, jusqu'aux farces pour Américains gobeurs, jusqu'aux tableaux faits de bouts de journaux collés et de barbouillages. Nous avancions timidement à travers ces planètes dissemblables, prêts à gagner désormais de plus hautes époques, des maîtres plus lointains, mais familiarisés par ces inventeurs plus proches avec les couleurs, avec les lignes. Nous faisions nos apprentissages loin des écoles, et plus loin encore des marchandages étonnants qui, en ces années toujours, traitaient les peintres comme des valeurs boursières, leur faisaient subir les hausses et les baisses, leur imposaient même le langage financier et laissaient succéder aux booms sur l'Ecole de Paris les krachs sur les cubistes orthodoxes. La peinture venait à nous décantée de tout contact avec le siècle, déjà prête pour les musées, loin des bruits. Elle était même le monde muet par excellence, avec ses belles inconnues en fourrure, ses bals silencieux, ses fêtes de fantôme, ses paysages où le vent se tait dans les arbres, ses taches mouvantes et ses chants à bouche fermée.

*
* *

Nous avions baptisé la génération qui nous précédait, puisque génération il y avait, la génération de l'Exposition des Arts décoratifs.

— Drôle de façon de compter les âges, devait déclarer ironiquement Albert Thibaudet. Vous serez donc, vous la génération de l'année où il y avait une tête de nègre sur les timbres-poste, l'année de l'Exposition coloniale.

C'était, en effet, depuis l'été commençant, la riche Exposition organisée par le maréchal Lyautey. Nous n'avons jamais eu beaucoup d'amour pour ces vastes foires, mais celle-ci était bien conçue, agréable à regarder, avec de belles images au bout des avenues d'arbres. Nous y sommes allés, Suzanne et moi, un soir, avec Georges et Ludmilla Pitoëff chez qui nous avions dîné. Je me souviens qu'ils devaient monter alors une pièce de Lenormand, inspirée de la légende de Médée, qui fut par la suite jouée ailleurs. Ludmilla me dit qu'elle venait de relire la *Médée* d'Euripide, et je lui demandai si elle connaissait celle de Sénèque, et le portrait merveilleux, humain et tendre, que fait, de Médée jeune fille, Apollonios de Rhodes. Nous nous promenions, sous les lumières de cette époque heureuse, à travers ces témoignages de la splendeur, du bonheur, français, et, avec le recul de peu d'années, cette Exposition peut sembler la dernière manifestation, un peu tardive déjà, de l'époque de prospérité. Les jets d'eau colorés de feux, les architectures de carton, dans la belle nuit de Vincennes, prenaient leur légitime aspect féerique, abandonnaient tout truquage facile. C'étaient les décors mêmes de l'aventure, et toute une littérature d'évasion finissait là, à la portée du petit bourgeois, entre l'ours et le phoque du Zoo et la grande masse rouge du temple d'Angkor. Mais cette nuit s'accommodait aussi bien de l'ironie et de l'attendrissement que la lecture kor. Mais cette nuit s'accommodait aussi bien de l'ironie et de l'attendrissement que la lecture d'un roman de Jules Verne, et il était bien, avec les compagnons de nos rêves de théâtre.

Un peu avant, chez lui, à la longue table de bois nu où s'asseyaient les sept enfants, comme dans un conte de Perrault, Georges Pitoëff m'avait demandé si je pouvais lui donner une traduction d'*Hamlet,* pour remplacer celle de Schwob et Morand dont venait de s'emparer le Théâtre-Français. En même temps, de sa voix douce et fêlée, avec son sourire, sa passion, ses yeux tournés vers les spectacles intérieurs de sa propre féerie, il m'expliquait ce personnage extraordinaire auquel il avait donné plus que la vie. Et il me semblait parler d'Hamlet avec Hamlet lui-même.

— Tout tourne autour du monologue, puisque le monologue pose la grande question humaine, celle du pourquoi de l'existence : être ou ne pas être. Cela, tout le monde le sait. Mais on sait moins qu'à la fin de la pièce, une minute avant le duel, Hamlet a résolu le dilemme. Il va se battre ; il a déjà dit : « J'accepte mon destin. » Et maintenant il dit : *Let be.* Ce qui signifie : « Laissons aller les choses. » Mais la traduction française laisse de côté l'essentiel (en russe, on pourrait traduire à la fois le sens caché et le sens apparent). Car l'essentiel est la réponse au monologue : *To be or not to be?* Réponse : « J'accepte, *let be.* »

— En somme : laissons ce qui est *être ?*
— A peu près.

Quelques jours après, Ludmilla Pitoëff vint à l'Ecole chercher *Médée* et les *Argonautiques*. Notre dernière année de l'Ecole était achevée, beaucoup de nos camarades allaient partir. Pour ma part, je m'attendais bien à échouer à l'agrégation, que je n'avais guère préparée, et j'avais bien décidé de rester cependant l'année suivante à Paris. Mais malgré tout, c'était un avenir un peu douteux, déjà, notre société de quatre amis risquait de se rompre. La belle année qui venait de finir ! C'est ce que signifiait pour nous, un peu mélancoliquement, cette visite de Ludmilla Pitoëff, un après-midi d'été, dans notre Ecole. J'ai deux photographies d'elle, ce jour-là, l'une sur le divan gris de notre thurne, assise au-dessous de sa propre image en sainte Jeanne, l'autre sur un banc du jardin, des livres à côté d'elle, comme une jeune fille qui revient de la distribution des prix.

III

LA FIN DE L'APRÈS-GUERRE

L'APRÈS-GUERRE agonisait doucement. Les conséquences du krach américain de 1929 ne s'étaient pas fait sentir tout de suite en France et le ministère Tardieu avait pu paraître auréolé des plus gentilles promesses. L'industrie pourtant commençait de ressentir les contrecoups de la crise, et partout l'univers devenait muet, feutré et sournois. Tout doucement, le communisme s'organisait en profondeur, mais on affectait de n'y point croire. Une conspiration de francs-maçons, de cléricaux et de révolutionnaires renversait la monarchie espagnole en 1931 et Pierre Gaxotte pouvait s'écrier dans *Je suis partout :* « Cette fois, c'est à notre porte. » Non moins profondément, l'Allemagne se renforçait, et à chaque saison, on agitait quelque épouvantail nouveau de l'autre côté du Rhin. M. Brüning pourtant venait à Paris et assistait à la messe de Notre-Dame-des-Victoires. Les dames et les intellectuels s'enthousiasmaient pour un Allemand, M. Frédéric Sieburg, qui publiait *Dieu est-il français?* Nous avons eu très peur des Casques d'acier, très peur de M. Treviranus. Qui s'en souvient aujourd'hui ? Quant à « l'agitateur » qui avait nom Hitler, M. Blum, chef du parti socialiste, affirmait, à chacun de ses succès, qu'il était éloigné définitivement « de l'espérance même du pouvoir ». C'est une de ses prophéties les plus célèbres. On mettait toute son espérance dans un bien étonnant champion de la démocratie et du libéralisme, le vieux maréchal Hindenburg, rempart contre le nationalisme des hitlériens. Le pacifisme battait toujours son plein. On faisait un succès aux livres de guerre allemands, *A l'Ouest, rien de nouveau, Classe 22,* puis aux films tirés de ces livres, dont le plus célèbre est celui de Pabst, *Quatre de l'infanterie,* plein d'images grises et désespérées de la fatalité de la guerre. Bref, on s'endormait. Le sommeil est le caractère essentiel de ces trois ou quatre années qui s'étendent entre l'évacuation de Mayence et la prise officielle du pouvoir par le national-socialisme.

Le destin cependant frappait à la porte, de temps à autre, avec une conscience digne d'un meilleur sort. M. Briand avait donc disparu, battu à l'Elysée par un brave homme de républicain, Paul Doumer. Mais un an après son arrivée au pouvoir, le treizième président de la République était assassiné par un Russe déséquilibré et suspect, Gorguloff, sans que l'on ait jamais très bien approfondi les raisons de son acte, ou ses complicités. Mais les élections de

1932, si elles ne donnaient pas au communisme la place qu'on aurait pu prévoir pour lui, écartaient M. Tardieu, laissaient la place libre pour des ministères de radicaux et d'affairistes, et, de plus en plus, pour le sommeil. Hormis *l'Action française,* les journaux nationaux étaient mornes. Un parfumeur mégalomane, François Coty, avait lancé *l'Ami du Peuple* à deux sous (au lieu de cinq), puissant moyen d'action. Il ruina son effort dans l'incohérence, après s'être brouillé avec tout le monde. Les socialistes étaient toujours opposés aux crédits militaires, ils avaient voté à la Chambre, avec plusieurs hommes de gauche, contre les fortifications de l'Est et la ligne Maginot, on voulait à toute force croire encore à la Société des Nations, aux colombes du lac Léman, aux roucoulements du violoncelle, et fermer les yeux, fermer les yeux. Maginot mourait en janvier 1932, de façon étrange. On acquittait les inculpés de l'affaire Oustric. On dansait sur des airs nouveaux, on vivait la période intermédiaire entre les miaulements de la guitare hawaïenne et les miaulements des danses antillaises, le jazz devenait plus brutal, plus riche en timbres, plus anarchique, et cédait la place au jazz-hot. Au bord des plages, dans les bars, on voyait apparaître les premiers billards russes : à Saint-Tropez on s'initiait aux divertissements enfantins des baigneurs de Floride en balançant au bout d'une cordelette une toupie magique appelée *yo-yo.* On discutait de l'érotisme et on faisait un succès à *l'Amant de lady Chatterley,* de Lawrence. La France avait besoin de chansons et de jouets, la France avait besoin de songes, la France sursautait parfois devant quelque cauchemar, mais elle se rendormait précipitamment. C'était le temps du sommeil.

Et pour nous, attentifs à tout ce qui nous menaçait, et qu'on nous avait appris à ne point négliger, nous avions aussi la tâche importante de poursuivre notre jeunesse et de finir notre vie d'étudiants.

*
* *

Si nous avions eu pour nous distraire à Louis-le-Grand, les querelles littéraires de la poésie pure et de la défense de l'Occident, si nous avions lancé parmi nous les farces de *Fulgur*, d'*Hamlet*, voire de la conférence sur les Poldèves, c'est de notre thurne que devait partir une nouvelle querelle, celle de la fin de l'après-guerre. Nous logions en ce temps-là, c'était en juin 1931, au dernier étage de l'Ecole. Un élève de trois ou quatre promotions de normaliens, qui se présentait encore au baccalauréat de philosophie, vint un jour nous rendre visite. Nous parlions amicalement avec lui, car c'était un garçon charmant et bien élevé, et il exprimait sa désolation courtoise en nous racontant qu'on avait fermé certaines boîtes de nuit, que le krach de Wall Street faisait sentir ses effets, qu'on ne savait plus s'amuser, que la crise venait, que des camarades à lui cherchaient une situation, qu'ils revendaient leurs belles automobiles et que la figuration de cinéma ne suffisait plus pour payer les cocktails. Nous écoutions poliment ces récits d'un autre monde, comme ceux d'un explorateur, car nous n'avions jamais connu « le temps de la prospérité », lorsque ce garçon qui ne lisait pas, qui réfléchissait peu, eut soudain un mot profond :

— En somme, dit-il, c'est *la fin de l'après-guerre.*

Je ne sais pas s'il l'avait inventée ou entendue, mais l'expression alors inconnue nous parut belle. Je la relevai, quelques jours plus tard, en rapportant l'anecdote, dans mon premier « feuilleton littéraire » de *l'Action française,* consacré à un roman de Drieu la Rochelle, *le Feu follet.* En ce temps-là, Georges Blond m'avait déjà demandé d'écrire quelques articles pour les hebdomadaires d'Arthème Fayard, *Candide* et *Je suis partout.* Je rencontrais aussi à la bibliothèque de l'Ecole un ancien normalien qui paraissait environ dix-huit ans, et qui devait en avoir trente-cinq, ironique, malicieux, et souriant, Pierre Gaxotte. C'est Pierre Gaxotte qui découvrit, au détour de ce feuilleton, l'expression de mon ancien élève et qui me demanda de faire une enquête littéraire pour les vacances sur ce thème. Au mois de juillet, j'écrivis à quelques auteurs, souvent moins célèbres d'ailleurs, et l'enquête commença de paraître dans *Candide* à la fin de l'été. Elle était éclectique, Paul Valéry y jouait son rôle avec Clément Vautel, et quelques jeunes écrivains qui n'avaient encore à peu près rien écrit, ce qui était du toupet. Pour moi, je m'amusais beaucoup.

C'était vraiment la fin d'une époque. Les professeurs de danse, menacés de faillite, ne retrouvaient quelque utilité qu'en enseignant la valse. Johann Strauss revenait à la mode. Les femmes allaient chercher de petits chapeaux délicieux dans le chiffonnier de leur grand-mère. On vendait aux enchères la collection de fétiches nègres de Paul Eluard et d'André Breton, et on en tirait, paraît-il, deux cent mille francs : heureux les mouvements littéraires qui se liquident à si bon compte ! Bernard Grasset voulait « casser les reins au roman », l'Amérique n'était plus à la mode depuis les *Scènes de la vie future* de Georges Duhamel, tous les écrivains de l'après-guerre commençaient de collaborer pour la Comédie-Française, on enterrait joyeusement M. Gide au coin de toutes les revues, et un écrivain juif plein de malice, Emmanuel Berl, écrivait des livres cocasses sur la pensée bourgeoise, la morale bourgeoise, et les ridicules de notre temps.

Je n'ai pas rencontré souvent, par la suite, Paul Valéry. Il me reçut un jour chez lui, il était enrhumé et en robe de chambre, il parlait argot, il me déclara que la flemme est l'honneur de l'humanité, il reconnut avoir peu lu d'auteurs contemporains, et regretta la facilité, le laisser-aller, d'une époque aujourd'hui révolue. Je regardais, tandis qu'il devisait, ce fin visage cartésien et ridé, et je découvrais, dans sa conversation, tout un aspect léger, potinier et blagueur, que connaissent bien, paraît-il, ses amis. Je retrouvais aussi quelques idées qui lui étaient chères, exprimées en des phrases vives et sans apprêt.

— Ce qui est terrible, c'est cette puissance de l'homme sur la matière. On en a eu la tête tournée. Le ciment armé permet de faire tout ce qu'on veut, des terrasses suspendues sur le vide, etc. C'est la fin de la résistance de la pierre. La pierre, on ne s'en sert plus. Finie, la pierre ! Notre époque a assisté à la résiliation de l'antique accord entre la forme et la matière. L'architecture n'est qu'un décor, elle n'est plus un équilibre entre la volonté de l'artiste qui veut telle forme, et la matière qui lui résiste.

Et il ajoutait :

— Mais pourquoi toute notre civilisation ne disparaîtrait-elle pas ? Si on continue le mouvement de l'après-guerre, nous y allons tout droit. Certains arts ont disparu au cours des âges : l'enluminure par exemple. Pourquoi pas la peinture, l'architecture ? Ce n'est pas d'artistes que nous manquons. On ne manque jamais d'artistes ! Mais il faut des gens qui aient besoin d'artistes.

Je l'écoutais, tandis qu'il roulait des cigarettes, me dire au hasard, en bredouillant parfois, quelques phrases justes et pittoresques, je regardais, comme si je l'avais lu, naître « du Valéry » à l'état brut. C'était un spectacle bien curieux :

— Comment peut-on définir le moderne ? Le moderne, c'est la surprise. Tout est fait pour le choc premier. Il suffit de se promener dans Paris le soir. La publicité, les lumières qui s'éteignent et se rallument, tout cela est fondé sur le plaisir du discontinu, de la surprise. La publicité est impressionniste. Or qu'y a-t-il de plus contraire aux lois de l'esprit ? Seuls sont nobles les êtres qui vont lentement : voyez les Arabes.

Il me conta aussi deux apologues. Voici le premier :

— Les derniers artisans qui sachent tailler la pierre de façon précise sont morts. On les employait à faire de ces ponts de chemins de fer sous lesquels passe une voûte en oblique. Maintenant, on fait des tabliers en ciment armé, naturellement. Mais lorsqu'on faisait ces ponts en pierre taillée, il fallait que les pierres fussent coupées de façon très exacte, puisque la voûte était en oblique. L'ensemble devait donner l'impression d'une matière malléable qu'on aurait tordue. Il fallait donc que chaque pierre fût taillée suivant un angle différent. Il y avait toute une mathématique pour ces simples ponts qui semblaient très ordinaires. Aujourd'hui les derniers artisans sont morts, et tout un métier dans lequel entrait l'esprit n'existe plus.

Et voici le second :

— Je dis toujours aux jeunes gens qui me rendent visite : il peut passer dix mille oiseaux par jour dans votre ciel, si vous n'avez pas de fusil vous n'en attraperez aucun. Mais qu'il en passe un seul, que vous ayez un fusil et que vous tiriez juste, cela suffit.

Encore n'était-ce là que généralités. D'autres y allèrent plus carrément. Henri Massis évoqua l'influence de M. Gide, et la ferveur avec laquelle on le découvrit après la guerre comme un auteur nouveau, et déclara avec raison désormais close « la littérature de fuite ». Albert Thibaudet ironisa sur les générations et les expositions. Jules Supervielle évoqua une sorte de classicisme surréaliste. J'allai un jour déjeuner chez Marcel Arland qui habitait du côté de Mantes une ravissante propriété du dix-huitième siècle, enfouie dans la verdure, et nous parlâmes avec beaucoup de liberté, en nous promenant à travers les champs, des plus illustres écrivains de la période prétendue close. Tout cela n'était pas bien méchant, mais il se trouve qu'on s'intéressait encore à la littérature. L'expression de « fin de l'après-guerre » parut ingénieuse et devint presque populaire. Joseph Delteil, dont la *Jeanne d'Arc* avait fait un petit scandale aux beaux temps de 1926 ou 1927, ne fut pas content du tout qu'on procédât à son enterrement, et il le fit savoir aux *Nouvelles littéraires*. *« Nous eûmes vingt ans à une heure bénie, quand partout les faux dieux tombaient en poussière... Telle fut l'Après-Guerre : verdoyante, libre et joyeuse... Je ne sais si une meilleure occasion se présentera jamais à l'homme de faire peau neuve. »* D'autres prirent la défense de Montherlant, de Paul Morand. On leur répliqua qu'on n'attaquait aucun talent, mais qu'on désirait désormais passer à d'autres jeux que l'évasion, l'inquiétude, et surtout leur exploitation. *« Beaux fossoyeurs,* répliqua Delteil, *je réclame le nom des cadavres !»* Tout cela était agrémenté, de la part des défenseurs de l'époque incriminée, de pensées aigres-douces à l'égard des jeunes gens qui se permettaient de juger leurs aînés sans avoir fait leurs preuves. Avec mauvaise foi, on attribuait à l'après-guerre tous les écrivains qui y avaient publié des livres, même s'ils s'étaient révélés en 1900, comme Claudel, Gide, Maurras, d'autres encore. M. Guehenno lui, y vit tout simplement une conspiration « réactionnaire » dirigée contre le peuple. On s'amusait. La plupart des journaux, même non littéraires, reprirent la question. Bref, il y eut quelque bruit, ce qui nous paraît aujourd'hui étonnant. Sur le fond de la question, tout le monde est d'accord aujourd'hui : il est exact que l'après-guerre littéraire est morte à peu près à cette époque. Il est exact aussi qu'avec ses erreurs, ses rengaines et ses fausses nouveautés (Jean Paulhan faisait justement remarquer à l'enquêteur que toute l'après-guerre est déjà dans les écrivains d'avant-guerre, Max Jacob ou Apollinaire) l'après-guerre fut pour l'art une époque vivante, brillante, gracieuse et folle, et nous n'avons aujourd'hui qu'à la regretter. Mais cette querelle fut aussi, je crois bien, sa dernière manifestation, car il ne me semble pas qu'on ait jamais plus, par la suite, accordé la moindre importance à la littérature.

*
* *

Nous pouvions nous amuser à des jeux littéraires, en tout cas, nous étions toujours irrespectueux à l'égard des opinions, et tout cela ne nous paraissait pas beaucoup plus sérieux que *Fulgur*. Je n'ai jamais connu autour de moi, par bonheur, trop de gens pour prendre au tragique la littérature, et nous aurions trouvé cela de mauvais goût. En réalité, nous restions des étudiants.

Normaliens de fait ou d'occasion, nous aurions regretté d'abandonner trop vite l'admirable liberté de l'Ecole. Mais ces années-là, les étudiants parisiens pouvaient s'abriter en d'autres lieux que les lycées, les Facultés et les cafés du Quartier Latin, et il faut achever la peinture de cette époque par celle de la Cité Universitaire, qui refusait alors des milliers de demandes, et dont la vogue s'est un peu atténuée par la suite.

Je la connais assez bien, je pense, pour y avoir vécu moi-même pendant un an et pour y avoir travaillé une autre année, chez un ami[1]. Assez

---

1. En janvier 1931, José Lupin lógea à la Cité Universitaire où j'allais le voir souvent. Ayant échoué à l'agrégation une première fois en juillet 1931, j'habitais moi-même la Cité, d'octobre 1931 à juilllet 1932. José Lupin faisait son

bien, mais sans doute pas tout à fait comme on connaît d'autres lieux de sa jeunesse, et il me semble que je ne suis pas le seul à souffrir de cette méconnaissance essentielle. Qu'on le veuille ou non, et malgré les efforts des autorités officielles, elle fait partie de la Cité elle-même, de sa vie et de son être. Parfois j'imagine que le boulevard Saint-Michel, qui semble n'être pas autre chose que le Quartier Latin lui-même et qui est loin d'avoir cent ans, fut, quelques années, aussi mal intégré à l'existence de la jeunesse, peut-être désert, peut-être froid. Je ne suis pas sûr que la Cité soit encore tout à fait intégrée à la vie d'un étudiant moderne.

Elle est charmante pourtant, avec ses maisons fragiles comme des pavillons d'Exposition. Elle a cet agrément un peu désuet des constructions provisoires, et le vent qui effeuille les arbres du parc Montsouris, on dirait qu'il fait trembler des murailles de carton, des vitres mal scellées. Je parle, naturellement, de la Cité française. En l'honneur de son fondateur, M. Deutsch de la Meurthe, on sait qu'elle affecte la forme d'un village alsacien d'opéra-comique (rien de commun avec les véritables villages alsaciens), rangé autour d'une pelouse centrale et d'un édifice en forme d'église à clocher, qui n'est qu'une pauvre

service militaire à Saint-Cloud, et nous le voyions presque aussi souvent. Thierry Maulnier était sous-lieutenant en province. Maurice Bardèche achevait sa quatrième année d'Ecole, et naturellement, je continuais à passer mes journées dans notre thurne, comme si rien n'était changé, excepté que je couchais à la Cité et que j'y mangeais quelquefois. Raoul Audibert logeait à la Cité en même temps que moi.

bibliothèque. Les autres « cités » sont des châteaux en faux style Louis XIII, en faux style Renaissance, un faux temple grec pour les Grecs, un pavillon vaguement chinois pour l'Orient, — et deux créations modernes, deux seulement, le pavillon hollandais, immense et gris, et le pavillon suisse de Le Corbusier. Tout cela, au long du boulevard Jourdan, installe une suite un peu baroque, un peu comique. Mais le parc Montsouris est tout proche, avec ses fausses constructions lui aussi, son faux style mauresque, ses fausses grottes et son faux lac, presque ses cygnes faux, ses arbres faux. On croirait se promener dans un monde inventé par René Clair, le Luna-Park d'*A nous la Liberté,* où les oiseaux chantent en français, où les fleurs en papier tremblent au vent et parlent. C'était une idée de poète d'installer la jeunesse dans la fausseté dès l'abord, dans le monde des cartes postales et des romances.

Pourtant, alors qu'en 1931, les pavillons français rejetaient environ huit cents demandes par an, faute de place, lorsque la crise survint, une chambre au Quartier Latin, qui coûtait alors des prix astronomiques, devint abordable. Sans grand confort, presque toujours, mais la jeunesse tient-elle au confort ? Perdons cette illusion. La Cité est loin ; d'autre part, et si peu que ce fût, elle augmentait ses prix. Rien ne fut plus facile, bientôt, que d'y trouver une place.

Pratiquement, quels sont ses défauts ? Les chambres de la Cité sont confortables, si elles ne sont pas très belles et si la médiocrité des matériaux employés, faute d'argent, leur donne un aspect vite fané. Je parle ici de la Cité française, car la plupart des pavillons étrangers surtout la Suisse) sont véritablement à donner comme modèles. A peu près nulle part, on n'a à redire au confort qui, pour un prix si bas, met à la disposition des étudiants, le chauffage, des salles de bains, la solitude. Par malheur, l'éloignement du centre des études vient grever singulièrement le budget[1].

Il y a un restaurant à la Cité, commun à toutes les nations. Pendant longtemps, il s'abrita dans un hangar de bois. Aujourd'hui il est somptueusement logé dans les salles voûtées de la Maison Internationale, on s'y sert toujours soi-même sur un plateau, ce qui supprime les frais de service. Mais est-il possible de venir déjeuner à la Cité lorsqu'on sort à midi d'un cours et qu'on en a un autre à deux heures ? Certainement pas. Et puis, la nourriture est médiocre. Un repas coûte de six à huit francs, et rien ne manque au Quartier Latin pour se nourrir à ce prix ; c'est ce qu'ont dit les étudiants qui, une année, se sont mis en grève. Aussi ne faut-il pas s'étonner si la majorité de ceux qui y demeurent se contentent d'y coucher, la quittent le matin, la retrouvent à la nuit, et, au bout d'un an, l'abandonnent sans beaucoup plus d'amour que l'amour qu'on a pu avoir pour une chambre d'hôtel. Aussi ne faut-il pas s'étonner si la Cité reste inconnue à ses habitants, et si, pour découvrir son charme, il faut quelque attention et quelque mérite.

---

1. Un autobus tous les quarts d'heure ne peut servir à rien, et, par-dessus le marché, il s'interrompt à huit heures du soir. Aussi est-il toujours vide. La porte d'Orléans, où les communications sont plus pratiques, est à dix minutes. Ne nous étonnons pas si les étudiants cherchent plutôt à loger au Quartier Latin.

Le grand tort de ceux qui l'ont imaginée sur le modèle évident des Universités américaines est de n'avoir pas compris qu'une ville universitaire ne se conçoit point sans la proximité du travail. L'animation, la fiévreuse joie qui emplit depuis des siècles le Quartier Latin, ne vient pas du confort plus ou moins grand des salles de cours, des restaurants et des chambres. Elle vient de la présence continue des étudiants. Ils peuvent descendre dans la paille de la rue du Fouarre, pour écouter Abélard ou Albert le Grand, ils peuvent quitter les pentes de la rue Tournefort et la mansarde de Rastignac dans la pension Vauquer, ils n'ont que quelques pas à faire pour retrouver leurs maîtres, leurs amies, leurs travaux et leurs plaisirs. La Cité universitaire, à une demi-heure du Quartier Latin, disjoint, de la manière la plus fâcheuse, le repos et le travail, le repos et le plaisir. Je ne dis pas seulement qu'on n'y jouit pas de la même liberté que dans une chambre personnelle, bien que cela compte aussi, pour des garçons de dix-huit ou vingt ans. Qu'on soit obligé de rentrer à une heure du matin n'a d'ailleurs empêché personne de passer par-dessus les grilles, qu'une administration ironique et bienveillante a arrêtées à la hauteur de quatre-vingt-dix centimètres. L'essentiel est qu'on n'arrive pas à vivre à la Cité et qu'on ne peut y travailler que lorsqu'on a l'amour de sa cellule.

Je ne crois pas que ce divorce était dans la pensée de ce ministre de l'Instruction publique un peu oublié aujourd'hui, M. Honnorat, que l'on plaisanta beaucoup en son temps, parce qu'il n'était pas bachelier, mais qui eut deux inventions à demi célestes : la Cité universitaire et l'heure d'été. Seulement, certains empêchements sont plus forts qu'un ministre ; il peut sans doute arrêter le soleil, mais il ne changera rien à l'Université.

Et cependant, qui ne saurait voir combien la Cité universitaire pourrait transformer la vie des étudiants, vie en somme assez triste si on la compare à celle des étudiants étrangers, et que seule vient sauver la force de la jeunesse ? Pour ma part, je ne pense pas sans amitié au temps que j'ai passé entre ces murs couverts de lierre, dans ce décor de fable. On n'a pas besoin de vivre toute la journée dans certains lieux pour les aimer et pour s'en souvenir, je dirais même qu'on n'a pas besoin de les connaître. Je me demande parfois si le charme de la Cité n'est pas un fait un peu de son abandon, et si, de même que Barrès, que Proust ou qu'Henri de Régnier ont chanté les villes mortes, de même que nous aimons Bruges, Venise ou Tolède, parce qu'elles ont quelque chose de pur et d'isolé, il ne pourrait pas venir un jour un poète qui chanterait cette terre lointaine, un peu énigmatique, cette île de la jeunesse où la jeunesse elle-même ne s'abrite qu'avec méfiance.

Privée de portée profonde à cause de l'absence des Ecoles, la Cité universitaire telle qu'elle est conçue et telle qu'elle est réalisée ne révélera donc son charme qu'à ceux qui ne lui demandent pas plus qu'elle ne peut donner. Alors sa situation en lisière de Paris, au bord même de la campagne nue, séparée de la banlieue et de Gentilly par une large bande de terrains isolés, sa situation lui servira. Peut-être pour le pittoresque, devons-nous regretter la zone, qu'on appelait ici « le Maroc », et tout ce chaud désordre de cabanes et de vieux wagons qui se dressait contre la fausse église de la Cité française. Peut-être devons-nous regretter le hangar du restaurant provisoire et les clochards du Centre d'hébergement. Mais pour le pittoresque seulement. Car je ne crois pas que l'assainissement de cette ceinture de Paris ait porté atteinte au privilège de la Cité, d'être d'abord une construction de songes, de carton, de feuilles et d'ombres.

A celui qui y arrive, je dirai donc : « Ne crois pas que tu vas trouver ici ces amitiés internationales dont tu rêvais naïvement dans ta province. Tu te lieras avec ceux qui ont les mêmes goûts que toi, les mêmes opinions politiques, la même façon de parler des femmes, et probablement le même métier. Comme partout ailleurs. Ne crois pas non plus que tu feras des économies sensibles, et si tu habitais une mauvaise chambre au Quartier, tu ne dépenserais pas davantage. Mais ici, tu seras mieux. Tu auras chaud. Tu pourras te laver, ce qui, en France, crois-moi, est encore un luxe. Tu auras tout près de toi le parc Montsouris, qui est une des merveilles de la ville. Et puis, attends l'été, et tu me parleras de la Cité. »

Attends l'été... Si j'essaie de me souvenir de la Cité, en effet, je ne puis qu'évoquer l'été, et, comme je n'y vivais guère pendant le jour, les nuits d'été. Alors ces garçons et ces filles réunis par le hasard devenaient réellement et uniquement des témoins de leur âge, de ces merveilleuses journées de la jeunesse où il ne se passe rien, et dont on conservera toujours la mémoire indicible. La Cité alors devient pareille à ce qu'elle est au fond, découvre son essence, et je crois bien que son essence est d'être un navire. Dressée sur la mer, aussi insolite, aussi invraisemblable, aussi fausse qu'un navire quand, tous feux allumés, il est seul sur la plaine sans vendanges, au centre même de la nuit. Un navire, avec ses inconnus rapprochés pour une brève traversée, ses querelles, ses amours et ses antipathies, monde en réduction, mais éphémère, et que la saison nouvelle ou l'escale disperseront.

Fardé par la nuit, par la lune, le clocher central de la Cité française devient alors vraiment le clocher d'une église, où sonne une heure incertaine. Jusqu'à dix heures, on peut entendre, sur la pelouse centrale, jouer quelque phonographe autour duquel, de deux ou trois corps étendus sur l'herbe, monte un silence plus amical qu'une conversation. Au long du boulevard Jourdan, on se promène sous les arbres. Le parc Montsouris ne ferme pas avant onze heures du soir. Alors passe un gardien que je n'ai jamais vu, mais dont j'ai entendu la clochette invisible, qui semble pousser vers les portes, à l'instant de la fermeture, bien plutôt que des enfants et des hommes, une sorte de troupeau transparent et féerique. Ne resterait-on pas là toute la nuit, toute la vie, à cette extrémité de Paris, au bord de la ville, qu'on entend résonner au loin et qui éclaire le ciel de lueurs rouges ? Ainsi quand le navire passe près d'une côte, laisse-t-il surgir parfois dans la nuit un port éclairé, une cité ensevelie dans l'ombre.

Aussi la visiterons-nous avec plus d'amitié, sitôt que nous aurons compris sa mission profonde. Dans les chambres construites par Le Corbusier, un mur tout entier est vitré, et la nuit, ou le jour, entre familièrement dans la pièce. C'est là un symbole que je trouve assez beau, et dont je voudrais être sûr de retrouver au moins l'esprit dans les autres pavillons universitaires. Il faut être de plain-pied avec la nuit, de plain-pied avec l'espace même du jour, et savoir établir entre l'air et soi, entre la lumière et soi, cette communion que l'homme des villes ne veut plus connaître, et qu'il a interdit avec un soin tout particulier à ceux de ses enfants qui vivent dans les livres. La Cité universitaire vient rompre le vieil édit et ouvre les portes et les fenêtres des prisons.

Plus tard, quand l'habitant de la Cité rencontrera d'autres jeunes gens, je crois sans doute qu'il lui sera impossible d'évoquer des souvenirs communs qui réunissent si commodément les anciens élèves des mêmes lycées ou des mêmes écoles. Ils auront peut-être la chance d'avoir connu le même restaurant provisoire, au même endroit, d'avoir rencontré, rose et dorée comme un jeune Rubens, cette Hélène Fourment qui garde la porte et qui est célèbre parmi tous les étudiants. Mais je crois bien que c'est tout. Car aussitôt, ils regagneront chacun leur domaine. L'un aura pour lui les nuits d'été, les disques d'airs américains sur la pelouse. L'autre, le travail, un troisième les visites clandestines. L'un aura suivi tous les bals de toutes les fondations étrangères, et le second n'y aura jamais paru. Et l'un dira que les jeunes filles étaient toutes laides et toutes insupportables, et l'autre qu'il y a trouvé des amies charmantes. Tous auront raison, car la Cité a été faite pour sauvegarder ce qui est menacé partout et pour apprendre aux jeunes gens l'individualisme. C'est une originalité quasi miraculeuse.

On dirait qu'on a voulu établir sur les bords mêmes de Paris une sorte de marché assez prodigieux. Se dressent dans le vent léger, sous le soleil, des tentes et des boutiques multicolores. Un peuple où nul n'a dépassé trente ans se presse aux environs de ces tentes et de ces boutiques. Mais qu'expose-t-on ? Que vend-on dans ce marché ? Je crois bien qu'on expose et qu'on vend une seule et même chose. Le désordre, l'illusion, semblent faire partie de notre plaisir. Car ce qu'on vient admirer au sommet de l'ancienne colline de Montsouris, là où passait jadis le méridien de Paris quand les pendules marquaient midi à midi juste, ce qu'on vient y admirer, ce sont les bâtiments légers que laisse après soi, comme souvenirs et comme témoins, la foire même de la jeunesse.

*
* *

Il nous arrivait d'y venir en visite, car nous avons toujours eu un certain sens collectif, si j'y réfléchis bien, mais d'une collectivité restreinte et purement amicale. Et mes derniers mois d'Ecole, mon année de la Cité, en ces temps de fin d'après-guerre mêlaient tout justement aux plaisirs des étudiants les premiers plaisirs des journaux et de la joie d'écrire.

Il y eut un temps, à l'époque bienheureuse de l'autre avant-guerre, où les étudiants qui aimaient les lettres fondaient volontiers une revue. Les revues de jeunes, qui mouraient quelquefois après le premier numéro, on sait que

Barrès les nommait des *orphéons,* et s'intéressait à elles avec une curiosité amusée. Nous n'avons pas tout à fait ignoré les *orphéons* : Roger Vailland avait collaboré au *Grand Jeu,* et, tout luxueux qu'il était, *Bifur* n'était pas autre chose qu'un *orphéon* de première classe. Des camarades, à l'Ecole, voulurent même, vers 1930, fonder une publication de ce genre : mais c'étaient des scientifiques qui nous assurèrent, pour le premier numéro, la collaboration de M. Herriot et de M. Painlevé. Dégoûtés de ces célébrités officielles, nous fîmes grise mine au projet saugrenu, et la revue ne parut jamais. Il est vrai que vers la fin de l'année, pareils aux bernard-l'ermite, nous découvrions, nous, un coquillage ancien et nous en faisions notre maison.

Je ne crois pas que la postérité garde un souvenir particulièrement vivace de *la Revue française.* Mais nous n'y pensons jamais sans plaisir, car nous nous y sommes beaucoup amusés. Cette publication devait avoir un peu plus d'un quart de siècle d'existence, et avait mené avant 1914 une vie coite et gentille d'émule des *Annales.* Bien pensante, bourgeoise, provinciale, elle était faite pour un autre temps, et pour une clientèle qui se mourait sans être remplacée. Elle appartenait à Antoine Redier, qui avait publié des livres de souvenirs sur la guerre, et qui, appuyé sur une petite maison d'éditions dirigée par son fils Alexis, essayait de retenir le public catholique, principalement dans les provinces du Nord. Des dames pieuses y écrivaient de petits contes inoffensifs et y donnaient des conseils moraux. Lorsqu'on manquait de copie pour emplir ses larges numéros hebdomadaires sous couverture bleue ornée d'un bois gravé, toujours assez copieux, on se précipitait sur les bons auteurs : nous avons bien ri en découvrant un jour un numéro de 1922 consacré à l'infini, avec textes de Pascal, de Lamartine et d'Anatole France. On voit que les grands sujets ne faisaient pas peur. Bref, il n'était pas de revue moins révolutionnaire, plus éloignée des idées et des goûts de la jeunesse. C'est pourtant là que nous ferions nos premiers pas véritables dans le journalisme, que nous apprendrions à aimer les imprimeries, le travail matériel d'écrire, la composition d'un numéro, et beaucoup d'autres jeux assez plaisants.

A la fin de 1930, Henri Massis réunit quelques jeunes gens qu'il connaissait, pour leur demander des notes critiques pour *la Revue universelle*. J'y vins avec Thierry Maulnier, nous avions déjà commencé d'écrire dans *l'Action française*. En sortant de cette réunion, nous allâmes au café de Flore achever de discuter en buvant quelques demis avec un garçon que nous ne connaissions pas, qui était petit, remuant, et portait au-dessus d'un visage long, une énorme chevelure hérissée couleur de punch qu'il agitait comme une torche. Il signait alors Jean Maxence[1], et son véritable nom était Pierre Godmé. Henri Massis lui rendait visite, aux environs de 1925, au séminaire où il étudiait, puis il avait passé quelque licence libre à la Sorbonne, dirigé une petite maison d'éditions, *les Editions Saint-Michel*, sises rue Servandoni, fondé une revue de jeunes, les *Cahiers,* qui portaient le nom de

---

1. Plus tard, à la suite d'un procès sans grande raison, il signa Jean-Pierre Maxence.

l'année où ils paraissaient (1928, puis 1929, 1930, et même, pour peu de numéros, 1931.

Enfin, il était devenu depuis peu rédacteur en chef de cette bonne et vieille *Revue française* dont nous devions faire, aux yeux des abonnés les plus intrépides, quelque chose d'assez effarant lorsqu'on y réfléchit. Il nous pria d'aller le voir, et dès les dernières semaines de 1930, nous commencions, Thierry Maulnier, Maurice Bardèche et moi, à y collaborer, en attendant d'y entraîner, de façon plus irrégulière, José Lupin, Raoul Audibert[1] et Georges Blond.

Il me semble que nous sommes entrés là-dedans un peu en conquérants, bousculant les vieilles dames apeurées, et nous livrant avec une belle inconscience aux fantaisies les plus contraires à l'esprit même du journalisme. Toutes les semaines, nous exprimions nos idées sur l'univers avec une candeur et une certitude désarmantes. Je crois bien que mon premier article fut une *Oraison funèbre pour M. Gide,* que Jean-Pierre Maxence republia dans ses *Cahiers,* où M. Gide la lut[2]. Dès lors, tout y passa, articles littéraires, politiques, images de province ou vagues songeries. Maurice Bardèche avait entrepris une patiente et belle description de Paris, de ses quartiers, de ses visages. Thierry

---

1. Raoul Audibert est en réalité le premier d'entre nous à avoir fréquenté la maison. En avril 1930, une revue éphémère avait été fondée chez les Redier, *Contacts,* qui disparut prématurément. Raoul Audibert y écrivait et publia d'autre part un recueil de trois nouvelles, *Montagnes,* cette année-là, avant d'écrire un livre charmant : *Midi, rue Soufflot.*

2. Il exprime sa mauvaise humeur à ce sujet dans son *Journal.*

Maulnier y tint un bulletin politique, où l'on pourrait aujourd'hui aller chercher les témoignages de sa jeune maturité. La collection de *la Revue française,* aujourd'hui, me paraît quelque chose d'étrange. Car l'ancienne collaboration n'avait pas disparu. On continuait à y moraliser les familles comme il avait toujours été fait, et les collaboratrices bien-pensantes tentaient de conserver leur place. Mais à côté d'eux, de jeunes étudiants s'amusaient à écrire tout ce qui leur passait par la tête, et, lorsqu'ils n'avaient rien à dire, à publier froidement leurs travaux scolaires : Maurice y donna de savants propos sur Ghiberti et sur les Van Eyck, et j'y rassemblai les éléments d'une leçon en Sorbonne sur Joinville. Peu à peu, des distractions se produisaient dans l'ancien personnel[1]. Je dois à la vérité d'ajouter que les résultats de ce rajeunissement intensif ne se firent pas attendre : à la fin de l'automne 1931, la revue ne paraissait plus que tous les quinze jours[2], et en juin 1932, elle devenait mensuelle... pour quelques mois seulement, avant de disparaître tout à fait.

Il ne serait pas difficile, si l'on voulait, de faire de *la Revue française* un tableau assez caricatural. Il faudrait dépeindre ce caissier

---

1. A la rentrée de 1931, j'y prenais la critique dramatique, et Maurice la critique du cinéma. La critique des livres était conquise par un ami de Maxence, François Retailliau, qui signait Augustin Fransque.
2. La couverture de cette nouvelle série était désormais immuable, sobre et linéaire, au lieu des petits bois attendrissants qui étaient de règle. Elle fut dessinée par un charmant anarchiste, Pierre Pinsart.

comme on n'en fait plus, plus avare de l'argent commun que du sien propre, et à qui on arrachait son dû avec des peines infinies. Et dépeindre aussi ces solliciteurs qui, le matin, attendaient deux heures, trois heures, qu'on voulût régler ce qu'on leur devait, jusqu'à ce qu'excédé, le rose et blond Alexis Redier, qui n'avait pas beaucoup plus que notre âge, finît par dire au caissier :

— Vous donnerez vingt francs à monsieur.

De temps en temps, l'un des dirigeants partait pour le Nord, en de mystérieux voyages auprès des industriels catholiques, essayer de renflouer son navire qui faisait eau. Il revenait quelquefois satisfait, il commençait de payer la rédaction. Il arrivait aussi qu'un créancier à nom illustre, rouge de colère, le chapeau sur la tête, la canne levée, entrât dans les bureaux de la revue, avec des hurlements déchirants. Il en sortait au bout d'une heure, calmé, heureux, rieur, ayant généralement laissé une nouvelle subvention. A travers ce décor poudreux, nous passions, un peu incompréhensifs, et nous amusant ferme. De plus bizarres figures encore s'inséraient dans notre vie, que nous n'avons comprises qu'après coup, de longs visages blancs à moustaches, mi-anarchistes, mi-policiers ; un créole, bien nourri, bien parlant, qui disparut un jour pour ses îles natales après avoir organisé un vaste banquet en l'honneur de François Mauriac, pour lequel les admirateurs payèrent, mais le restaurateur ne toucha jamais un sou ; de-ci, de-là, de braves gens clignotant comme des chauves-souris surprises en plein jour, se cognant aux barreaux, ne comprenant plus très bien comment on pouvait marcher sur ce sol mouvant, et apportant avec timidité de pieux et roses manuscrits enrubannés des fleurs de la bonne conscience ; et de saints hommes, patriotes et pieux, finauds et patients, dont on racontait sous cape les aventures secrètes, et dont mon bon maître, André Bellessort, devait me dire un jour :

— Avant la guerre, il avait déjà volé un million.

Drôle de monde, que nous ne comprenions pas.

Et là-dedans, Maxence, les cheveux hérissés, semant autour de lui les cendres de cent cigarettes par jour, bouillonnant d'idées, d'invectives, de rêves, d'erreurs, de projets magnifiques, persuadé que nous étions tous des génies, le proclamant en tout cas, courant de l'un à l'autre, et reconstruisant l'univers jusqu'à quatre heures du matin.

Ceux qui ne l'aiment pas ne comprennent pas quel ascendant a pu exercer le Maxence de 1931. Cet ascendant était pourtant réel ; il ne venait ni de ses articles, ni des livres qu'il avait déjà publiés, mais d'une vitalité vraiment extraordinaire, d'une grande ardeur à organiser une « équipe », et d'une plus grande gentillesse encore envers les membres de cette équipe. J'avouerai qu'il n'était pas toujours très difficile sur le choix de cette équipe. Par la suite, surtout, il a accordé sa protection, son amitié, son animation prodigieuse, à quelques garçons sans personnalité ni talent qui s'agrégeaient avec complaisance à son ombre. Noctambule impénitent, il les traîna dans tous les bistros de Montparnasse, il vanta leurs œuvres, leurs articles, leurs idées, il institua des jurys fantômes qui décernaient chaque mois des prix illusoires, jurys de pâles courriéristes promus grands critiques pour l'occasion, il courut à travers des partis, des journaux, qui étaient fort loin de le valoir, mais où il trouvait cette chaude atmosphère de brasserie, d'agitation et de camaraderie dont il avait besoin. Je persisterai toujours à penser que c'est dommage. Aux temps où nous fabriquions *la Revue française,* Maxence nous faisait participer à sa vie tumultueuse, nous faisait profiter de tout ce qui lui appartenait, avec un enthousiasme qui ne se démentait jamais.

La Revue fut composée, pendant tout notre règne, chez le même imprimeur, dont les ateliers se trouvaient d'abord rue Madame, puis dans le XVe arrondissement, en un de ces quartiers populaires à hautes maisons neuves que ceux qui ne les connaissent pas trouvent sans caractère. C'était un vaste hangar d'où l'on dominait, d'une galerie, les machines. Nous y avons appris le plaisir physique des imprimeries, l'odeur du plomb et de l'encre, l'agrément qu'il y a à toucher les larges feuilles, toujours un peu gaufrées, des premières épreuves. Nous établissions la maquette aux éditions Redier, rue de Sèvres, sur ce vieux numéro que nous sabrions au crayon bleu. Lorsqu'un article était trop court, ou qu'il avait besoin d'être éclairé, nous y placions quelques dessins passe-partout, choisis au petit bonheur, car nous ne nous souciions guère des illustrations. Il y avait des soldats casqués, des fleurs, des animaux. Un jour, Robert Vallery-Radot, qui nous avait donné la dernière partie de son livre sur Lamennais, vint nous présenter une requête mi-ironique, mi-timide :

— Je comprends très bien, nous dit-il, votre

principe d'illustrations. Seulement voilà, vous m'avez mis un petit lapin au beau milieu du récit de la mort de Lamennais. Je ne trouve pas que cela convienne tout à fait.

Le lapin, une oreille dressée, l'autre abaissée, avait en effet, l'œil goguenard et l'attitude désinvolte. Depuis nous n'appelons plus ces figures bouche-trous que des « lapins ».

François Retailliau possédait une automobile, et il était même le seul garçon, dans nos relations immédiates, à jouir d'un pareil luxe. Le mardi, nous avions pris l'habitude de partir avec lui, Maxence, Maurice, Thierry Maulnier et moi, et d'aller déjeuner à la campagne, vallée de Chevreuse ou vallée de la Marne, dans de petits restaurants où nous étions généralement tout seuls, par les fraîches journées d'hiver. La première année s'écoula ainsi avec beaucoup d'agrément. Maxence, pour quelque temps encore, dirigeait *les Editions Saint-Michel, la Revue française* payait ses collaborateurs avec quelque régularité, nous étions riches, et nous nous amusions des premières et plus simples apparences du luxe.

A cette époque-là, Henri Massis avait fait une conférence où il rapportait des souvenirs sur Anatole France, Barrès et Péguy. Maxence lui en demanda le texte pour *la Revue.* Le mémorialiste se laissa séduire, et, peu à peu, la conférence devint un livre. Chaque semaine, Henri Massis, pareil aux feuilletonnistes légendaires, nous donnait, toujours à la dernière minute, deux ou trois grandes pages sur sa jeunesse et l'autre avant-guerre. Nous allions chez lui, vers dix heures du soir, Maxence et moi, lui arracher les derniers feuillets qu'il nous lisait souvent, pour nous demander notre avis, et par souci barrésien de la phrase. Ce sont ces pages qui sont devenues son meilleur livre, *Evocations.* Il venait aussi à l'imprimerie corriger les épreuves, que nous emportions ensemble dans un petit café, sur une place proche, calme et provinciale. Nous n'étions guère troublés que par un brave gars qui mettait un jeton dans la boîte à musique, et nous parlions de Péguy, d'Henri Franck, de Bergson, de Mme de Noailles et de Barrès. Lorsque je parlai de son livre dans *l'Action française,* Henri Massis m'écrivit de tout son cœur : « *Ce livre écrit pour vous autres, il n'y a que vous qui sachiez en parler comme je désirais secrètement qu'on en parlât... Et je ne trouve qu'une seule chose à vous dire : je vous aime bien. Ainsi la vie continue : elle m'a apporté ce matin votre témoignage... et un petit-fils que je cours embrasser. Dans vingt ans, vous lui parlerez peut-être de son grand-père.* » Telle était son affection.

Nous entraînions nos amis aux fêtes de l'Ecole, nous buvions le champagne en thurne, nous nous ramenions inlassablement, par les belles nuits de Paris, à travers les rues, chacun à nos domiciles, et nous nous souvenons d'avoir parfois ainsi discuté avec Maxence, un peu par jeu et par gageure, jusqu'au petit matin froid. Il m'arrivait aussi, pour la première fois, en ces années, d'aller à l'imprimerie de *l'Action française,* qui est toujours rue Montmartre, dans une belle maison à escalier Renaissance. En ce temps-là, Charles Maurras y arrivait un peu plus tôt qu'aujourd'hui, vers onze heures du soir. On l'attendait dans l'étroit rez-de-chaussée empli du bruit des machines (où j'ai par la suite passé tant d'heures), en bavardant avec le metteur en pages, M. Blin, qui observe Maurras d'un œil attentif et sévère sur une photographie célèbre. J'y faisais la connaissance de Lucien Rebatet, qui s'occupait de la page littéraire, et signait François Vinneuil la meilleure critique de cinéma de toute la presse française. Sur le coup d'onze heures, un grand remue-ménage se faisait, quelques jeunes gens entraient, la lourde canne à la main : c'étaient les camelots de garde. Puis Maurras arrivait, son petit feutre noir cabossé sur la tête, des journaux plein ses poches. Il levait le visage de ce geste que connaissent bien tous ceux qui l'ont vu, il esquissait une moue amicale, et souriant, tendait la main. On le suivait dans l'invraisemblable cagibi du premier étage, tapissé des collections de *l'Action française,* qu'il partage avec Maurice Pujo. A côté, une petite salle, avec un bat-flanc, où le service de garde passe la nuit. Aux murs, des graffiti antirépublicains, des dessins. Et l'on entend, à travers la fumée des cigarettes, le lourd grondement des machines, et on est toujours en retard, et jamais les articles ne sont prêts à l'heure, et les hiéroglyphes illustres de Maurras posent à l'unique typographe capable de les lire des problèmes aussi ardus que ceux de l'épigraphie du Moyen-Empire.

Je mêle aujourd'hui ces souvenirs à ceux que j'ai emportés des autres imprimeries d'alors, où notre travail prenait si aisément figure de jeux d'étudiants parfois, de plaisir toujours. En même temps, je continuais à fréquenter les coulisses des Pitoëff qui, tandis que j'habitais la Cité, se tenaient à l'Avenue, aux Champs-Elysées, et y jouaient *Œdipe, Médée, la Belle au*

Bois. On y allait encore en tramway, dans un voyage interminable. J'aimais ces lieux poussiéreux et irrespirables, théâtres, salles des machines, où l'on ne peut s'asseoir, ni même rester debout, où il n'y a jamais de place, mais beaucoup de courants d'air, et où l'on est si délicieusement mal. Je n'ai pas changé de goût depuis ces années-là.

Nous continuions à vivre dans l'éminente dignité du provisoire, et Maxence ajoutait même pour nous de nouvelles provinces à la bohème. Lorsque *la Revue française* commença de péricliter sérieusement, qu'on se mit à payer les collaborateurs avec des retards de plus en plus marqués, Maxence habitait un atelier du boulevard Saint-Marcel. Il s'était marié à l'automne de 1931. Nous organisions chez lui des repas pique-nique où nous faisions nous-mêmes la cuisine, et où, chaque mois, nous retrouvions dans l'office, mais germés en forêts impressionnantes, les légumes du mois précédent. Tout n'était pas rose, d'ailleurs, dans la bohème : nous nous en apercevions à regarder vivre certains collaborateurs de *la Revue,* qui prenaient une sorte de visage traqué, s'aigrissaient, devenaient sans doute prêts à toutes les compromissions et à toutes les médiocrités. Cela use un homme d'attendre 15 francs tous les matins. On ne peut avoir que de l'indulgence pour ceux qui ont perdu là beaucoup de leurs dons, beaucoup de leur cœur et de leur esprit. Mais nous avons pu savoir par la suite qu'ils y avaient réellement beaucoup perdu. A cette époque, nous nous amusions des embarras de *la Revue,* et nous ne voyions pas encore les traces de l'usure sur les visages que nous connaissions. La seconde année de notre *orphéon* ne valait pas la première, elle était moins libre, mais nous étions encore entre nous, nous n'étions personnellement pas touchés par les mésaventures financières de *la Revue,* nous continuions à aller de temps à autre à la campagne, avec François Retailliau, et le frère de Maxence, qui signait Robert Francis des articles de polémique véhémente, et un étrange roman, plein de douceur. Nous en retrouverions plus tard l'essentiel dans *la Grange aux Trois Belles* et les livres qui lui font suite. Autant Maxence était agité, vif et dynamique, autant Robert Francis était secret, souriant, opiniâtre et doux à la fois, avec un visage enfantin sous ses cheveux gris.

La Revue française avait publié quelques pages superbes de Georges Bernanos, réunies plus tard dans *La Grande peur des bien-pensants.* Nous avons rencontré trois ou quatre fois l'auteur de ce livre torrentiel et chimérique, nous avons parlé avec cet homme à grosse face de lion sous ses cheveux longs. J'ai dîné un jour avec lui chez Robert Vallery-Radot. Il n'était pas encore brouillé avec l'*Action française,* qu'il abandonna d'une manière insensée, il n'avait pas encore commencé sa longue et bavarde détestation de Maurras qui est devenue sa maladie essentielle. Il nous promettait son amitié durable « que je ne reprends jamais quand je l'ai donnée », disait-il. Un jour de 1931, il m'écrivait d'Hyères : *« Je viens d'achever la lecture de* l'Action française *du jour et je m'empresse de boire à votre santé... Vous êtes un type épatant qui marchez sur vos jambes, phénomène aujourd'hui assez rare. »* C'est la seule lettre que j'aie de Georges Bernanos, qui devait ensuite s'enfoncer dans un univers obscur et fuligineux, où se perdrait cet anarchiste chrétien.

*
* *

Ainsi découvrions-nous un monde, assurément moins libre que le monde de Louis-le-Grand et de l'Ecole, moins pur aussi. L'ambition y avait sa place, et la misère. Nous ne comprenions pas tout, car nous y entrions en amateurs, sans vrai besoin de lui, amusés seulement par son pittoresque, et y goûtant d'abord, comme par le passé, la camaraderie. Maxence nous faisait signer un manifeste antibriandiste, un peu grandiloquent, nous commencions à nous intéresser à l'Allemagne nouvelle, nous annoncions la prochaine arrivée d'Hitler, et Thierry Maulnier préfaçait de la manière la plus remarquable le livre d'un jeune nazi, suicidé pour l'honneur de son parti, avec les réflexions les plus justes sur ce qui différencie notre nationalisme du nationalisme allemand. Pour une collection de textes de la *Revue,* je préparais une édition du *Procès de Jeanne d'Arc,* et Maurice copiait chez Arnauld d'Andilly les gracieuses traductions des *Pères du désert* de saint Jérôme et de ses disciples. Mais surtout nous ajoutions des images aux autres images dont la jeunesse nous avait pourvus, et c'était en toute liberté, avec une chance dont nous n'avons qu'à nous féliciter. Nous lisions Claudel, dont *le Soulier de satin* a paru en 1930, nous amarrions à notre barque cocasse les plus grands noms, les plus grandes œuvres, et nous continuions, avec Massis ou Supervielle, les jeux de la cour de Louis-le-Grand ou des toits de l'Ecole.

*
* *

Jules Supervielle venait de publier les contes merveilleux de *l'Enfant de la Haute Mer* lorsque nous fîmes sa connaissance. « *Il me semble,* m'écrivait-il dans sa première lettre, *que sans vous avoir jamais vu, je vous reconnaîtrais si je vous rencontrais.* » Nous l'avons vu plusieurs fois, en ces temps, et je me rappellerai toujours l'une des premières, dans un restaurant banal de Montparnasse où nous l'avions invité. Nous reconnaissions dès l'abord le poète de *Gravitations* et de *Débarcadères* dans ce long corps balancé, au visage planétaire et granitique, ce regard lointain, cette façon de remuer devant lui ses belles grandes mains comme le fakir hindou qui se prépare à grimper au long de la corde dressée sans appui dans l'air. Il ne connaissait rien de ces jeunes gens qui l'entouraient, il leur parlait, et nous lui demandions de nous dire des poèmes qu'il récitait d'une voix lente et comme surprise, avec un incœrcible sentiment de stupéfaction devant chacun des mots qu'il semblait découvrir comme nous. Il nous a dit ce soir-là sa ravissante *Prophétie* de la fin du monde :

A la place de la forêt,
Un chant d'oiseau s'élévera...

Chez lui, je retrouvais d'abord, comme tous ceux qui l'ont approché, « le voleur d'enfants », puisqu'il en a six, tout juste un de moins que mes amis Georges et Ludmilla. Je n'oublierai pas surtout, dans ce vaste appartement du boulevard Lannes ouvert sur le Bois, l'extraordinaire impression qu'on pouvait avoir devant ces créatures d'une étonnante beauté qui l'entouraient, Espagnoles au teint mat, et qu'on aurait voulu anonymes, ornées seulement d'une indication discrète, « la femme du poète », « les filles du poète ». Jules Supervielle voulait bien me lire ses poèmes, sa féerie de *la Belle au Bois* que joueraient les Pitoëff au printemps de 1932, et que nous lui demandâmes pour *la Revue française* qui la publia en été. Il m'emmena un jour à Vaugirard chez une amie de Rainer Maria Rilke, qui savait à peine le français, et qui nous lut pourtant d'admirables traductions de poèmes, mystérieuses, maladroites et magiques qu'elle déclamait, vêtue de rouge, sous une copie de *l'Enterrement du comte d'Orgaz*.

A la fin de ces mois, nous devions d'ailleurs le revoir encore, en d'autres paysages, plus appropriés à sa nature. Ma sœur, Maurice et moi avions passé quelques jours de vacances à Saint-Tropez dont c'était alors la grande vogue, mais où nous menions une vie sage, couchés bien avant minuit, et profitant seulement du grand remue-ménage du port, et des belles heures sur le golfe. On avait abandonné les petits cols durs de notre adolescence pour les larges cravates, les cols « écart ». On ne portait plus de cannes au Quartier latin. On revêtait en vacances les costumes de marins, de grosse toile bleue ou bise, on avait adopté l'année précédente le pyjama pour les femmes, et on regardait avec curiosité les premiers *shorts*. A Sainte-Maxime, à Juan-les-Pins, cette année-là, on jouait dans les casinos et les boîtes à la course aux cafards. C'étaient des vacances un peu particulières, d'ailleurs, les dernières de notre vie d'étudiant.

165

Nous ne savions pas tout à fait ce que pourrait être l'avenir, mais nous avions rassemblé assez d'argent pour ces quelques jours dans un hôtel modeste à la cuisine excellente, pour ces promenades dans les rues grises et belles, ces courses au long de la côte. Nous sommes même allés jusqu'à Nice, nous promener dans la vieille cité admirable, sous les linges étendus, avec notre ami Raoul Audibert, goûter la cuisine provençale de Bouttau, — jusqu'à Monaco et Monte-Carlo, découvrir l'architecture du Second Empire, les vieilles dames maniaques de martingales et, tour à tour, la roulette et cette machine à sous du bar où les décavés vont mélancoliquement perdre leurs dernières pièces de vingt sous. Colette avait alors une boutique de parfums sur le port. Elle avait publié un petit livre dont j'avais parlé. *« Tout de suite Théocrite et les gros mots...*, m'écrivait-elle. *Au fond, je suis bien contente. Revenez me voir dans le petit magasin à la fin de la journée. Je vous remercie avec plus de plaisir que je n'en veux montrer, et je vous serre amicalement la main. »* Nous allions lui dire bonjour. Je corrigeais les épreuves d'un pseudo-roman, album d'images de mon pays méditerranéen. C'est à l'occasion de ce voyage que nous avons passé deux journées à Port-Cros, où Jules Supervielle, pendant quelque temps, loua le fort François Ier à l'entrée de l'île. Nous nous sommes promenés pieds nus pour ne pas glisser sur les aiguilles de pin, à travers les sentiers parfumés, nous avons grimpé jusqu'au sommet de l'île, à « la Vigie » pour rendre visite à Jean Paulhan. Au matin, dans le jardin entouré de gros murs, ouvert sur la mer violette, entre les cactus, Jules Supervielle, sous un figuier, portait un énorme chapeau de planteur. Il nous lut les vers inédits des *Amis inconnus :*

Et vous, que faites-vous, ô mémoire troublée ?...

J'entends encore sa voix patiente et grave, dans le décor merveilleux. Cette image au bord de la mer est une des plus gracieuses qui demeurent en moi, avec la belle forêt parfumée, les fortifications sur les rochers roux, le voleur d'enfants et les jeunes filles ravissantes, et l'île privée de chants (il n'y a pas d'oiseaux à Port-Cros, seulement des ruches), mais toute pleine des abeilles familières et des paroles du poète.

Elle se joignait aux dernières images de ma vie d'étudiant, à mes derniers jours à l'Ecole ou à la Cité, à tout ce qui avait pris, aux beaux jours de juillet, un charme plus saisissant encore.

C'est à la fin de ces mois, en effet, que nous avions mis au point, et d'une manière suprême, nous semblait-il, l'utilisation de l'Ecole. Ma sœur avait fait la connaissance dans l'univers des *tapirs,* d'une jeune fille qui était « Mademoiselle » auprès de deux familles, si je me souviens bien. Marguerite Neel nous parut gracieuse, dorée de peau, nonchalante de caractère. Nous lui disions qu'elle deviendrait une « dame », un jour. En attendant, quand juillet arriva, ses leçons disparues, elle crut devoir rentrer dans sa famille, envisageant sans plaisir de recopier des fiches à cinquante francs le mille pour la Préfecture de Police ou le Palais de Justice, je ne sais plus. Nous nous récriâmes. Et l'Ecole ? Elle vint donc chaque jour, et même deux fois par jour, dans notre thurne, pendant ces dernières journées d'été que nous voulions passer encore à Paris. Nous lui montions des repas du réfectoire. Nous l'appelions notre fille. Deux ou trois fois, nous allâmes dans le jardin des naturalistes, où je crois bien n'avoir jamais auparavant passé plus d'une heure dans toutes mes années d'Ecole. Il y avait un banc brisé, une vieille chaise. Nous y apportions le phonographe que nous avions acheté, premier luxe, les dîners du réfectoire, nous installions des pique-niques un peu mélancoliques. C'était la fin : déjà la jungle charmante allait disparaître, déjà elle était écrasée entre les hauts murs de la nouvelle Ecole des Sciences. Sur les terrasses des édifices neufs, nous montions, nous désignions à notre amie, dans la nuit rougissante, Paris tout entier, les jardins, les églises, nous regardions notre vieille Ecole, sa cour gardée par les bustes. Puis nous revenions, nous, les quatre amis devenus cinq, nous mettions nos disques préférés, nous restions tard sous les arbres frais. Quinze jours, trois semaines, je ne crois pas que rien de ces fêtes, paradoxales dans une Ecole de l'Etat, ait duré davantage. C'est assez pour y découvrir le symbole même de notre jeunesse.

Les derniers jours que j'ai passés à l'Ecole furent pleins d'une mélancolie merveilleuse. La thurne se couvrait peu à peu de poussière, symbole des heures prêtes à disparaître à tout jamais. Nous l'avions à peu près abandonnée, d'ailleurs, par ces journées chaudes de juillet 1932, pour travailler un peu dans le jardin ou dans la cour. Les plus paresseux, dont j'étais, ne pouvaient, par respect humain, se dispenser de traîner sous les fusains et sous les acacias les auteurs grecs et latins de l'agrégation. Le soir, nous y apportions aussi le phonographe, et, pour quelques fois encore, nous laissions tourner *la Pavane* et *le Boléro,* déjà un peu usés, déjà un peu grinçants, ou les airs les plus faciles, plus riches peut-être de souvenirs, qui avaient été ceux de films anciens. Les plus obtus de nos camarades, comme nous tous, sentaient le prix de ces instants uniques qu'avaient connus sans doute, à la fin de leur vraie jeunesse, tous les étudiants. Nous avions vingt-deux ans, vingt-trois ans : les mois qui allaient suivre nous éloigneraient dans quelque ville de garnison, puis ce serait la vie qui commencerait, une carrière, un appartement, l'argent à gagner, peut-être le mariage, la maturité à coup sûr. Encore un instant de liberté, dans l'oasis de l'Ecole, au milieu du Paris surchauffé, sous les arbres atteints par l'été brûlant. Encore un instant de bonheur.

Nous goûtions ces minutes mortelles, enchantés qu'elles fussent mortelles, ivres de nos proches souvenirs, ivres de l'amitié, de la camaraderie, des découvertes les plus profondes, de la frivolité merveilleuse de notre vie.

Un peu de temps encore, et il faudrait abandonner ces trésors, fermer ces pages. Un peu de temps, sous le ciel pur, devant le regard ironique des soixante bustes. Un peu de temps à courir les cinémas de quartier pour revoir les films de sept années, les jardins, les cafés, Paris nocturne sous les lampions du 14 juillet, un peu de temps pour dire adieu à notre adolescence.

IV

LES RÉVOLUTIONS MANQUÉES

Dans la suite de nos années de jeunesse, l'année 1933 ne nous apparaît peut-être pas comme la plus nette. Elle est brouillée au contraire, pâle tour à tour fardée, avec cet aspect fantomal et croassant du corbeau d'Edgar Poe assis sur le buste de Pallas que prennent aisément dans notre souvenir les heures capitales. Ce fut bien l'année capitale entre toutes en effet, celle que nous attendions sans le savoir depuis que nous jetions autour de nous quelque coup d'œil, tout en poursuivant notre vive et douce et sage aventure personnelle. Elle vint enfin, obscure et rayée de lueurs brèves, bruyante soudain puis sourde et feutrée, et nous la dégagions à peine de nos prévisions, de nos attentes, elle se confondait encore avec elles, et pourtant, elle était la mystérieuse année de la réalisation et de la menace.

Nos groupes d'amis étaient séparés lorsqu'elle

monta au ciel nouveau, dispersés un peu partout en France par le service militaire ou les débuts dans l'existence. A Lyon, dans une pension de famille où je prenais souvent mes repas, je vis arriver les premiers émigrés juifs d'Allemagne. Pas trop terrifiés d'ailleurs, toujours en relations avec des parents riches de Francfort ou de Berlin : des prévoyants de l'avenir qui se garaient avant des coups trop durs, mais dont l'exil — qui était alors sans souffrance et sans véritable persécution — était déjà orchestré en lamentations énormes par toute la presse des deux continents. J'en connus un, demi-juif sans doute, qui regrettait de ne pouvoir entrer dans l'armée allemande, comme l'avait fait toute sa famille, et qui demandait avec candeur s'il ne pourrait pas trouver des avantages équivalents dans l'armée française. Un autre, fils de banquier, me parla des nazis avec une objectivité assez indifférente. C'est lui qui m'écrivit sur un carnet les paroles de leur chant, le *Horst Wessel Lied*, que j'ai donc entendu pour la première fois fredonner par un Juif émigré.

Je les rencontrais aussi quelquefois à la piscine de Villeurbanne, où j'allais l'été. Autour de moi s'étendait Lyon, et j'apprenais, bien lentement, après m'y être ennuyé, à connaître un peu la ville la plus étonnante de France, brumeuse et grise entre les deux fleuves. Je me promenais à travers les rues tournantes de la Croix-Rousse, où s'était éteint depuis si peu d'années le bruit des métiers. Des amis venaient m'y voir, nous faisions des expériences gastronomiques dans la capitale même du bien-manger, et j'ai gardé le souvenir émerveillé d'un petit bistro derrière le Cercle militaire, où le patron faisait hardiment payer selon la tête du client, mais où la cuisine était savante et profonde. Les grandes masses de brume sur la place Bellecour, les bancs solidaires de putains à travers les rues, le relief des cent mille fenêtres de la Croix-Rousse au-dessus de la ville, restent des images que je n'ai pas oubliées, et sur lesquelles viennent s'inscrire d'autres images du monde, en surimpression à la mode de l'ancien cinéma.

Mais nous nous réunissions surtout à Paris, de plusieurs coins de France, nous passions nos heures nocturnes dans les trains, et, avec une boulimie de provinciaux, nous accumulions jusqu'à satiété les soirées au théâtre, les matinées au cinéma. Ce fut l'année d'*Intermezzo*, de ses fantômes, l'éloge ironique de la vie de fonctionnaire, chef-d'œuvre de la poésie, la symphonie provinciale. Quand nous sortions, nous répétions sous le ciel enflammé les phrases de Giraudoux : « La belle nuit pour les petites filles qui veulent apprendre à compter jusqu'au million ! » Et nous rassemblions, à errer à travers les rues, sans domicile plus que jamais, à attendre dans les petits cafés du Quartier Latin, nous rassemblions notre jeunesse, nos amitiés, nos plaisirs, nous prolongions au cours de cette année vide et dispersée les mois de notre proche passé. Nous revenions chez les Pitoëff, nous cherchions dans le *Quatorze juillet* de René Clair nos images du Paris populaire, nous allions voir les films viennois, les films désuets. C'était la grande mode du décor « 1900 », et la première fois sans doute dans l'histoire qu'une époque, d'ailleurs proche, était chérie non pour sa beauté, mais pour ses ridicules attendrissants. Paul Morand avait publié un livre sur la première année du siècle, on aimait les albums d'images, et l'écran ne présentait que valses anciennes et larges robes à rubans. Et nous, qui cherchions dans les grises rues parisiennes le souvenir des années écoulées, nous tombions sur un monde plus ancien, qui nous dépaysait davantage encore, et semblait rejeter le temps du charleston bien au-delà du temps des premiers tangos.

Et pourtant, c'était une année neuve qui commençait, une année dont les hommes n'auraient pas fini de s'étonner. Nous écoutions la T.S.F., qui avait presque attendu cette année-là pour se répandre partout et pour devenir un fléau bien organisé. Dans les années précédentes, qu'on a si vite oubliées, elle était grinçante et capricieuse, elle excitait la verve des caricaturistes, elle réunissait autour de postes de hasard des âmes de bonne volonté, perdues à la recherche d'un concert au milieu de borborygmes effrayants. Mais en 1932, l'invention avait atteint un degré suffisant de puissance et de facilité. Tout était prêt, pour que nous entendions, le soir, en mettant l'aiguille sur les postes allemands, cette extraordinaire campagne électorale du national-socialisme, fleuve de cloches, de tambours, de violons, tous les démons de la musique déchaînés.

Avions-nous jamais cessé de songer à l'Allemagne ? Y a-t-il un Français vivant à qui l'Allemagne ait cessé de paraître, fût-ce une seule année, comme une compagne toujours présente ? Avant la Grande Guerre, après elle, existe-t-il un pays qui ait autant fait partie, non pas de notre vie intellectuelle, de nos curiosités, de nos raisonnements, mais de notre existence charnelle elle-même ? Qui ait fait en sorte que le

173

destin, le malheur, le bonheur, aient, à un moment donné, un visage allemand ? Nous l'avons toujours eue au-dessus de nous, cette énorme planète, elle a influencé nos vies mieux qu'aucun astre, et nous avons toujours su que sans son cours inflexible, le monde aurait été différent. Mais soudain, après les rêveries genevoises, les idylles au bord des lacs, les illusions, soudain elle s'installait dans le centre même du ciel avec un rayonnement d'incendie, et il eût fallu être aveugle pour ne pas l'apercevoir. C'est ce que nous nous répétions, en suivant aux postes de T.S.F. les cérémonies initiatiques du nouveau culte, en écoutant les cloches sonner, de minute en minute, pour couper les discours et faire incliner la tête des foules.

L'aurions-nous ignoré, d'ailleurs, les émigrés nous auraient avertis. Chassés pêle-mêle, juifs ou socialistes, ils commençaient d'édifier en France un vaste mur des Lamentations, devant lequel ils prenaient à témoin l'univers. Ils arrivaient, avec leurs amulettes, le salut du poing fermé (unis comme les cinq doigts de la main), l'étoile à trois pointes du groupe Amsterdam-Pleyel, laquelle n'est qu'une marque d'automobile allemande, le triple cri pour le pain, la paix, la liberté, le désir de joindre dans un front rouge tous les partis révolutionnaires, même ceux qui sont devenus bourgeois. Et ils amenaient aussi un monstre, un fantôme, l'ombre du fascisme international : à l'Internationale rouge, ils opposaient avec véhémence une Internationale blanche, d'où venait tout le mal, ils dénonçaient dans la moindre doctrine d'autorité une hérésie énorme et totalitaire, prête à s'emparer de l'univers. Jusque-là, le fascisme, c'était l'Italie, que l'on détestait, mais qui était seule. En 1933, la « doctrine maudite » s'emparait du vieux pays de la Révolution, de la terre natale du marxisme. On s'apercevait alors que le Portugal, la Pologne, la Lithuanie, vivaient en dictature. On sentait remuer déjà, au fond des nations libérales, de jeunes partis impatients. Les émigrés pleuraient, levaient les poings, disaient à la France : « Prends garde » et collaboraient de leur mieux à la formation de la terreur qu'ils dénonçaient. On voyait à travers l'Europe commencer déjà en discours une guerre de religion, qui durerait plus de cinq années, et nous en regardions de loin monter les premières flammes.

Ainsi était définitivement ruiné, autour de nous, cet univers de papier et de nuages auxquels nos aînés avaient cru. Cela aurait été un autre songe, sans doute, que d'applaudir bruyamment à l'intrusion têtue de la réalité dans les apparences : elle n'avait rien d'aimable, certes, mais elle était la réalité, et voilà tout. Elle surgissait, comme le gros globe allongé du soleil qui jaillit de la mer, brusque et furieux. Et tout était oublié des brumes de l'aube, et devant l'astre naissant, il fallait bien admettre que beaucoup de peuples, beaucoup d'hommes à travers la planète, le reconnaissaient comme lumineux et brûlant, et ne voulaient plus entendre parler de ce qui avait précédé.

*
* *

Devant l'entrée en scène du national-socialisme allemand, la France bourgeoise de cette année avait d'autres soucis. Au milieu de l'été

1933, ce n'est pas d'Hitler qu'elle s'entretenait, mais d'une petite empoisonneuse qui avait tué son père, failli tuer sa mère, et qui avait vécu, au Quartier Latin, parmi des étudiants louches qu'elle fournissait d'argent et de vérole. Le drame de Violette Nozières retenait toute une presse vouée à l'infamie, passionnait comme ne l'avait encore fait aucun crime à succès de ces années dernières : depuis Landru qui tua ses femmes, ni Mestorino, ni Barataud (on recherche avec difficulté ces vedettes ensevelies), n'avaient autant séduit la foule que cette mauvaise petite héroïne pâle et défaite, avec les détails douteux et sales de sa vie navrante, la grise atmosphère de débauche où alternaient les cocktails, la drogue et le café-crème, l'argent et la misère, dans un décor de logis d'ouvriers plus néanmoins, quelques économies, un atroce monde sans Dieu. Avant même qu'il soit oublié, ce drame était suivi de plusieurs autres : un jeune couple, entraîné dans une partie carrée, se tuait de dégoût au matin ; un conseiller municipal, tenancier de musi-hall, Oscar Dufrenne, était assassiné par un compagnon de plaisir, et toute la police cherchait, ou faisait semblant de chercher, des mois durant, un prétendu petit marin. Bientôt éclaterait le plus grand scandale financier de la République depuis Panama, et un mort déshonoré noircirait de son sang la neige de Chamonix. L'époque prenait en trois mois une étrange couleur, et le peintre indulgent des folies de l'après-guerre, Paul Morand, montrait le visage des nègres américains penché sur notre société moribonde, et, rappelant les morts affreuses de quelques-unes de ces victimes, écrivait en octobre 1933, dans un article qui fit beaucoup de bruit : « *Nous voulons des cadavres propres.* » Six mois plus tard, la Révolution manquée du 6 février 1934 donnait à Paul Morand ses vingt-deux tués de la Concorde et sa douzaine de courageux morts révolutionnaires.

Peut-être était-ce la première fois que nous avions l'impression d'être directement touchés par les événements extérieurs, d'en subir les conséquences directes, et de les arracher à leur univers de papier imprimé. Les gouvernants politiques disparus ou à disparaître nous avaient jusqu'à présent apparu — sauf Briand — dans une sorte de recul historique. Clemenceau était mort comme serait mort un héros balzacien, enterré debout avec un bouquet et un vieux livre, dans la campagne de Vendée. Poincaré disparaissait sans nous avoir jamais touchés. Mais voici qu'apparaissaient des hommes, de taille d'ailleurs moindre, dont les actes et les gestes étaient capables de changer nos actes et nos gestes à nous, que nous détestions ou que nous acceptions comme les maîtres provisoires de nos destins, et avec lesquels il nous semblait entretenir presque des relations de familiarité, même si nous ne les avions vus que pour les siffler au cinéma. Et les événements de la rue, nous ne les lisions pas dans les journaux, nous les rencontrions, nous marchions sur les grilles d'arbres brisées du boulevard Saint-Germain, nous nous heurtions à une manifestation, nous regardions la police charger. Tout cela était désormais tissu dans l'étoffe même de notre vie, notre vie de jeunes Parisiens agités de la dernière avant-guerre. Et l'Europe même n'était pas oubliée.

Nous étions jeunes, pourtant, sans doute, et

nous continuions moins encore à oublier nos plaisirs passés, nos amitiés et jusqu'à nos habitudes de vie. Nous n'étions plus étudiants, mais nous désirions prolonger autant que possible notre existence d'étudiants, et transporter la thurne de l'Ecole à Vaugirard, où le hasard et la disponibilité des locations, alors difficiles, nous avaient fixés. Nous étions arrivés un beau jour, sans meubles, sans chaises, avec quelques valises et des sommiers dans un appartement de trois pièces d'une maison neuve, sous l'œil plein de suspicion de la concierge [1]. A notre débarquement d'émigrés, nous n'avions pas d'argent, et la plus grande incertitude sur notre avenir, quelques probabilités charmantes seulement, quelques collaborations qui pouvaient devenir indécises, mais l'insouciance avec nous, la jeunesse et l'espoir. Les premiers mois, quand nos articles ou nos leçons nous donnaient l'argent nécessaire, nous jetions les billets sur un divan, en grand tas (cela fait beaucoup d'effet, l'argent en billets de cent francs) nous les remuions et les touillions solennellement comme dans une bouilloire, en les froissant bien, puis nous partagions selon les lois de la communauté.

Je devais apprendre à beaucoup aimer ce quartier populaire et aéré, aux maisons sans beauté, mais animé d'une vie familière, et

[1]. Au fond de la rue Lecourbe, je vivais avec ma sœur. Maurice Bardèche devint mon beau-frère. Nous hébergeâmes aussi quelque temps dans notre campement, notre amie des derniers jours de l'Ecole, et les amis d'autrefois et du jour partageaient souvent notre table. C'était toujours un peu la vie d'étudiant, et Maurice restait à Paris pour y commencer une thèse sur la formation de l'art du roman chez Balzac.

ouvert, pour qui savait regarder, au plus charmant pittoresque. Nous recherchions, à travers ces grandes rues entre de hautes bâtisses, l'ancien village de Vaugirard, qui n'est pas si difficile à reconnaître. Il ne reste rien, presque toujours, de ses maisons : mais la forme même d'une place, la courbe illogique d'une rue, révèlent soudain la vieille bourgade campagnarde. Par là-dessus, les temps modernes ont jeté leurs formes. C'est un faubourg, rempli de petites usines, où, dans l'été de 1936, fleuriront les drapeaux rouges, et où on quêtera partout pour les grévistes. Au marché Cambronne, qui est l'un des plus vivants de Paris, s'opposent les boutiques du nouveau square, bâti depuis peu sur l'emplacement de l'ancienne usine à gaz : à Noël, les marchands de poissons, les épiciers, revêtent des tenues de carnaval, de hauts chapeaux Louis-Philippe, des robes rayées de tricoteuse, et se lancent avec allégresse dans une guerre des marchés rivaux. Chaque soir, sous les gros globes électriques, la foule énorme emplit les carrefours de cris et de marchandages, impose une vie magnifique à ces rues banales. Et puis, les Russes ont choisi le XVe arrondissement comme lieu élu de leur exil. On rencontre des popes à longue barbe, à grosse croix pectorale. On sait que dans une cave se réunissent des Vieux-Croyants, chrétiens séparés parmi les chrétiens séparés. Dans les boutiques où l'on vend la cuisine toute faite, le soir, il n'y a guère que des Russes. Nous avons vécu trois années dans ce faubourg charmant et provincial, à connaître le vieux petit boulanger, qui était délicieux, la teinturière, la concierge de notre femme de ménage qui passait ses chats au bleu de méthylène, notre femme de ménage elle-même, romanesque, fantaisiste, dévouée et baroque, l'Italien marchand de jambon, la petite place du métro Convention, avec sept bancs de bois sous les arbres pauvres, où les soirs d'été, s'entretenaient les chargements d'amoureux et de vieillards. On nous téléphonait trois fois par semaine pour savoir si nous étions bien une maison de colorants en alimentation, et, sans scrupules, nous proposions avec amabilité des macaronis incarnadins et des choux-raves passés au brou de noix. Nous abordions une vie libre à Paris par ce qu'elle peut avoir de plus plaisant, par ses petites gens ingénieux et malins, par les marchands de quatre saisons, les artisans provinciaux, les marchands de « couleurs » où l'on trouve toute chose pensable et non pensable, et la vie provinciale des quartiers un peu éloignés.

Nous le quittions pour rejoindre les anciens quartiers de nos travaux et de nos plaisirs, le Quartier Latin, les Champs-Elysées, les théâtres, et aussi, la nouvelle publication qui avait remplacé pour nous (avec quelques différences) *la Revue française* de notre adolescence. Les hebdomadaires, depuis le succès de *Candide*, séduisaient toujours les éditeurs. *Gringoire* avait montré qu'il y avait place pour deux sur le marché. Bientôt *Marianne*, illustrée d'agréables photographies, et animée par l'esprit désordonné, brillant et subtil d'Emmanuel Berl, tentait de conquérir la clientèle de gauche. On pensa à une sorte de *Marianne* « de droite », également illustré. La librairie Plon en prépara les plans, et Henri Massis m'en parla à Lyon dès le printemps de 1933. On lui donna le nom de l'année, comme aux anciens *Cahiers* de J.P. Maxence.

Mil neuf cent trente-trois était un hebdomadaire fort élégamment présenté, et même sans doute le plus agréable à regarder de ces années-là [1]. Le procédé de reproduction de l'*offset*, qui n'est pas souvent utilisé en France, a beaucoup de finesse et de douceur. Je me souviens d'une ravissante page sur le cirque, illustrée de dessins de Dufy, de beaux chevaux en rondes charmantes, en farandoles assez surprenantes dans un organe à grand tirage. Quant aux textes, ils restaient toujours sans vulgarité, mais ils faisaient appel un peu trop souvent à mon gré aux célébrités bien-pensantes et aux gloires de seconde zone. La clientèle à laquelle s'adressait *Mil neuf cent trente-trois* aurait été effarouchée par une trop grande hardiesse, sans doute, et il fallait la fournir en idées saines et en lectures agréables. Mais on n'oubliait jamais de l'informer qu'il existait autre chose, on publiait Montherlant, Paul Morand, René Clair, Claudel ; Albert Thibaudet y tenait la critique littéraire, et c'est dans ce journal qu'ont paru le premier article sur Patrice de la Tour du Pin, et les premières pages politiques d'André Suarès. Les indéniables qualités du journal ne lui permirent pas cependant de durer beaucoup. Je crois,

---

1. Outre mes fonctions de secrétaire de rédaction, j'y étais critique dramatique. La critique du cinéma était partagée entre Paul Brach, éditeur de la correspondance de Proust, et Maurice Bardèche. Thierry Maulnier collaborait régulièrement à la page *Jeunesses du Monde,* où parut certainement le premier article français sur José-Antonio Primo de Rivera et la *Phalange espagnole,* dû à Claude Popelin.

pour ma part, qu'il avait trop de retenue pour atteindre une clientèle vaste. Et il coûtait beaucoup trop cher à établir pour une clientèle restreinte. A la fin de 1934, il changeait de propriétaire, et, au bout de six mois, celui-ci ferma ses caisses et ses portes.

Nous y avions passé des années d'un grand agrément. Un peu différentes, bien entendu, de ce que nous avions déjà connu des journaux et des revues, différentes aussi de ce que nous connaîtrions par la suite. Mais je repense avec amitié à ces fins d'après-midi, l'hiver, dans la grande salle, un peu en contre-bas, de la rue Garancière, — plus tard au sommet d'un building de Montmartre, où nous corrigions avec allégresse les fautes de français de nos éminents collaborateurs en prenant le thé. Directeur des éditions, Maurice Bourdel venait nous voir, parfois avec amusement. Je retrouvais Gabriel Marcel, qui tenait la chronique musicale (sa petite écriture illisible faisait le désespoir des typographes), et qui avait été jadis, quand j'avais treize ans, mon professeur de « morale » en quatrième. Quelque temps, pas très longtemps, les fonctions indécises de secrétaire de rédaction ou de rédacteur en chef (il n'y eut jamais de titres officiels à ce journal), furent tenues par le nonchalant et charmant Michel Dard, qui ne tarda pas à regagner l'Orient, la Roumanie, la Pologne. Jacques-Napoléon Faure-Biguet, abandonnant ses romans et ses essais sur Gobineau, commençait à composer, sous le nom de Jacques Decrest, des romans policiers pleins de tendresse. J'aimais beaucoup, quand nous revenions de l'imprimerie, parler avec lui, car il avait eu vingt ans en 1914, et, avant la guerre, il avait connu Paris, et les Variétés, et Sarah, et le jeune Cocteau, et, aux temps du *Miracle de saint Sébastien*, il allait au Bois le matin se promener avec d'Annunzio. Ami d'enfance de Montherlant, il me montra un jour des romans « néroniens » pleins de massacres et de taureaux, qu'ils avaient écrits tous deux en collaboration, à douze ans, dans un collège de Neuilly. C'étaient de petits cahiers avec des dessins, qu'on s'amusera sans doute à reproduire un jour. Je n'ai moi-même vu Montherlant qu'une fois, quelques minutes, à l'imprimerie où il était venu corriger l'admirable *Lettre d'un père à son fils* qu'il a reprise dans *Service inutile*.

C'est là aussi que j'ai connu Albert Thibaudet. Il arrivait, de Genève ou de Tournus, avec des journaux et des livres plein ses poches, sa grosse moustache en bataille, l'accent plus bourguignon que nature. Il me plaisait. A lire ses livres, ses recueils d'articles, on perçoit vite ses défauts : les digressions infinies, le bavardage, une subtilité parfois superficielle, une sorte de pédantisme. Mais quoi ! ce sont les défauts de Montaigne, et on peut retrouver chez lui la frivolité « à la cavalière » que l'on trouve chez son maître. A côté de ces défauts, il reste la saveur, la richesse du savoir, l'inépuisable curiosité, la merveilleuse excitation intellectuelle. C'est une banalité de dire que Thibaudet parlait des livres comme des vins, — mais c'est une banalité exacte. Il se promenait à travers les différents crus, sans vouloir préférer le bourgogne au bordeaux, et tous deux ont leurs qualités. A chaque lampée, il rappelait une année célèbre, un plant d'avant l'Amérique et le phylloxéra. J'ai déjeuné quelquefois avec Henri Massis et lui, et je l'écoutais sans parler, intarissable, amusant, finaud, fort entêté au fond. Il aimait beaucoup se faire inviter, et donnait avec gourmandise des adresses de petits bistros à beaujolais. Je ne suis pas sûr qu'il ait mis toujours autant de vrai savoir dans son art de gourmet que dans son art de lecteur, mais c'était sa coquetterie. Aujourd'hui, ceux qui l'ont connu ne peuvent plus passer devant les cafés de Saint-Germain-des-Prés dont il était un habitué éclectique, sans revoir sa grosse tête paysanne, son œil malin, et cette petite tache noire sur la joue dont il mourrait un jour. Je l'entends encore, chez Lipp, chez Flore, aux Deux-Magots, juger la bière et les romans de Mauriac, j'entends sa voix qui roulait les r. Lorsque le journal socialiste, par une idée étonnante, voulut lancer un apéritif nommé *le Popu*, Georges Blond et moi nous l'accompagnâmes dans plusieurs bistros où il réclamait avec obstination ce breuvage introuvable. Il était d'un autre temps, je crois, où l'amitié pour les livres s'accompagnait plus que par la suite de l'amitié pour les éditions, les circonstances accessoires de la vie, les mémoires. Mais il était curieux de politique, il nous lisait à haute voix l'article de Maurras du matin, il se prétendait un radical de Saône-et-Loire, et il vantait les vertus provinciales avec une savoureuse véhémence. Personne ne l'a remplacé.

Le désordre, sans doute, était moins grand à *Mil neuf cent trente-trois* qu'il n'avait été à *la*

Revue française. Il n'en demeurait, par bonheur, que ce qui est suffisant pour ajouter le plaisir au travail. Notre première imprimerie était rue de l'Abbé-de-l'Epée, vaste, toute en verrières, et agitée de courants d'air ; la seconde dans une cave. Nous relisions les épreuves un nombre considérable de fois, car Henri Massis résistait mal à la tentation de corriger les virgules de ses collaborateurs. Nous nous sommes toujours beaucoup disputés à ce sujet, et je plaidais pour le droit des académiciens à la faute de français. Naturellement, après des révisions successives, *Mil neuf cent trente-trois* était toujours parsemé de fautes typographiques énormes et de « mastics » incompréhensibles. Nous y passions de longues journées, parfois des soirées. La maquette était préparée en commun rue Garancière, et dessinée avec soin par Zig Brunner. Henri Massis déployait une activité prodigieuse, nous entraînait à sa suite dans ce qui nous paraissait un jeu bien amusant. Puis, il nous emmenait, alternativement, dans des restaurants magnifiques ou de petits bistros savoureux. Il nous révélait la laiterie d'Auteuil et ses dîners d'été sous les ombrages, dans son jardin peu fréquenté. Toujours attentif aux délicatesses et aux ingéniosités de l'amitié, il venait nous voir à Vaugirard, je ramenais parfois sans prévenir pour dîner à notre table pliante d'émigrants toute la rédaction de *Mil neuf cent trente-trois*, nous apportions en passant une grande tarte, nous prolongions la bohème. Il venait parfois seul, il aimait l'affection de la jeunesse, il se retrouvait aussi jeune que nous, et nous allions nous promener au Luxembourg ou à Versailles. Personne n'a jamais eu pour nous une pareille *gentillesse*, au sens ancien du terme, une pareille affection de frère aîné.

Lorsque *Mil neuf cent trente-trois* fut transporté à Montmartre, c'est ce quartier que nous annexâmes à notre Paris. Henri Massis est un citoyen de Montmartre, où il est né, et qu'il a connu avant la guerre, aux temps des peintres, du château des brouillards et de la rue Ravignan. Il nous racontait cette époque fabuleuse, il nous menait à travers les rues qui ont tant changé, vers ce qui demeure permanent dans le village oublié. Nous regardions ensemble la ville à cette heure ravissante du soir où les lumières s'allument, et où il est impossible de ne pas penser à la somme de péchés et d'efforts que représente cette vaste mer moutonnante.

Je travaillais aussi, si c'est travailler que de n'avoir jamais conçu le travail sans plaisir. J'écrivais de petits récits sur le Paris populaire, un peu en marge des films de René Clair[1] que j'avais tant aimés, et qui m'avaient appris beaucoup de choses. *La Revue française* avait disparu dans une faillite sans gloire, et Henri Massis avait fait reprendre mes livres par la librairie Plon. Un beau jour de 1934, pour les vacances, Maurice eut l'idée d'écrire quelques artifices sur le cinéma d'avant-guerre, et d'aller parler à Orly avec le vieux Georges Méliès, inventeur de tant de féeries exquises d'avant 1900. L'année suivante, on parla de fêter le quarantième anniversaire de la naissance du cinéma. Nous proposâmes une *Histoire du cinéma* à l'éditeur Robert Denoël. Nous avions vu assez de films, dans

---

1. *L'Enfant de la nuit* sur Vaugirard (1934) et le *Marchand d'oiseaux* sur la Cité universitaire (1936).

notre jeunesse, pour nous lancer dans cette entreprise. Le résultat fut un fort gros livre, que l'Amérique devait traduire pour son *Museum of modern art*. A la Nationale, il est assez difficile de découvrir les revues et journaux de l'écran, qui, dans les débuts, n'ont pas toujours été déposés. Mais ma sœur ayant été très malade, dans la clinique de Neuilly où elle était, en juin 1935, nous lisions les volumes dépareillés, les collections de vieilles publications disparues qu'on trouve toujours chez les dentistes et les médecins : il y avait là une partie de la revue d'après-guerre de Jean Tedesco, *Cinéa-Ciné pour tous*, aujourd'hui introuvable, et pleine de renseignements précieux. Ainsi le hasard nous servait-il. En outre, nous fréquentions les clubs de cinéma. Ils n'existent plus aujourd'hui, ou bien ils ont beaucoup changé de forme. Durant presque toute l'après-guerre, ils avaient été assez souvent des organismes de propagande communiste, qui évoquaient un peu les « sociétés de pensée » du dix-huitième siècle : on y montrait, au nom de l'art, les films russes interdits. En 1934, il y en avait plusieurs, charmants et naïfs, où l'on projetait inlassablement les « classiques » de l'écran, c'est-à-dire toujours les mêmes œuvres, *Potemkine, la Charrette fantôme,* René Clair et quelques Méliès. Mais l'essentiel n'était pas dans la représentation, il était dans les débats publics. La mode avait été lancée par le Club du Faubourg, de ces discussions où chacun donne son avis passionné sur l'amour, le phylloxéra, l'éducation sexuelle, les meurtres politiques. Aux clubs de l'écran s'affrontaient les amoureux de Greta Garbo et ses adversaires, les anciens amis du cinéma muet. A vrai dire,

187

c'étaient toujours les mêmes figures que l'on voyait, qui se taillaient ainsi une célébrité de petit cercle, le Juif barbu et noble, le poète inconnu, la dame hargneuse, et ces véritables amateurs de pellicule, qui ont vu cent fois *Potemkine* (on ne projette jamais *Potemkine* que devant une salle rigoureusement comble où la moitié de l'assistance doit rester debout), et qui en connaissent tous les détails. Quand le film était terminé, on faisait la lumière et le directeur des débats commençait à parler. Puis, de leur place, timidement d'abord, avec assurance ensuite, les spectateurs donnaient leur avis. C'était un spectacle bien amusant. Nous sommes allés voir *Potemkine* avec la secrétaire de notre rédaction, une jeune Russe aux longs yeux, pleine d'activité, de colères, d'amour des poètes et du Samovar, Natacha Huttner : plus tard je me suis amusé à traduire avec elle les vers de Pouchkine, *les Démons, Rousslan et Ludmilla,* qu'elle m'expliquait mot à mot. En 1939, il restait encore un club de cinéma, mais les débats publics avaient disparu qui faisaient du Rialto, faubourg Montmartre, ou de la petite salle F.I.F. en haut du Marignan, des succursales touchantes de réunions pour théosophes. On a peine à croire que les images d'un temps si proche, soudain, aient pris une sorte de couleur historique.

Par Georges Méliès, nous touchions à l'avant-guerre. Maurice l'avait vu plusieurs fois à Orly, où il menait, quoi qu'on en ait dit, une vie bien lugubre. Il avait vu aussi l'illusionniste Caroly, qui nous engagea vivement à écrire, après l'histoire du cinéma, une histoire de la prestidigitation. Caroly avait les malles pleines de décors pour ces films délicieux de 1900, où le truquage et la féerie régnaient en maîtres.

Méliès évoquait des souvenirs. Il avait été le créateur de toutes les formes de l'art cinématographique, et nous écrivait des lettres touchantes pour se plaindre qu'on s'efforçât de le restreindre au seul truquage, et que le mot de « naïveté » revînt un peu trop souvent quand on parlait de lui ; il voulait à toute force qu'on lui fît honneur du vaudeville et du drame mondain. *« J'ai eu l'occasion, bien des fois,* nous écrivait-il, *de voir ce qu'il en coûte d'être un précurseur! Je suis venu trop tôt, voilà tout, et à l'époque où j'ai débuté, comment aurais-je osé me lancer dans des dépenses trop lourdes, alors que personne, pas même Lumière, ne croyait à la longévité de la nouvelle invention... ? Ah! certes, nos successeurs ne le sont pas, naïfs!... Ce qui me console, c'est que, puisque truqueur il y a, et que je passe exclusivement pour un truqueur, on trouvera dans la collection de New York*[1] *nombre de mes procédés, trop compliqués dans leur exécution sans doute, et dont personne ne s'est emparé jusqu'à ce jour. J'ai la joie de voir actuellement que seuls les plus faciles ont été imités et employés à satiété. Mais ce plaisir est pour moi tout seul. Je m'en contente. »*

Il est de fait qu'il avait tout inventé et qu'il avait fait des affaires malheureuses : après la guerre, il avait dirigé un théâtre à Montreuil, où notre amie des derniers jours de l'Ecole l'avait connu. En 1928, il vendait des jouets gare Montparnasse. On le découvrit, on le fêta, on le décora un petit peu et il y eut une grande séance

---

[1]. La collection des négatifs de Méliès a été rachetée en 1935 par le musée historique des *Motions Pictures* à Los Angeles, nous a-t-il écrit.

salle Pleyel où il fit des tours de prestidigitation devant un aréopage singulier : de gros messieurs, juifs et aryens, en habit et haut-de-formes, caricatures énormes du capitalisme, regardaient en souriant avec indulgence ce petit vieillard barbu faire ses tours. Eux, ils avaient l'argent, la puissance, ils étaient le Cinéma, et il y avait quelque mépris dans leur manière de contempler ce pauvre homme qui avait trouvé le moyen de ne pas s'enrichir en faisant des films. Mais à tous ceux qui aimaient vraiment cet art, Georges Méliès ramenait le temps de la poésie foraine, de la bohème, et des féeries ravissantes de l'enfance. Il est mort au début de 1938, toujours pauvre, toujours heureux et fier de son passé, et content comme un enfant lorsqu'il s'apercevait qu'on ne l'avait pas tout à fait oublié. Les « milieux informés » du cinéma firent passer une note dans les journaux pour dire qu'il n'était pas malheureux du tout et qu'on lui donnait bien assez d'argent comme ça.

J'ai plusieurs lettres, aussi, de René Clair, en ce temps-là, toujours un peu mélancoliques et ravissantes : « *Un film est fait en quelques mois par la réunion de quelques idées, l'apport de quelques collaborations, un peu de chimie, un peu de mécanique. Soudain, il vit devant le public, et, quelques mois plus tard, il commence à mourir. Quand on le revoit, plusieurs années après sa naissance, on cherche vainement en lui ce qui était vivant, les points de contact qui s'établissaient entre sa réalité d'une saison et le public qui était son contemporain. Il ne reste plus sur l'écran que de vagues silhouettes, sorties d'un vague musée d'ombres, qui s'effacent peu à peu comme, au chant du coq, les fantômes de la légende.* » Un peu plus tard, devenu Londonien, il évoquait le Paris populaire de ses films : « *En remontant vers les brouillards qui me tiennent lieu de nouvelle patrie, je m'arrête parfois entre deux gares, — juste le temps de soupirer en regardant le boulevard Barbès et les beaux cafés brillants.* » Il restait le poète de notre jeunesse.

Ainsi pénétraient dans notre vie de nouveaux personnages, que nous n'accueillions pas d'une autre façon que nous avions accueilli les visiteurs de l'Ecole, quelques années auparavant. A mesure même que les événements de la nation et du monde prenaient une densité plus grande, il semble qu'il y ait eu à cette époque comme une réaction de défense pour nous donner des abris plus lointains. On ne parlait plus de l'évasion, ni de l'inquiétude de la jeunesse contemporaine, mais la littérature n'avait pas abandonné pour cela ses modes. *Le Grand Meaulnes* que nous avions lu à Louis-le-Grand refleurissait en récits nonchalants et poétiques. C'était le temps de la féerie. Le frère de Maxence, Robert Francis, faisait rêver les jeunes filles avec *la Grange aux Trois Belles, les Mariés de Paris, le Gardien d'épaves*, où se reflétait un univers minutieux et confus, mais brillant de tendresse. Et Monique Saint-Helier, de son lit de malade, reconstruisait aussi un monde séduisant et bizarre, où le lecteur perdait pied à chaque instant, à travers une forêt d'images et de songes. Et les jurys littéraires couronnaient ces sortes de livres. Peut-être dans cette mode qui poussait le lecteur, à travers les défauts de ces romans, vers ce qu'ils contenaient d'irréel, y avait-il un repliement instinctif devant les menaces de l'univers. De même au cinéma, les plus grands plaisirs étaient-ils apportés par les dessins animés, par la cocasse et tendre poésie de Walt Disney, ses naïves images coloriées, ses bêtes déformées, son mépris de la logique et de la réalité. Un nouveau comique naissait avec les films des frères Marx et de Fields, comique du coq-à-l'âne et de l'absurde, aujourd'hui vieilli par l'abus d'un dialogue imbécile, mais où s'amorçait une aventure savoureuse, qui tourna malheureusement court. D'autre part, alors que la chanson à succès, depuis l'armistice, restait banale, on se mit à fredonner de petites compositions ironiques, volontiers parodiques, un peu absurdes, un peu grinçantes, que Mireille et Jean Nohain mirent à la mode, que lancèrent Pills et Tabet, Gilles et Julien, et dont le genre, à la veille de la guerre de 1939, était encore cultivé par Charles Trenet. C'était le temps de *Couchés dans le foin*, du *Vieux Château*, de leurs acrobaties rythmiques et de leur facile pittoresque. Une sorte de surréalisme attendri avait ainsi pénétré la vie de chaque jour. Le goût n'allait point, dans les journaux de grande information, aux caricaturistes durs et précis, comme autrefois, mais aux fantaisies de l'humour et du rêve. On découvrait Jean Effel, ses personnages à grosse tête, ses marguerites plantées dans un coin, ses araignées, et la logique songeuse de ses légendes. « Je vais vous faire un cours sur les écrivains réalistes, disait chez lui le professeur des fées : Andersen, Perrault. » Et le curé-champignon enseignait que les vénéneux iront en enfer et les comestibles au ciel. Dieu se faisait apporter au jour de la création les modèles du monde à naître, et devant des cahiers de musique, les chiens, les chats, les oiseaux, apprenaient chacun leur cri ; et le Créateur goûtait la mer comme une soupe. Bientôt Jean Effel composerait des vitrines pour la Noël. Nous le connaissions, c'était le frère d'un de nos camarades de Louis-le-Grand, et surtout il avait rencontré dans quelque bal cocasse, notre amie de l'Ecole, Marguerite Neel. Il venait nous voir, il était plein d'un charme naïf et roublard, comme ses dessins, il allait en Russie soviétique et en revenait un peu bredouillant et émerveillé par le métro. Nous allions parfois dîner chez lui, dans son atelier d'Auteuil, voguant au-dessus des toits, au-dessus de la Seine. Il se maria en juillet 1934 avec notre amie, et il continue à semer de marguerites ses petits dessins ingénieux et poétiques, la meilleure illustration de ces trois ou quatre années de notre avant-guerre, qui furent le « siècle » de Jean Effel.

*
* *

Cependant, de plus graves soucis pouvaient retenir nos contemporains. A travers nos plaisirs et notre vie personnelle s'insinuaient soudain, à une cadence de plus en plus rapprochée, d'énormes événements, la révolution, la guerre, l'argent, la mort. Les derniers mois de 1933 avaient fait lever sur la France un étrange crépuscule d'assassinats. Signe dans la nuit, vers la Noël, la catastrophe de chemin de fer de Lagny laissait deux cents morts, chiffre énorme jamais atteint. Et l'on apprenait en quelques lignes, dans les journaux, qu'une quelconque escroquerie mettait en cause le crédit municipal de Bayonne. Quelques jours plus tard, cette information presque anodine donnait naissance à la plus grave affaire du régime. Nous en avions connu d'autres. Nous avions lu, dans les journaux, que des parlementaires de droite et de gauche avaient « touché », nous nous étions amusés avec quelque mépris, de l'affaire Oustric, de l'affaire Hanau, et de cette *Gazette du Franc* que patronnèrent naïvement de si hautes autorités. De tels scandales sont monnaie courante en régime parlementaire. Mais nous n'avions pas encore pu connaître un drame assez vaste, assez riche, assez mystérieux, pour secouer tout un pays. La petite affaire d'escroquerie de Bayonne, reléguée en troisième page des gazettes, s'étendait tout à coup. Un escroc juif d'Odessa, Alexandre Stavisky, paraissait au centre d'une redoutable combinaison dont faisaient partie les plus grands noms. On allait l'arrêter, il fuyait en Savoie, on le trouvait mort dans une villa de Chamonix, dans les premiers jours de 1934. Suicide ? On le dit. Assassinat ? C'était plus probable. Désormais, il était impossible d'arrêter l'affaire. Les compromis, la main sur le cœur, juraient n'y avoir point trempé. On découvrait que l'escroc avait bénéficié d'indulgences inexplicables, de remises judiciaires mystérieuses, que tout Paris l'avait reçu. Et pourtant, subitement personne ne l'avait connu, c'était un misérable sans relations. Tant de mensonges, tant de piètres hypocrisies révoltaient la ville. Dès le début de janvier, la fièvre monta, on arracha les grilles d'arbres boulevard Saint-Germain, on conspua les parlementaires et les gardes mobiles. Ainsi se préparait-on à l'émeute, — ou à la révolution.

Il y avait eu des manifestations presque tous les jours pendant le mois de janvier 1934. Le 27 janvier, à la suite de l'une d'elles, le cabinet

Chautemps, qui avait obtenu sa rituelle majorité à la Chambre, démissionnait. On appelait au pouvoir des hommes qui avaient une réputation d'énergie, Daladier, président du Conseil, Frot, ministre de l'Intérieur, mais l'énervement continuait. Pourtant, l'habitude aidant, on ne pensait pas que le 6 février serait plus grave que d'autres journées. La grande manifestation des Anciens Combattants qui avait été prévue, serait-elle autre chose qu'une promenade platonique, avec de beaux écriteaux, « pour que la France vive dans l'honneur et dans la propreté » ? Ceux qui s'alarmaient n'étaient-ils pas des peureux ? A neuf heures, ce soir-là, il y avait une première chez Jouvet, avenue Montaigne, à la Comédie des Champs-Elysées, à deux pas du Rond-Point. J'y étais, c'était alors mon métier. Trente personnes dans la salle, pour revoir la comédie charmante de Sutton Vane, *Au grand large*, évocatrice des modes d'il y a dix ans, avec ses morts en croisière, son barman, son juge suprême à casque colonial... Nous nous en étonnions, nous étions prêts à nous moquer des craintifs, nous qui ignorions que l'on avait déjà tiré, à sept heures et demie, sur la foule, qu'il y avait déjà des morts, plus sérieux que ceux du *Grand Large*. A onze heures et demie, en sortant du théâtre, un spectacle singulier nous arrêta soudain : à l'horizon, quelque chose de lumineux dansait, au-dessus des têtes, semblait-il. Nous regardions sans comprendre ce feu balancé et noir : c'était un autobus, au Rond-Point, que l'on renversait. Et soudain, comme nous avancions, une foule énorme reflua soudain sur nous, des automobiles chargées de grappes d'hommes et de femmes roulèrent à grands sons de trompe,

195

de vieilles dames se mirent à courir, les jambes à leur cou. Nous comprîmes que ce n'était pas une manifestation, mais une émeute.

Il y avait longtemps que Paris n'avait pas vécu une nuit pareille. Des milliers de gens, cette nuit-là, ne se couchèrent pas, ils erraient dans le vent froid, tout le monde se parlait, les ouvriers, les bourgeois, et des hommes disaient :

— Nous reviendrons demain avec des grenades.

Et il n'y avait plus d'opinions, et les communistes s'accordaient avec les nationalistes, et le matin *l'Humanité* avait publié un appel pour demander à ses troupes de se joindre aux Anciens Combattants. Une immense espérance naissait dans le sang, l'espérance de la Révolution nationale, cette Révolution dont le vieux Clemenceau avait dit qu'elle était impossible « tant que des bourgeois ne se seraient pas fait tuer place de la Concorde ». Elle se formait à travers cette nuit tragique, où couraient les bruits les plus divers, la démission du Président de la République, l'annonce de centaines de morts, la griserie, la colère, l'inquiétude. Au Weber, les blessés étaient étendus, et Mgr de Luppé, avec ses ornements épiscopaux, venait les bénir. Le couple divin, le Courage et la Peur, comme l'a écrit Drieu la Rochelle qui a si bien senti cette nuit exaltante, s'était reformé et parcourait les rues.

Aujourd'hui, nous pouvons penser que le 6 février fut un bien mauvais complot. Ces troupes bigarrées, jetées dehors sans armes, écoutaient leur seul instinct et non pas un ordre précis. Au centre, où aurait pu se trouver une direction, il n'y avait rien. On saura peut-être plus tard les négociations, les entrevues, auxquelles s'étaient décidés quelques chefs, dans les jours qui avaient précédé, ou ce jour même. Mais la foule les ignorait, et la suite montra bien que tout était vain et mal préparé. Au matin du 7, Paris lugubre comme nous ne l'avons jamais vu, les marchands de journaux assiégés (beaucoup de feuilles n'avaient pas eu le temps d'adopter une version officielle des événements, donnaient leur première page à la majorité de la Chambre), on apprenait peu à peu la démission du ministère, et, contradictoirement, les perquisitions ou les enquêtes auprès des chefs nationalistes. L'après-midi, comme j'étais seul à *Mil neuf cent trente-quatre*, Paul Bourget me téléphonait pour me demander s'il était exact que Maurras était arrêté : c'est la seule fois où je l'ai entendu, il avait une voix essoufflée où tremblaient des larmes. Mais déjà on annonçait l'arrivée du pacificateur, de M. Doumergue, ancien président de la République, dont le sourire était aussi célèbre que celui de Mistinguett. Le régime usait de l'un de ses vieux tours favoris.

C'était fini. Le 9, les communistes essayaient encore de sauver au moins la Révolution sociale. Jacques Doriot, chef du « Rayon communiste de Saint-Denis », lançait sur la gare du Nord de rudes garçons sans peur, qui tombaient sous les balles de la police. Mais déjà la pègre envahissait Paris, le 12 serait sa journée, tout était oublié de l'unanimité sociale et nationale.

Quelques jours plus tard, en ouvrant les journaux, on découvrait qu'à la veille de déposer dans l'affaire Stavisky, un magistrat, M. Prince, était trouvé mort sur une voie de chemin de fer près de Dijon, au lieu-dit de la Combe-aux-Fées.

Là encore, il suffit de se reporter au moment même pour se rappeler l'unanime sentiment des Français : M. Prince avait été assassiné. Mais cet assassinat mettait en cause trop de gens, trop de seigneurs du régime. Au bout de quelques jours, on n'y comprenait plus rien, la thèse du suicide paraissait la plus forte, les experts se disputaient, les rapports de police remuaient d'étranges boues, et la mort du malheureux magistrat allait rejoindre dans l'ombre les autres morts mystérieuses de la IIIe République, de Syveton à Almereyda, à Maginot. De ces querelles énormes, la France sortait irritée, sombre et prête, semblait-il, à toutes les aventures, — y compris les plus belles. Henri Béraud publiait dans *Gringoire* un admirable article sur « le Fusilleur » Daladier, et les journaux allemands annonçaient : « L'aube du fascisme se lève sur la France. »

Pour nous, nous n'avons pas à renier le 6 février. Chaque année nous allons porter des violettes place de la Concorde, devant cette fontaine devenue cénotaphe (un cénotaphe de plus en plus vide), en souvenir de vingt-deux morts. Chaque année la foule diminue, parce que les patriotes français sont oublieux par nature. Seuls les révolutionnaires ont compris le sens des mythes et des cérémonies. Mais si le 6 fut un mauvais complot, ce fut une instinctive et magnifique révolte, ce fut une nuit de sacrifice, qui reste dans notre souvenir avec son odeur, son vent froid, ses pâles figures courantes, ses groupes humains au bord des trottoirs, son espérance invincible d'une Révolution nationale, la naissance exacte du nationalisme social de notre pays. Qu'importe si, plus tard, tout a été exploité, par la droite et par la gauche, de ce feu brûlant, de ces morts qui ont été purs. On n'empêchera pas ce qui a été d'avoir été.

*
* *

En ces années, d'autre part, nous découvrions les pays étrangers. L'étranger a toujours exercé son attirance sur la France, mais dans les premiers temps de l'après-guerre, même les fanatiques de la Russie ou des Etats-Unis ne mêlaient pas le pays de leur cœur à la vie quotidienne, comme nous devions le faire entre 1934 et 1939. En même temps, nous qui commencions à pouvoir voyager, nous nous plaisions à visiter les nations proches. Ce n'était pas le grand dépaysement de l'après-guerre, l'évasion à grand spectacle, mais quelque chose de beaucoup plus naturel. Les Français de ce temps découvraient qu'il n'était pas plus difficile de passer ses vacances en Espagne que de les passer dans le Midi, que c'était parfois moins coûteux. On rencontrait, dans les hôtels modestes, des fonctionnaires, de petits commerçants, ébahis ou de mauvaise humeur, généralement incompréhensifs et pressés, au fond, de rentrer chez eux. Mais on les rencontrait, et je ne suis pas sûr qu'on rencontrait plus d'Anglais. Quant aux jeunes gens, s'ils avaient pu rassembler quelque monnaie, il n'était pas rare de les trouver aux Baléares, à Naples, pour huit jours de liberté et presque de luxe. Quelques-uns commençaient déjà à mettre le sac au dos, à parcourir le Luxembourg, la Corse, la Provence. A pied ou à bicyclette, car la bicyclette était remise en faveur, après une éclipse. Et l'on ne parle pas des échanges internationaux, encore à la mode, vieux reliquat du briandisme, et des amitiés naïves nouées « sous le signe » du sport et de la paix.

La mode, en particulier, en ce temps-là, était d'aller aux Baléares. Les antifascistes, qui craignaient la dictature en France, s'y préparaient volontiers un asile : deux ans plus tard, l'antifascisme régnait en France, et Majorque était en dictature. D'ingénieux lotisseurs *donnaient* des terrains aux journalistes, aux hommes de lettres, qui feraient construire une maison en ces lieux paradisiaques. Je me souviens d'être allé, pour nous distraire, avec Henri Massis, examiner les plans et devis que proposaient ces organisations pleines de poésie : nous nous y sommes beaucoup amusés.

Mais ce n'est pas à cause de la mode que nous avons passé en Espagne nos premières vacances à l'étranger. L'Espagne, depuis toujours, était le pays de notre cœur, et six générations d'hommes, après tout, me séparent seulement de mes ancêtres espagnols. Ma sœur, Maurice et moi, nous avons fait notre premier voyage sur cette terre magnifique, dans l'été de 1934. Nous vîmes Burgos, Ségovie aux soixante églises sur son piton rocheux, extraordinaire trésor trop peu connu, et Valladolid, et Madrid, et Tolède, et Saragosse, et Barcelone. Nous nous arrêtâmes à Guadalajara, à Siguenza, qui n'est qu'un village, mais où resplendit l'une des plus belles cathédrales d'Espagne, au milieu de petites rues pavées et de places à arcades. Nous nous soûlions de peinture, à regarder à travers le Prado le plus bel ensemble du monde. Ce n'étaient pas tant les Italiens qui nous attiraient que les peintres espagnols d'abord, les Goya caricaturaux et soyeux à la fois (tel Proust peignant les Guermantes), le Saint-Maurice du Greco, et les primitifs, le Maître de la Sisla qui écroule auprès du lit où meurt une vieille décharnée qui est la Vierge, les voisins et les voisines du bourg, le petit Berruguete féroce et méticuleux avec ses *autodafés* et puis aussi les Flamands, le plus beau Van der Weyden qui est sa *Pieta* déchirante et pure, et ce Bruegel des Fleurs qui n'est pas un peintre de génie, mais qui est délicieux, et qui fait danser au milieu d'une jungle en miniature un Adam, une Eve nue, haute comme une coccinelle. Et puis nous parcourions les rues rouges de Tolède, le beau Burgos à huit heures du soir, quand l'Espolon est plein de promeneuses. « Un soir, à Burgos, sur l'Espolon... » nous répétions-nous, avec quelque désir de parodie barrésienne... Nous buvions des orangeades, nous mangions des *oublies*, à onze heures du soir, à Madrid sur la Castellana et le Paseo de Rosales. Nous commencions à collectionner ces figures passagères qu'on rencontre un instant dans tout voyage, et qu'on n'oubliera plus jamais, et qui deviennent éléments du folklore personnel, et nous saurons toute notre vie que nous avons parlé à Siguenza avec un mendiant français, ancien matelot, qui nous raconta une histoire de débarquement très embrouillée, mais qui était en réalité le descendant de ces bagnards évadés, de ces corsaires, dont sont pleines les auberges de *Quichotte*.

Nous ne nous lassions pas des arrivées au soir dans ces villes d'Espagne (Ségovie rouge surgissant dans son ravin, Tolède au-delà de la plaine entre ses ponts arabes) quand toutes les filles sont dehors. Nous avons vu Tolède qu'on ne reverra plus désormais, Zocodover aux cent balcons, jaune et verte, toute bruissante de joie, avec ses cafés, ses hôtels, ses enfants mendiants, Zocodover aujourd'hui détruite, avec l'Arc de la Sangre encore intact, et l'Alcazar au-dessus des toits. Après nos promenades dans les trains surchauffés, lents, sales et poussiéreux comme aucun train au monde, nous avons abordé enfin à Majorque, nous avons passé dix jours à Pollensa, dans un petit hôtel dirigé par Harpagon en personne. Il faisait tiède, un peu gris. La baie merveilleuse se fermait devant nous. Ce furent quelques jours de repos unique. Nous ne quittions pas ce jardin, où nous jouions au bridge jusqu'à minuit, avec Marcel Barzin, professeur à l'Université de Bruxelles, et sa femme. Nous leur parlions des villes que nous avions traversées, nous revenions à Tolède, à cet échafaudage mystérieux de pierres rouges et de songes qui en fait une ville unique, à ces murailles nues où l'on s'attend toujours à voir surgir le toit de paille entrecroisée de quelque souk marocain. Sur les hauteurs qui dominent la ville, ces Cigarrales où les riches citoyens ont leurs villas, nous l'avions embrassée du regard. Tout autour, pierres desséchées, routes inachevées, dunes sans culture, c'est le paysage le plus âpre. Mais là, c'est la ville inimaginable, dessinée plutôt que bâtie sur un ciel sans nuage, la cité de la mort incorruptible. Et comme il ne faut jamais laisser l'ironie perdre ses droits, c'est là que nous composâmes le pastiche de Barrès que nous cherchions depuis le début de notre voyage :

« Laisse, du haut des Cigarrales, ton œil saisir Tolède et son destin. Laisse presser ton cœur par les nombreuses raisons qui s'élèvent de chaque

pierre de la forteresse incomparable. Plus tard, dans le dialogue éternel qui oppose, comme en ton esprit, le chrétien au More, tu sauras établir un accord magnifique, pareil à celui qui s'est fixé une fois pour toutes entre le désert de Castille et le ciel sec. »

Et nous disputions pour savoir quelle est la plus belle, de Tolède arabe et écrasée sous sa gloire, de Ségovie romane et presque inconnue, douce et vive, inoubliable à tout jamais pour ceux qui ont respiré son air frais, erré dans ses rues calmes, salué ses absides dorées et rondes, poussé au bout d'un champ la porte de ses églises.

L'année suivante, à Pâques, nous cherchions encore un peu les traces de l'Espagne dans les pays du Nord. Par Bruges sans lumières, nous nous promenions, dans l'odeur des canaux morts, sur les durs pavés, regardant monter dans la nuit brumeuse des formes hautes, des clochers, des palais. Luisait dans l'ombre, comme un bijou baroque, la chapelle du Précieux-Sang, où est conservé le sang de Jésus. Sur la plus belle place des Flandres, le plus pur beffroi dominait les maisons endormies, les eaux vertes, au loin la plaine, au-delà des portes rondes et épaisses. Nous errions dans la paix inoubliable, au long du Quai Vert ou du Quai du Rosaire. Non pas ville morte, comme l'ont dit les poètes, mais tranquille, tranquille, merveilleusement tranquille. Pas de tristesse au long de ces quais ombragés où de grandes masses vertes d'arbres se reflètent dans l'eau. Moins encore dans l'enclos du Béguinage, autour des petites maisons vertes et blanches. Mais une paix indicible. La même paix que nous retrouvions au Musée communal, à l'hôpital Saint-Jean, lorsque Memling et ses compagnons nous offraient leurs longues vierges dorées, Barbe et ses onze filles, leurs bourgmestres et la foule même de la châsse de sainte Ursule. La pierre, l'arbre et l'eau, ensemble mariés, composent cette ville rousse et pâle, retirée hors du siècle pour y vivre une vie non point maladive mais presque toute spirituelle. Et humaine toujours, comme celle des dames de Memling, modestement portées au ciel avec leur rosaire, leur science des coiffes et des confitures, et leur foi calme et irréductible.

Le charme de Gand n'est pas le même que celui de Bruges, mais la beauté de l'ancienne ville est aussi grande. Nous errions à travers les quartiers ouvriers, pauvres et sales, riches d'une beauté si sévère, et sur le Quai aux Herbes, où se succèdent les plus nobles et les plus belles maisons de marchands du monde. C'était devant nous un bourg vivant et charmant, une province d'un autre siècle, miraculeusement fixée, miraculeusement préservée, mais toujours peuplée des personnages courtois et solides, chers aux Van Eyck et à Roger de la Pasture. N'allions-nous pas voir surgir, de la fenêtre de cette maison dentelée, de notre hôtel Saint-Georges, qui est un hôtel depuis le quinzième siècle, une vierge ronde, un bourgmestre sage, ou voir courir, dans ces rues pavées, une vieille sous un fagot, un petit chien, comme dans le tableau du plus grand des Flamands, que nous admirions à Bruxelles et à Anvers, Brueghel l'Ancien ? Au claquement des sabots de cheval, nous fermions les yeux, et nous les rouvrions sur Gand le vieux, *Gent de oude,* où la vie n'a pas changé, où les mêmes commerces s'abritent dans les mêmes boutiques, et où, autour du *Steen* des comtes de Flandre, les personnages des peintres d'autrefois sont installés pour l'éternité, placides, avec leurs filles aux grosses chevilles.

Nous restâmes plusieurs jours à Amsterdam. Jamais je n'oublierai cette ville des épices et des eaux. Nous marchions le long des canaux qui mènent au port, au pied de ces nobles suites de façades, avec leurs frontons à volutes, leurs pâles et douces couleurs. Au quartier réservé, le long de l'*Oude Zijs*, nous découvrions cette naïve prostitution hollandaise, qui loge au rez-de-chaussée, un peu en contrebas, une ou deux femmes mélancoliques, au premier un notaire, et au second un entrepôt. Aucune ville sans doute, sauf peut-être Hambourg, n'offre de la prostitution, par ailleurs, une image aussi baudelairienne. Des cafés d'où s'échappe le cri à roulades d'un piano mélancolique et le bruit que font les matelots, sortent parfois, dans un peignoir mauve, des femmes pâles, poudrées de blanc, aux yeux cernés, ou de blafardes commères tricoteuses. Rien de commun avec la vulgarité puissante de Marseille, le commerce dans la crasse et le soleil. Et nous retrouvions aussi Baudelaire dans le port, avec les paquebots épais qui vont aux Indes, et dont les noms faisaient monter en nous l'odeur même et l'espoir des grands voyages. Comment pourrions-nous nous déprendre de cette ville unique, où se mêlent si bien la noblesse ancienne et tout l'avenir, port immense au bord même de l'inconnu, chargé de parfums et de grâces, Venise toujours vivante, toujours dominatrice sur les mers du négoce ?

Puis nous partions pour les villes du Zuyderzee en barque, au long des canaux monotones.

Nous découvrions les maisons de bois et les laiteries de Brœk in Vaterland, le clocher de Monnikendam, les étendues grises de la Mer-du-Sud au nom étrange. Il faisait froid, nous marchions enveloppés de couvertures, à travers ces rues propres que l'on lave tous les matins, et où circulent, comme dans toute la Hollande, des troupeaux énormes de bicyclistes. C'est à Volendam que nous vîmes le plus ravissant village de pêcheurs, construit avec les matériaux mêmes de la boîte à jouets, et tout un peuple aussi bizarre et aussi inconnu que le peuple de Lilliput. On sait que le seul tourisme, bien sûr, lui demande de garder ses costumes. Mais il est charmant, avec ses bonnets à ailes, ses coiffures pointues, ses braies attachées par des rixdales d'argent, et ces enfants exactement vêtus comme leurs parents, réduction d'hommes et de femmes, et non point d'enfants. Par là-dessus, la lumière de Hollande, celle même de ses peintres, sa clarté douce, un peu verte, et d'une transparence égale à celle des plus beaux Ver Meer. Car c'était bien Ver Meer, ces murs crémeux et propres, cette épaisseur liquide de l'air, et ces eaux douces au pied des maisons, et tout ce petit peuple d'étagères, et ces femmes rieuses à leur métier, et ces fenêtres ouvertes sur un miroir, et dans le miroir la rue même se reflète, délimitée par les carreaux des vitrages, verte et bleue, partagée par l'ombre et le soleil, et ornée d'une laitière et d'un enfant.

Ainsi les peintres nous aidaient-ils à aimer les terres que nous traversions, et nous conservions le souvenir des plus beaux Rembrandt, *la Fiancée juive*, et *Saül* désespéré, et *la Ronde*, bien sûr, — et Ver Meer, avec son *Port de Delft* ou ses rues, — et les petits Jean Steen, — et Van Asloot au Prado ou à Bruxelles, avec ses peintures officielles qui nous ravissaient, pèlerinages ou batailles, où un million de personnages pique-niquent à travers des toiles gigantesques d'une naïve cocasserie.

Mais au printemps de 1936, nous avons revu aussi le Maroc de notre enfance. Il faut croire que les dépaysements de l'enfance sont assez vifs pour marquer fortement les souvenirs. A Rabat, c'est ma sœur et moi qui menions nos compagnons, dans la rue Sidi-Fata, vers la petite maison blanche que nous avions quittée, à quatre ans, à cinq ans, un jour d'été de 1914. Ce n'était plus qu'un hôtel, et même un peu borgne. Nous nous récriions, à la visiter, parce qu'on avait rétréci la cour, partagé en deux les grandes salles du bas. Mais nous reconnaissions l'escalier aux hautes marches, le couloir courbe de l'entrée, le palmier planté par ma mère, nous savions où étaient les chambres, l'écurie, l'ancienne cuisine. J'ai toujours cru que les êtres que nous avons connus ne disparaissaient jamais de notre vie, mais qu'ils ont leur cycle, qu'ils reviennent après quelques années, parfois pour disparaître à nouveau. Une petite fille avec laquelle nous jouions enfants, je l'ai retrouvée onze ans après à Lyon, elle a disparu à nouveau, et je suis sûr que dans onze ans nous la reverrons. Au Maroc, nous parcourions les villes avec des amis de plus loin que nous-mêmes, perdus depuis vingt ans, et leur fille Colette. Ainsi l'enfance reprenait-elle sa place dans ce voyage, pèlerinage plus encore que plaisir. Les belles villes, Marrakech rouge avec les charmeurs de serpents et les conteurs sur la place Djemaa el

Fna, Meknès vert, Fès gris, Rabat blanc, ne nous offraient pas seulement des images, mais encore des souvenirs. Nous avions joué, un quart de siècle avant, aux Oudaïa, devant la mer brusque et blanche, nous avions traversé le Bou-Regreg vers Salé, couru chaque jour dans le cimetière. Le marchand de tapis de la rue des Consuls, Abd-ul-Hamid ben Dinia, se souvenait de nos prénoms. Nous n'avons pas eu besoin de les lui redire, nous avons bu avec lui le thé à la menthe de l'amitié. La laine colorée, la cannelle, l'huile, ces senteurs admirables des rues poivrées, les petites échoppes, les ânes gris courant sous leurs paniers, ce n'était pas l'exotisme pour nous, c'était l'enfance, c'était presque la patrie retrouvée. Près de Meknès, dans le Zerhoun, nous avons fait un grand dîner chez un caïd de la montagne, une somptueuse *diffa* avec le *méchoui*, la *pastilla*, les *tadjin*, les horribles plats sucrés et graisseux, et nous n'avons pas eu à découvrir, mais à retrouver le goût de la pâtisserie la meilleure du monde, des cornes de gazelle et des turbans du cadi aux amandes. Mais de Kasbah-Tadla, nous nous rappellerons toujours en riant l'auberge poussiéreuse, et le repas d'avare que nous présentait pompeusement « la veuve Jagot », déclamant son menu au-dessus des registres où elle avait inscrit nos noms à côté de celui des colporteurs arabes qui formaient sa clientèle habituelle. Ils sont secs et pelés, déjà au mois d'avril, les rudes paysages marocains, qui ressemblent à ceux de la Castille. Mais ils sont un peu mes paysages à moi, d'où surgit soudain au bout de cent kilomètres de route large, magnifique, droite et déserte, de ces routes où l'on s'endort au volant des voitures, un petit village berbère de terre sèche, écrasé sur une colline. Et dans les coteaux pierreux d'El-Herri, des fosses marquées de blanc désignent les morts du 13 novembre 1914 ; et au pied de la kasbah brune de Moha-ou-Hammou, le chef des Zaïans, dans ce paysage désertique, sous la brume étouffante, à midi, nous avons porté quelques fleurs sur la tombe de mon père et de ses compagnons.

Ce beau Maroc, il nous apparaissait alors comme la terre de la jeunesse même de la nation, avec ses fraîches villes neuves, Rabat merveilleux et gracieux dans ses feuilles, et les vieilles villes nobles, et les parfums, et les jardins, et l'architecture fleurie, et la Koutoubia sur le ciel profond de Marrakech dominant les souks, et Fès du haut des Mérinides, et au-dessus des sentiers boisés qui vont vers Volubilis, la ville sainte en forme d'étoile de mer, Moulay-Idriss, interdite aux chrétiens, où mon père et ma mère, égarés à cheval, avaient passé une nuit, voici vingt-cinq ans. Ainsi retrouvions-nous à chaque pas nos plus anciens souvenirs, qui remontaient au-delà de nous-mêmes.

*
* *

Nous revenions à Paris, nous retrouvions la ville de ce temps, ses journaux, ses plaisirs, son agitation bourgeoise et vaine. L'Etat avait imaginé de créer une Loterie nationale, qui était blâmée par les moralistes, mais qui excitait fort le peuple français : les journaux, à partir de 1934, publiaient la photographie du gagnant, des interviews stupides où il déclarait toujours ne pas vouloir changer son genre de vie. Ils étaient pleins aussi des mésaventures du premier d'entre eux, un coiffeur de Tarascon, nommé Bonhoure, que cinq millions tombés du ciel avaient ébloui. Malgré ces fêtes et ces bruits, le destin continuait à frapper à la porte. En octobre 1934, en même temps que mourait M. Poincaré, des terroristes croates assassinaient à Marseille le roi des Serbes en visite et le ministre Barthou. En juillet 1934, un beau matin, en lisant les journaux, nous apprenions avec un coup au cœur, l'« exécution » du chancelier d'Autriche. Mussolini envoyait les troupes italiennes sur le Brenner. Un autre été, alors que le roi de la guerre, Albert 1er avait déjà disparu dans un accident, Léopold de Belgique perdait la charmante reine Astrid, dont la popularité en France était touchante et immense. On trouvait sa photographie, en 1936, sur les murs des plus farouches chômeurs communistes de Paris. On ne sortait pas d'années meurtrières et fuligineuses, éclairées de biais par les torches multipliées des congrès nazis.

Les Français nationaux, entre deux lectures de journaux du soir, espéraient pourtant trouver quelque remède et surtout quelque guérisseur. C'était le temps des Ligues, de ces Ligues que les antifascistes présentaient comme des épouvantails. Il y en avait plusieurs, mise à part *l'Action française* qui avait sa physionomie particulière : la vieille ligue des Jeunesses patriotes, qui avait eu plusieurs tués au 6 février, étudiants ou anciens combattants admirables ; la Solidarité française, révélée ce même soir, et qui réunissait quelques bagarreurs de bonne foi, mais par malheur aussi quelques éléments douteux ; le

Francisme dont le chef envoyait des messages à Hitler. Beaucoup de braves gens, là-dedans, d'ailleurs. Mais la ligue la plus importante, formée autour d'un noyau d'anciens combattants, l'Association des Croix de Feu, est celle qui donna les plus grandes espérances à la bourgeoisie française. Autour de son chef, le colonel de La Rocque, se développa une étonnante mystique. Les Volontaires nationaux réunissaient des jeunes gens décidés, attentifs aux vérités sociales, et tout prêts à créer un fascisme français. Mais la grande bourgeoisie ne voyait là qu'un prétexte à ventes de charité, à papotages mondains sur des cas intéressants, à tasses de thé, à secours accordés à de bons pauvres, pleins de bons sentiments. Ce mouvement s'accentua encore lorsque la Ligue des Croix de Feu dissoute laissa la place au Parti Social Français. Quelques Volontaires nationaux, déçus, quittèrent le parti, dont le chef leur conseillait de rester en « alerte pieuse », et semblait effrayé par l'action. Plusieurs s'égarèrent d'ailleurs en des conspirations maladroites sous prétexte d'action pure. La grande espérance qu'avait suscité le parti se dissolvait comme s'étaient dissous dans les bons sentiments le boulangisme et la Ligue des Patriotes en France, l'Action Populaire de Gil Robles en Espagne.

Alors la nation retournait à ses plaisirs, aux revues de fin d'année, aux journaux illustrés. On publiait les confessions des vedettes de music-hall, on lançait le mot de *sex-appeal*. Tout le capital de luxe et de luxure qu'avait amassé pour quelques privilégiés l'après-guerre était dilapidé en publications à grand tirage, et la foule avait sa part des vices et des joies réservées aux riches.

211

Ce temps est le temps de la vulgarisation de l'immoralisme.

Aussi comment s'étonner si, détournés d'un régime qui gâchait ainsi le meilleur de la nation, beaucoup voyaient avec une curiosité accrue se poursuivre à l'étranger des expériences souvent menaçantes, mais animées de l'esprit de grandeur ? Sans Violette Nozières, sans Stavisky, sans le *sex-appeal*, sans les journaux du soir, on n'aurait peut-être pas regardé au-delà des frontières comme on l'a fait durant ces années-là.

*
* *

Et d'abord, le pays qui tient la plus grande place dans l'histoire des Français de ce temps (l'Allemagne mise à part, qui ne quittait jamais l'horizon), ce fut à coup sûr l'Italie. Dans la cour de Louis-le-Grand, nous parlions du fascisme, avec amitié. Par la suite, nous lisions dans les journaux que les relations franco-italiennes étaient tantôt bonnes, tantôt mauvaises, que les fabricants d'affiches pour le fromage *Bel Paese* annexaient à leur carte d'Italie, Nice et la Corse, puis on n'y pensait plus. La vieille terre des peintres et des amateurs d'âmes, la nation où se forgeait pour la première fois l'esprit nouveau (le vingtième siècle sera le siècle du fascisme, disait Mussolini) ne pouvait nous devenir jamais étrangère. Pour nous, nous avions des amis qui avaient fait là leurs premiers voyages. Et puis, un beau jour, on apprit que tout allait mieux, que M. Laval avait été fort bien reçu à Rome, que des accords avaient été signés à Stresa. Je ne suis pas sûr que nous nous soyons beaucoup occupés de cette politique, à l'époque, mais nous étions sensibles à l'amitié, au plaisir. Pour tout achever, l'année 1935 nous offrait un incomparable présent, l'Exposition italienne du Petit Palais.

Je ne crois pas qu'on puisse jamais rien revoir de pareil. Nous avions vu, nous verrions d'autres expositions. Nous venions de découvrir Dumesnil de La Tour et ses peintures rouges et cubiques, ses maternités éclairées d'un feu de côté, ses apparitions au visage debout dans l'ombre, qui furent la révélation de l'Exposition dite de « la Réalité française ». Nous reverrions bientôt les Flamands, venus de Bruxelles, avec une merveilleuse vierge des Van Eyck, enfouie dans les collections de M. de Rothschild. La mode s'affirmait de ces merveilleux et dangereux rassemblements de chefs-d'œuvre, qui offraient pour dix francs à l'amateur ce qu'il fallait autrefois la richesse, l'oisiveté, vingt ans de voyages, et une bonne mémoire, pour pouvoir confronter. Mais — même pas à l'admirable Exposition d'art français de 1937 — nous ne verrons jamais ce flamboiement extraordinaire, les tableaux les plus irrémédiablement beaux, insolents de jeunesse et de gloire, les chefs-d'œuvre les plus reconnus, devant lesquels il faut bien s'incliner. Point toute la peinture italienne, sans doute, mais une sûreté dans le choix, une continuité dans l'émerveillement : les plus beaux Botticelli des Offices, les petits Simone Martini, et Antonello de Messine, et ce Vinci bleu et sombre, inoubliable, qui venait de l'Ermitage russe, et les Guardi minutieux, jolis, mélancoliques et bleus, avec un mur jaune pareil à un mur de Ver Meer, et toutes les fêtes galantes, et, sans ordre, pêle-mêle, les Mantegna les plus hardis, les Caravage sombres et dramatiques, et la chair laiteuse et lunaire de la *Suzanne* du Tintoret, dans ses feuilles éclatantes et sombres, ses fleurs en masses pures, ses biches, ses bassins où flottent des cygnes, où boivent des cerfs magiciens. Plus tard, sans doute, nous verrions les fresques, le quatorzième siècle, le quinzième, et il n'y avait ici presque pas d'Angelico, ni naturellement de Gozzoli, de Lorenzetti, et peu de Siennois, et des Raphaël déjà ennuyeux. Mais qu'importe : dans ce Petit Palais de style 1900, soudain devenu italien avec ses rotondes, ses couloirs courbes ouverts sur des galeries et des jardins, c'était, avant toute chose, la joie même de peindre, l'exubérance de la vie, le chant du monde enluminé. Que de fois sommes-nous revenus, dans cet été de 1935, vers ces murs éclatants et inoubliables !

On y voulait voir une promesse durable, dans ce cadeau somptueux, offert avec une munificence de grand seigneur : on rapportait que Mussolini n'avait pas voulu assurer les toiles qu'il envoyait à la France. Quels millions lui auraient restitué un Vinci abîmé ? Hélas ! il fallut bientôt déchanter, et reconnaître que si les peintres sont d'excellents ambassadeurs, ils finissent pourtant par être battus par les politiciens de profession. Il ne faudrait pas attendre beaucoup de mois pour que notre amitié pour l'Italie prît soudain un tour plus dramatique.

L'affaire parut si simple, tout d'abord, qu'on n'y crut pas : l'Italie voulait conquérir l'Ethiopie, y établir sans doute, au début, un simple protectorat. l'Angleterre s'y refusa, invoqua

Genève, lança la S. D. N. sur le sentier de la guerre. Beaucoup de Français furent stupéfaits. Même ceux qui n'auraient eu qu'indifférence pour Rome, trouvèrent scandaleux que les deux plus grandes nations coloniales du monde, France et Angleterre, s'unissent pour empêcher l'Italie d'arrondir son domaine africain. L'atmosphère s'enfiévra. Genève décida d'appliquer des sanctions économiques à « l'agresseur ». La presse socialiste poussait à de plus dures encore, cent quarante parlementaires signaient une pétition qui devait aboutir à la guerre. Charles Maurras publiait leur nom et demandait que, si cette guerre éclatait, les mobilisables fassent justice des assassins de la paix, avec toute arme qui leur tomberait sous la main, fût-ce un couteau de cuisine. La justice le condamna à un an de prison. Auparavant les écrivains, les journalistes s'étaient divisés. Un manifeste signé d'abord de cinquante-quatre noms, puis de plusieurs milliers, avait paru en faveur de l'Italie. Nous l'avions signé les premiers. Quand on en connut l'existence, les Romains se massèrent devant l'ambassade de France, chantèrent *la Marseillaise* devant les fenêtres obstinément fermées. Les Italiens ne nous étaient pas hostiles, ils croyaient en la France. Un fort mouvement antibritannique commençait. Henri Béraud publiait dans *Gringoire* un article retentissant : « *Faut-il réduire l'Angleterre en esclavage ?* » On manifestait dans les cinémas au cri de : « A bas les sanctions ! » On criait : « Vive l'Italie ! » devant la maison Dante Alighieri, le jour de la fête de Jeanne d'Arc, en 1936. Nous avions un ministre prudent, un des rares ministres des Affaires étrangères français, Pierre Laval. Il voulait l'amitié avec l'Italie, et la paix avec l'Angleterre. Il louvoya, avec grande prudence, il réussit pourtant à sauvegarder l'essentiel. Hélas ! sa politique économique aussi était prudente, c'est-à-dire démocratiquement erronée : il diminuait les salaires de 10 pour 100 et faisait baisser le coût de la vie. Jamais l'existence en effet ne fut moins chère, plus large qu'en 1935. Naturellement, le communisme le traita d'affameur du peuple, et presque tout le Front populaire fut fondé sur les 10 pour 100. Qaund il tomba, c'en était fini du même coup de toute politique italienne.

C'est à cette occasion que la grande presse donna la mesure, pour la première fois avec autant d'ampleur, de sa laideur gigantesque. On a peine à croire qu'il y eut en France un temps où *Paris-Soir* n'existait pas. Ce temps a pourtant été. Je ne sais pas quand ce journal a été fondé, ni même quand il a pris son développement. En 1935, il avait déjà étouffé *l'Instransigeant,* qui était bien déchu d'ailleurs depuis qu'une manœuvre financière avait fait expulser son directeur Léon Bailby par les soins du milliardaire juif Louis-Louis Dreyfus.

Alors se développa ce prodigieux journal, d'année en année plus énorme, d'année en année reculant les bornes de la vanité humaine. Ses propriétaires étaient de grands sucriers, de grands industriels du textile. On savait qu'ils avaient d'abord voulu fabriquer leurs boîtes de sucre eux-mêmes, et pour cela ils avaient acheté une papeterie, et pour utiliser leur papier, un journal, et pour fabriquer leur papier des forêts en Norvège. Ils régnaient par l'argent, par la bêtise, par la puissance. Ils lançaient des journaux nouveaux, écrasaient les illustrés avec *Match*, les journaux féminins avec *Marie-Claire*. Parfois d'ailleurs, dans ces deux derniers organes en particulier, ils s'attachaient d'adroits journalistes, pleins d'idées ingénieuses, et *Marie-Claire* donna une assez juste idée de la Française des villes aux environs de l'immédiate avant-guerre. Mais *Paris-Soir* restait immuable. Catholiques, ses propriétaires lançaient leurs reporters sur les crimes crapuleux. Riches, ils ne dédaignaient ni les photos truquées, ni les gratuites images de cinéma hardiment présentées comme documentaires. Ils se répandaient en province, à l'étranger, se faisaient condamner en Suisse pour immoralité, soutenaient une politique mi-conservatrice, mi-révolutionnaire, les Juifs, les marxistes de salon. Pendant toute la guerre d'Ethiopie, ils annonçaient sur six colonnes des batailles gigantesques qui ne se produisaient jamais. Ils n'allaient pas si loin, certes, que les marxistes purs, qui à chaque avance italienne, prédisaient la victoire des Abyssins, et vantaient encore la stratégie du Roi des Rois à la chute de sa capitale. Prudents, pour plaire à toute clientèle, ils savaient que la politique ne vaut pas un beau crime. Mais ils mettaient astucieusement sur le même plan les dépêches des uns et des autres, comme, plus tard, pendant la guerre d'Espagne, la prise des villes par Franco et d'un village de cinquante habitants par les Rouges. Au demeurant, sournoisement antifascistes, démocrates, burlesques et satisfaits.

Les intellectuels commençaient à donner. On n'atteignait pas encore l'étonnante foire de la Maison de la Culture qui devait sévir environ l'année 36. Mais c'est la guerre éthiopienne qui commença de les faire sortir comme des belettes de leurs trous. On fonda des revues, des journaux, on s'occupa de réformer le monde : il était loin, le temps paisible de la poésie pure. J'allai deux ou trois fois dans une bien étonnante maison, qui se nomme *l'Union pour la Vérité*. Elle a près d'un demi-siècle d'existence, elle a été fondée par le vieux Desjardins de l'abbaye de Pontigny, et on y discute de graves problèmes devant un poêle, sous le masque de Beethoven et le portrait de Descartes : décor éminemment « Affaire Dreyfus ». De vieilles dames de soixante-quinze ans, qui n'ont pas à leur âge désespéré de savoir ce qu'est la vérité, s'y réunissent pour la connaître. Il y règne une atmosphère distinguée et poussiéreuse. La guerre des sanctions changea tout cela. Dans la salle minuscule de la rue Visconti, se pressaient, debout et sans siège, deux cents personnes. On y discuta des manifestes dans une atmosphère d'orage. Je m'ennuyais tout seul au fond de la pièce, le jour où j'y vins, et pour me distraire j'interrompis M. Bouglé qui vantait la S. D. N. « Il s'agit de la guerre, monsieur Bouglé, lui criai-je. Voulez-vous oui ou non faire la guerre pour le Négus ? » Et M. Bouglé de déplorer, avec un accent légèrement faubourien : « Ces jeun'gens n'ont pas d'idéal, pas d'principes ! » On me regardait de travers, puis on se lança dans la bagarre. Il y avait Henri Massis, et Guehenno et Benda. Les chaises faillirent voler. D'autres fois, ce fut plus calme : on ne discutait que de Gide, de Barrès. Mais le lieu est toujours aussi cocasse, et il y règne une odeur d'intellectualité fort renfermée. Nous en avons beaucoup ri.

*
* *

C'est que vivant par goût, par métier, par hasard, dans un monde où les livres avaient leur part, nous n'étions pas très persuadés de l'importance des livres ou des idées, et que nous ne nous sommes jamais pris nous-mêmes très au sérieux. Ce qui nous plaisait dans les livres, comme toujours, c'étaient plutôt les phrases-clefs, qui servaient à notre jargon personnel, c'était un souvenir, c'était la faculté de s'intégrer à l'atmosphère même de nos jeux. Nous avons su des pages des *Copains*, et nous nous souviendrons longtemps de Jules Romains parce que nous pourrons dire sur un certain ton « avec la voix d'un qui découvre l'essence sous l'apparence » : « Vous avez l'air d'un omnibus. » Et nous aimions Jouvet parce que nous imitions sa voix brusque, et Dullin aussi, et notre cher Georges Pitoëff. La plus grande récompense des artistes, c'est de devenir inséparables d'une certaine magie de groupe, d'un certain langage. Je ne sais pas si cette manie du langage a existé en tous les temps, je le croirais volontiers. Qu'on trouve donc ici les éléments du langage cher à un groupe de jeunes gens de l'avant-guerre. Je n'y vois, pour ma part, que la suite toute naturelle de mon enfance, quand nous mettions avec amabilité un livre entre les mains du petit camarade qui venait nous voir, en lui disant : « Tu ne comprendrais pas nos jeux. » Puis, la politesse ainsi satisfaite, nous retournions à nos îles désertes et à nos grammaires inventées.

Pendant tout ce temps, nous avions conservé

de nos années d'étudiant l'habitude de nous réunir, chez les uns ou chez les autres, de nous asseoir par terre, de chanter, de danser parfois, d'imiter Georges Pitoëff s'il lui prenait fantaisie de jouer *Figaro* (j'ai su ensuite qu'il l'avait joué en Russie), ou *le Cid* avec l'accent espagnol, ou *Athalie* avec l'accent juif, de ranimer pieusement des rites dont nous nous moquions nous-mêmes. « Nous aurons l'air fin, déclarions-nous, quand nous aurons cinquante ans, et que nous chanterons en chœur *Gastibelza l'homme à la carabine* ou *le Meeting du Métropolitain*... » Mais nous ne manquions pas à ces cérémonies, au cours de nos soirées, et les nouveaux venus y étaient rapidement initiés, et après tout, nous n'avions pas encore cinquante ans, ni même trente.

Entre la disparition de *Mil neuf cent-trente-cinq* et 1937, je n'ai eu aucun métier fixe pour m'imposer, si peu que ce fût, quelque présence. Je me souviens avec plaisir de ces mois-là. J'y avais repris l'habitude de fréquenter, presque chaque jour, les piscines de Paris, d'aller, l'été, à Molitor. Je revenais souvent à la Nationale, où je copiais pour mon plaisir dans *Paris-Journal* le courrier littéraire qu'y tint Alain Fournier en 1912, où j'étudiais patiemment les écrivains latins de l'époque mérovingienne, et où je traduisais les poèmes éclatants de saint Fortunat. C'est avec l'inutile, avec la légèreté, avec les travaux vains, faits par plaisir, qu'on édifie le mieux sa vie. Ainsi était faite la nôtre, d'affection, d'insouciance, dans ces petites pièces claires et pleines de livres, où nous ajoutions, de temps à autre, une étagère, un tapis, rien de lourd, rien d'encombrant, comme on orne du moins massif une cabine de bateau ou la roulotte du bohémien.

Le malheur même nous amenait auprès d'images qui étaient belles et il nous arrivait d'oublier l'angoisse et la maladie pour ne garder que ce précieux souvenir. En 1934, à peine installés, au retour d'Espagne, nous avons été immobilisés par un très grave accident de voiture. Il n'évoque plus pour nous que les lauriers-roses de l'hôpital de Perpignan, les mimosas, les premiers pas dans le jardin, les cornettes des religieuses et surtout cette messe où nous avons écouté, devant un auditoire d'infirmes, auprès d'une femme qui n'avait plus de bras, l'Evangile du paralytique : « *En ce temps-là, Jésus étant monté dans une barque, traversa le lac de Génésareth, et entra dans la ville de Capharnaüm, où on lui présenta un paralytique étendu sur un lit. Jésus, voyant leur foi, dit au paralytique : Mon fils ayez confiance, vos péchés vous seront remis. Alors quelques-uns des docteurs de la loi dirent en eux-mêmes : Cet homme blasphème. Mais Jésus, connaissant leurs pensées, leur dit : Pourquoi vos cœurs forment-ils des jugements injustes ? Lequel est plus facile de dire : Vos péchés vous seront remis, ou de dire : Levez-vous et marchez ? Or, afin que vous sachiez que le Fils de l'homme a sur la terre le pouvoir de remettre les péchés : Levez-vous, dit-il au paralytique, emportez votre lit et retournez dans votre maison. Le malade se leva aussitôt et retourna dans sa maison.* » Personne ne bougeait dans cette assistance de malades, de blessés, auxquels on lisait le texte admirable, qui, avec une si patiente et si douce dureté, leur enseignait à mépriser leur guérison, et leur donnait en même temps l'espérance de guérir. Je ne suis pas sûr que tous écoutaient, savaient que les phrases divines s'adressaient à chacun d'eux en particulier. Bouleversé d'émotion, prêt à fondre en larmes devant cette coïncidence prodigieuse, j'aurais voulu que chacun comprît cette minute : pour combien ne s'agissait-il que d'un épisode de la messe, pareil aux autres, usé par l'habitude ? Le visage de la femme sans bras était immobile et nul ne pouvait dire si elle s'était sentie touchée au cœur.

Certains s'éloignaient, d'ailleurs, de notre vie, de nos plaisirs. Autour de notre groupe central, des fantômes esquissaient des pas de danse, venaient, disparaissaient. Jean Maxence s'entourait de gens nouveaux, faisait de la politique, se présentait aux élections de 1936 contre M. Frot, bizarre aventure, tenait des réunions contradictoires, toujours échevelé, toujours animé, toujours violent, devenait personnage important de la Solidarité française. Il y brilla un temps, et finit par s'en aller. Mais il réunissait sans cesse autour de lui sa cour de noctambules impénitents, de candidats agitateurs. Nous retrouvions à nos réunions, parfois, son frère Robert Francis, toujours violent et doux. Il publiait avec Maxence et Thierry Maulnier, au lendemain du 6 février, un gros livre politique intitulé *Demain la France*, résumé des espérances de ces années confuses. Mais aussi ses romans féeriques et interminables, pailletés et brumeux. Nous nous amusions un peu de Maxence qui, parlant d'eux dans *Gringoire* où il rédigeait depuis peu des notes critiques, appelait gravement son frère Monsieur Robert Francis, de même qu'il appelait sa femme Madame Hélène Colomb.

Parfois nous transportions ailleurs nos jeux. Le plein air commençait de tenter la jeunesse française. Georges Blond, sa femme, sa sœur, passaient leurs dimanches en canoë. Ils transportaient leurs vacances en Dordogne, une année, avec Maxence et José Lupin, dans un château à tourelles et à fantômes, qu'ils avaient loué. Bientôt ils descendaient le Tarn, les rapides des Landes. Pendant l'année nous allions retrouver parfois notre ami José Lupin à Vendôme où il était professeur. Nous nous promenions dans la belle ville à canaux, verte et grise, nous réveillonnions par les nuits de Noël. L'Hôtel Vendôme où notre ami avait pris pension, était réquisitionné, on nous apportait des bouteilles géantes d'alcool, on jetait dans la vaste cheminée des quartiers de bois, on improvisait des chansons au piano, et l'été nous allions à la campagne, à Saint-Ouen près de Vendôme. J'y ai passé quelques jours de printemps délicieux, à écrire ; le soir, nous lisions à haute voix de vieilles revues de la guerre de 14, des conférences patriotiques de Richepin, et nous nous amusions comme des fous au majestueux bourrage de crâne des bourgeois de ce temps. Depuis, nous devions voir presque aussi bien dans le genre. Nous appelions notre hôtesse tantôt la bonne hôtesse, et tantôt Béatrice, et tantôt Béa-Ba, et près de sa cheminée où brûlait un haut feu, nous parlions jusqu'à deux heures du matin. Vendôme est au centre de ces années d'amitié, avec ses Noëls plantureux, ses chants, sa maison déserte que nous emplissions, et les belles bûches flambantes entourées de bouteilles, de mets savoureux, et de livres.

La littérature continuait, on se lançait dans les

romans-fleuve. On se souvient des *Hauts Ponts* de Lacretelle, *les Hommes de bonne volonté* de Jules Romains coulent encore. Un nouveau venu, Louis-Ferdinand Céline, avait inventé en 1932 une sorte d'épopée de la catastrophe et de l'injure avec le *Voyage au bout de la nuit*. M. Gide, devenu communiste, levait le poing dans les meetings et faisait savoir qu'il donnerait volontiers sa vie pour l'U. R. S. S. Montherlant publiait *les Célibataires*, Mauriac entrait à l'Académie. Je le rencontrais parfois, au théâtre, chez des gens. Au théâtre, je rencontrais aussi Colette, je la regardais regarder, de ses vifs et longs yeux de myope qui voit tout, du plus exact regard qui se soit jamais posé sur les choses terrestres et charnelles. Quand je parlais de ses livres, elle m'écrivait, comme si nous nous étions beaucoup connus, et j'entendais dans ses lettres le son de sa voix amicale : «*Je suis attelée,* me disait-elle, *à un scénario de film dont j'écris également le dialogue. Attelée le jour, attelée longtemps dans la nuit... j'en ai encore pour huit jours avant de déboucler mon collier de force. C'est un travail singulier que celui du dialogue de film. On a un peu l'impression qu'après avoir donné un coup de poing dans une vitre, il faut minutieusement en rassembler les morceaux. Mais j'ai lu votre feuilleton de* l'Action française. *Comme à chaque fois que je vous lis, il me semble, encore une fois, que nous nous connaissions beaucoup ailleurs, dans une autre planète par exemple.*»

*
* *

De temps en temps, à Paris, nous allions chez

Pierre Varillon, ou bien je le rencontrais à l'imprimerie de *l'A. F.* où sa ronde et autoritaire petite personne se glissait entre les marbres avec une grande agilité. Je le voyais aussi parfois à la campagne, une fois même à Saint-Bonnet, dans le Forez, quand j'étais à Lyon, ou plus tard à Senlis. Il nous imitait Maurras avec une fidélité prodigieuse. Il nous racontait ses démêlés fabuleux avec les typographes, les rédacteurs, le chef d'atelier, voire les fidèles de banlieue ou de province qui se plaignaient de ne pas avoir leur journal à l'heure. Un jour une délégation vint même trouver le maître qui les écouta gravement, hochant la tête devant tant de souffrances, puis, levant le front, et avec une imperturbable honnêteté, comme celui qui a soupesé tous les termes du problème et propose sa solution, de sa voix étouffée, il dit :

— Si vous estimez, messieurs, que je sois le principal obstacle au développement de *l'Action française*...

On n'insista pas, bien entendu.

Pierre Varillon, qui était arrivé à Paris avec les dernières générations de la guerre, dont il était, avec les premières de l'après-guerre, nous faisait aussi des récits de ces jours fabuleux. Je me souviens d'un après-midi, un peu postérieur, ce devait être en 1938, où nous nous promenions avec Lucien Rebatet et lui dans les allées mouillées des forêts de l'Oise. C'était le temps où tel auteur célèbre recopiait trois fois ses manuscrits, qu'il vendait vingt ou trente mille francs, et il fut bien penaud le jour où il vendit le même à deux frères qui se le montrèrent avec des mines gourmandes. Pierre Varillon avait été éditeur de livres de luxe, et nous racontait comment certains confrères faisaient des tirages limités qui n'avaient jamais de fin, et comment on présentait en cachette aux amateurs un exemplaire sur vélin bleu non numéroté, rarissime et unique, qui, la semaine suivante, pour un autre amateur, était remplacé par un exemplaire vert aussi peu numéroté et encore plus « unique ». C'était le bon temps, nous disions-nous, et Georges Blond se jurait, quand il connaîtrait une autre après-guerre, de faire fortune dans la sculpture en fil de fer qu'il ne désespérait pas d'apprendre, et nous nous amusions, et nous ne pensions pas, à vrai dire, que rien de tout cela pourrait jamais reparaître. Mais l'avenir a tendance à la répétition, et nous verrons bien. En tout cas, on en avait fini avec les brefs romans de deux cents pages, et la mode était plutôt à la quantité.

Chez lui, nous rencontrions Mario Meunier, Pierre d'Espezel, et l'auteur à la fois d'un roman prodigieusement obscène et des plus ravissants contes pour enfants, Marcel Aymé. Il a la figure d'un saint paysan, taillé dans le bois, ou bien celle de Buster Keaton. Il est aussi muet que les anciens comiques du cinéma silencieux. Ce garçon d'une verve si étonnante lorsqu'il écrit, lève sur vous, quand vous l'interrogez, des yeux tranquilles, à peine ironiques, et laisse tomber, au bout de quelques minutes, un monosyllabe fatigué. Il faut avouer que la conversation est particulièrement difficile avec lui au téléphone, où l'on ne sait jamais s'il n'a pas quitté l'appareil. Mais non, il est toujours là, rempli d'un humour explosif et incommunicable, écoutant de toutes ses oreilles, et prêt à verser dans ses récits toutes ces conversations impayables de vérité où il sait, mieux que personne, styliser la sottise humaine. Laconique comme un *troll* norvégien, il est toujours prêt, avec cela, à cacher sa tendresse et le cœur délicieux qu'il a donné, une fois pour toutes, aux enfants, aux saisons, et aux animaux familiers.

*
* *

L'autre avant-guerre avec Méliès, l'après-guerre ici mêlaient donc leurs images à notre vie. Nous continuions, nous, à poursuivre de notre adolescence les plaisirs charmants, nous allions chez Jouvet, chez Dullin, chez Pitoëff, nous écoutions *le Canard sauvage,* et *la Guerre de Troie,* et *Richard III,* et, un beau jour, nous découvrions à la Sorbonne les étudiants et leurs jeux médiévaux ou antiques. J'entraînai Albert Thibaudet voir *le Jeu d'Adam*, la première pièce écrite en français, si douce, si pure :

*O Paradis, tu es si beau manoir,
Verger de gloire, tu es si beau à voir...*

Et le jour même où Addis-Abéba fut pris par les Italiens, dans la cour de la Sorbonne, devant la chapelle de Richelieu, je regardais tournoyer, en robe blanche et grise, le roi Xerxès, pareil au Négus, se lamentant, tel que l'a peint Eschyle dans *les Perses*. Ainsi allaient, alors, nos émerveillements.

De plus hautes figures, d'ailleurs, avaient leur place parmi nous. Je rencontrais Jacques Bainville surtout à *la Revue universelle*. De ceux que j'ai connus c'est peut-être l'homme qui m'en a le plus imposé. Non qu'il ne fût d'une gentillesse parfaite, mais je ne crois pas qu'aucun de ceux qui l'aient approché n'ait pas ressenti cette domination extraordinaire qui était la sienne. Sa dernière année fut atrocement pénible : de mois en mois, presque de jour en jour, on le voyait devenir de plus en plus faible, de plus en plus translucide. Dans son fin visage sec, brillaient ses longs yeux mystérieux. Il souffrait beaucoup, et pourtant il continuait à vivre, à écrire ses articles prophétiques, et même à recevoir, à sortir. Je me rappelle comme un jour singulièrement émouvant une réception chez lui, quelque temps avant sa fin, où, debout et pâle, il parlait à tout le monde, avec la courtoisie seigneuriale qui était la sienne ; je l'entendis même, cet homme qui ne mangeait plus rien, engager une conversation gastronomique, comme si ces choses-là l'intéressaient encore. C'était un esprit étonnant. On a vanté sa clarté, sa lucidité. Bien sûr. Qu'au 11 novembre 1918, il ait prédit jusqu'au nom du national-socialisme et à la résurrection de l'Allemagne par un régime autoritaire et populaire, cela fait presque trembler. Mais ce qui m'a toujours frappé chez lui, c'est le mystère. Ecrivain clair, il s'intéressait aux auteurs obscurs. La dernière fois que je le vis, il me parla de Rimbaud, et des alphabets d'enfants coloriés d'où est né le sonnet des *Voyelles*. Sceptique, on sait qu'il s'approchait avec pudeur, avec discrétion, de tous les mystères, peut-être de tous les miracles. La vérité sur lui, je crois qu'il l'a cachée dans deux ou trois poèmes, moins encore, dans deux ou trois phrases peu connues, échappées comme une confidence. Et aussi dans ces derniers mois de sa vie où ce voltairien donna l'image de la résistance, du stoïcisme devant la douleur , — de l'héroïsme.

Il disparut un jour de février 1936, quand nous, qui commencions à regarder le monde, nous ne l'avions pas assez connu. Nous pouvons dire en effet, nous autres qui l'avons lu pendant ces dernières années, qui l'avons approché, que peu d'hommes nous ont autant appris, avec une si exacte raison. Mais si peu de temps, si peu de temps pour mesurer seulement l'étendue des présents qu'il nous faisait, de ceux qu'il aurait pu nous faire encore... C'est ce que nous nous disions, au moment où tant de jeunes gens, inconnus de lui, se sont sentis dépossédés par la disparition d'un homme à la séduction si forte et si mystérieuse. Car cette séduction, nous n'avons vraiment pas eu assez de temps pour la subir, pour nous en pénétrer, nous n'en avons pas eu notre part. Désormais, nous en emporterons la nostalgie, comme de ces brèves rencontres magiques, où se forment les conjonctions de l'avenir, et dont on garde ensuite, resté seul, tant de regret. Dans la plus belle page de son discours de réception à l'Académie française, nous avions entendu, quelques mois auparavant, sous la grise lumière de la coupole, Jacques Bainville citer cet admirable scène du *Philoctète* de Sophocle où, à chaque nom des héros de la guerre nommé par l'isolé, le jeune fils d'Achille répond : « Il est mort. » Et Jacques Bainville faisait l'appel, lui aussi, des anciens compagnons de Raymond Poincaré. A notre tour maintenant de joindre son nom à ceux des autres poètes de la nation : mais devant nous, il n'a apparu que d'une manière trop brève, devant nous qui sommes les derniers venus, plus émerveillés et plus désolés que Néoptolème. Il a abandonné un monde où les services qu'il rendait étaient d'un prix que nous avons commencé seulement à connaître. Mais celui qu'on a parfois appelé le conseiller secret d'un Etat assez indigne a désormais pris place parmi les conseillers invisibles de la patrie.

C'était au seuil du monde troublé, quelques semaines avant le triomphe du Front populaire, bien peu de temps avant l'Anschluss, avant les folies russes qu'il dénonçait dans ses derniers articles, avant la guerre. *L'Action française* étant encore condamnée au Vatican, on lui refusa l'église, malgré bien des démarches amicales. Un prêtre vint le bénir chez lui, donner l'absoute. Une foule immense l'accompagnait. C'est sur le passage de son cortège que Léon Blum se fit un peu battre par quelques inconnus, dans des circonstances restées énigmatiques, et les antifascistes en profitèrent pour crier à l'assassinat et apitoyer les électeurs sur le pauvre Juif, à l'instant même où venait de disparaître un des Français les plus lucides qui aient jamais été.

Et ce fut le commencement de cette étonnante année 1936, où nous avons vu changer tant de choses. La révolution nationale, le 6 février 1934, avait échoué : qu'allait-il advenir de la révolution marxiste ? En Espagne, après des gouvernements conservateurs, au mois de février, le Frente Popular prenait le pouvoir, et chaque jour on brûlait une église, on tuait, on pillait. En France, on attendait les élections, et Gaston Bergery avait lancé l'idée d'un Front commun, — c'est ainsi qu'on appelait alors ce qui devint le Front populaire, alliance des communistes, des socialistes, des radicaux. Gaston Bergery était un curieux garçon, jadis radical, anarchisant de nature, vite ennuyé par les idées qu'il lançait, accusé de fascisme par les uns, de bolchevisme par les autres, entouré d'une jeune garde de fanatiques, fondateur d'un journal « pour libérer la France de la tyrannie de l'argent », *la Flèche*, malheureusement entouré de petits Juifs ou de personnages douteux, lui-même périodiquement accusé d'être un fils d'Allemand, brillant combattant de la guerre de 14, adoré des femmes, séduisant et irritant au possible. L'idée lancée, d'autres s'en emparèrent. Elle réussit. En juillet 1935, le « serment du 14 juillet », unit pour défendre les libertés démocratiques les rescapés radicaux de l'affaire Stavisky, les moscovites, les Juifs du socialisme. L' « attentat » contre Léon Blum, en février, à l'enterrement de Jacques Bainville, fut le prétexte de « la dissolution des ligues fascistes », et parmi elles, au premier rang, *l'Action française*. Les Croix de feu se camouflaient aussitôt en Parti Social Français. On sentait venir la révolution. Elections belges, élections françaises. Aux élections belges, un parti inconnu, Rex, emportait vingt-cinq sièges d'un coup, par réaction contre le marxisme menaçant. En France, soixante-douze députés de Moscou entraient au Parlement. Nous étions allés attendre les résultats des élections sur les boulevards. La foule stationnait dans les rues, désolée à l'Opéra, triomphante à la République. A partir du *Matin*, boulevard Poissonnière, des hurlements de joie accueillaient la proclamation des résultats : « Communiste, élu... Communiste, élu... Communiste, élu... » Des bandes passaient en chantant *l'Internationale*, en saluant du poing tendu, à la mode du *Rote front* allemand. Un mois plus tard un ministère de « Front populaire à direction socialiste », sous la présidence de Léon Blum, prenait le pouvoir. Les communistes n'y participaient pas, le soutenaient, mais fomentaient partout des grèves. Le 13 juin, je n'étais pas à Paris : mais à Bruxelles ; dans les hôtels, on commençait à refuser l'argent français : que vaudrait-il le lendemain ? Les bruits les plus sinistres couraient : grève générale des chemins de fer, émeutes. A vrai dire, la pègre envahissait les rues, la fermeture de tous les cafés rejetait sur les trottoirs les attroupements. Ce fut une journée sombre. Les ménagères (y compris les grévistes) s'approvisionnaient de sucre, de bougies, de pétrole, dans les épiceries, les bourgeois remplissaient leur baignoire d'eau. On sut trois mois plus tard que c'était le jour choisi par Moscou pour un coup d'Etat. Mais la journée du 13 juin fut aussi manquée pour la révolution marxiste que celle du 6 février pour la révolution nationale. Il ne restait plus qu'à se lancer dans cette « terreur rose [1] » que fut le Front populaire.

---

1. L'expression est d'Alain Laubreaux qui a publié sous ce titre un livre plein de vie sur cette époque burlesque.

V

J'AVAIS DES CAMARADES

Quinze ou vingt mois, à partir de mai 1936, comptent à coup sûr parmi les époques les plus folles qu'ait vécues la France. Les plus nuisibles, sans doute, et nous n'avons pas fini, à l'intérieur comme à l'extérieur, d'en supporter les conséquences ; mais aussi les plus burlesques. Jamais encore la sottise, le pédantisme, l'enflure, la prétention, la médiocrité triomphante, ne furent plus superbes. Le temps passe vite, et on n'a peut-être pas décrit complètement ces semaines extravagantes. Les traits qu'en ont conservés certains narrateurs saisiront plus tard les historiens de stupéfaction, de rigolade et de honte. Il faut lire dans *la Terreur rose* d'Alain Laubreaux le récit de ces congrès poussiéreux, où chacun se nomme « monsieur le président » ; il faut y lire ces aventures inouïes : une vieille dame poursuivie en justice pour avoir gardé chez elle une mitrailleuse allemande rapportée par son fils tué à la guerre, un infirmier laissant mourir un malade dans un hôpital parce que sa journée de travail était terminée. Il faut y joindre la mort de ce petit garçon de sept ans, Paul Gignoux, tué par des enfants à Lyon parce qu'il portait des billets pour une vente de charité et qu'il était donc un petit fasciste. L'odieux et le grotesque se mêlent à chaque instant dans cette histoire inimaginable, dont nous avons été les si récents témoins.

Des grèves partout. Dans le Vaugirard que nous habitions encore, nous nous heurtions aux quêteurs, aux quêteuses. Les fenêtres étaient décorées avec des drapeaux rouges, ornés de faucilles et de marteaux, ou d'étoiles, ou même, par condescendance, d'un écusson tricolore. Par réaction, le 14 juillet, les patriotes pavoisèrent aux trois couleurs dans toute la France, sur l'instigation du colonel de La Rocque. Les usines, périodiquement, étaient occupées. On enfermait le directeur, les ingénieurs, et les ouvriers ne quittaient pas les lieux : cela se nommait « la grève sur le tas ». A la porte, un tableau noir où l'on inscrivait les jours de grève. A l'intérieur des groupes très photogéniques avec des joueurs d'accordéon à la manière des films russes. Premier ministre depuis juin, M. Blum se lamentait, pleurait deux fois par mois à la radio, d'une voix languissante, promettait l'apaisement, des satisfactions à tous. On publiait, on republiait ses fausses prophéties, ses erreurs innombrables, on rappelait ses livres de jeunesse, son esthétisme obscène et fatigué. En même temps, le 18 juillet, dans l'Espagne affaiblie par un Front populaire plus nocif, éclatait une insurrection de généraux qui devait devenir aussitôt à la fois une guerre civile et une révolution nationaliste. Les communistes manifestaient pour l'envoi à Madrid de canons et d'avions, afin d'écraser le « fascisme », organisaient le trafic d'armes et d'hommes, criaient « Blum à l'action ! », et conjuguaient ainsi leur désir de guerre à l'extérieur et d'affaiblissement à l'intérieur.

L'Association des Ecrivains et Artistes Révolutionnaires (A. E. A. R.) avait eu de beaux jours. Couverts d'honneurs, ses membres se promenaient volontiers avec la rosette de la Légion d'honneur *sous* le revers du veston : ainsi prouvaient-ils leur indépendance vis-à-vis du régime. Le mois de mai 1936 libéra ces consciences scrupuleuses, et les promotions, par une grâce divine, commencèrent en même temps de pleuvoir. La Maison de la Culture était née. C'était une vraie maison d'ailleurs, sise rue de Navarin, avec patente et pignon sur rue. Devant « le péril réactionnaire » elle s'appuyait sur un funambulesque *Comité de Vigilance antifasciste* où brillaient les professeurs Langevin, Perrin, Joliot-Curie. On vit s'y précipiter toute la littérature du temps, ou peu s'en faut. En même temps, avec l'argent des marquises rouges, se fondait un étonnant journal, *Vendredi*.

Vendredi, qui ne survécut pas aux victoires de Franco en Espagne et à la disparition du Front populaire, était dirigé par Jean Guehenno et André Chamson. Il commença par affirmer qu'il réunirait les « hommes libres », d'André Gide à Jacques Maritain. Ce dernier, gobeur de nature, retira pourtant sa collaboration tout aussitôt. Et quant à Gide, après avoir écrit quelque temps, il alla en Russie et publia lorsqu'il revint son fameux *Retour de l'U. R. S. S.* Naïvement communiste depuis deux ou trois ans, il reparaissait dégoûté de M. Staline, et il osait le dire. On l'expulsa sans ménagement, M. Chamson tenant encore pour la sainte patrie de la révolution. De temps en temps, on autorisait M. Guehenno à verser un pleur sur les trotzkystes, sur les procès de Moscou où tant de « droitiers » et de « déviationnistes » avouaient, à la stupeur du monde entier, leurs crimes. Ainsi *Vendredi* gardait-il une teinte de libéralisme. Mais son véritable but était le soutien des révolutionnaires d'Espagne. Par ailleurs, le journal était fort ennuyeux, et d'un accent de pion tout à fait caractéristique de ces belles années.

Car la fausse révolution de 1936 fut bien une révolution d'intellectuels. Précipités sur les prébendes, ils n'en tirèrent rien que des rapports et des thèses. Les humoristes eux-mêmes perdaient tout sens du comique. Le vieux journal anarchiste que nous avons beaucoup lu, *le Canard enchaîné*, expulsait la plupart de ses collaborateurs coupables d'esprit frondeur, devenait strictement « Front populaire », et flirtait ouvertement avec les staliniens. On paya des sommes folles, à l'Exposition de 1937, pour montrer des spectacles collectifs absolument inouïs : la *Naissance d'une cité* de J.-R. Bloch, où il y avait plus d'acteurs que de spectateurs, *Liberté*, composé en collaboration par douze écrivains, qui avaient chacun traité à leur façon un épisode de l'histoire de France : après une *Jeanne d'Arc* burlesque, un entretien scolaire entre Pascal et Descartes sur le cœur et la raison, tout s'achevait sur l'apothéose du serment du 14 juillet 1935 pour « défendre les libertés démocratiques ». Car tel était le sens de l'histoire.

Des écrivains de talent se mêlaient parfois à ces jeux. Le plus en vue était André Malraux, dont nous avions lu les sombres, brumeux et durs romans, apologies de la souffrance et du sadisme intellectuel, remplis de tortures chinoises et du crépitement des mitrailleuses, *les Conquérants, la Condition humaine* : il faisait du recrutement officiel pour l'Espagne rouge, et il fut même lieutenant-colonel commandant l'escadrille *España*. Devant sa gloire, les autres boutefeux au coin du feu pâlissaient. Mais ils se faisaient une raison en croyant atteindre à l'action, en croyant aller au peuple ils levaient le poing dans des meetings, et Jean Guehenno, un peu plus tard, devait écrire là-dessus quelques pages de cornichon sincère, et quasi repentant. C'était le temps où dans une réunion sur l'art, si un « peintre du dimanche » déclarait qu'il était communiste, qu'il faisait la grève quand il le fallait, mais que lorsqu'il peignait, il aimait à peindre sa femme et sa fille plutôt que d'exalter la conscience de classe, il se faisait huer. C'était le temps où Aragon et Jean Cassou déploraient qu'on ne pût dire si une toile avait été peinte avant ou après le 6 février (ces phrases extraordinaires ont été réellement dites, et pensées) et expliquaient la décadence de l'art par les sales gueules des « deux cents familles ».

Car la France était gouvernée par une oligarchie de « deux cents familles ». Aux entrées de métro, les vendeurs criaient :

— Demandez la liste officielle et complète des deux cents familles.

Nul ne s'étonnait de cette annonce énorme et

bouffonne. Les bourgeois blêmissaient, pensaient qu'ils seraient sauvés tantôt par le P.S.F. et tantôt par les radicaux, donnaient aux quêteurs rouges, se laissaient arrêter sur les routes, et avaient une belle frousse. Rares étaient ceux qui faisaient le coup de poing avec les grévistes : il y en avait pourtant, et à qui personne n'osait toucher. D'autres étaient plus mûrs pour les révolutions qui, il faut bien le dire, ne sont pas imméritées pour tout le monde. Dans une entreprise que je connais, on reçut avis que les Rouges viendraient « attaquer » un samedi après-midi. C'était l'été, le patron était sur son yacht. Il téléphona qu'il accourait, et que quelques employés fussent prêts à défendre le capitalisme. Des camarades vinrent donc, avec un petit arsenal, tout l'après-midi. Point d'assaillants. Point de patron non plus. Le lundi suivant, il apparut pourtant, et, doucement railleur, il déclara :

— Alors, vous avez été en état d'alerte pieuse, samedi ?

On ne s'étonnera pas si, pris entre le conservatisme social et la racaille marxiste, une bonne part de la jeunesse hésitait. Les triomphes de 1936 révélaient des injustices abominables, aidaient à comprendre certaines situations, faisaient espérer des réformes nécessaires et justes. Toutes les grèves, surtout celles du début, où il y eut parfois une joie, une liberté, une tension charmantes vers la délivrance, vers l'espoir, n'étaient pas injustifiées. Nous savions bien qu'*aucune* conquête ouvrière n'a jamais été obtenue de bon gré, que les patrons ont gémi qu'ils allaient à la ruine lorsqu'on établit sous Louis-Philippe la journée de onze heures et l'interdiction pour les enfants de moins de douze ans de travailler la nuit. Nous savions bien que rien n'a été fait sans la lutte, sans le sacrifice, sans le sang. Nous n'avons pas d'intérêt dans l'univers capitaliste. Le fameux « souffle de mai 1936 », nous ne l'avons pas toujours senti passer avec hostilité dans une atmosphère de gabegie, d'excès, de démagogie et de bassesse, inimaginable. C'est ainsi que naît l'esprit fasciste.

On le vit naître. Nous l'avons vu naître. Parfois, nous assistions à ces incroyables défilés de 1936, ces vastes piétinements de foules énormes, entre la place de la République et la place de la Nation. De l'enthousiasme ? Je n'en suis pas sûr. Mais une extraordinaire docilité : c'est vers un but rouge et mystérieux qu'allait le destin français, et les passants levaient le poing, et ils se rassemblaient derrière les bigophonistes libres penseurs, les pêcheurs à la ligne antifascistes, et ils marchaient vers les colonnes de la place du Trône décorées de gigantesques drapeaux. On vendait de petits pantins : le colonel de La Rocque. On promenait, à la mode russe, des images géantes : les libérateurs de la pensée, Descartes, Voltaire, Karl Marx, Henri Barbusse. C'était bouffon et poussiéreux, l'esprit primaire devenu maître de tout. Et pourtant, si, aux quêteurs de juillet 36, on répondait : « Non, camarade, je suis fasciste, » nul n'insistait. La mode du salut à la romaine faillit même devenir courante, non par goût, mais par riposte, quand les communistes défilaient le poing tendu vers l'Arc de Triomphe. On leva le bras, on chanta *la Marseillaise*. L'esprit nationaliste réclamait ses rites, et les moscoutaires essayaient de les lui chiper, en chantant, eux aussi, *la Marseillaise* et en se parant de tricolore, et en déclarant lutter contre le fascisme menaçant, pour les libertés françaises. Ainsi parlait Maurice Thorez, député communiste, depuis déserteur. Drôle d'époque.

Thierry Maulnier avait alors fondé, avec Jean de Fabrègues, une petite revue, *Combat,* à laquelle Georges Blond et moi-même avons collaboré, et qui unissait l'esprit antidémocratique à l'esprit anticonservateur : on y publiait des textes de Maurras et des textes de Proudhon, c'était assez à la couleur de l'époque. Pourtant, il y eut à *Combat* quelques intellectuels libéraux qui, à mon sens, vinrent gâter les choses, et il fallut bien cesser de collaborer à un organe qui condamnait franchement certaines des positions que nous avions prises par ailleurs... Mais *Combat* a eu sa place dans nos amitiés, dans les réunions que nous avons tenues, et dans l'atmosphère assez fasciste, malgré qu'il en ait, antilibérale, à la fois nationale et sociale, de ce temps-là.

L'Exposition internationale de 1937 demeurera longtemps parmi l'une des manifestations les plus curieuses de cet ordre. Il était tout à fait certain qu'elle ne serait pas prête à temps. Les grèves, les manœuvres, les combines, le laissaient prévoir depuis toujours. M. Blum adjurait les ouvriers de travailler. Il parlait sous des banderoles qui proclamaient que « l'ouverture de l'Exposition pour le 1er mai serait une victoire contre le fascisme ». Malgré la présence prévue de l'Italie, de l'Allemagne. Le 15 mai, je crois, on inaugura parmi les plâtras une Exposition fantôme. Des lances de pompier couvertes de gazon au mètre figuraient les jets d'eau absents, le détail est historique. Lucien Rebatet a décrit dans *Je suis partout* cette extravagante cérémonie, digne du père Ubu. « A l'appel de dix noms déshonorés par des procès illustres », on voyait s'avancer tous les grands du régime. Lorsque parurent M. Blum, M. Zay, M. Abraham, M. Cahen-Salvador, M. Moch, la musique de la Garde attaqua :

Fiers Gaulois à tête ronde...

Puis on referma les portes, et le public ne fut admis parmi les chantiers qu'un mois plus tard. Le pavillon du Mexique n'était pas terminé à la fermeture, en novembre.

Ce fut un échec financier, bien entendu, alors que l'Exposition coloniale de 1931 avait été un succès. Mais on en avait tant parlé, on lui avait fait une telle publicité, qu'il finit par y venir beaucoup de monde. Elle encombra le centre véritable de Paris, les rives royales de la Seine, de ses bâtisses légères, qui n'étaient pas encore entièrement démolies à la guerre de 1939. Il y eut pourtant des réussites, faciles, gracieuses, la nuit sur le fleuve, les jardins d'enfants pareils à des jouets, parfois une maison régionale, un palais de bois. C'est à cette occasion que disparut le vieux Palais du Trocadéro ventru entre ses deux tours, qui depuis le Second Empire dominait les rives de la Seine. On n'avait que camouflé, à vrai dire, la bâtisse, pour la remplacer par une construction en demi-cercle, fâcheusement échancrée au milieu, ce qui laisse voir des constructions hideuses. Elle était ornée d'expressions mi-sibyllines, mi-ridicules, en lettres dor, dont l'opinion commune rendait responsable

Paul Valéry. Mais les escaliers de Chaillot ont de la grâce, et de là-haut, on apercevait la vieille Tour devenue la reine et le flambeau de cette Exposition nouvelle, et Paris. Face à face, sur la place des pavillons étrangers, le pavillon soviétique surmonté d'un dessus de pendule géant, et le pavillon allemand orné d'une aigle. L'antagonisme faisait sourire, et les deux drapeaux rouges, l'un à croix gammée, l'autre à faucille et marteau.

Le soir, nous allions parfois dîner chez les Norvégiens, sur une péniche, au pavillon de Hambourg, à la maison alsacienne. Et puis, cette foire éphémère nous aurait au moins apporté un présent merveilleux (le Front populaire n'y était certes pour rien) : l'Exposition d'Art français. Du Maître d'Aix à l'autre maître que fut Cézanne (nous devions voir aussi de lui, ces années-là, un ensemble de toiles admirables), la peinture la plus *continue,* la plus régulièrement révérée de l'Europe, prenait sa place et son sens. Les portraits de Corneille de Lyon, les Jean Fouquet, tout ce doux et soigneux respect du visage humain, ce n'était pas si loin de la suite, des rouges maternités de La Tour, que nous reconnaissions, des Le Nain gris et courageux, et même des plus frivoles. Non que j'aie découvert au dix-septième siècle, au dix-huitième même (sauf le Watteau des camps volants, et celui de l'*Enseigne de Gersaint),* les sources d'enthousiasme que d'autres y ont trouvées. C'est peut-être que la peinture qui me touche le plus reste celle du quinzième siècle, en Flandre ou en Italie, et que ces deux époques en sont décidément trop loin. Mais au détour des greniers et des couloirs du nouveau palais éclatait alors la merveille, le grand siècle pictural français, le dix-neuvième, les Courbet animaux et puissants, les enfants de Renoir si frais au regard, les Cézanne, les plus beaux Manet, frivoles et désespérés dans leurs fourrures, et nous découvrions que de moindres peintres, parfois, ont leur éclat, et qu'une femme de Millet courbée sous un fagot peint à grands traits, c'est presque un Cézanne. Et nous nous rappelions, devant quelques toiles exquises, une récente exposition Corot, avec les Corot italiens, les portraits doux et profonds. Tout cela flamboyait devant nous avec prodigalité.

Mais lorsque nous sortions, nous retrouvions le Front populaire. Il m'est arrivé de voyager quelque peu ces années-là, de faire des conférences en province, de parler en Tunisie, au Maroc, de m'arrêter en Suisse, en Italie, en Belgique. Partout, nous découvrions subitement le scandale insensé et durable de cette révolution, d'ailleurs médiocre, de cette primauté de la bassesse. En Afrique du Nord, où des projets déments minaient l'influence française, s'organisait pourtant la résistance des colons, des conquérants, et c'est là, sans doute, qu'on oubliait le moins la vérité de la France, là qu'on pouvait trouver le plus certain réconfort. Pendant ce temps continuait à Paris l'extraordinaire sarabande, la ruine de l'Etat et des particuliers, et surtout la désagrégation de l'esprit ouvrier, la conviction lente qu'il n'était plus besoin de travailler, et que tout viendrait à point, par la grâce du gouvernement. A la suite d'une campagne de presse, le ministre de l'Intérieur Roger Salengro, sans raison apparente, se suicidait. On donnait son nom à des rues, on baptisait Karl Marx des groupes scolaires, on créait des stades Lénine, des squares Marty ou Barbusse. Pour flatter le féminisme, Léon Blum avait pris dans son cabinet des femmes : une grosse Juive autoritaire, Mme Brunschvicg, un petite institutrice maigre et chafouine. On les chansonna beaucoup. Avec un idiot à frange de cheveux, les photographies du ministère alignaient sur les marches d'escalier une série d'inoubliables bobines.

Qu'on ne s'étonne pas si les réactions se faisaient parfois assez vives, et si l'on commençait à voir naître en France quelques idées bien loin du tiède libéralisme et des nuées à la mode dans l'après-guerre. L'arrivée au pouvoir du ministère Blum devait même susciter un mouvement presque inconnu en France depuis l'affaire Dreyfus, je veux dire l'antisémitisme. Le Français est antisémite d'instinct, bien entendu, mais il n'aime pas avoir l'air de persécuter des innocents pour de vagues histoires de peau. M. Blum lui apprit que l'antisémitisme était tout autre chose. A la Chambre, le député Xavier Vallat osa saluer ironiquement le jour où « un vieux pays galloromain » avait pour la première fois un Juif à sa tête. Il y avait des incidents : un député breton, M. Ihuel, ayant fait allusion au peuple errant, le ministre Marx Dormoy s'écria : « Un Juif vaut bien un Breton », ce qui déchaîna une sorte de tempête. Le conseiller municipal Darquier de Pellepoix, qui dirigeait un journal d'une violence extrême, *la France enchaînée,* déposait gravement une proposition de loi pour demander qu'on donnât, en réparation, le nom de Drumont à une rue. *Gringoire* publiait la liste impressionnante des Juifs ministres, attachés de cabinet, chefs de service du Front populaire. Par une sorte d'étrange sadisme, on donnait le ministère de l'Education nationale à un antimilitariste notable, devenu belliciste depuis, et célèbre pour avoir publié un texte offensant sur le drapeau. Le cinéma fermait pratiquement ses portes aux aryens. La radio avait l'accent yiddish. Les plus paisibles commençaient à regarder de travers les cheveux crépus, les nez courbes, qui abondaient singulièrement. Tout cela n'est pas de la polémique, c'est de l'histoire.

Je suis partout publia en avril 1938 un numéro spécial sur les Juifs dans le monde, un second numéro en février 1939 sur les Juifs en France, masse de documents rassemblés par Lucien Rebatet, et tentative d'un statut des Juifs raisonnable. Ce fut un gros succès, mais un beau tollé aussi. En même temps l'antisémitisme instinctif trouvait son prophète dans Louis-Ferdinand Céline, l'auteur du *Voyage au bout de la nuit*, qui lançait avec *Bagatelles pour un massacre* un livre torrentiel, d'une férocité joyeuse, excessif bien entendu, mais d'une verve grandiose. Pas de raisonnement là-dedans, seulement « la révolte des indigènes ». Le triomphe fut prodigieux.

Le destin cependant continuait de frapper à la porte. Au mois de mars 1936, le chancelier Hitler faisait réoccuper la zone démilitarisée depuis le traité de Versailles. Je ne sais pas si l'armée française était prête ou non, je sais seulement que les élections étaient proches, et qu'on n'impose pas, en République, une opération militaire quelques mois avant les urnes. Plus tard, M. Flandin, alors ministre, révéla qu'il avait demandé l'avis des Anglais, et que ceux-ci avaient été défavorables à toute idée de riposte. Il y eut seulement quelques discours vains, et l'on fut dès lors convaincu que la guerre était fatale. De l'autre côté du Rhin, on se remit au travail avec une allégresse sans bornes, on offrit l'amitié à la France, au monde entier, et patiemment on continua d'édifier les machines somptueuses et dure du IIIe Reich. Au mois de mars 1938, réalisant le rêve essentiel de sa vie, Hitler entrait sans coup férir à Vienne, et réalisait cet *Anschluss* austro-allemand qui avait été au programme de tous les partis en Allemagne, applaudi à l'avance par les marxistes français, et que les nazis accomplissaient tandis que la France, comme par hasard, était en crise ministérielle. L'Italie, qui avait envoyé ses troupes sur le Brenner en 1934, ne bougeait plus cette fois-ci, séparée de nous par la criminelle politique des sanctions. La France, elle, commençait à peine à vouloir s'éveiller.

*
* *

Tels étaient les événements que de jeunes Français, en ces années, pouvaient commenter, et qui, de moins en moins, étaient des sujets de conversation historique et détachée, mais faisaient partie de leur vie même, et de leur menaçant avenir. Et cependant, ils continuaient leur existence personnelle, ils erraient, ils jouaient, ils grandissaient, ils vieillissaient, ils avaient des maisons, des femmes, des distractions, du travail. Rien de tout cela n'était tout à fait sûr, mais il faut bien profiter de ce qui vient.

Le spectacle était assez neuf, de tant de folies, même de tant de médiocrités, de l'appétit des politiciens, de la peur des bourgeois. Comme l'a rappelé Pierre Gaxotte, c'est l'année où les grands marchands de chaussures, pour faire leur cour à l'opinion, lancèrent un modèle pour enfants appelé le « bolchevik ». Là était l'avenir. On parlait des Russes, on s'intéressait à leur effort. Sans doute, il y avait quelques mécomptes : les procès des trotskystes-et-droitiers, dont le compte rendu officiel compose une Bible impayable de la police au pays de Raskolnikoff, leurs aveux spontanés, leurs réquisitoires, parurent horribles à tous.

— Avez-vous mis des clous dans le beurre du peuple ? demandait l'avocat général.

— Oui, répliquait l'inculpé.

— Et dans les œufs ?

— Non. La coque m'en empêchait.

Mais la Russie restait la Russie, la mère sainte, et tout un parti immense se formait en France pour assurer qu'on n'arriverait à rien sans l'appui de sa diplomatie et de son armée : c'est à cet évangile que se consacrèrent les communistes d'abord, puis certains journalistes qui se prétendaient nationaux, Pertinax à *l'Echo de Paris,* Henri de Kerillis à *l'Epoque,* quelques autres. Tout cela paraît aujourd'hui aussi bouffon que sinistre.

J'avais vingt-sept ans au temps du Front populaire. Ma foi, nous ne nous sommes pas toujours ennuyés. Les femmes portaient des robes un peu plus courtes qu'en 1932, sensiblement plus longues qu'en 1925, de petits chapeaux charmants qui devinrent bientôt de bizarres coiffures en forme de pantoufles, de saladiers, de paniers, quelque peu ridicules, il faut bien le dire. On faisait le plus inouï succès à un chanteur à la voix douce, un jeune Corse qui brisait les cœurs et dont la T.S.F. consommait cent chansons par jour. Ce fut l'ère des romances les plus tendres, des plus molles valses, des âmes les plus sensibles. Tino Rossi régnait : *Dis-lui,* murmurait une de ses chansons,

*Dis-lui que le printemps
Ne dure qu'un instant...*

Nous l'avons bien vu. Et l'on abandonnait les danses antillaises, on revenait avec fureur aux danses à figures, qui ont été à la mode avant l'autre guerre. 1938 est l'année du lambeth-walk, et ce retour à une sorte de quadrille inorganique n'est qu'un avertissement malicieux du sort : oui, nous étions bien dans l'avant-guerre.

On en voyait revenir d'autres images d'ailleurs : on recommençait à s'intéresser aux grands de ce monde, aux familles princières, comme au temps de Robert de Flers. Toute la France, le monde entier se passionna parce que le roi d'Angleterre abandonnait son trône pour une belle Américaine, Mrs. Simpson. On en discuta dans les journaux du soir, avec un écœurant manque de dignité, et les coureurs cyclistes qui tuaient leurs maîtresses à coups de pied dans le ventre déclaraient, la larme à l'œil, qu'il faut toujours écouter son cœur. Il y avait aussi d'autres signes : la bicyclette à deux, le tandem, qui avait certainement disparu depuis des lustres, et qui précipitait soudain vers les forêts proches des couples vêtus pareillement de vert. Le Front populaire aura eu cela de bon, il aura ouvert les portes. On ne nie pas qu'il n'y ait eu quelque snobisme dans le mouvement qui jetait chaque hiver des milliers de jeunes gens vers les pentes où l'on peut faire du ski. Mais au moins était-ce un snobisme du grand air. Il en était de même de celui qui poussait vers les forêts, les rivières, les campagnes, même pour une simple fin de semaine, les marcheurs à pied, les bicyclistes, les amateurs de canoë. On se mit à camper. Les *Auberges de la jeunesse,* œuvres laïques ou démo-chrétiennes, attirèrent les jeunes gens sans le sou. D'autres préféraient la solitude, partaient avec leur tente sur le dos pour la Provence, le Luxembourg. Quand on avait un peu d'argent on allait dans le Tyrol autrichien, ou aux Dolomites. Les jeunes bourgeois, les jeunes ouvriers, étaient saisis du même appétit. Rien ne fut plus charmant, à cette époque, que les trains de neige, emplis de la seule jeunesse. Là au moins le snobisme du Front populaire ne fut pas malsain, et il rejoignait, pour nous autres fascistes, les exaltations offertes aux jeunesses de chez eux par les régimes totalitaires. Il y avait bien quelques grincheux conservateurs : ils prouvaient par là qu'ils n'entendaient rien à l'esprit fasciste.

Non que nous fussions des fanatiques : quelques jours de neige, en 1936 ou 1937, ne furent pour nous que « contemplatifs », si je puis dire. Mais nos amis passaient leurs vacances à ramer, à camper, mais Georges Blond, sa femme, sa sœur, José Lupin, descendaient le Tarn ou les rapides des Landes. Mais par toute la France régnait l'amour de la fraîcheur, de l'arbre, du groupe. Non sans ridicule parfois, et rien ne fut plus sot que ces villages de campeurs, réunis par crainte de la solitude, et qui trouvaient ainsi le moyen de goûter l'inconfort sans le plaisir de s'éloigner de leurs semblables. Ce n'étaient point les vrais campeurs. Les vrais fuyaient leurs compagnons, s'égaraient loin des sentiers frayés. Aux portes de Paris, parfois des couples attendaient, faisaient signe aux autos qui les emportaient vers Fontainebleau. De graves personnes, pleines de leur droit, de ce-qui-est-à-moi-est-à-moi, protestèrent contre l'*auto-stop,* que pratiquaient depuis vingt ans les Allemands, les Américains. Ils n'avaient évidemment pas l'esprit fasciste.

Au milieu de cette invasion de la nature au cœur des citadins, nous continuions pour notre part à goûter les villes, les voyages à l'étranger, la mer tranquille. Nous passions nos vacances dans les montagnes pyrénéennes, à Vernet, ou bien au bord des golfes merveilleux, à Villefranche, où débarquait la marine américaine avec un seul mot de français comme bagage : « Champagne ! » En 1936 nous abandonnions Vaugirard pour revenir, aux bords mêmes de l'Ecole de notre jeunesse, dans une maison neuve de la rue Rataud, devant le *maquis* plein d'arbres. Hélas, à la veille de la guerre, le *maquis* a complètement disparu, on a abattu les arbres qui faisaient de la rue Rataud une rue de village, on a commencé de construire de hideux bâtiments pour l'Ecole des Sciences, qui enlèvent au quartier la joie, la verdure, la compagnie amicale des plantes. Mais quelque temps, nous retrouvions ici, non loin de la rue Mouffetard, de la rue

Lhomond, l'atmosphère charmante, populaire et ancienne du premier quartier de Paris que nous ayons connu et aimé.

C'était Paris, d'ailleurs, autour de nous inépuisable, dont chaque saison nous ouvrait une province nouvelle. Jamais autant qu'en ces années 37 ou 38 je n'étais revenu autour des canaux de la Villette ou Saint-Martin, par les nuits brumeuses ou lunaires. Jamais je n'avais recherché, autour du Père-Lachaise, ces soudaines rues campagnardes, brusquement dressées contre un mur pelé, ou, près des quais de la Seine, ces églises de basse époque auxquelles la grâce des proportions, la finesse des formes, la petitesse, un accord subit entre les arbres voisins, l'espace des maisons, confèrent soudain une beauté douce et italienne. C'est un ami de Lucien Rebatet qui me mena un jour vers Saint-Germain-de-Charonne, qui dresse en haut de la rue de Bagnolet son clocher villageois, orné d'un coq, ses murs réparés au ciment, sa merveilleuse simplicité paysanne. Tout autour, un jardin, mais non, un cimetière, le dernier, je crois bien, des cimetières de villages parisiens. Un petit homme à tricorne s'y dresse au milieu des herbes folles, dans une sorte d'enclos. J'appris qu'il se nommait en son vivant Bègue dit Magloire, peintre en bastiment, et aussi qu'il était philosophe, poète, patriote, et secrétaire de M. de Robespierre. C'est le grand seigneur du lieu, et il convient à son ancienne âme sensible, cet asile d'où l'on ne voit rien que des arbres, un clocher campagnard, et d'où la ville énorme aux hautes bâtisses a disparu. Et je me promenais aussi à travers un Paris plus noble, des Halles à la place des Vosges, et j'entrais aux Archives, dans les vieux hôtels, et à chaque pas de ces rues encombrées et étroites du Marais, soudain une porte ouverte sur une cour, une façade, me rendait la ville de Louis XIII telle qu'avait dû y débarquer un jour, par la patache de Rouen, le jeune Pierre Corneille. Et nous allions, au marché aux puces de la porte de Saint-Ouen, où nous entraînaient Jacques et Assia Lassaigne. Nous avions fait leur connaissance à une pièce de Bernstein, parce qu'ils étaient les seuls à rire, comme nous, discrètement, quand l'émotion bourgeoise était à son comble. Nous les avons vus souvent pendant ces années, Jacques nous parlait de la Garde de Fer roumaine, et nous avions de grandes conversations au sujet de nos chats. Car nous leur avions donné un enfant des nôtres, d'ailleurs épileptique, et fruit d'incestes horriblement compliqués. Nous fouillions avec eux les boutiques des brocanteurs, nous mourions d'envie d'acheter une chambre noire et or de style 1900, et nous cherchions des tables de ferme Louis XIII chez des Juifs polonais fort habiles à transformer des huches à pain en secrétaires. La gravité n'est pas tout dans l'existence, elle est même beaucoup moins importante que la légèreté.

La chanson à la mode, en ces années capitales, était joyeuse et féroce : elle décrivait sur le mode ironique un enchaînement de catastrophes et avait pour refrain *Tout va très bien, madame la marquise*... On discutait toujours de choses futiles, et le grand événement littéraire de ces jours fut un livre de Montherlant, *les Jeunes Filles*, où s'exprimait avec une joyeuse férocité une sorte de passion misogynique. Les femmes en furent toutes folles, et il suffisait qu'on annonçât une conférence de cet homme si voluptueusement détesté pour que la salle fût comble, quel que fût le sujet. Nous-mêmes nous faisions des livres, si nous en parlions bien rarement entre nous. Il nous semblait plus logique de plaisanter Georges Blond sur son air d'éternelle adolescence et sur ses cheveux hérissés et drus que de l'entreprendre sur les récits ironiques, un peu amers, un peu désenchantés et secrets qu'il écrivait ces années-là. Et nous savions bien que le *Nietzsche* et le *Racine* de Thierry Maulnier étaient des livres excellents (en attendant les pages extraordinaires de l'*Introduction à la Poésie française),* nous nous le disions souvent entre nous, mais de préférence lorsqu'il n'était pas là. Avec lui, nous plaisantions, nous allions à Chartres, nous blaguions son noctambulisme, nous le cherchions de Lipp aux Deux-Magots avec le jeune romancier Kléber Haedens, aussi long que lui, et qui le suivait alors comme une ombre, mais nous ne nous serions jamais résignés à parler sérieusement. Un jour, un de ses camarades fit un buste de lui. Nous l'inaugurâmes en grande cérémonie dans l'atelier qu'occupe Thierry Maulnier en une vieille maison de la rue de Bellechasse où Gustave Doré eut le sien. On y grimpe par un escalier de bois, au fond d'un petit jardin, et le noctambule qu'est Thierry Maulnier eut la surprise, rentrant une nuit à quatre heures, de ne plus le trouver : des ouvriers l'avaient emporté pour le réparer avant le jour. Nous allions parfois y boire, y écouter des disques, y danser, avec notre amie Annie Jamet. Ce jour-là, nous entourâmes solennellement le buste verdâtre, et Georges Blond fit un petit discours « culturel », comme on disait alors en jargon marxiste, à l'éloge du commissaire du peuple Thierry Maulnier. Car il importait de laisser au Front populaire sa méconnaissance de l'humour.

Nous allions aussi toujours au théâtre. Je pense que la plus belle représentation de ces années, ce fut, à la fin de 1937, émerveillement, miracle qui brillera toujours pour nous, *l'Echange* de Claudel chez les Pitoëff. D'autres pièces de Claudel me semblent encore plus belles, *Partage de Midi* surtout, et *le Soulier de satin*. Mais éclairée à la représentation, la tragédie du mariage flamboie au-dessus des affreux patois du théâtre comme un mystère unique. J'étais allé à quelques répétitions, devant le décor noir où montait un arbre doré. Claudel regardait la scène, et faisait un geste, et parlait de sa grosse voix paysanne :

— Il faut vous rassembler, vous serrer comme une botte d'herbes. Une botte, vous comprenez...

Et le cher Georges me disait :

— On regrette quelquefois de ne pas avoir rencontré Homère, ou Shakespeare, de ne pas avoir entendu leur voix. Mais on peut rencontrer Claudel.

Et longtemps je pourrai me souvenir de la jeune femme vêtue de bleue, levant le bras, criant : « O honte ! » et murmurant les versets immortels du mariage :

Et voilà que quelqu'un est toujours là, partageant même son lit quand il dort, et la jalousie le presse et l'enserre.
Il était oisif et il faut qu'il travaille tant qu'il peut,
Insouciant et voici l'inquiétude,

Et ce qu'il gagne n'est pas pour lui, et il ne lui reste rien.
Et il vieillit pendant que ses enfants grandissent.
Et la beauté de sa femme où est-elle ?
Elle passe sa vie dans la douleur et elle n'apporte que cela avec elle,
Et qui aura ce courage qu'il l'aime ?
Et l'homme n'a point d'autre épouse, et celle-là lui a été donnée, et il est bien qu'il l'embrasse avec des larmes et des baisers.
Et elle lui donnera de l'argent pour qu'il l'épouse.

Jamais Ludmilla Pitoëff, peut-être même pas dans *Sainte Jeanne,* n'avait atteint à tant de noblesse et tant de pathétique. Nous qui avons vu cela, nous avons assis la beauté sur nos genoux, et nous l'avons trouvée belle, et nous l'avons honorée.

Et puis, comme le temps passe, nous avions aussi parfois d'étranges, d'un peu amers plaisirs. Une enfant paraissait chez Gaston Baty, dans un mélodrame de Lenormand, *les Ratés,* où jadis Ludmilla Pitoëff avait joué une frêle ingénue : et maintenant c'était une petite fille à longue tête, pâle, aux cheveux d'un blond vénitien, c'était Svetlana Pitoëff qui reprenait le rôle. C'était Svetlana Pitoëff, merveilleuse, fragile et pure, que nous regardions sans presque pouvoir en supporter le spectacle, dans *le Roi-Cerf* de Gozzi, un des rares spectacles gracieux de l'Exposition, et plus tard, en septembre 1938, dans la comédie-ballet de Jean Anouilh, *le bal des voleurs.* Comme tout cela était plein pour nous de signification et de songes !

Pourtant, le théâtre n'était plus le mirage qu'il avait été. Il perdait sa richesse, parfois même son âme, se dissolvait dans la mise en scène, et ce n'était plus Gaston Baty le seul à en commettre le péché. Seul Giraudoux nous restait. *Electre* ce chef-d'œuvre, est de ces années-là, et *la Guerre de Trois n'aura pas lieu,* où nous pouvons nous répéter tant de phrases prophétiques : *« Une minute de paix, c'est toujours bon à prendre... »* Je n'ai pas rencontré souvent Jean Giraudoux, deux ou trois fois peut-être. Ce jeune visage sérieux d'étudiant, cette façon de s'exprimer, brillante et souriante, m'ont enchanté comme ses livres, ou ses pièces. Je découvris qu'il parlait comme il écrivait, de façon moins ornée, sans doute, mais profondément identique, c'est-à-dire que sa manière d'écrire lui était parfaitement naturelle. Aucun être sans doute ne m'a paru avoir une conversation plus aisée et plus magique, avec ses phrases légères, son français pur, ses images nécessaires. Il me parla, avec discrétion, avec précaution, semblait-il, de La Fontaine, et du théâtre, et de la Renaissance. Il écrivit longtemps sur papier du Quai d'Orsay, à en tête de « la Commission des dommages interalliés en Turquie », et cet organisme, vingt ans après la guerre, semblait une invention de l'un de ses romans, un accessoire de la poésie du fonctionnaire. Mais il fallait aussi se souvenir, en l'écoutant, qu'il était le seul à emplir la scène vivante d'harmonieuses passions et de songes dorés et brodés.

Le cinéma, lui aussi, ne faisait qu'utiliser des formules, presque toujours, et nous devînmes clients plus assidus des clubs où l'on présentait des films muets. Ainsi, déjà, les spectacles avaient-ils pris les immuables couleurs du passé, si proche fût-il. J'étais reparti pour le Maroc, au printemps de 1937, avec dans ma valise, comme un commis-voyageur, de vieux films de Méliès et des Suédois, pour parler de l'autre avant-guerre, des plaisirs anciens de l'écran. Aux mines de phosphate de Khouribgah, un public de contre-maîtres, d'ouvriers, d'enfants, riait follement aux trucs naïfs du *Locataire diabolique,* aux emphases de la Comédie-Française de 1912. Mais, deux ou trois mois plus tard, en Tunisie, c'est la poésie même que je rencontrais. Son haut-commissaire en Afrique du Nord, un garçon de trente ans, professeur à Tunis, Armand Guibert, me montrait ses précieux *Cahiers de Barbarie,* où, tout seul, il éditait Garcia Lorca, les poètes méditerranéens, il me parlait de son ami Jean Amrouche, poète berbère et catholique, il me donnait une photographie de Patrice de La Tour du Pin, debout parmi ses chiens. Nous avions été des premiers à aimer la *Quête de joie,* puis à suivre avec un peu d'inquiétude les fragments obscurs et savants qui composeront un jour la *Somme poétique.* J'ai rencontré quelquefois le jeune poète : il me parut mystérieux et lunaire, Ariel adolescent. Il riait pourtant, il m'expliquait que, dans sa famille, il y avait Robert de Baudricourt, qui ne devina pas Jeanne d'Arc, et Thomas Corneille, qui ne devina pas la poésie, et Grouchy, qui ne devina pas la victoire, — mais je savais bien que lui avait deviné des énigmes où nous-mêmes n'entrerons jamais, et que c'était sa tâche de les dire. Un matin de guerre, pareil sans doute à quelqu'une de ses chasses à l'ange, le lieutenant Patrice de La Tour du Pin a été blessé et fait prisonnier par les Allemands. Mais il peut peupler son camp de mille compagnons invisibles.

Ainsi rassemblions-nous autour de nous-mêmes les figures vivantes de ceux dont jadis nous ne connaissions que les livres, et parfois tentions-nous à notre tour de réunir leurs images dans nos livres à nous. L'occasion s'en présentait aussi, toujours fille du hasard. Je n'ai vu qu'une fois René Doumic, alors secrétaire perpétuel de l'Académie et directeur de la *Revue des Deux Mondes* dont il s'occupait avec une véritable passion et une habileté certaine. C'était un petit vieillard fluet, d'une activité d'ailleurs prodigieuse, qui me parut vivre à petit feu, pour économiser son souffle, et qui me reçut à voix basse, les genoux enveloppés d'un plaid, dans un appartement calfeutré. Il voulait me demander, fort aimablement, des articles sur le théâtre, et je rassemblai avec grand plaisir mes souvenirs sur les Pitoëff, sur Dullin, sur Jouvet, sur Baty. J'allai revoir ou voir les uns et les autres, renouant ainsi avec mes admirations de dix-sept ans. Gaston Baty me séduisit beaucoup, car c'est un esprit habile bien que faux. Il venait d'ailleurs de monter admirablement *les Caprices de Marianne,* dont il avait fait une enivrante soirée, grise et bleue, dans des décors à la Hubert-Robert. Il soupira lorsque je lui parlai malignement de ceux qui l'accusaient de préférer le décor au texte. Il me cita avec intelligence *Bérénice :*

— Au dix-septième siècle, le personnage sympathique, c'était Titus. Aujourd'hui, après le romantisme, c'est Bérénice. Si je jouais cette pièce, j'essaierais de trouver une mise en scène capable de renverser la situation, de projeter de nouveau toute la lumière et toute la sympathie sur Titus. Serait-ce trahir Racine ?

Bien sûr que non. Je fus près de croire Gaston Baty victime des commentateurs. Hélas ! lorsqu'il monta le *Faust* de Gœthe, à la première scène, au Prologue dans le ciel, il ne conserva que le discours de Méphisto, à qui Dieu invisible répondait par des clignements de lumière. Remplacer la parole de Dieu par un projecteur, quel terrible symbole !

Je revis Dullin, dans son vieux petit théâtre provincial, où nous allions toujours, une ou deux fois par an. Et Louis Jouvet, qui me parla de *l'Illusion* de Corneille (il la ferait jouer au Théâtre-Français en 1937), et du *Don Juan* de Molière qu'il devrait bien nous montrer :

— Pendant la guerre, dans une cagna, entre une cuvette fêlée et un fauteuil en Aubusson, j'ai trouvé les œuvres complètes de saint François de Sales. C'est là que j'ai lu l'*Introduction à la vie dévote,* qui est bien un des grands livres de notre langue. Eh bien ! relisez le rôle d'Elvire. C'est le ton même, le rythme même de l'*Introduction.* Quant à Sganarelle, c'est une autre aventure. Il a été tiré vers la comédie italienne : mais le vrai Sganarelle, qui est-ce ? C'est un pauvre type, qui s'exprime mal, qui a la foi du charbonnier, et qui, au fond, est un tendre. C'est le « petit frère » des *Fioretti.*

Et longuement il m'évoquait la représentation du *Don Juan* qu'il rêve, avec cet orage de la fin du premier acte, qui est comme la première manifestation de Dieu, héros invisible de ce drame sur la grâce. Quand l'orage est apaisé, de même qu'on entend chez Beethoven les premières notes de la fête villageoise, alors Don Juan, toujours fier, toujours bravant le destin, et qui n'a pas compris la chance suprême qui lui était offerte, débouche dans un paysage de pastorale, et marche dédaigneusement vers la mort et la damnation, sous la lumière ravissante et douce du printemps. Louis Jouvet venait de monter *l'Ecole des Femmes* dont il avait fait à la fois une suite d'images exquises, et une admirable résurrection de ce qu'avait voulu Molière, le drame jamais séparé de la farce. Que ne jouait-il *Don Juan!*

Je rassemblai ces conversations, d'autres encore, des souvenirs aussi sur mes chers amis Georges et Ludmilla Pitoëff, dans un petit livre qui parut à la fin de 1936[1]. A cette époque, le snobisme aidant, qui n'est pas toujours mauvais conseiller, Jean Zay avait décidé de rajeunir la Comédie-Française, renvoyé quelques vieillards, imposé la dictature d'Edouard Bourdet, assisté de quatre conseillers techniques, Jacques Copeau, Louis Jouvet, Charles Dullin et Gaston Baty. A tour de rôle, chacun d'eux monta quelque pièce ancienne, moins bien en général qu'il ne l'eût fait chez lui. Il y eut des réussites, *l'Illusion* entre autres, plus tard le vieux mélodrame de Rostand, *Cyrano*. Mais dans l'ensemble, il n'est pas certain que le rajeunissement de la Comédie ait produit de bien vifs résultats : malgré le mérite d'une jeune troupe, trop de graves défauts anciens se perpétuaient dans la maison, sous le badigeon du modernisme, et certains affirmèrent qu'il n'y a peut-être qu'une seule manière de réformer vraiment la Comé-

---

1. *Animateurs de théâtre* (Corrêa, éditeur).

die-Française, entreprise totalement anachronique, c'est la supprimer. C'étaient des esprits radicaux.

Il m'arrivait assez souvent, dans ces années, de rencontrer Maurras à dîner. Je le reverrai longtemps, sans doute, dans une belle maison de la rue Saint-Dominique, sous une toile tendrement éclairée de Corot, ou sous quelque charnue et savoureuse princesse de l'Empire peinte par David, et discutant, le soir, et parlant de poésie. J'avouerai humblement que j'aimais à le contredire, je lui disais du mal de Lamartine, qu'il adore, et il se plaignait de la jeunesse contemporaine, et il demandait un Lamartine, et il lisait, de sa belle voix étouffée, *l'Ode aux bardes gallois,* où se trouve réuni tout ce qu'il n'aime point, le celtisme, la démocratie, les illusions, l'anglomanie, — et il me disait : « N'est-ce pas que c'est beau ? » Je n'en croyais rien, je le lui déclarais avec franchise, et Abel Bonnard secouait ses cheveux et prétendait que Lamartine n'était que « la mère Hugo », et que s'il avait été un homme, il se serait appelé Lemartin. Charles Maurras riait comme un collégien de ces blasphèmes, et, pour me faire pardonner, je lui demandais de nous dire les vers de Moréas qu'il aime par-dessus tout, la plainte d'Eryphile :

O jeunesse, tes bras
Sont comme lierre autour des chênes...

C'était chez la comtesse Joachim Murat, qui devait disparaître dans les premiers mois de la guerre, elle aussi. Peut-être avec elle disparaissait-il un univers que nous autres, jeunes gens, avons bien peu connu, et où je suis heureux d'avoir, si peu que ce fût, pénétré. Ces beaux salons doucement éclairés, ces toiles merveilleuses, ces souvenirs constants de tant de hautes époques du passé, je ne suis pas sûr que cet ensemble soit désormais possible, et qu'on puisse aussi naturellement retrouver une atmosphère lointaine et précieuse. La comtesse Murat était curieuse de beaucoup de choses, posait inlassablement des questions, interrogeait. On parlait librement chez elle, dans un cadre admirable, et elle recevait avec un plaisir naturel que je ne crois pas tellement fréquent. Ce qu'un dîner, une soirée chez elle représentait d'efforts sans efforts, de culture, de passé, de traditions, il est probable que nous ne le retrouverons plus, — sinon dans les livres de Proust. On avait vu venir chez elle la comtesse de Noailles, et Colette, et Barrès. On y rencontrait Maurras. Je m'y suis souvent trouvé avec René Benjamin, qui m'entraînait toujours vers les Corot, et avec qui nous parlions de l'Espagne en guerre, avec Edmond Jaloux, calme et sage comme un éléphant bouddhiste, avec Abel Bonnard, Léon Daudet, Lucien Corpechot, d'autres encore. Pierre Gaxotte et Henri Massis y venaient, on y rencontrait Léon Bérard et l'ambassadeur d'Espagne. Je me souviens d'un jour où l'on complimentait Mme Hélène Vacaresco des sources de pétrole qu'on avait découvertes dans ses terres, en Roumanie.

— Il y avait des feux, la nuit, quand j'étais petite. Ma mère déclarait que c'étaient les âmes des morts, et faisait dire pour elles des prières. Tant de prières pour ce pétrole !

Elle riait, elle racontait avec beaucoup d'humour qu'elle avait demandé qu'on n'installât point de pompe dans un petit bois où elle avait joué enfant.

— Mais les ingénieurs ont insisté, et ma sœur Zoé s'est dit que je devenais tellement myope... Elle a fini par signer !

On écoutait ces propos sans emphase, on s'amusait, et l'on revenait ensuite s'instruire de la Provence, de la poésie, du monde, auprès de Maurras.

Cet homme magnifique, ce prince de la vie, je devais le voir aussi en des lieux plus surprenants. Pour avoir écrit qu'il faudrait tuer, *s'ils arrivaient à leurs fins,* les parlementaires coupables de vouloir la guerre avec l'Italie, le ministère Blum avait fait mettre Charles Maurras à la prison de la Santé. Il y resta huit mois, écrivant chaque jour dans *l'Action française,* sous le pseudonyme de Pellisson, continuant à analyser le monde et la France. J'allai le voir un après-midi de juillet 1937. Il venait de publier *Mes idées politiques,* le plus essentiel de ses livres, je crois bien, celui qu'il faudrait faire lire tout d'abord à ceux qui l'ignorent, précédé d'une admirable préface sur la politique naturelle. Je n'étais jamais entré dans la prison, dont Mme Jacques Bainville me fit ouvrir les portes. Si je me souviens bien, Charles Maurras avait le droit de recevoir des visites, en nombre limité : sur la liste de ses amis, il remplaçait donc de temps en temps, et de façon provisoire, un nom par un autre. Dans la prison on ne pouvait être plus de cinq, et je quittai les lieux pour laisser entrer la duchesse de Vendôme. On passait plusieurs grilles, on montait un escalier en colimaçon très théâtral, et on arrivait à l'étage des condamnés politiques. Charles Maurras y était seul. Il avait tapissé le mur de sa chambre de photographies de Martigues et de Grèce, d'images, et même on voyait épinglée au mur une caricature de lui-même à la Santé par Jean Effel. La pièce voisine, qui lui servait de réfectoire, était pleine de fleurs. Nous descendîmes dans une cour étroite, ornée de quelques arbres :

— N'est-ce pas que je suis bien ? me dit-il sincèrement. C'est délicieux.

Il semblait ne voir que les fleurs, les images, les livres amoncelés en tas géants. Pourtant on venait tous les jours, dans cette prison qui n'était plus un asile, l'entretenir de toute chose, et des querelles du monde. Il me parla de la paix et de la guerre, d'un livre de Jean Fontenoy sur le communisme, *l'Ecole du Rénégat,* me raconta quelques souvenirs. Son œil athénien brillait de malice lorsqu'il m'expliquait comment les articles écrits par Liebknecht le père contre Dreyfus dans un journal viennois lui avaient été traduits par une éminente personnalité du parti socialiste français, il y a quarante ans. Il me cita les *Stances* de Moréas qu'il possédait recopiées de la main de M. Bracke, directeur du *Populaire,* et de la dédicace que celui-ci lui avait mise à l'une de ses éditions de classiques grecs : *A Charles Maurras, qui est le plus expert dans la chose politique.* Je ne lui posais pas de question, je l'écoutais, dans ces murs hideux où le gouvernement avait enfermé le plus grand penseur de son temps, je buvais avec lui dans les verres grossiers, et il évoquait l'art, et son pays, et l'avenir. Je songerai longtemps à cette journée de 1937 comme les jeunes auditeurs de Socrate pouvaient songer au matin profond.

*
* *

Cette Italie pour laquelle on avait mis en prison le plus grand défenseur de l'idée latine nous apprendrions précisément à la connaître cette année-là. Nous y sommes allés deux fois, par le printemps pluvieux, et par un été splendide. Je rassemble parfois autour de moi, par la pensée, de petits médaillons, dont chacun contient une ville. Je sais qu'à Florence, saisie du haut de San-Miniato, avec son dôme et son pont vieux, et ses donjons dressés dans la brume du soir, j'ai vu rassemblés à la fois les trésors merveilleux de l'art plastique, et aussi la grâce toscane, le petit peuple italien ironique et chantant. Nous nous sommes promenés sur le Ponte-Vecchio alourdi de boutiques comme les ponts de Paris sous Louis XIII, nous sommes allés à San-Marco admirer ce que ne nous avait point montré l'Exposition de Paris, l'Angelico si violent dans ses tons purs, ses bleus, ses ors, sa puissance dominatrice où l'on n'a voulu voir que douceur, — et dans l'ombre du palais Riccardi, le somptueux cortège de la jeunesse dorée et bouclée, parmi les pins, les rochers, les chevaux et les biches, les Rois Mages de Benozzo Gozzoli. Et nous avons vu à San-Gimignano, parmi les hautes tours, les ruelles étroites de la cité admirable, ce même Gozzoli promener son jeune saint Augustin à travers la campagne toscane que nous avions à peine quittée. Et nous sommes arrivés à Sienne une nuit de vendredi saint, et des pénitents en cagoule sortaient de l'énorme cathédrale brodée et mystérieuse, et le lendemain sur le Pallio en forme de coquille, entouré de palais incurvés, nous avons compris la joie et la grâce de Sienne, cachées dans sa sévérité. Et la première fois que nous avons vu Venise, toutes les écluses du ciel étaient ouvertes. Les chats crevés tournoyaient dans les canaux, la tempête jetait à la face des promeneurs des épluchures et des herbes, les gondoles noires étaient pareilles à des cafards, et le patriarche avait fait fermer le Palais Ducal pour honorer le jour de Pâques. Mais il faut avoir connu Venise ainsi, ville fantôme, ville d'eau, où Saint-Georges le Majeur surgit dans la brume, de l'autre côté du grand canal, comme une église d'Ys ou de Thulé.

L'été nous permit d'ailleurs d'y revenir, de passer dans de petites villes moins célèbres, de nous arrêter à Prato, où se dresse sur une place de village une des plus ravissantes églises d'Italie. Nous avions vu Vérone au printemps, son beau marché aux herbes. Nous voyions Ravenne miraculeuse en été, cette grosse ville presque pareille à nos villes du Midi, sans caractère, et soudain, en trois ou quatre lieux sacrés, l'une des plus énigmatiques cités du monde, le témoin muet d'un siècle prodigieux, incompréhensible et plus exotique peut-être que l'Islam ou la Chine : Saint Apollinaire *in Classe,* les mausolées, les mosaïques fraîches à l'œil comme l'herbe verte, comme la laine nouvellement tissée, les vestiges de cette civilisation prodigieuse de l'or et de la théologie, Byzance dans son orgueil et sa beauté. Et pour finir, le soir, après nous être promenés avec un vieux cocher qui nous parlait de d'Annunzio et de la Duse, et nous récitait le cantique de Francesca de Rimini, une petite auberge italienne, courtoise et succulente.

C'était l'Italie moderne aussi, l'Italie fasciste. Nous la retrouvions tout d'abord dans les trains, remplis d'enfants qui chantent, qui crient, et que l'on mène, partout, respirer un air meilleur, contempler le plus beau soleil du monde, ou même simplement admirer, aimer, car l'Italie est belle, et il ne faut pas que les enfants l'ignorent. Le long de la voie, de toutes parts, on apercevait des camps où des centaines d'enfants nus jouaient au soleil. Dans les wagons que traînent de lentes locomotives, voici des gosses de dix ans, vêtus de blanc et de noir, coiffés du petit « fez » fasciste. En arrivant à Venise, c'est un groupe de Serajevo, filles et garçons habillés de courtes jupes noires, qui dégringolent sac au dos. Sur la place Saint-Marc, tout à l'heure, ce sont de petits Vénitiens cette fois (il y en a qui n'ont pas plus de quatre ou cinq ans) qui débarquent d'un bateau-croisière et que leurs mères accueillent avec de grands cris.

Et ils chantent. Ils chantent des chansons d'enfant, qui ne signifient rien, comme dans tous les pays du monde. Ils chantent aussi, ensemble, d'une voix psalmodiée, des chants fascistes. Des avant-guardistes de quinze ans, des fascistes de vingt-cinq conduisent ces troupeaux riants, et leur apprennent l'hymne d'un pays qui a choisi pour mot de passe le mot de « jeunesse ». Mais aussi les chansons qu'on chuchote malicieusement dans le dos de l'étranger (surtout si on le soupçonne d'être Anglais ou Français), sur les « vingt-cinq nations qui ont pris des sanctions contre l'Italie. » Et les hymnes pour la campagne d'Ethiopie, les morts d'Adoua, que l'on retrouve imprimés sur les foulards rouges et bleus, les tissus légers.

Nous les avons entendus, un peu partout, et nous avons passé une quinzaine de jours à Rapallo, devant le golfe parfait, quelques jours de paix admirable, avant de reprendre un peu nos pérégrinations à travers l'Italie du Nord. C'est là que j'achevai un récit assez long, *Comme le temps passe,* où j'avais essayé d'enfermer, avec le temps fuyant, l'autre avant-guerre telle que je l'imaginais, et la guerre comme la voyaient ceux qui ne l'ont pas faite, et même quelques années de notre après-guerre (ou de ce que nous appelions ainsi). Puis nous repartîmes pour les belles villes de l'intérieur, et pour Pise mortelle et marmoréenne, où l'orage éclata comme nous parvenions au Campo-Santo, surnaturel sous les éclairs, et à nouveau pour Venise.

Nous nous souvenons encore qu'il y avait foule et que nous avons erré tout un jour pour chercher un logis, avant de trouver enfin, dans un lacis de rues sans ciel, près de San-Gio-Chrisostomo, une petite maison Renaissance, exquise de lignes et de couleur. On en a fait une auberge, et comme elle est en face du théâtre Malibran, elle en porte le nom. Le salon est décoré des portraits d'acteurs en tournée. On songe aux *Ratés*. Le Danieli, le Bauer, le Grand Hôtel sont loin. Mais il n'y a pas le choix. Essayons l'hôtel des *Ratés*. Il est charmant d'ailleurs, au centre du petit peuple vénitien, du plus vrai de la ville. Comme nous avons aimé ces rues étroites, cette eau verte, ces explorations au fond d'églises discrètes et de palais riches de toiles admirables !

C'est l'année de l'Exposition Tintoret. Voici, au Pesaro, l'extraordinaire *Cène* de Saint-Georges le Majeur, sous des anges qui soufflent l'orage, avec son éclairage inquiétant, ses grands espaces vides autour de la table. Voici le *Jardin des oliviers,* où, dans un fouillis de branchages, dorment les apôtres, et où, sous les feuilles éclaboussées par la lueur des torches, approchent les soldats conduits par Judas. Chef-d'œuvre incomparable où le Tintoret retrouve tous les éléments de son génie : la nuit, la lumière, la forêt et le drame, ce que nous retrouvons dans *Arsinoé* et dans la *Suzanne* de Vienne. Mais au Rezzonico, il y a aussi l'Exposition des fêtes et des masques de Venise, merveille, enchantement et magie. D'abord, parce que le Palais Rezzonico est ravissant, avec son mobilier ancien, ses reconstitutions d'intérieurs, ses petits tableaux de Longhi, ses soieries vertes et douces, et sa reproduction de la célèbre villa des Tiepolo. Car ces peintres insupportables de divinités roses gigotant dans un ciel bleuâtre ont peint à fresque, pour eux-mêmes, des masques dansant, des menuets, des satyres, dans des tons gris et doux, qui sont des chefs-d'œuvre de grâce savante. Et puis, au dernier étage, d'où l'on voit les toits de tuiles de Venise et ses jardins intérieurs, à côté de la pharmacie, des costumes, du théâtre de marionnettes, on a installé l'exposition des tableaux qui ont représenté les fêtes de Venise. Nous y avons retrouvé le Canaletto, rutilant de soleil et de dorures, et Francesco Guardi, qui avait été une des révélations de l'Exposition d'Art italien de Paris. Le voici qui fait tomber le soir bleu et gris sur la place Saint-Marc ; ailleurs presque la nuit, lorsque se promènent des seigneurs poudrés que l'ombre rend mauves. Le voici qui jette sur ses toiles une sorte de magie argentée, de mélancolie gracieuse. Et puis, soudain, il éclaire à cru, dans un petit rio vénitien, un mur jaune ou gris, une veste de gondolier. Comme Venise est belle...

Mais elle est aussi inépuisable. Ceux qui l'ont parcourue deux jours en connaissent-ils seulement le plus précieux, ces immenses quartiers populaires, remplis d'échoppes à tomates et à courgettes, et où vit, entre des murs lugubres, dans des rues étroites et sur des canaux pourris un petit peuple chantant, rieur et courageux ? J'avoue que ces couleurs, cette tristesse un peu pesante du décor me touchent beaucoup plus que la belle succession des palais du Grand Canal. Et puis, dans toutes les rues, dans une église Renaissance ou jésuite (Venise vous réconcilie, si ce n'est déjà fait, avec tous les baroques du monde), se cachent des tableaux un peu perdus des plus grands peintres qui aient été. Voici Saint-Georges dei Schiavoni, à quoi rêvait le petit Proust. Elle est déserte, cette chapelle de Sansovino. C'est là pourtant que se trouvent les plus beaux Carpaccio, les légendes de saint Georges, de saint Tryphon et de saint Jérôme. Quelle belle et patiente volonté d'enlumineur, quelle imagination dans ces costumes orientaux ! Mais aussi quelle exactitude dans ce désert, orné de palmiers secs, de murs pauvres, où vient mourir le saint, comme meurt dans une ville coloniale un administrateur du vingtième siècle.

Puis nous nous amusons en parlant du patriarche. C'est que le patriarche, que je respecte de tout mon cœur, est certainement l'une des personnalités les plus marquantes de la cité. On prononce son nom avec une certaine crainte, et on baisse la voix en signe de vénération. Au café, un jour, des Suisses interrogeaient le garçon sur les plaisirs de Venise.

— Oh! non, répondait-il, il n'y a pas de casino. Il faut aller au Lido pour cela. Ici, le patriarche ne veut pas. Il est très religieux, vous savez, le patriarche. (Je suppose qu'il a voulu dire qu'il était très strict, aucun doute n'ayant jamais été émis raisonnablement sur l'orthodoxie de ce vénérable évêque). Il n'aime pas beaucoup, non plus, qu'on se promène en gondole la nuit. Il ne veut pas qu'on s'embrasse dans les rues. Il veut beaucoup de morale, beaucoup de morale.

Les malheureux Suisses avaient l'air fort désemparés. Si j'avais osé, je leur aurais conseillé un tour dans les vieilles rues, autour des églises. Ils auraient contemplé les effets de la propagande personnelle du patriarche. On sait que les fascistes adorent les inscriptions, et tous les voyageurs en Italie en ont rapporté de fort belles. En voici une, que je ne connaissais pas, et qu'on peut dédier à tous les nationalistes : *« Un fasciste ne renie pas sa patrie, il la conquiert. »* Et partout, naturellement : « Vive le Duce » (Vive s'écrit en abrégé par une sorte de W), « Vive le roi ». « Vivent les volontaires » et même « Vive la milice ferroviaire ». Tout cela dûment imprimé sur des bandes de papier. Je n'ai vu, dans toute l'Italie du Nord, que deux inscriptions manuscrites, très souvent répétées. L'une était *« Viva Guerra »* qui ne veut pas dire « Vive la guerre », mais salue un coureur cycliste. L'autre était *« Viva Binda »*, , qui ne désire point honorer l'auteur de *la Trahison des clercs,* mais un autre coureur cycliste, sans doute. Le patriarche a probablement jugé que les inscriptions fascistes

271

n'étaient pas suffisantes pour élever l'âme du peuple. Et l'on voit donc, autour des églises, des bandes de papier qui proclament : « Vive le patriarche », Vive notre paroisse », « Vive notre évêque », et même « Vive le nouveau curé », ce qui est peu aimable pour l'ancien. Sans le patriarche, Venise ne serait pas tout à fait la même, en cet an 1937, et ce serait dommage. Dans les églises, il a répandu les avis, en quatre langues, proscrivant les femmes sans chapeau et les hommes sans « jaquette » (rassurons-nous, il ne s'agit que d'un veston). Quand les entrées sont gratuites, personne ne fait attention. Mais, quand il y a un gardien, il se pose parfois à lui de douloureux cas de conscience.

L'un de nous eut envie de revoir les Titien des Frari. Il s'y rendit sur le coup de deux heures de l'après-midi, dans la tenue qu'exigeait le soleil, c'est-à-dire sans veston et coiffé d'une visière verte de joueur de tennis. Un petit frère, qui percevait la lire d'entrée, l'arrêta avec désespoir et lui demanda s'il était venu à pied. Sur réponse affirmative, il hocha la tête pour dire qu'il se rendait bien compte de la chaleur qu'il faisait, et s'informa pour savoir si le candidat aux Titien n'avait rien pour couvrir ses bras, qui étaient nus jusqu'au coude.

— Je n'ai rien.

Le petit frère agita ses manches, prononça quelques phrases mystérieuses et finit par sortir son mouchoir et se le mettre sur le bras. On comprit, on s'exécuta. Un bras était couvert, mais l'autre ? Le petit frère, à nouveau désespéré, se gratta le front, sourit, et désigna la visière verte. Le visiteur ahuri ne comprenait pas. Il finit pourtant par se rendre à l'évidence :

le petit frère lui conseillait de prendre à son bras cette visière large de cinq centimètres. Dieu et le patriarche regarderaient à l'intention. Et il alla contempler les Titien, un mouchoir sur l'avant-bras gauche et une visière de tennis sur l'avant-bras droit, au grand étonnement des autres touristes. Ainsi avait été tranché le plus grave cas de conscience qui se soit jamais présenté à l'esprit d'un disciple fidèle du patriarche.

Mais aujourd'hui pour moi, avec ou sans patriarche, Venise reste toujours Venise, la plus insolite et la plus accablante des villes. A errer à travers ces marchés somptueux, le long des *rii* verts où court une algue fuyante, le long des larges *fondamenta* déserts qui bornent la ville, aux Zattere en face la Giudecca, ou devant ce cimetière orné de portes monumentales qui surgit de l'eau comme le château même de la mort, on comprend qu'on ne connaîtra jamais parfaitement cette cité unique. Ses peintres en ont reproduit les fêtes, les ciels, les mascarades, d'autres sans doute les joies et les tristesses populaires. Ce qu'il faut savoir d'abord, c'est qu'elle n'est pas simple, qu'elle ne se laisse pas définir d'un mot, qu'on la retrouve aussi bien dans ses richesses que dans ses pauvretés, dans ses canaux que dans ses jardins banlieusards, un peu pelés, où sèche le linge, et que l'on aperçoit parfois d'une fenêtre. C'est Venise, tout aussi bien, cette étendue serrée de toits marrons, vue du haut du Campanile, sans un rio, sans une rue, aussi entassée qu'une ville arabe. C'est Venise, cette eau où la terre affleure, cette eau qui n'a pas la couleur de la mer si proche, et que l'on a colonisée comme on colonise un désert, et où surgissent, ici et là, une petite ville, un arsenal, une église, un entrepôt, une fabrique, un phare. C'est Venise, ces longs murs des Zattere, avec leurs petits cafés tristes où boivent les matelots, et c'est Venise encore ce ghetto lugubre avec sa synagogue de la Renaissance, et c'est Venise, ces places désertiques devant les églises, où pousse l'herbe autour d'un puits toujours fermé. C'est Venise, ce soleil, et c'est Venise, cette pluie. Car Venise a d'autres trésors que ses palais, ses tableaux merveilleux, ses soirs peints par Guardi, ses miracles de Gentile Bellini, où les archevêques mitrés esquissent le crawl dans le Grand Canal, ses fêtes de Canaletto, ses saints du Tintoret, ses Vierges du Titien. Venise a ses visages innombrables, son cœur surnaturel, que rien ne pourra jamais enfermer ni limiter.

De *Je suis partout,* il m'est bien difficile de parler, aujourd'hui où je me sens encore si proche des camarades dispersés, des plaisirs passés, des espérances et des souvenirs[1]. Je crois aussi qu'il ne serait pas aisé d'en évoquer l'atmosphère, qui ressemble si peu à celle des journaux habituels, et où l'organisation même paraîtrait invraisemblable et baroque.

Fondé en 1930 par Arthème Fayard, ce fut originairement un hebdomadaire de politique extérieure, consacré à l'étude des pays étrangers. Son animateur fut Pierre Gaxotte, depuis le premier numéro. Peu à peu, cependant, *Je suis*

---

1. On sait qu'en 1943, Robert Brasillach se sépara de l'équipe de *Je suis partout* et qu'à partir de cette date il était brouillé avec la plupart des rédacteurs mentionnés dans ce fragment à l'exception de Georges Blond et d'Henri Poulain.

partout a fait une place de plus en plus grande à la politique française, dans la mesure où elle est liée aux remous de l'étranger. Son premier numéro spécial consacré aux Soviets est, je crois, de 1932. D'autres ont suivi. En 1936, le journal avait mené pendant plusieurs mois une violente campagne contre le Front populaire naissant. Les élections furent ce que l'on sait. *Je suis partout,* qui vivait fort normalement et couvrait ses frais d'exploitation, n'était cependant pas une affaire : on crut que la montée du marxisme allait l'empêcher de vivre tout court, et on décida sa suppression. Les collaborateurs, navrés de la disparition de cet excellent organe de combat et d'information, unique en son genre en France, n'acceptèrent pas cette fin rapide, et, sans qu'il y eût même eu d'interruption entre deux numéros, le journal (la chose est peut-être unique dans l'histoire du journalisme) ressuscita. Il faut dire que les frais avaient été singulièrement réduits, que tous les appointements avaient été diminués, ou même très exactement supprimés. Les anciens propriétaires consentirent à laisser le journal aux collaborateurs, et la nouvelle société qui fut organisée quelques mois plus tard ne fit que mieux mettre en valeur les étranges principes du seul *soviet* qui existe aujourd'hui dans la presse française. Je veux dire le seul journal qui soit en fait dirigé par une équipe et qui appartienne aux collaborateurs.

Bien entendu, cette forme de coopérative de fait ne serait rien si elle n'était soutenue par l'esprit de camaraderie, et par la joie. J'avais collaboré aux premiers numéros de *Je suis partout*. En 1936, Pierre Gaxotte m'offrit une chronique régulière, et au mois d'avril 1937, comme

275

le journal l'occupait beaucoup et qu'il voulait terminer son livre sur *Frédéric II,* me pria de l'aider pour diriger la rédaction. Les événements avaient marché, et la violence chaque semaine accrue de notre hebdomadaire lui valait un succès vif auprès de certains, et une hostilité grandissante auprès de la majorité. Nous avancions dans une bien excitante atmosphère de calomnies et d'ordures : vendus à Hitler, vendus à Franco, vendus à Mussolini, vendus au grand capital, vendus aux deux cents familles et au Mikado, nous devenions pour nos adversaires quelque chose comme l'organe officiel du fascisme international. Mais nous savions que nous étions surtout le journal de notre amitié et de notre amour de la vie.

Un livre de mémoires composé suivant les règles comprend de ces instants solennels où l'auteur s'arrête pour composer un portrait. Je serais bien en peine d'en tracer, et il en faudrait d'ailleurs toute une galerie. Je me contenterai de dire qu'il faut avoir vu Pierre Gaxotte, ces années-là, de son air de collégien malicieux, s'approcher de tout événement avec la méfiance d'un chat, en faire le tour, le toucher délicatement de la patte, et s'en revenir vers nous avec la tranquille assurance de celui qui a compris. Nous l'écoutions comme une sorte d'oracle allègre et railleur, bien qu'il lui arrivât d'être instable, nerveux et décevant, nous savions qu'il connaissait le passé de notre pays, qu'il n'avait pas grande espérance dans les hommes, mais qu'il savait les écouter, les regarder, et les comprendre. Il aimait les historiens sérieux, les films de cinéma avec poursuites et tartes à la crème, et les spectacles de danse classique. Nous n'étions pas plus compassés avec lui qu'avec nos autres camarades : le vendredi, nous allions le chercher à *Candide,* et boire d'horribles jus de fruits dans un bistro de la place Denfert-Rochereau, laid à faire peur, mais désert. Nous en étions les seuls clients, avec un noble ivrogne barbu que nous appelions Victor Hugo, et cette clientèle ne l'empêcha pas, hélas ! de faire promptement faillite. Nous y parlions de notre travail, et de l'univers, comme il se doit, c'est-à-dire sans pédantisme et sans respect. Dans les beaux jours, et quand le café de nos frugales agapes eut disparu, nous allions parfois au parc Montsouris. Ces fins de soirée du vendrdi, dans les feuilles du printemps, les tièdes parfums de tilleul et de miel, sont parmi les souvenirs les plus charmants de ce journal.

A ces réunions du vendredi assistaient presque toujours les mêmes camarades. Ceux de *Candide* d'abord, Georges Blond et notre malicieux mot-croisiste Max Favalelli. Nos administrateurs ensuite, c'est-à-dire André Nicolas, toujours entre deux réparations d'automobile, entre deux voyages en Espagne, car, *requete* nostalgique, il a passé la majeure partie de la guerre civile dans les fossés les plus malsains du front espagnol, — et don Carlos Lesca, fasciste irréductible autant que calme, sous son grand chapeau américain. Dorsay venait aussi, Normand rose, qui s'appelle Pierre Villette et, journaliste de *la Dépêche de Rouen,* il connaît depuis l'autre avant-guerre le jeu des hommes et des partis au Parlement. Enfin, toujours justement irrité, le plus opiniâtre et le plus violent d'entre nous, Lucien Rebatet. Quel étonnant garçon ! Il connaît la peinture, il a traîné dans tous les musées d'Europe, il est antisémite et il a vidé des verres avec Pascin et Modigliani, il est passionné de musique, il est maurrassien, il sait Rimbaud par cœur, il est le meilleur, sinon le seul, critique de cinéma d'aujourd'hui (sous le nom de François Vinneuil), il est un des plus remarquables polémistes que je connaisse : car il a tout, la verve, le style, la verdeur, le don de voir, le talent de caricaturer, et même parfois le sentiment de la justice. Toujours en colère contre les hommes, les choses, le temps, la nourriture, le théâtre, la politique, il établit autour de lui un climat de catastrophe et de révolte auquel nul ne résiste. Et avec cela, il ne faut pas très longtemps pour s'apercevoir qu'il y a chez ce passionné un héritier de paysans dauphinois, solide, calme, habile et capable même de bon sens. Militariste par surcroît, poète de l'armée française, grognard-né, et capable de découvrir de la poésie dans un dépôt d'infanterie. Il est certainement un de ceux qui ont fait de *Je suis partout* ce qu'il est devenu. Il faut l'avoir vu à l'imprimerie, dans les grands moments, lorsque, par exemple, il composait nos deux numéros spéciaux sur la question juive, qu'il a presque entièrement rédigés ; marchant de long en large à travers les tables, froissant des papiers dans ses mains, fumant cent cigarettes et poussant des plaintes de douleur à l'idée qu'il fallait couper deux, trois colonnes par page. Ah ! comme nous avons passé là d'admirables instants !

L'imprimerie est d'ailleurs, bien sûr, le lieu que je regrette aujourd'hui le plus. Ce fut d'abord celle de *l'Intransigeant,* puis celle de *l'Action française*. Parfois, le matin, vers dix heures, il m'est arrivé de trouver encore Charles

Maurras, qui n'avait pas quitté les lieux depuis la veille au soir, les yeux un peu clignotants, des journaux plein les poches de son grand manteau jaunâtre de gangster américain, et nous regardions avec piété et affection, cet homme unique qui allait prendre quelques instants de repos à travers Paris éveillé depuis longtemps. Nous y passions, nous, chaque semaine, l'après-midi du mardi et le mercredi. Le secrétaire de la rédaction fut longtemps André Page, bouclé comme son nom, d'une haute compétence dans la question des cactus et dans le choix des caricatures étrangères, et à qui, parce qu'il était père de famille (il n'était pourtant pas le seul), nous demandions toujours les articles sur la natalité, en le couvrant de plaisanteries. Lorsqu'il dut nous quitter parce que la librairie Fayard préparait un nouvel hebdomadaire, il fut remplacé par Henri Poulain, dont nous avait parlé un jour René Benjamin. C'est un garçon doux, que je crois entêté avec l'air timide, qui cultive la flemme, l'amitié, les poètes, qui peut réciter de longues pages de *Bagatelles pour un massacre,* et qui est un esprit délicieux. Nous avons passé de belles heures dans cette imprimerie étroite, sortant de temps à autre boire un coup sur les zincs les plus proches avec le chef d'atelier, Louis Mora, un Italien vif et brun, avec nos dessinateurs Phil et Ralph Soupault, avec François Dauture, qui venait toujours achever ses articles à l'imprimerie. Il y avait aussi les éternels retardataires : Claude Jeantet, qui arrivait en général vers cinq heures du soir avec quelques notes sur des bouts de papier, et à qui il fallait arracher les pages une à une, — et André Nicolas, toujours de retour d'Espagne, — et

Japonicus, qui colle *bout à bout* ses feuilles dactylographiées, comme des rouleaux à l'antique, comme de longues feuilles nippones, et qui promène, au-dessus d'un haut corps d'Européen, un visage d'Extrême-Orient. Malheur à nous, si un même numéro réunissait les articles de ces trois collaborateurs ! Puis, toujours en retard lui aussi, entrait avec une incontestable majesté Alain Laubreaux. Il était notre critique dramatique : il était encore plus notre animateur, journaliste né, toujours plein d'histoires et d'échos, rond garçon plein d'une verve remarquable, plein de cœur avec cela, et qui semblait avoir découvert avec *Je suis partout* la liberté d'écrire, le plaisir même de la camaraderie et de l'irrespect. C'est lui qui organisait nos dîners, où les plus graves de nos collaborateurs fraternisaient avec les plus déchaînés, où Pierre Lucius, le seul économiste qui sache se faire comprendre, applaudissait lorsque Ralph Soupault chantait les plus horribles chansons de la marine française. C'est lui qui, à la guerre de 1939, a apporté au journal sa force tonique, son grand rire, sa prodigieuse mémoire, ses facultés d'invention, et son goût de l'amitié. Il est capable de tout, je l'ai vu remplacer au pied levé le chroniqueur de politique étrangère et, ce qui me paraît plus difficile encore, fabriquer les mots croisés ; il lui serait certainement possible de rédiger en vingt-quatre heures le journal de bout en bout, et peut-être de l'illustrer et de le garnir en publicité. A l'imprimerie il régnait, faisait des concours avec les typographes pour savoir qui irait le plus vite, lui pour écrire, eux pour composer, maudissait l'heure, les retards, le sien surtout, jurait d'écrire plus tôt, de se lever matin, de ne plus se coucher, et tout s'achevait par des imprécations à l'adresse de M. Bernstein.

Je retrouvais parmi les collaborateurs de *Je suis partout* mon bon maître André Bellessort, entré depuis à l'Académie dont il fut élu en 1940 secrétaire perpétuel. Les premiers temps, cela me semblait vraiment très irrespectueux de mesurer la longueur de ses articles à la ficelle, de lui demander de couper quelques lignes, voire de les couper moi-même. Ce n'était pas à moi, mais à lui, de corriger les copies : mais il y a parfois dans la vie de ces savoureuses interversions.

Ainsi passions-nous les journées de travail matériel, qui sont quelquefois assez dures, mais passionnantes. On venait volontiers nous voir, pour nous distraire, et parce que ne sont pas journalistes ceux qui n'aiment pas le contact avec les machines et avec le plomb. Bernard de Vaulx passait, lisant les livres d'histoire, ou regardant vivre en Bourgogne les paysans français. Et Camille Fégy, qui fut communiste, puis rédacteur en chef de *la Liberté* de Jacques Doriot, et qui sait ce que c'est que la vie ouvrière. Parfois entrait un étonnant garçon, Jean Fontenoy, aventurier-né, rédacteur de journal à Shangaï, correspondant d'agence à Moscou, passionnant à entendre, à lire, observateur prodigieux de vie, — et engagé en Finlande à la guerre. Il a l'air tantôt d'un paysan briard, tantôt d'un Oriental, avec ses yeux bridés, sa figure tannée. Il a publié des livres bien savoureux sur le communisme, sur ses voyages ; il aime à circuler à travers les bagarres de notre époque, les mains dans ses poches, les yeux partout où il ne faut pas, et très silencieusement amusé. Il part pour la Chine comme on partirait pour Robinson, discute le coup dans cinq ou six langues, il fait d'extraordinaires imitations de généraux limogés de 1914, et je pense que c'est le plus curieux personnage que j'aie rencontré. Lorsque notre travail était fini, nous allions boire quelques demis au bistro du coin, avec Charles Lesca qui, sous ses airs tranquilles, ne trouvait jamais le journal trop violent, et le maître tout-puissant de notre imprimerie, Pierre Varillon. Il y eut des grèves, ces années-là, dans les imprimeries comme ailleurs. Pas à celle de *l'Action française,* qui fut longtemps le seul journal paraissant le 1er mai. Nous y venions alors à pied, car il n'y avait ni métro, ni taxi, nous nous enfermions derrière les portes de fer, gardés par les camelots, dans une excitante atmosphère de conspiration. C'était le bon temps.

Il en venait d'autres encore, que je ne puis tous nommer[1]. Notre benjamin était Claude Roy, dont j'avais lu un article fort beau, il y a plusieurs années, dans *l'Etudiant français,* sur la mort de Kipling. Il écrivait des articles sur

1. On sait qu'au mois de juin 1940, la police de M. Mandel, alors ministre de l'Intérieur, inventa contre *Je suis partout* un absurde « complot contre la sûreté de l'Etat ». Charles Lesca et Alain Laubreaux furent arrêtés, et libérés le 28 juin sur l'intervention du Maréchal Pétain. Une ordonnance de non-lieu fut naturellement rendue. Robert Brasillach avait été rappelé du front de Lorraine, retenu trois jours à la police, et avait regagné son poste par le dernier train à travers les bombardements. Par la suite, des collaborateurs du journal, Robert Brasillach, Pierre Cousteau, Robert Andriveau, Jacques Perret, Claude Roy, furent prisonniers en Allemagne, et Georges Blond prisonnier cinq mois en Angleterre. (Note de l'éditeur.)

la poésie, ingénieux et charmants, il allait camper avec Georges Blond. Comme il était blond et frisé, nous l'appelions le mouton. Il venait parfois nous voir en uniforme, car il faisait son service militaire. Il aimait Apollinaire, Supervielle et Patrice de La Tour du Pin, et il commençait d'écrire des nouvelles enfantines et savantes, dans une forme ravissante.

Nous ne nous contentions d'ailleurs pas de Paris, et des réunions de l'amitié. Il nous est arrivé de voyager ensemble, de faire des conférences collectives. La plus belle se fit à Lyon, deux années de suite, par les soins d'amis passionnés pour notre journal. Nous l'appelions notre *parteitag*, à la manière de Nuremberg. La séance était plus modeste évidemment que les congrès nazis, mais se passait dans une ferveur vraiment magnifique. Il y avait là Georges Blond, P.-A. Cousteau, moi-même, et en 1938, nous emmenâmes Lucien Rebatet. Il se fit applaudir trois fois au cours de sa première phrase, souleva un enthousiasme considérable, et la foule qui l'écoutait se sentait prête à tout, à la révolution comme au pogrom. Nous n'avons jamais voulu croire que les Lyonnais étaient des gens froids. Il est vrai que pour nous rappeler à la modestie, nous allions le lendemain parler à Saint-Etienne dans une salle obscure, miteuse et vide, où nous avions toutes les peines du monde à empêcher Lucien Rebatet de faire du scandale. « Je m'ennuie trop, murmurait-il d'une voix redoutablement perceptible. » Il sortait de la scène sans façon, rêvait de dessiner des inscriptions obscènes dans les couloirs, explorait les greniers, et projetait de faire sa rentrée sur l'estrade muni d'une paire d'échasses qu'il avait découvertes, tandis que nous mourions d'inquiétude et de rigolade contenue.

Notre automobiliste attitré était Pierre-A. Cousteau que nous appelions volontiers Pac, de ses initiales. L'armée française a bien compris l'utilisation rationnelle de ses compétences, puisque c'est dans les fonctions de conducteur qu'elle lui a fait commencer la campagne. Je me suis beaucoup promené avec ce cher garçon : en France, en Allemagne, et deux fois nous sommes allés ensemble en Espagne. Journaliste-né, lui aussi, le plus direct et le plus vivant de nous tous dans ce domaine avec Alain Laubreaux et Lucien Rebatet, et le plus franc personnage de la terre, et le meilleur camarade. Je ne crois pas que nous nous ressemblions beaucoup, je veux dire que nous différons sur bien des choses : mais je ne me suis entendu avec personne, ces années-là, comme avec lui. Il a horreur du camping, et il a fait seize mille kilomètres de camping en Amérique. Il n'aime pas l'auto, et il a fait le tour de l'Europe en voiture, et il est toujours au volant. Il est passionné, il est clair, il est plein d'idées justes ou cocasses. C'est lui qui a rédigé presque toutes nos pages parodiques de *Je suis partout,* y compris son chef-d'œuvre, un faux *Paris-Soir* dénommé *Paris-Sucre,* avec portrait de l'assassin au berceau, révélations sur le voyage de M. Chamberlain à Munich par amour pour une petite marchande de parapluies, roman historique à la manière de Paul Reboux sur les amours de saint Louis et de la belle Fatma, et statistiques des tartines de confiture et des rouleaux compresseurs que peuvent mettre dans la balance la démocratie russe et la démocratie chinoise. Mais c'est lui qui rédigeait aussi le bulletin de politique étrangère, et les études les plus sérieuses sur les déficiences soviétiques. Il n'est personne avec qui il soit plus agréable de voyager, de travailler : car il est toujours de bonne humeur et toujours inventif. Nous nous sommes amusés, nous avons beaucoup travaillé, nous avons monté quelques farces, nous nous sommes attiré des haines solides, à droite comme à gauche. C'est que nous n'étions ni des conservateurs ni des marxistes. Au mois de mai 1938, lorsque les communistes défilèrent au Père-Lachaise en l'honneur des morts de la Commune, d'une part nous publiâmes la liste des « morts de la Révolution nationale » depuis la guerre, de Philippe Daudet au petit Gignoux, et de l'autre nous allâmes au Mur des Fédérés porter une couronne « aux premières victimes du régime ». Et nous tenions aussi avant tout pour des victimes du régime, les ouvriers marxistes de Clichy tombés sous les balles de la police du Front Populaire, lors d'une grève.

Ainsi nous avons connu dans cet étonnant journal, plus que partout ailleurs, ce qu'il faut nommer la vraie camaraderie. Elle a besoin, pour se fonder, sans doute, d'un travail commun, de quelques espérances communes, voire de quelques dangers communs. Elle a besoin aussi de confiance, de sympathie, de gaieté, et de ne pas trop se prendre au sérieux. Nous avons eu tout cela, nous l'avons eu avec encore la jeunesse auprès de nous, dans un monde de plus en plus troublé et changeant, où notre camaraderie nous paraissait justement un des rares points fixes. C'est ce qui nous a donné des plaisirs qu'on ne nous enlèvera pas, vivants, gouailleurs, libres, que nous désespérons de faire comprendre à ceux qui ignorent justement la vie, la gouaille, la liberté. Dans une journée d'imprimerie, une discussion, un voyage, nous reconnaissons aujourd'hui le goût et le parfum de cette camaraderie unique. Elle ne peut exister dans les journaux soumis à tant de règles humaines et coutumières : il y faut autre chose qu'un travail dans le même lieu. Il y faut ce sentiment de former une bande, pour le meilleur et pour le pire, et ce qu'on nommera, pour choquer les bourgeois, le sens du gang.

*
* *

Je dois avouer que si nous avions l'amour de Paris et de ses spectacles, nous n'avions jamais fréquenté beaucoup, jusque-là, les conférences. En quelques dix ans, mises à part certaines réunions politiques, je crois n'avoir jamais assisté qu'à celles que fit André Bellessort en 1929 ou 1930, à l'Institut d'Action française, sur les origines de la IIIe République, et où nous allions retrouver avec plaisir notre bon maître. Ce n'est guère qu'en 1936 que nous nous sommes mis, d'étrange façon, à en prononcer nous-mêmes, et, sans doute mis en goût, à aller en écouter. Aux *Annales* nous entendions Jean Giraudoux parler de La Fontaine, en hésitant un peu, comme s'il était embarrassé d'une telle tâche, et le dépeindre hanté par le sommeil, les femmes, le monde, la vérité, la fable plus que les fables. Et surtout, nous connûmes bientôt *Rive gauche*, où nous avons apporté l'entrain, le plaisir, l'imprudence, la fantaisie, le rire et la blague, que nous avions apportés, quelques années auparavant, à *la Revue française*. Rien ne se fit jamais parmi nous sans la collaboration de l'ironie, et si le plaisir que nous avons pris a fini par la peine et par le regret irréparable, il ne nous en est que plus cher.

Rive gauche avait commencé à la fin de 1934, je crois, où une jeune femme venue de Bordeaux s'était mise en tête, sans relations ou presque, d'organiser une société de conférences, jeune et vivante. Annie Jamet avait fait parler Charles Maurras, et Henri Massis, et Louis Jouvet. Chez elle, dans un petit appartement du boulevard Péreire où couraient six enfants, elle écrivait, de sa vilaine petite écriture de mauvaise élève, des lettres que dactylographiaient son mari, la femme de chambre, la femme de ménage ou les amis de passage. Parfois, il y avait des erreurs, bien entendu. Rien n'est volage comme l'oiseau conférencier. Il promet, et il ne vient pas. Il change d'avis, de sujet, de jour, d'heure. Il faut le remplacer au pied levé. Le public n'est pas toujours prévenu. De pieuses personnes venant un jour entendre une conférence sur le scoutisme catholique tombèrent sur Salvador Dali, peintre surréaliste, qui commença par débiter d'énormes obscénités et termina sa conférence les pieds dans une cuvette et une omelette sur la tête. Annie Jamet réparait les erreurs comme elle pouvait, s'excusait, écrivait, riait sous cape. Elle devait en voir bien d'autres. Pour illustrer la conférence d'un romancier pro-chinois, elle fit candidement projeter un jour un film de propagande japonaise. Sans le sou, bien entendu, toujours endettée, toujours courant après un commanditaire qui ne venait jamais, elle eut l'idée, un beau matin de 1936, de créer une agence de voyages, elle convainquit un grand homme d'affaires suisse, à qui ses idées plurent. Une agence fut créée à Paris, qui dura quelques mois, mais où je crois bien que l'organisation fit défaut. On renvoya la belle équipe, on abandonna les projets majestueux qui consistaient à faire visiter Paris à des Suisses munis de cartes leur donnant droit d'entrer partout, théâtres, cinémas, autobus, sans payer : le forfait libre et complet, les avantages de la caravane et ceux de l'individualité. C'était trop beau pour réussir, personne ne comprit. Quelques-uns de nos amis s'en occupèrent avec elle. Un frère de Maurice, Henri Bardèche, revenu de courir les mers comme commissaire, le désert comme directeur d'hôtel, Paris comme candidat à un métier, l'Europe comme toujours fiancé à des filles toujours jolies et toujours étrangères, lui apportait son sourire, son amitié, sa gentillesse, et par miracle, fut le seul à échapper à la dispersion. A l'été de 1937, il ne restait plus qu'une agence comme toutes les autres, et Annie Jamet revenait à *Rive gauche.*

Je l'avais rencontrée au début de 1936, elle m'avait demandé une conférence sur Jacques Bainville que devait présider Charles Maurras, et c'est à cette occasion que je commençai à la connaître, par les jours pluvieux de février où nous courions les salles à louer. Car M. Léon Blum avait eu l'oreille écorchée, et Charles Maurras était un dangereux malfaiteur dont personne ne voulait. M. René Rocher, directeur du Vieux-Colombier où Annie Jamet faisait ses conférences, l'avait interdit de séjour, d'autres, terrifiés, se barricadaient derrière leurs portes. On finit pourtant par trouver un brave, mais j'avais appris à connaître, pendant ces recherches, cette vive jeune femme brune, si vite camarade, excitée par la résistance, courageuse comme je n'ai vu personne l'être, qui s'avançait à travers les obstacles, son nez pointu en avant, et nous l'appelions l'oiseau Jamet.

L'hiver de 1936, Pierre Gaxotte donna à *Rive gauche* cinq conférences sur la France. C'était le soir, dans l'horrible salle des Sociétés savantes, au Quartier Latin, toujours comble. Nous nous y réunissions comme pour un rite : c'était ce que nous appelions « la messe de Gaxotte ». Le conférencier arrivait, son fin visage d'étudiant moqueur tout souriant, jeune, mince, il posait ses papiers sur la table, et d'une voix claire, il commençait à expliquer la France. Sa fierté, et non sa prudence, sa prodigalité, et non son avarice. Il citait les lettres de Louis XIV et celles de Lyautey, il nous promenait dans une géographie sentimentale et merveilleuse, où la moindre ville était riche de tant d'efforts, de plaisir, de joie de vivre. Moqueur, il ne respectait pas les grands de ce monde, ni leurs principes. Mais il saluait la jeunesse, il rappelait que le maître-mot de la France au grand siècle, ce n'était pas la raison, comme on l'a dit, mais *la gloire*. Et que la France ce n'était pas la mesure, mais la grandeur.

Elle nous avait demandé de parler chez elle, joyeuse à prendre des risques, à rassembler un public pour des jeunes gens qui n'avaient jamais paru sur une scène. Elle nous envoyait aussi en province, et nous avons tous plus ou moins débarqué avec une valise et quelques feuilles de papier, dans une petite ville, pour parler du fascisme, de la presse, de littérature, de nos voyages. Ainsi apprenions-nous à connaître, parfois, d'étonnants milieux, les uns érudits, sages et charmants, d'autres pleins de vie, d'autres encore étrangement bornés, étrangement limités sur un seul sujet, ignorant tout du monde excepté, par exemple, la maçonnerie, ou la façon de tuer les bœufs, ou les médailles du Bas-Empire. Un conférencier un peu assidu est sans doute celui qui pourrait tracer l'image la plus surprenante, la plus variée, la plus juste et la plus exotique de la bourgeoisie française. Notre amie voulait donner une vision exacte de son temps, relançait les parlementaires ou les écrivains de gauche, qui refusaient quelquefois de venir dans une société infestée de l'esprit d'Action française, les étrangers, les voyageurs. Au début de l'hiver 1937, nous lui organisâmes trois conférences de *Je suis partout*, qui eurent un gros succès. La moindre idée, si elle lui paraissait originale, était toujours accueillie, quels que soient les risques. Et cela se savait, et l'on commençait à venir, à accueillir cette jeune femme décidée, à l'esprit aventureux, parfois brouillon, et l'extraordinaire atmosphère de vie et de jeunesse qu'elle traînait avec elle.

Elle fit parler son commanditaire, qui savait mal le français, pour exposer ses idées qui consistaient essentiellement à acheter à bas prix les places vides dans les théâtres, les chambres vides dans les hôtels en morte saison, ce qu'il nommait « acheter les creux ». Mais comme il ne donnait aucune explication en employant cette expression juste et baroque, le public se demandait ce que voulait dire ce Suisse à l'accent épouvantable. Elle demanda un Allemand pour exposer ce qu'était la jeunesse nazie, mais on lui envoya un Allemand qui ne parlait pas français : et cette conférence donnée en allemand fit presque scandale, sans que la pauvre Annie y fut pour rien. Elle haussait les épaules, elle riait, elle courait par les nuits froides, ayant toujours besoin autour d'elle d'amitiés, de camaraderie, et même d'agitation. C'était elle seule, bien entendu, qui animait ses conférences, et qui faisait ainsi parler, par curiosité, des gens qui n'étaient guère de nos amis, comme M. Benda, à moins qu'elle ne demandât à Vaillant-Couturier d'expliquer ce qu'est le communisme. Nous assistions à quelques-unes, ou bien, lorsque c'était trop ennuyeux, nous l'entraînions hors du cinéma Bonaparte où elles avaient lieu dans l'après-midi, et nous allions boire un verre au bar-tabac le plus proche. Il lui arrivait aussi de réunir les conférenciers, les amis, les dames du monde, dans de petites réunions, parfois chez elle, le plus souvent chez des amis pourvus d'appartements vides et vastes, qui les lui confiaient volontiers. Cela tenait toujours de la surprise-party, du pique-nique et de la soirée d'étudiants.

La dernière année, *Rive gauche* nous avait offert bien des plaisirs. Elle avait commencé en 1935 en jouant un acte de Paul Morand : pourquoi ne pas refaire du théâtre ? Annie Jamet battit le ban et l'arrière-ban de ses relations mondaines. Je lui proposai quatre conférences sur Pierre Corneille. On ferait donc jouer la tragédie à ces élèves des Sciences-Po, à ces avocats, à ces jeunes femmes du monde. On découvrit chez Dullin un jeune Norvégien, chez un couturier une jeune Russe. Parfait, ils seraient Rodrigue et Chimène, et la confidente serait Roumaine. De cette extravagance pure naîtrait un des plus sérieux moments de ma vie de spectateur, la rencontre d'un Cid de vingt ans, beau comme un jeune Viking, avec des cheveux dorés sur son armure dorée, et d'une Chimène pâle et blanche, avec une immense croix noire sur sa robe blanche, et le Cid à genoux offrant sa vie, et Chimène se détournant avec un tremblement merveilleux. Je ne reverrai plus jamais cela. Nous répétions pendant des soirées entières, les pièces les moins connues, parfois les plus belles, le grave et merveilleux *Suréna,* et *Tite et Bérénice,* et *Attila,* et nous montions un acte de *Nicomède* dans un décor arabe, et la scène centrale de *Sertorius* en chemises noires fascistes, et le premier acte de *Clitandre* avec des pancartes pour décor, dans un style mi-parodique, mi-sincère. Pour *Attila,* Thierry Maulnier avait imaginé une mise en scène dans le style du Camp du drap d'or ; il était allé emprunter pour moi avec Annie Jamet des rideaux vert pâle à Georges Pitoëff, il avait bâti une tente légère, et on avait jeté sur la scène pour trente mille francs de fourrures (les comédiens amateurs ont leurs avantages), et les acteurs avaient loué des costumes antiques, mais ils portaient la canne et la perruque pour restituer à cette comédie de l'amour son vrai style louis-quatorzien. Ce fut une somptueuse réussite.

Parallèlement, Georges Blond préparait une conférence sur le théâtre d'avant-guerre, cruelle et ingénieuse. On joua un acte de Lavedan et surtout deux actes d'*Amoureuse* qui furent prodigieux : le burlesque de ce pathos d'avant-guerre, accentué par le décor miteux, les costumes de l'époque, les moustaches et le lorgnon de l'irrésistible séducteur, la barbe du cocu, donnaient à cette représentation l'aspect d'un film de 1912, et remettaient Porto-Riche à sa vraie place. Encore s'agissait-il peut-être de sa pièce la moins médiocre, comme si Georges Blond, qui aurait pu choisir Bataille, aux défauts plus apparents, avait joué la difficulté, pour mieux faire ressortir la stupidité foncière de ce théâtre. C'était en janvier 1938, il me semble qu'il y a un siècle, et nous nous amusions beaucoup. Nous retrouvions unis les plaisirs de notre jeunesse, encore une fois, et le monde des *tapirs,* et la parodie qui nous a toujours été chère, et le goût de blaguer, et le plaisir dans le travail, et l'amitié.

Tout cela a disparu. La troisième conférence sur Corneille, le vendredi 25 février 1938, eut lieu sans représentation, et la dernière, huit jours après, ne fut donnée, avec *Suréna* et *Psyché,* que comme un adieu. Le 25 février, Annie Jamet avait été emportée par une péritonite inattendue en quarante-huit heures.

Qu'était-elle ? Une de nos amies me disait un jour :

— Ce qu'il y avait de plus extraordinaire chez elle, c'était le courage.

Je crois que le mot est exact. Elle était courageuse, elle ne s'abandonnait jamais, ni devant les difficultés matérielles, ni devant aucune autre, même pas devant les rebuffades, ce qui est peut-être plus difficile à une femme. Et c'était une amie, comme on a peu d'amies, une camarade hardie, ingénieuse, dévouée, prête à toutes les ruses et toutes les résistances pour ses compagnons. Mais avant toute chose, c'est l'être le plus proche de la vie que j'aie connu.

Je ne l'oublierai jamais : cette phrase banale,

je lui donne tout son sens. Il m'arrivait de sortir avec elle le soir, dans Paris illuminé, où nous parlions jusqu'à deux heures du matin. On fermait sur nous les portes de ces cafés des Champs-Elysées où nous finissions presque toujours par échouer. Nous allions dîner parfois dans un petit bistro de Neuilly, étroit et comble, où je ne suis plus revenu, — ou bien à la Villette, et nous nous promenions un peu le long du canal. Je ne crois pas que l'on puisse dire que nous nous faisions des confidences. Ce n'est pas tout à fait mon habitude. Mais nous échangions, sous prétexte d'idées générales, des mots que nous n'aurions sans doute jamais dit à d'autres. Tout, auprès d'Annie Jamet, devenait extraordinairement vivant, extraordinairement présent. Il lui arrivait de me téléphoner pendant une heure, pour ses conférences, ou pour rien. Non pour bavarder, mais pour accentuer sa présence, et sa prise sur la vie.

De la vie, je crois qu'elle aimait tout : les plaisirs comme les peines. Imprudente en toute chose, fonçant à travers les dangers et les tentations, sa petite tête d'oiseau en avant, non point irréfléchie pourtant, mais têtue au contraire, et volontaire, c'était la créature humaine la plus humaine. Non sans inquiétude, bien sûr, sans quelque agitation intérieure, brûlée, insomnieuse, ayant besoin d'amis, de bruit, de noctambulisme, presque effrayée d'être seule, semblait-il, et soudain, partant pour quelques jours de solitude en montagne, le plus loin possible, sans personne. Nous avons fait quelques voyages ensemble, avec d'autres amis, voyages toujours rapides, comme si rien de durable ne pouvait s'établir avec cet être : un jour à Bruxelles, pour voir le Comte de Paris, un jour en Suisse, cinq jours en Allemagne. Elle semblait alors détendue, un peu ivre, oublieuse de Paris, de ses ambitions, de ses soucis. Et puis, cette femme qui aimait le théâtre, la danse, le bruit, la vie nocturne, prenait soudain une voix basse, des yeux brillants, et l'on s'apercevait que la chose au monde à quoi elle tenait le plus, encore que sa vie l'écartât d'eux le plus souvent, c'étaient ses enfants, ses six enfants.

Je suis allé la voir deux jours avant sa fin, elle était couchée et malade, toute jaune, elle souffrait depuis le matin, mais on n'aurait jamais songé à un départ si brusque. Après l'opération tentée trop tard, on lui fit venir un prêtre. On m'a dit qu'elle avait longuement discuté avec lui, et qu'il était sorti plein d'admiration pour cette femme étonnante. Elle avait dû y mettre la même ténacité, la même ardeur à convaincre qu'elle n'a certainement pas abandonnées devant Dieu, et qui la faisaient toujours arriver à ses fins, avec sa petite voix un peu essoufflée, un peu détimbrée.

Pour moi, qui n'ai peut-être pas eu d'amitié vraie, d'amitié que j'ai envie d'appeler virile, pour aucune autre femme sinon pour elle, je ne puis croire encore aujourd'hui qu'elle ne soit plus. Je ne dis pas que j'aie envie de lui écrire, nous ne nous écrivions jamais. Mais je pense que, rentré à Paris, je l'entendrai de nouveau au téléphone, que je retrouverai la ville miroitant sous la pluie, nos cafés le soir, le cabaret de Suzy Solidor où nous sommes allés une fois, la piscine Molitor où elle emmenait de temps à autre l'un de ses enfants. Je pense qu'elle est vivante. Je ne crois pas me tromper.

*
* *

Pour terminer cette suite d'images sur les amis, vivants ou morts, je crois bien qu'il me faut enfin rechercher l'une des plus précieuses d'entre elles.

Anciens admirateurs de Péguy, nous parlions depuis longtemps de faire le pèlerinage de Chartres. Nous n'étions pas tous bien férus de marche, certes, et moi-même moins que tout autre. Mais nous ne connaissions pas la cathédrale, la ville, et puis nous voulions voir. Les jeunes gens commençaient alors à courir les routes, à dormir dehors. Notre premier pèlerinage est de l'Ascension 1936, par un temps frais et pluvieux. Quand Péguy le fit, la banlieue était plus agréable, sans doute, moins industrielle, moins sillonnée aussi par les autos : de Notre-Dame de Paris à Palaiseau, par Sceaux et la Croix-de-Berny, la route est bien ennuyeuse. Nous discutions avec curiosité sur le poème et sur les pièces annexes :

Nous avons pour trois jours quitté notre boutique...

et le propos de Péguy à son ami Lotte : « Cent quarante-quatre kilomètres en trois jours... Ah! mon vieux, les Croisades, c'était facile... » Quel était ce chiffre ? Il y a quatre-vingt-dix kilomètres de Paris à Chartres. Je sais bien que Péguy était passé par Dourdan, ce qui allonge passablement la route. Mais il n'était parti que de sa maison de Lozère, en banlieue, et non pas de Notre-Dame. Nous sûmes qu'il avait fait l'aller et le retour. En trois jours ? C'était beaucoup. Ces mystères restèrent insolubles pendant longtemps, et Pierre Bost, qui fit le pèlerinage au mois de septembre suivant, et le raconta dans *Marianne,* se posa les mêmes questions. Comme il avait parlé d'Alain Fournier parmi les compagnons de Péguy, je demandai ce qu'il en était à Mme Jacques Rivière, la sœur d'Alain Fournier que je rencontrai un jour chez l'éditeur Corrêa (elle me montra une photographie de son frère, et de sa fille vêtue en religieuse, et de son fils, qui ressemblait un peu aux jeunes gens de 1907, que j'avais tant lus à Louis-le-Grand...) C'est elle qui me donna la clef du mystère. Alain Fournier tout d'abord, n'avait pas participé au pèlerinage, mais avait promis de l'accompagner dans un second voyage, qui n'eut d'ailleurs pas lieu. Pour l'expression « trois jours » il faut l'entendre au sens mathématique : Péguy partit de Lozère, un vendredi je crois, après la matinée, arriva le samedi soir à Chartres, ce qui représente une bonne moyenne de marche, mais n'a rien d'invraisemblable. Il repartit le dimanche matin, et rentra le lundi dans la journée à Paris. Son voyage avait duré quelque soixante-quinze heures, soit trois jours, mais en quatre journées. Tout nous devenait clair.

Nous fûmes plus modestes, nous contentant de vingt-cinq à trente kilomètres par journée, pour atteindre, nous aussi, Chartres en trois jours. On n'était pas encore tout à fait habitué aux campeurs, et on nous regardait de travers dans les hôtels de village où nous nous arrêtions, qui auraient dû pourtant être ravis de cette aubaine. Il y avait Georges et Germaine Blond, José Lupin, Maurice et moi, le premier jour.

Mais nous n'étions pas tous assez libres pour avoir trois jours à nous, et certains durent revenir à leur travail. Moi-même, j'abandonnai la route le dernier jour. Nous nous retrouvâmes pourtant tous le dimanche à Chartres, avec d'autres amis venus par le train. Nous avions connu, nous, cette marche

D'un pas toujours égal, sans hâte ni recours,
Des champs les plus présents vers les champs les
plus proches.

J'avais emprunté à Jean Effel, pour partir, un sac de campeur qu'il avait rapporté de Russie, et que nous blaguions beaucoup parce qu'il était de qualité assez médiocre, que ses cuirs se déchiraient comme du papier, et qu'il nous inspirait les doutes les plus vifs sur l'industrie et l'armée soviétiques. J'ai pourtant gardé depuis lors ce « sac de komsomol », et je ne méconnais pas l'humour qu'il y a à le traîner aujourd'hui dans mes déplacements.

L'année suivante d'ailleurs, en septembre 1937, nous avons recommencé le pèlerinage de Chartres, en son entier cette fois, pour moi. Nous sommes passés par la vallée de Chevreuse, plus agréable, et nous avons retrouvé, dans l'automne doux, la même impression, la même fraîcheur.

Ainsi nous naviguons vers notre cathédrale...

C'est une marche un peu longue, je l'avoue, pour qui n'a guère l'habitude d'avancer ainsi sur les routes. Mais le paysage est moins monotone qu'on ne le croirait, vallonné, herbeux, et le repos sur le talus d'un champ, devant les meules, est inoubliable, et la fatigue aussi, le soir, quand les genoux ne se plient plus, le troisième jour. Je regarde parfois les photographies que nous en avons prises, pour faire mentir Péguy :

C'est ici la contrée imprenable en photos...

Et je pense surtout à cette ligne indistincte et pure qui commence soudain, lorsqu'on est vraiment en plaine, à monter sur l'horizon, à appeler, de vingt kilomètres, à se préciser peu à peu, « la flèche unique au monde » :

Tour de David, voici votre tour beauce-
ronne,
C'est l'épi le plus dur qui soit jamais
monté...

La critique littéraire ambulatoire a son charme.

Je pense plus encore, maintenant que j'écris ces lignes, par un jour de neige alsacien, à mes amis de ces deux pèlerinages. Je pense à la merveille apparue sur la petite place, aux deux tours, la fleurie et la simple, aux vitraux bleus et doux, à l'ange musicien, à l'âne, aux saisons, aux figures charmantes ou cocasses qui font monter vers le Créateur les chants de la terre, je pense à la merveille française, à toute cette sculpture, la plus tendre qui soit, la seule au monde qui m'émeuve, au Moyen Age des miracles et des incarnations. Si Notre-Dame le veut, nous reviendrons, un de ces étés, vers Chartres, par les chemins secs et sonnants, nous qui avons fait les deux pèlerinages de ces années, et d'autres amis, s'ils le désirent. Nous retrouverons notre jeunesse préservée,

> *L'image et le tracé de nos redressements,*
> *La laine et le fuseau des plus modestes sorts...*

Nous apporterons peut-être d'autres images que celles que nous présentions à la Vierge noire, dans la chapelle aux mille cierges, ou dans la crypte basse et fraîche. A Notre-Dame de Chartres, nous savons aujourd'hui que nous n'avons rien à demander : car nous n'avons qu'à faire comme Péguy, à nous remettre, à nous confier, et ce n'est plus notre tâche, de veiller sur nous. Mais nous pourrons penser, comme nous y pensons maintenant, pour les morts et pour les vivants, au poème sacré :

> Et nunc et in hora, *nous vous prions pour nous,*
> *Qui sommes plus grands sots que ce pauvre gamin,*
> *Et sans doute moins purs et moins dans votre main,*
> *Et moins acheminés vers vos sacrés genoux...*
> *Quand on nous aura mis dans une étroite fosse,*
> *Quand on aura sur nous dit l'absoute et la messe,*
> *Veuillez vous rappeler, reine de la promesse,*
> *Le long cheminement que nous faisions en Beauce...*

VI

CE MAL DU SIÈCLE, LE FASCISME...

Nous sommes bien loin, désormais, des vagues promesses que nous faisaient à Genève, aux environs de 1925, les bâtisseurs de nuées et d'illusions. Peut-être n'est-elle pas exempte d'illusions non plus, la jeunesse française qui vit dix ans après. Mais ses rêves ont une autre couleur, et peut-être cette couleur est-elle la plus difficile à comprendre dans toutes ses nuances, si l'on veut décrire l'aventure intellectuelle de l'avant-guerre. C'est le temps où chacun se tourne vers les pays étrangers, où il y cherche et souvent rejette de soi, quelques avertissements et quelques instructions. C'est le temps où, devant les autres nationalismes, le nationalisme français prend plus nette conscience de soi-même, mais c'est aussi le temps où il écoute mieux que jamais au-delà de ses frontières. Et c'est le temps où se forme un esprit préparatoire à ce qu'on pourrait nommer le « fascisme » français. Telle est la dernière aventure qui tente autour de nous une partie de la jeunesse à la veille de la guerre, et celle qu'on a le moins contée.

Lorsqu'un chef désormais, ami ou adversaire, s'adresse aux camarades de l'Empire et d'au-delà des mers, lorsque nous voyons s'épanouir sur les écrans argentés la dure floraison des jeunesses nationalistes, il faut bien en effet en prendre son parti : ce ne sont pas seulement les hommes enfermés dans les frontières dictatoriales qui ressentent un coup au cœur, mais partout, à travers le vaste univers, ceux qui croient encore aux vertus de la nation, de la race, de l'histoire, et qui, parfois émus, parfois rageurs, songent au passé et au présent de leurs pays, et se disent : « Pourquoi pas nous ? »

Et grâce aux aventures que courent, dans quelques pays, au pouvoir ou vers le pouvoir, des millions d'hommes, grâce aux lignes de chance devinées par les anciens ou les jeunes faiseurs de livres, nous avons pu voir ainsi, depuis vingt ans, naître un type humain nouveau, aussi différencié, aussi surprenant que le héros cartésien, que l'âme sensible et encyclopédiste du dix-huitième siècle, que le « patriote » jacobin, nous avons vu naître l'homme fasciste. Peut-être, en effet, comme la science distingue *l'homo faber* et *l'homo sapiens,* peut-être faudrait-il offrir aux classificateurs et aux amateurs de petites étiquettes cet *homo fascista* né en Italie sans doute, mais qui peut réclamer, lui aussi, la désignation universelle de l'entomologie latine. Ceux-là mêmes qui n'acceptent point sa domination, auraient tout intérêt, sans doute, à le bien connaître, fût-ce pour le combattre. Car il est devant eux, il n'en faut pas douter, comme le furent devant d'autres temps le chevalier chrétien, appuyé sur la croix et l'épée, ou le pâle conspirateur révolutionnaire dans ses imprimeries clandestines et ses cafés fumeux — une des incarnations les plus certaines de son époque.

Si nous faisions de l'histoire au lieu de rassembler des images, nous dirions que, de même que, formé par l'Encyclopédie et ses principes, le jeune et sensible démocrate découvrait une exaltation nouvelle à la naissance des Etats-Unis d'Amérique, créés par la franc-maçonnerie, de même, au vingtième siècle, c'est l'Italie qui vint apporter la première réalisation politique d'une doctrine nationaliste et sociale. Puis, le Portugal d'Oliveira Salazar, fondé sur des principes chrétiens, donna le modèle d'un système corporatif inspiré de La Tour du Pin, et qui n'avait été appliqué en Italie que dans les cadres d'une administration plus rigoureusement étatiste. Lorsque l'Allemagne, à son tour, eut accompli sa révolution, elle y apporta sa personnalité propre. Le culte de la patrie se traduisait en offices diurnes et nocturnes, en nuits de Walpurgis éclairées par les projecteurs et par les torches, en musiques énormes, en chansons de guerre et de paix chantées par des millions d'hommes. Enfin, dans les années qui suivirent, les divers mouvements nationalistes, soit vainqueurs, soit candidats au pouvoir, quelles que soient leurs divergences, apportèrent chacun un trait particulier, ou renforcèrent la noion d'une révolution universelle, analogue à celle qui brûla toute l'Europe en 1848 par exemple.

On s'intéressait aux tentatives de création d'un sentiment national turc par Mustapha Kemal. On regardait le feu s'allumer un peu partout, briller, d'une flamme faible, ou haute, on voyait tout le vieux monde menacé peu à peu. C'était sur les plaines et les canaux de Hollande, parmi les pâturages, les champs de tulipes et les armées à bicyclette, le *National-socialistische Beweging* de Mussert ; c'était dans les faubourgs de Londres même, dans les prairies anglaises, les mines anglaises, la *British Union of fascism* d'Oswald Mosley (même si l'on se moquait de Mosley) ; c'étaient les nationalistes de Suisse ; tous les peuples tour à tour, des trouées balkaniques aux secs paysages de Grèce, aux fjords glacés, des plaines rouges de Castille aux monts verts et blancs où résonne une cloche perdue, commençaient une longue nuit agitée et insomnieuse, où ils entendaient chanter, chacun à leur mode : « Nation, réveille-toi ! » En Roumanie, Cornéliu Codreanu adressait à ses légionnaires ses discours pleins d'une poésie rude et bariolée, faisait appel au sacrifice, à l'honneur, à la discipline, réclamait cet « état d'illumination collective, rencontré jusqu'ici dans les grandes expériences religieuses » qu'il appelait l'état « d'œcuménicité nationale », et créait le mouvement original, monastique et militaire, de la Garde de Fer. En Belgique, enfin, terre de libéralisme traditionnel, le rexisme mettait, à cause de son chef de trente ans, l'accent sur l'élément le plus spectaculaire et le plus attirant du monde nouveau : la jeunesse. L'univers flambait, l'univers chantait et se rassemblait, l'univers travaillait. L'Allemagne, attentive aux temps nouveaux, attendait son heure, et préparait sans arrêt l'avenir.

Et pour finir, alors que toutes les doctrines diverses ou bien attendaient encore le pouvoir, ou bien s'en étaient emparées sans longue guerre (même le national-socialisme allemand), une lutte terrible éclatait sur l'une des plus nobles terres de l'Europe, et opposait en combats sanglants le *fascisme* et l'*antifascisme*. L'Espagne ainsi achevait de transformer en combat spirituel et matériel à la fois, en croisade véritable, la longue opposition qui couvait dans le monde moderne. Ses brigades internationales, des deux côtés, scellaient dans le sang les alliances. Par toute la planète, des hommes ressentaient comme leur propre guerre, comme leurs propres victoires et leurs propres défaites, le siège de Tolède, le siège d'Oviedo, la bataille de Teruel, Guadalajara, Madrid et Valence. Le coolie chinois, le manœuvre de Belleville, le voyou perdu dans les brouillards de Londres, le chercheur d'or pauvre et déçu, le maître des pâturages hongrois ou argentins, pouvaient tressaillir d'angoisse ou de plaisir devant quelque nom mal orthographié, dans quelque journal inconnu. Dans la fumée grise des obus, sous le ciel en feu parcouru par les avions de chasse, Russes contre Italiens, les contradictions idéologiques se résolvaient en cette vieille terre des actes de foi et des conquérants, par la souffrance, par le sang, par la mort. l'Espagne donnait sa consécration et sa noblesse définitive à la guerre des idées.

Ainsi se créent les mythes. « *Il importe fort peu,* a dit Sorel, *de savoir ce que les mythes renferment de détails destinés à apparaître sèchement sur le plan de l'histoire future; ce ne sont pas des almanachs astrologiques... Il faut juger les mythes comme des moyens d'agir sur le présent...* » Les flammes de la guerre espagnole ont achevé de donner à ces images leur pouvoir d'expansion, leur coloration religieuse. Nous ne pouvons pas les avoir ignorées.

*
* *

C'est au cours d'un voyage en Belgique, en 1936, alors qu'on s'attendait, ce que j'ignorais, à la révolution communiste à Paris pour le milieu de juin, que je rencontrai pour la première fois quelques possédés de l'esprit nouveau. Une promenade de journalistes et de directeurs d'agences de voyage avait été organisée par le tourisme belge, et, je ne sais pourquoi, on m'avait demandé d'en faire partie. Je n'ai jamais fait d'autre voyage en groupe : une fois au moins, c'est à la fois ennuyeux et fort amusant. Les inconvénients en étaient moindres pour moi qui connaissais déjà la Belgique. Je n'en vis que l'aspect cocasse de la caravane, le microcosme humain où chacun se délivre avec précipitation de sa vie quotidienne, les personnages bizarres. J'y rencontrai aussi des compagnons à qui montrer les rues de Bruges, les quais de Gand, loin des foules enrégimentées : Roger d'Almeras, Jean Barreyrc. Nous passâmes dans les villages des Ardennes, encore enchantés par Shakespeare, où un château banal de faux style Louis XIII, dans la nuit qui tombe, dans l'aube qui monte, au son lointain des cors, devient un lieu magique et vert que je n'oublierai plus jamais. Et j'en profitai pour aller voir quelqu'un dont on parlait beaucoup en France depuis quelques semaines, le chef d'un parti belge nouveau, Léon Degrelle.

Les Français qui allaient en Belgique peu après les élections de 1936 ne découvraient pas, en effet, sans surprise, dessinées en blanc sur le pavé même des routes, en noir sur les maisons, de grandes inscriptions qui tour à tour ordonnaient : « Votez Rex » ou annonçaient : « Rex vaincra ». Tous les cent mètres sur les chaussées des Flandres comme dans les belles forêts d'Ardennes, flamboyaient ces mots fatidiques ; ou bien apparaissaient d'ingénieuses affiches, bariolées de couleurs vives, ou d'immenses photographies d'un jeune homme vigoureux. Tels étaient les derniers témoins de cette campagne électorale si rude et si surprenante, qui devait amener à la Chambre belge, sur deux cents députés, vingt et un membres d'un parti nouveau, inconnu un an auparavant, le fameux parti *rexiste*.

Je me souviens d'avoir vu Léon Degrelle pour la première fois, le jour même de ses trente ans. C'est un garçon au visage plein et souriant, qui n'a même pas l'air d'avoir son âge. Je le regarde marcher derrière sa table, j'écoute le son de sa voix plus encore que ce qu'il me dit. S'il est vrai qu'un certain rayonnement physique, qu'une certaine animalité, soient nécessaires à un meneur d'hommes, il est sûr que Léon Degrelle possède ce rayonnement et cette animalité. Je ne l'ai pas encore entendu parler en public, mais je suis sûr qu'il doit faire un remarquable orateur.

Il faut se souvenir qu'en 1936, une partie de la Belgique (et aussi un peu de l'opinion étrangère) était à proprement parler amoureuse du chef de Rex. On s'informait des idées directrices du mouvement, il collaborait à de grands journaux français. Les hommes disaient avec un peu d'ironie : « Les femmes aiment beaucoup Léon Degrelle. Elles le trouvent si beau ! » Mais les rexistes eux-mêmes en plaisantaient et avaient même fait à ce sujet un affreux jeu de mots, tout à fait dans leur manière : « C'est, disaient-ils, ce que nous nommons le Rex-Appeal. » Ce n'est pas une raison parce que le Rex-Appeal s'est trouvé en baisse en 1939 pour empêcher ce qui a été d'avoir été, à tort ou à raison. Pour moi, étranger curieux, je contemplais ce phénomène avec un intérêt grandissant, et il me servait à comprendre, sur un autre plan, comment les chefs de l'Europe avaient réussi à gagner leurs peuples, *en leur parlant le langage qu'ils attendaient.* Il est trop vite fait de crier au « viol » des opinions, comme on l'a dit : les séducteurs connaissaient au moins, même les pires, les réalités dont les hommes de notre temps avaient besoin.

J'ai vu plusieurs fois Léon Degrelle, dans ces années, à Paris, ou à Bruxelles. Pierre Daye me le faisait rencontrer, et le contraste était saisissant entre cet homme pondéré, souriant, curieux de tout, et ce garçon impétueux et perpétuellement en ébullition. Il s'attendrissait en parlant de sa petite Chantal, gravement malade pendant des années, et pour laquelle tout le parti faisait des pèlerinages, et lui-même courait parfois, dans une nuit de neige, vers Notre-Dame de Ham, parce qu'elle était en danger. Il me paraissait symbolique de notre temps, et vivant, et dru, et pittoresque. Il courait à l'aventure avec allégresse, tenté par la vie, ses plaisirs, ses promesses, et sans se trop soucier des dangers qu'il y pouvait courir des tentations de l'existence, et des gauchissements de l'action.

J'évoquerai longtemps, je suppose, cette nuit en automobile, sur la route de Namur à Bruxelles, dans les bois mouillés, où Léon Degrelle, au retour d'une réunion, me racontait, sans ordre, son enfance paysanne de dénicheur d'oiseaux et de petit garçon en sabots, voleur de pommes. De sa voix un peu assourdie par les grands efforts oratoires, cette voix que j'entends sans voir le visage, parmi le vent de la vitesse, le glissement de la voiture, la pluie contre les vitres, il me parlait de sa famille :

— Toute la famille de mon père est française, originaire de Solre-le-Château, près de Maubeuge. Au petit cimetière sont enterrés tous les miens. Nous avons été une famille extrêmement nombreuse. Tout cela est inscrit sur notre livre de raison, que je possède encore. On y marquait les naissances, la raison pour laquelle on avait donné tel nom aux enfants, et comment étaient morts les vieux. J'ai eu un ancêtre tué à Austerlitz, et ce jour-là, il lui naissait une fille, et on l'a appelée Souffrance. Une autre, née au moment des guerres de Napoléon, elle aussi, s'est appelée Victoire. Pendant quatre cents ans, des paysans appelés Degrelle ont cultivé le même champ. Dans le livre de raison, on a aussi gardé les lettres d'amour du fiancé à la fiancée. En même temps que de leur amour, ils se donnent des nouvelles du temps, de la récolte, ils disent : le blé, ou le seigle, seront bons cette année. Je pense, voyez-vous, qu'en France, au temps des rois, il y avait des millions de familles qui étaient pareilles à la mienne ; et c'est pour cela que la France est un grand pays.

A la suite des lois antireligieuses, son père, catholique convaincu, était venu s'établir à Bouillon, comme brasseur. Je revois, tandis qu'il me parle, cette petite ville de trois mille habitants, si près de la frontière française, et qui, jadis, ne forma qu'un pays avec notre Sedan. C'est l'un des joyaux des Ardennes, avec son pont brun et courbé sur la Semois, sa rivière encaissée, son château qui domine la ville, et surtout ses bois proches, et la merveilleuse douceur de ses collines, de sa lumière.

— Mettez-moi à vingt kilomètres de Bouillon, dans les bois, me dit Léon Degrelle. Je reconnaîtrai mon chemin les yeux fermés. Enfants, nous voyions descendre les trains de bois, liés ensemble, sur la Semois. La grande merveille, c'était l'hiver. Il nous amenait des troncs d'arbres, des sapins, de la glace, et, quelquefois, un énorme sanglier, tout gonflé et tout emmêlé d'herbes, qui s'arrêtait contre les piles du pont.

Puis venait le printemps. Les garçons couraient sur les pentes, cherchaient les œufs à dénicher.

— Nous regardions les jeunes pins. Dans les vieux pins, les oiseaux ne se mettent pas. Pendant des heures, il fallait attendre pour voir la mère s'approcher du jeune arbre. Alors, nous grimpions, et nous trouvions le nid. On mangeait les œufs tout chauds. Ou bien on allait voler des pommes. Mon père aussi avait des pommes : mais les pommes volées ont un goût tellement meilleur !

Et Léon Degrelle ajoute :

— Voyez-vous, jamais je n'oublierai ces instants-là. Personne ne peut s'amuser autant que nous nous sommes amusés, moi et mes frères ou mes sœurs. Songez à ce qu'était une fête pour nous. Nous allions attendre les voitures des forains en haut de la côte, à quatre, cinq kilomètres de là. Le premier jour de la fête, on nous donnait un franc, le second jour dix sous, le troisième cinq sous. Je n'ai jamais été aussi riche, je n'ai jamais été plus heureux.

C'est là que le petit garçon a appris beaucoup de choses, et qu'il s'est formé.

— Je jouais avec les autres enfants du village. Nous étions tous pareils. Vous savez qu'en Wallonie, on met souvent l'adjectif devant le nom, à l'ancienne mode : on dit la dure vie, le blanc pain, le noir café. Chez nous il y avait surtout du noir pain, et pas toujours de café. Mais tout le monde s'aimait. Mon père était un bourgeois, et le notaire, ou le médecin étaient des bourgeois. Mais ils saluaient en passant devant leur porte le forgeron et le tanneur, parce que le forgeron et le tanneur, comme eux, gagnaient leur vie, et avaient beaucoup d'enfants, ils étaient honnêtes et travailleurs. D'ailleurs tout le monde avait beaucoup d'enfants : chez nous nous étions huit, et onze dans la famille de mon père, et dix dans celle de ma mère, et douze chez le notaire, et sept chez le médecin. Vous savez, on n'est jamais bien riche quand on a tant d'enfants à élever, et c'est cela qui est bien. Alors, l'ouvrier pense que son patron remplit son devoir. Alors, on le respecte. Et un deuil est un deuil pour tous. Regardez les grandes villes. Quand quelqu'un meurt, ses voisins ne le savent même pas. A Bouillon, tout le village était en deuil quand quelqu'un mourait. C'est chez moi que j'ai appris la communauté sociale, la communauté d'un peuple.

Je m'en voudrais d'interrompre ce garçon si sensible à tout ce qui l'entoure et qui le soutient, lorsqu'il évoque les démons familiers de son enfance.

— Et imaginez la guerre par là-dessus. Imaginez combien cette communion de tout un village a été grandie par la guerre, par les privations, par la douleur de l'invasion. Nous nous sommes repliés sur nous-mêmes. Déjà, il faut penser qu'avant la guerre, beaucoup d'habitants de Bouillon n'avaient jamais quitté leur ville, ou la vallée de la Semois. Il fallait être mon grand-père le médecin, mon père le brasseur pour aller visiter des malades assez loin ou livrer de la bière. Quelques-uns s'en allaient à pied, à Namur, à Liège, un jambon pendu à chaque épaule, pour le vendre au marché. J'ai vu cela : ils faisaient cent cinquante kilomètres ou plus, en trois jours, sans voiture, sans cheval, comme les pèlerins. Mais d'autres ne sortaient pas de leur maison. Au bas de la côte, il y a un endroit qu'on appelle le Point du Jour, parce que c'est là que le soleil se lève. Et le haut de la côte porte un nom magnifique : c'est le Terme. Au delà, il n'y a plus rien. Je me souviens que j'étais tout enfant quand on a organisé à Bouillon une course de bicyclettes. Je n'avais jamais vu cela. J'ai suivi les coureurs, et je suis allé jusqu'au Terme. Là j'ai découvert, avec une surprise immense, que la route continuait, que le monde continuait, qu'il n'était pas borné à Bouillon. Je n'ai jamais été aussi stupéfait. Eh bien ! c'est cette côte, c'est ce Terme que nous avons guetté pendant quatre ans, en attendant les soldats français. Et un beau jour nous avons vu arriver... les Américains. Nous n'avons rien compris : peut-être même a-t-on eu peur de nous voir leur faire un mauvais parti, puisqu'on les a tout de suite fait passer par une autre route. Mais vous comprenez, ce qu'à représenté pour nous la côte.

A son sujet, Bertrand de Jouvenel évoquait un jour ces garçons autour de qui, dans les lycées et les collèges, on se range naturellement, qui font la loi dans la classe, que l'on aime et que l'on admire. Et, bien que la plupart du temps, ces admirations ne survivent pas à l'âge d'homme, il déclarait trouver en Léon Degrelle, comme un souvenir du « dictateur des cours de récréation » qu'il avait dû être. Le mot me paraît exact. Il y eut chez Léon Degrelle quelque chose du Dargelos des *Enfants terribles,* (« l'élève Dargelos était le coq du collège ») qui savait se battre à coups de boules de neige.

Il était amusant, violent, vivant et passionné. Je me rappelle sa réplique familière à un garçon qui se plaignait de ne pas avoir dormi de deux nuits :

— Vous vous reposerez quand vous serez mort.

Et il ajouta à mon adresse :

— Ah ! comme je me reposerai quand je serai mort. Ce sera magnifique.

Puis, après réflexion :

— Après tout, je sais bien que non. A peine arrivé, j'aurai la moitié des saints pour moi, il faudra convaincre les autres, j'aurai un terrible travail, je fonderai un journal...

— *Le Paradis réel ?*

Et dans la nuit, tandis que l'auto rapide nous ramène à Bruxelles, il continue alors de parler, pour moi, pour lui. Je ne vois pas son visage. J'entends seulement sa voix dans l'ombre. Je ne sais pas à ce moment-là, ce que sera le rexisme, je ne sais pas ce que sera Léon Degrelle : tout est possible dans l'univers, même l'échec après la victoire. Mais je sais que je ne pourrai jamais oublier cette promenade dans la nuit, et ces mots magiques qui montaient d'un jeune homme mis en présence de son destin. Il n'est pas d'animateur, j'en suis sûr, sans une profonde poésie. Lorsqu'il parle aux Italiens de la terre natale et d'au-delà des mers, Mussolini est un grand poète, de la lignée de ceux de sa race, il évoque la Rome immortelle, les galères sur le *Mare nostrum*, et poète aussi, poète allemand, cet Hitler qui invente des nuits de Walpurgis et des fêtes de mai, qui mêle dans ses chansons le romantisme cyclopéen et le romantisme du myosotis, la forêt, le Venusberg, les jeunes filles aux myrtilles fiancées à un lieutenant des sections d'assaut, les camarades tombés à Munich devant la Feldherrenhalle ; et poète le Codreanu des Roumains avec sa légion de l'archange Michel. Il n'est pas de politique qui ne comporte sa part d'images, il n'y a pas de politique qui ne soit visible.

Il se tait, puis il rit doucement :

— Ne trouvez-vous pas que c'est merveilleux d'aller tenir une grande réunion, où l'on parle de choses si graves, et puis de revenir, avec, pour récompense, une poupée.

On la lui a donnée pour sa petite fille. Il rêve, pendant que l'aiguille du compteur oscille entre cent et cent vingt et, comme il s'en aperçoit :

— Que voulez-vous. Quand on a marché à pied jusqu'à quinze ans, c'est tout de même encore une grande volupté pour nous, la vitesse.

Et toujours, dans le glissement sans fin de la vitesse, sur les larges et belles routes, il laisse venir à lui des images paysannes et gracieuses, sa famille, le pont, la Semois, la côte en haut de Bouillon.

— Quand on pense à ce qu'on a pu faire dans le passé, quand on pense qu'il y a eu les croisades, ces milliers d'hommes partis pour délivrer le tombeau du Christ, on ne peut plus désespérer des hommes : ils sont capables de tous les efforts.

Il parle avec un tel calme, avec une telle confiance en l'avenir... J'écoute ce jeune homme invisible, qui a appelé à son secours son enfance, son pays, qui m'a parlé avec tant d'émotion de la France, de son passé, de son héroïsme gracieux. Je l'avoue, je m'intéresse d'abord à la figure que forment dans le temps et l'espace les êtres humains. C'est de cela, quel que soit l'avenir, que je me souviendrai.

Par métier de journaliste, par curiosité pour les figures de notre temps, j'ai assisté ces années-là, comme d'autres, à quelques réunions, et, pour *Candide*, à la campagne électorale de 1937 où Léon Degrelle fut battu par M. Van Zeeland. Par la suite Rex perdit son pouvoir de séduction, son attrait auprès des foules. Le succès du rexisme s'explique par l'atmosphère de 1936, par le Front populaire, par la menace communiste. Des milliers de braves gens, qui n'avaient certes aucun idéal dictatorial, ont cru en Rex contre Moscou. En dehors de la Belgique, on regarda leur effort avec une immense sympathie. La jeunesse du chef, son incontestable dynamisme composaient une légende charmante. Accord des classes entre elles, accord des différentes fractions du pays, le programme était séduisant, et il était juste. La preuve est que tous les partis et que le gouvernement l'ont plus ou moins repris.

Les fautes ont été, d'abord, des fautes de manœuvres, puis des imprudences peut-être graves, je n'en sais rien. Rex était alors porté par la vague antiparlementaire et indépendamment du talent d'orateur de son Chef, par les besoins profonds de toute une jeunesse qui avait cru trouver dans le mouvement la réponse à ses aspirations les plus profondes.

Lorsque la guerre de 1939 éclata, Léon Degrelle soutint avec violence la politique de neutralité. La Belgique, pourtant devait entrer en guerre le 10 mai 1940. On arrêta le chef de Rex, afin de parer à tout désordre. Depuis des mois, le parti se désagrégeait, et on avait lancé contre le jeune meneur, contre son action, plusieurs accusations très graves. Mais nous n'oublions pas qu'en 1936, en tout cas, il y avait sur les estrades rexistes des mutilés de l'ancienne guerre, des décorés de la Croix de guerre française, des combattants patriotes, et authentiquement francophiles. En 1936, en tout cas, un Français n'avait pas à regarder les rexistes en bloc comme ennemis de son pays, ni comme inféodés à l'Allemagne, pas plus que leur chef, fils de Français, marié à une Française. Quelle que soit la manière dont on juge son action postérieure, — et les rexistes ont montré, au milieu d'erreurs désordonnées, des moments de tragique lucidité, — nous aurons vu la naissance curieuse d'un mouvement, et approché une figure surprenante. Nous aurons compris surtout que le succès du nationalisme en ces années venait de son pouvoir de proposer des images à la foule et d'être d'abord, *bonne ou mauvaise,* une *poésie.*

*
* *

Nous nous instruisions ainsi de ce flamboiement national qui s'allumait un peu partout dans l'Europe d'alors. Des amis revenaient de Roumanie et nous parlaient de la Garde de Fer, dont nous ne cachions pas l'admiration pour l'Allemagne, et qui comprenait aussi nombre de braves gens, paysans ou fils de paysans, souvent amis de la France, étudiants en France comme Codreanu lui-même (qui, contrairement à ce qu'on dit, a parlé avec amitié de notre pays). Nous les écoutions avec curiosité, soucieux de ne pas négliger l'Europe présente, et de nous défier des fables. Mais il est évident que le pays vers lequel allaient tous nos regards en ces années fut d'abord l'Espagne.

La guerre d'Espagne a duré du 18 juillet 1936 au 1er avril 1939. On avait appris tout d'un coup que des généraux, bientôt commandés par Franco, s'étaient soulevés contre le gouvernement de Front populaire : « rebelles » contre « gouvernementaux » ou « républicains », disaient les marxistes, « nationalistes » contre « rouges » disaient les autres. On peut dire que jusqu'à l'alerte de septembre 1938, elle n'a jamais cessé un seul jour de passionner l'opinion française. Tout d'abord il fallait se défendre à chaque instant contre les marxistes qui voulaient à toute force notre intervention à côté des rouges espagnols : quêtes publiques, manifestations, journaux, parlementaires, ne chômaient pas. Des catholiques égarés, Georges Bernanos, Jacques Maritain, prenaient le parti de ceux qui avaient exposé sur les marches des églises des carmélites déterrées, tué seize mille prêtres, dix évêques.

*
* *

Je rencontrai un jour Georges Bernanos, chassé de Majorque où il avait fixé sa tente d'errant. Ce gros homme chevelu, pendant une heure, ressassa ses griefs devant moi, répétant sans arrêt les mêmes phrases fuligineuses, hochant sa tête de vieux lion intoxiqué, et tournant en rond, attelé à ses marottes. Il allait publier un livre contre l'Espagne, puis, à la veille même de la guerre de 1939, un livre contre la jeunesse française, tous deux incitations au désespoir. Cette rencontre m'éberlua, et je me persuadai avoir vu un fou.

Ce Soir, journal communiste qui n'osait pas dire son nom, fut spécialement fondé pour soutenir la cause des « républicains » d'Espagne car *Vendredi*, n'était qu'un hebdomadaire, et trop intellectuel pour avoir du succès. Mais nous, nous suivions avec émerveillement les beaux événements de la guerre. Le monde entier se passionna pour les assiégés de l'Alcazar de Tolède. On apprit plus tard la résistance d'Oviedo, du sanctuaire de la Cabeza. On parlait de l'habileté administrative du général Franco, des réformes humaines, de l'*Auxilio Social*. On révérait la figure du jeune fondateur de la Phalange, José Antonio Primo de Rivera. La presse de gauche dépeignait comme un personnage ridicule le général Queipo de Llano, qui a pris Séville à lui tout seul, et qui est un homme pittoresque et séduisant. L'Italie et l'Allemagne envoyaient des volontaires du côté de Franco, la France, la Belgique, les émigrés, du côté de ses adversaires. Les incidents de tous les jours, le danger perpétuel faisaient de l'Espagne notre compagne de chaque instant. Nous apprenions les chants de la Phalange et des Requetes, le salut d'*Arriba Espana* :

*Ils reviendront victorieux, les drapeaux,
   Au pas allègre de la paix...*

J'avais écrit avec Henri Massis en octobre 1936 un petit livre sur l'Alcazar, dont il avait eu l'idée. Charles Maurras avait été reçu presque comme un chef d'Etat par le général Franco. Au mois d'avril 1938, Pierre Gaxotte et Pierre Daye, accompagnés de M. de Lequerica, avaient fait ensemble un voyage quasi triomphal jusqu'à Séville. Nous n'avions pas oublié l'Espagne, et nous eûmes envie de la revoir nous aussi. Pierre Cousteau avait jadis habité Burgos plusieurs mois. Nous décidâmes une petite course d'une quinzaine de jours, au début de juillet 1938. En même temps, nous en rapporterions des documents, pour un numéro spécial de *Je suis partout* sur la guerre qui paraîtrait ainsi pour le second anniversaire de la Révolution nationale. Nous étions trois, Pierre Cousteau dans sa vaillante automobile beige qui avait fait le tour de l'Europe, Maurice Bardèche et moi-même. Nous pensions aussi rassembler des témoignages pour écrite une *Histoire de la guerre d'Espagne* [1].

A cette époque, le passage de la frontière était ardu. Il fallait d'abord à Paris signer des papiers dégageant l'Etat français de toute responsabilité et jurer qu'on ne ferait rien de contraire à la non-intervention, rien qui pût donner à penser qu'on penchait pour un parti plutôt que pour un autre. Joyeuse plaisanterie ! Au pont international d'Irun, on vous prenait les empreintes digitales, on vous photographiait, d'ailleurs avec bonne grâce. Quand nous eûmes passé, nous nous aperçûmes qu'un anonyme avait écrit sur notre *salvo-conducto* : « Viva *Je suis partout !* » On s'était d'ailleurs trompé sur le prénom de Maurice et on lui avait généreusement accordé celui de don Manuel, qui est plus espagnol, et lui resta. On nous reçut fort bien. A Saint-Sébastien, on nous donna un officier de presse, un jeune homme qui avait fait la guerre au début, dans la campagne d'Irun, et qui avait été réformé par la suite comme « inutile total », ainsi qu'il nous disait dans son français. Mais il parlait assez couramment, il était débrouillard, nous trouvait des chambres dans des hôtels pleins comme un œuf, et nous chantions avec lui sur les routes, alternativement les chansons nationalistes et les chansons révolutionnaires, car il comprenait la plaisanterie, et même les chansons anti-italiennes. Il nous mena à Burgos, où M. Pablo Merry del Val, directeur de la propagande, nous reçut. Nous saluâmes dans le hall du Condestable, où l'on rencontre tout le monde, l'auteur du meilleur livre de souvenirs sur la guerre, Jacinto Miquelarena, brun, pacifi-

1. Elle a paru en juin 1939. (Plon éditeur).

que et ironique. A Saint-Sébastien, nous avions dîné avec Juan Pujol, directeur de *Domingo,* vu don José Felix de Lequerica, qui collaborerait à *Je suis partout* et serait, quelques mois plus tard, ambassadeur d'Espagne à Paris. Nous avons tourné ensuite autour de Madrid, au long du front, vers Avila et Tolède, nous sommes allés dans les tranchées de la Cité universitaire, puis au grand quartier à Saragosse, et revenus par la Navarre à Saint-Sébastien et en France. Ce fut un magnifique voyage.

Pour qui n'a connu de la guerre que l'enfance dans de petites villes éloignées, c'est une grande émotion que de retrouver tout d'abord, à peine la frontière franchie, des spectacles vieux de plus de vingt ans. A Saint-Sébastien, à Burgos, voici les blessés en uniforme, voici les bandes rieuses d'infirmières qui parcourent l'Espolon, très fières parce qu'on vient aujourd'hui de leur décerner une décoration collective, voici les quêtes dans les rues, voici tant de détails oubliés : les pancartes qui indiquent les refuges, les affiches invitant à se garder des espions (*Taisez-vous, méfiez-vous, les oreilles ennemies vous écoutent...*), les bonbonnières en forme d'obus, les journaux patriotiques pour les enfants, les sacs de terre entre les piliers des galeries, les bandes de papier en croix pour empêcher les vitres d'éclater. Voici tout à l'heure, de cinq minutes en cinq minutes, la sirène qui annonce l'alerte, et les cloches qui sonnent pour le calme. C'est le visage éternel de la guerre à l'arrière, guerre d'Espagne ou guerre de France, et il nous faudra quelques heures pour découvrir les aspects originaux de ces journées et ne pas nous arrêter seulement aux ressemblances. Mais un Français qui n'a pas trente ans, c'est par l'enfance tout d'abord qu'il pénètre dans la nouvelle Espagne.

Tout est organisé, dans les villes de l'arrière, non seulement pour le combat du front, mais aussi pour la révolution nationale. Le premier étonnement de l'étranger est de s'apercevoir que le coût de la vie n'a pas augmenté depuis la guerre : excepté pour quelques objets manufacturés (les chaussures en particulier), on vit en Espagne nationale pour le même prix qu'il y a deux ans. C'est la même abondance des biens de la terre, le même admirable pain. Des lois fort strictes ont empêché toute hausse. Et ce ne sont pas ici vaines mesures verbales, comme dans les pays démocratiques. A Saragosse, en paticulier, nous verrons plusieurs fois dans les vitrines, une vaste affiche bien lisible : *Ce magasin a été frappé d'une amende pour vendre à des prix excessifs.. Ce magasin a été frappé d'une amende pour avoir dissimulé des marchandises.* » On connaît un peu partout les différentes méthodes d'impôts indirects imaginés par les régimes nationalistes : le lundi est ici jour sans pâtisserie, le jeudi jour à plat unique, le vendredi jour sans viande. On paie au café, au cinéma, des timbres de « subsides aux combattants », on quête patout des cigarettes pour l'armée. Ce sont de bons moyens.

Il en est d'autres. Dans l'ensemble, il est certain que la haute bourgeoisie, que l'aristocratie espagnoles ont admirablement compris leur devoir. Les plus grandes familles — à commencer par la famille royale — ont eu des fils tués dans la moderne Reconquête. Mais de moins grands, parfois, renâclent devant le devoir de l'or qui remplace pour eux le devoir du sang. La

Phalange se charge de leur faire comprendre les nécessités du moment, et, comme le firent les fascistes italiens, de leur rappeler que les contributions volontaires sont des plus utiles à l'Etat. Plutôt que d'être dépouillés par les marxistes, ne vaut-il pas mieux sacrifier une partie de son avoir ? On l'a fait comprendre, avec une ferme discrétion, aux grands libéraux de jadis. Quelques grands seigneurs sollicités se sont crus assez généreux en signant un chèque de 6 000 pesetas. L'un deux, nous raconte en riant notre *oficial de prensa*, possédait une barbe magnifique qui faisait son orgueil et qui était célèbre dans toutes les Espagnes. Il reçut la visite de quelques jeunes gens qui l'installèrent avec beaucoup d'égards dans un spacieux fauteuil, lui mirent courtoisement un plat à barbe autour du cou, et rasèrent la précieuse toison. Le lendemain, il « complétait » son offrande au parti.

Cette discipline, d'ailleurs, n'a guère besoin de s'exercer envers ceux qui ont compris, dès le début, où devaient les mener l'intelligence de leur temps et la charité. Dans les œuvres sociales du nouveau régime, les filles de l'aristocratie, celles de la haute bourgeoisie, travaillent de leurs mains avec les filles de la classe ouvrière. Ce sont les femmes d'un grand peuple.

L'organisation la plus importante de l'*Auxilio Social* est celle des repas à domicile, que l'on vient chercher dans de petits récipients à trois étages (pour respecter toujours l'habitude espagnole des plats multiples). Nous avons vu distribuer ces repas à Valladolid où nous guide un médecin qui parle français, qui a même un aide français. Les pauvres gens qui venaient les chercher, aucun ordre, aucune propagande n'aurait pu leur donner cet air, à la fois satisfait et *libre,* de celui qu vient parce que cela est juste. Les jolies Castillanes qui leur tendaient le pain craquant, les saucisses pimentées, les pois chiches à l'huile, elles étaient joyeuses et fraternelles. Jamais nous ne nous étions sentis plus loin de ce qu'on nomme une *soupe populaire.* Et ce repas, ces gens allaient le manger chez eux, sur leur table, avec leur famille. Et l'œuvre qui leur distribuait à manger portait un nom profané en France, mais qui là-bas reprenait tout son sens, elle ne se nommait ni entreprise charitable, ni secours aux misérables, elle se nommait *hermandad,* c'est-à-dire fraternité.

Oui, l'Espagne en guerre a connu une sorte de paix intérieure. Lorsque le soir descend sur les villes espagnoles, c'est la même joie de la promenade, le même *paseo* charmant, avec un peu plus de soldats que d'habitude seulement, et quelques « techniciens » blonds ou bruns. Mais la guerre est toujours là, présente, la guerre unie à la Révolution nécessaire. A onze heures et demie du soir, tous les postes de T.S.F., à leur maximum de puissance, dans les restaurants et les cafés, sur les places publiques, diffusent le communiqué. Auparavant, ils donnent une liste de noms assez longue. Comme nous demandions ce que c'était, on nous répondit :

— Ce sont les nouvelles pour les familles des prisonniers rouges. Les prisonniers que nous faisons. Les Rouges, presque toujours, se contentent de les porter disparus, sans explications. Nous indiquons aux familles, quand ils sont blessés où ils sont soignés, et quel est leur état. Ils écoutent la T.S.F. pour avoir de leurs nouvelles.

Après la lecture du communiqué, c'est l'hymne officiel, le *Chant des Grenadiers* qui fut la *Marcha Real*... Tous se lèvent et saluent le bras tendu.

Mais après Burgos, où nous avons reconnu sur l'Espolon l'inoubliable foule de huit heures du soir, la plaisante et merveilleuse animation, nous quittons Valladolid poussiéreux, plein de soldats au repos, pour gagner Tolède. A deux kilomètres à peine des lignes ennemies, Tolède est plus morte encore que ne la vit Barrès, Tolède est une étrange cité que la nuit ensevelit. Pas d'autres lumières, dans les tortueuses petites rues arabes, que de clignotantes lampes bleues. Les cafés de Zocodover sont abrités par des sacs de terre, matelassés jusqu'au premier étage, et d'ailleurs fermés à minuit. Les rues sont désertes, les magasins pauvres. On devinerait la guerre menaçante, le front tout proche, même si la merveilleuse place verte et jaune n'était pas détruite de fond en comble. Le reste de la cité impériale n'a pas trop souffert. Mais Zocodover est en ruines, à jamais disparu de la surface de ce monde : on imagine qu'on puisse restaurer un monument, et San-Juan-los-Reyes, en face de l'Alcazar, réparera vite ses blessures ; on n'imagine pas qu'on puisse restaurer un chef-d'œuvre du hasard, ces cinquante balcons irréguliers, ces maisons sans style, mais exquises, ces façades pauvres mais merveilleuses. Les canons et les mines ont détruit pour toujours cette réussite unique de l'Espagne.

Si près du front, Tolède n'a pas encore repris, d'ailleurs, sa vie de jadis. Nous rencontrerons au café l'alcade, don Fernando Aguirre, qui a vécu les soixante-douze jours du siège de l'Alcazar. Il nous en parle avec une sorte d'allégresse charmante :

— Je n'aimais pas du tout le cheval bouilli, confesse-t-il. Pas du tout. Encore s'il y avait eu du sel... Mais il n'y en avait pas. Alors, je mangeais du blé. Ce n'était pas très bon, à cause du son. Mais c'était meilleur que le cheval bouilli.

Et il rit très fort, à évoquer ses embarras gastronomiques.

De l'Alcazar, à l'extérieur, il ne reste rien, ou à peu près rien, que des ruines monumentales. Nous visitons les souterrains, aux parois énormes, nous voyons la porte sur laquelle était braqué l'unique petit canon, le moulin fabriqué avec un moteur de motocyclette, le téléphone d'où le colonel Moscardo entendit la voix de son fils, la boulangerie, les humbles souvenirs du siège, les derniers flacons de pharmacie, le pain, le blé qui restait. L'infirmerie avait été établie dans la chapelle, recouverte d'un grand tapis rouge. On y a placé une copie de la Vierge de l'Alcazar, dont l'original se trouve maintenant à la cathédrale. Voici le réduit où est né l'un des deux enfants du siège, Ramon-Alcazar, voici la piscine où dorment encore une vingtaine de morts, les cabines de bains où certains furent enterrés debout. Voici, dans la cour, debout, et son armure percée d'une balle, la statue de Charles-Quint.

Nous rencontrons à chaque pas la présence de la guerre. Dans la mairie où nous allons, une petite vieille qui serre contre elle un cabas en toile cirée demande le *señor* alcade. Elle parle vite en pleurant, et elle ouvre de temps en temps son sac de toile cirée. On lui a tué son mari, son fils, et elle n'a pas de pommes de terre. Qui, on ? Les Rouges ? Les Blancs ? On ne sait pas, elle mêle tout dans sa terreur, et elle tape sur son sac de toile avec désespoir. Elle va de l'un à l'autre et elle explique en pleurant ses trois misères interchangeables, son fils mort, son mari mort, le manque de pommes de terre, et tout cela garde des liens mystérieux avec son sac de toile cirée, avec son désespoir, son bavardage tranquille et dément.

Il y avait un Français dans l'Alcazar, on ne l'a guère su. Il s'appelle Isidore Clamagiraud. Nous le rencontrerons tout à l'heure : il est pâtissier sur la place Zocodover, il a une petite figure de rat, avec des taches de rousseur, et il nous dit tout de go, avec un sourire un peu narquois :

— C'est moi le célèbre Français de l'Alcazar.

Il est sorti, vingt et un soirs de suite, à la fin du mois de juillet et au début d'août, pour chercher de la farine dans sa boutique. La vingt et unième nuit, il s'est fait prendre. Le lendemain matin, on se disposait à le fusiller. Mais ce jour-là, le consul de France à Madrid faisait une tournée à Tolède pour assurer le rapatriement des ressortissants français. On lui fit savoir qu'Isidore allait être exécuté. Il attendit le cortège sur le chemin de la synagogue del Transito, bondit sur le condamné, le poussa dans sa voiture, et démarra à toute vitesse, dans le meilleur style du cinéma américain. Le pâtissier nous explique cela tranquillement, comme la chose la plus naturelle du monde.

Dans les rues de Tolède, on voit circuler quelques légionnaires qui viennent du front de Madrid, parfois, se délasser pour quarante-huit heures. L'un d'eux, qui est Français, qui a fait la dernière guerre, et qui se bat en Espagne depuis le début, nous raconte de belles et horribles histoires.

— Les Rouges ont essayé de reprendre Tolède en 1936, nous dit-il. On a envoyé la Légion contre les tanks. Vous connaissez le meilleur procédé contre les tanks ? On lance une bouteille d'essence, elle se casse, on jette une grenade, et le tank s'enflamme comme une allumette. Seulement, quand nous sommes arrivés devant les tanks, les bouteilles étaient pleines d'eau ! Les petits amis des Rouges nous avaient joué un joli tour. Nous sommes revenus cent sur sept cents.

Il hausse les épaules. Ce sont les malheurs de la guerre. Nous lui demandons comment les Français sont jugés dans la Légion.

— Dans ma *bandera,* nous dit-il, le commandant a donné un ordre : tout légionnaire qui dira du mal de la France aura deux jours de *peloton.* Vous savez ce que c'est que le peloton ? On se lève à quatre heures, on travaille sans arrêt, on se couche à deux heures du matin. Quand on a affaire à une mauvaise tête, on lui met le sac : un sac sur le dos, très lourd, qu'il ne doit jamais quitter, même pour dormir. Aussi, on se le tient pour dit.

Il nous raconte des histoires, et il est sûr qu'il en invente beaucoup. Mais l'une d'elles est exacte :

— Vous vous souvenez du capitaine de gardes mobiles M..., tué il y a trois ou quatre ans à Colombes par les communistes ? Il avait un fils, seize ans à la Révolution. Un beau jour, le gosse part pour le lycée, ses livres sous le bras. Seulement, il avait emprunté de l'argent à sa sœur :

trois jours après il était à la légion. Il faut croire que ça l'intéressait de se battre contre ceux qui lui ont tué son père. Il a dix-huit ans, il a été blessé cinq fois, tout le monde l'aime. Il ne boit pas, il ne pense pas aux femmes. Il joue beaucoup par exemple. Nous sommes ensemble à la Cité Universitaire. Quand il a un peu d'argent, il descend à Tolède et il s'achète un kilo de caramels. C'est un gosse.

Demain, Tolède reprendra sans doute son ancien destin de ville somptueuse, de ville d'enchantement. L'Alcazar sera peut-être reconstruit, peut-être non. Et aussi, il faut espérer qu'une sage politique de chef, que les œuvres sociales de la Phalange, ranimeront la vie dans ces rues et dans cette campagne désolée. Aujourd'hui, ce n'est peut-être que le musée de l'Espagne en guerre, mais c'est le plus émouvant et le plus superbe des musées. Il n'était pas anormal que la vie eût repris partout ailleurs, et que Tolède restât blessée, déchirée, avec ses ruines, ses souvenirs. Aucune autre cité d'Espagne, si séduisante fût-elle, ni Burgos ni Séville, ni Ségovie, n'aurait pu réclamer une fortune semblable. En attendant de redevenir une grande cité vivante, on pouvait prévoir que, dans cette guerre, Tolède choisirait d'être, pendant quelques mois, sous ses lumières voilées, dans ses rues abandonnées, la cité même de la mort.

Quant à la Cité universitaire de Madrid, elle n'est pas plus éloignée de la capitale que la Cité universitaire de Paris ne l'est de la nôtre. C'est à Madrid même, aux portes de la ville, que les soldats de Franco se sont retranchés depuis longtemps, dans une sorte de « poche » assiégée de tous côtés, constamment minée, et qui ne communique avec l'arrière-pays que par quelques sous-bois et une passerelle. C'est ce terrain qu'ils ont occupé, organisé, où ils vivent, et où ils montrent avec un orgueil louable les étonnantes réalisations qu'ils ont commencé d'entreprendre et de mener à bien.

Lorsque nous avons dit que nous voulions aller à la Cité universitaire, dès la frontière, on nous a répondu d'un air fin :

— Ah ! Ah ! la *pasarela*...

M. Merry del Val nous l'a répété, et notre *oficial de prensa*. Nous allons chercher une autorisation dans un petit village sec et doré, San-Martin de Valdeiglesias, je crois, que nous avons de la peine à découvrir dans le désert sans indications. Le *teniente-coronel* nous reparle de la *pasarela*, et il nous dit en riant :

— *Pequeño riesgo*, un petit risque.

Nous sommes fermement persuadés que c'est un « bateau » pour journalistes étrangers. On nous a expliqué qu'il fallait franchir une passerelle « sous le feu d'une mitrailleuse », un par un. Ce matin, Pierre Cousteau chante, sur l'air de la Légion *(Un légionnaire sait mourir...)* :

Periodista sa morir...

Ma foi, il est vrai qu'on passe un par un, mais la mitrailleuse ne tire jamais sur des isolés. Il y a pourtant, au bout de la fameuse passerelle, un brancard tout disposé pour recevoir les blessés... avec un bouquet de fleurs somme toute assez macabre. Nous sommes beaucoup moins impressionnés, je l'avoue, par ces dix mètres que par un parcours cinq ou six fois plus long que nous venons d'accomplir, dans des sous-bois fort dégarnis, au bruit d'abeilles des balles nonchalantes qui frappent l'air ou les arbres autour de nous. Tout cela nous paraît, dix-huit mois plus tard, une ironique introduction à notre vie nouvelle. Il y aura pour nous, pour nos camarades, d'autres passerelles sans doute, d'autres sous-bois et nous n'y serons plus en touristes. Mais, bien entendu, cela ne nous empêchera pas, néanmoins, de parler de la *pasarela tragica* qui garde une place privilégiée dans nos souvenirs.

Une fois franchie la fameuse passerelle, nous tombons dans un campement qui prendrait volontiers l'apparence d'un camp de vacances. Le lieutenant-colonel a une petite maison rose dans les arbres : c'est la « villa Isabelita », qu'on lui a construite récemment, et où règne le confort le plus strict, avec cuisine et salle de bains. Quant aux soldats, on vient de leur creuser une piscine, assez vaste, ma foi, où ils tâchent d'oublier joyeusement le soleil et la chaleur torride. Tout à l'heure, nous avons visité un *tabor* de *regolares,* caressé des chats dans les cagnas, tapé sur un piano abrité de feuillages. On oubliait, à vrai dire, que les lignes ennemies n'étaient pas à cent mètres. Nous l'oublierions presque, pendant les kilomètres que nous allons faire sous le soleil, à travers les tranchées de la Cité universitaire, si, de temps à autre, un petit sifflement, ou un bruit mat et sec, n'apprenaient aux novices que nous sommes à distinguer entre les balles qui passent au-dessus de nous et les balles qui ne frappent pas très loin.

Elles sont curieuses, ces tranchées, d'une extraordinaire propreté, et pavées le plus bizarrement du monde. Aux petits palais voisins de la Cité universitaire, on a emprunté les matériaux les plus variés et parfois les plus luxueux. Le marbre, la mosaïque, la brique vulgaire alternent avec un éclectisme savoureux. Mais les architectes ont l'air d'avoir eu une prédilection évidente pour les radiateurs. Les radiateurs, couchés par terre laissent écouler l'eau, et remplacent très avantageusement les passages de lattes de bois qui sont généralement utilisés. Par ailleurs, nous cheminons courbés sous la terre, nous examinons parfois à vingt-cinq mètres, par une meurtrière bouchée d'un gros caillou, les lignes des Rouges, nous regardons les hautes maisons de Madrid si proches, le building géant de la Telefonica, les églises.

Dans la cité universitaire proprement dite, peu d'édifices (ou peu de ruines, plutôt) appartiennent aux nationalistes. Le colonel du secteur, qui est venu courtoisement nous attendre, et qui nous accompagnera partout, nous les désigne de sa canne :

— Voici la Philosophie... Elle est rouge...
— Naturellement...
— Voici la Médecine, l'Odontologie... Rouges aussi. Mais l'hôpital-clinique est à nous. Et aussi l'Architecture... Et la Casa Velasquez.

Nous regardons le Palazete détruit, qui fut la « folie » de la duchesse d'Albe, nous visitons les ruines de la Casa Velasquez, qui fut maison française, les ruines les plus imposantes encore de l'énorme hôpital-clinique, un des plus beaux d'Europe, aujourd'hui entièrement saccagé, avec des douzaines d'étages effondrés et *pliés* les uns sur les autres, comme du papier. L'Architecture est en meilleur état. C'est là que les officiers du poste nous inviteront tout à l'heure au plus somptueux déjeuner, à croire que la Cité universitaire est à inscrire au nombre des relais gastronomiques pour le tourisme dans la nouvelle Espagne — relais à vrai dire, un peu difficile à atteindre. C'est là que nous visiterons, à l'ombre des volets blindés où s'écrase de temps à autre une bande de mitrailleuse, quelques chambres de sous-officiers et de soldats, (au mur, seulement des images pieuses), et l'hôpital.

L'hôpital de la Cité universitaire est peut-être la merveille de l'Espagne. Dans le coin le plus abrité de l'Architecture, des services chirurgicaux perfectionnés ont été organisés. Les blessés y sont transportés immédiatement et immédiatement soignés. L'ennemi est à cinquante mètres. On tire constamment, on bombarde. Ce n'est pas bien loin d'ici que nous irons tout à l'heure saluer un formidable éboulis où ont été pris trente Marocains, un jour où une mine a éclaté. Partout, d'ailleurs, des mines sont prêtes à exploser. Des tranchées sont laissées sous la surveillance d'une seule sentinelle, quasi évacuées, en attendant qu'elles sautent. C'est dans ces conditions qu'un hôpital moderne a été installé, fonctionne, et sauve chaque jour des blessés intransportables.

— En voici un, nous dit le chirurgien. Blessé il y a trois jours, au poumon et au foie. Aujourd'hui, il a 37° 5 de température, il est sauvé. S'il avait fallu le transporter, il serait mort. Dès que nous pourrons, nous l'évacuerons de nuit, par la passerelle.

Tout à l'heure, au détour d'un boyau, Pierre Cousteau et moi nous perdons Marice et nos guides, nous continuons à avancer. Nous voici dans une ligne de tranchées inconnues, désertes. C'est l'heure où l'on recommence à tirer, où les balles sifflent au-dessus de nous. Des Maures bientôt apparaissent, regardent ces civils avec curiosité. Nous essayons de leur parler, ils ne savent pas l'espagnol. Avouons que nous ne sommes pas trés rassurés, et que nous commençons à leur trouver un drôle d'œil : être Français, à la Cité universitaire, si près des Brigades internationales (elles sont à trente mètres en certains points) ce n'est peut-être pas une recommandation. C'est un Marocain pourtant qui s'approche de nous en nous entendant parler : « Toi Français ? » dit-il. Il est de la zone française du Maroc, il est content de nous voir, il nous mène à un officier qui nous ramènera à la villa Isabelita où nos guides sont fort inquiets, et tiennent devant don Manuel, censé ignorer l'espagnol, des propos peu rassurants où reviennent les mots « tuer », « fusiller », « Mores », très facilement reconnaissables. Il paraît que nous l'avons échappé belle, et notre *oficial de prensa,* responsable de nous, pousse un soupir de soulagement en nous retrouvant.

On nous crie « Arriba Francia ! », nous regagnons ensuite Tolède, puis des lieux plus calmes. Nous roulons tout un jour pour atteindre Saragosse où se trouve le Grand Quartier. C'est une ville bien amusante, qu'on ne retrouvera plus aussi animée, comme on ne reverra plus le Burgos de la guerre, énorme, gonflé de ministères et de troupes. Nous logions au Grand Hôtel, qui est un caravansérail où l'on nous concède, pour trois, un petit salon avec des lits de camp. Le matin, on erre dans les couloirs pour voler une salle de bains. La ville est grouillante et moite. Des journalistes italiens, des *teniente-coronels* chamarrés. Nous nous découvrons des amis, Coudert, Vincent, correspondant de l'agence Havas, qui est un fort joyeux compagnon, qui nous raconte des histoires horribles et superbes avec une verve étonnante, et qui nous donne les plus exacts détails sur les mauvais lieux et les formes des objets anticonceptionnels dans l'Espagne républicaine. A part cela, connaisseurs de l'Espagne, courageux garçons, et compagnons parfaits. A Saint-Sébastien, au retour, ils nous mèneront au bar de Chicote, qu'il faut avoir vu, plein à craquer, avec les journalistes de partout, les informations vraies ou fausses, les potins, et le patron qui paie aux amis le cocktail-maison qui se nomme *combinacion*. A Saragosse, ils nous conduisent au seul concert de la zone des armées.

C'est le *Royal*. Nous gagnons une rue étroite, une porte entrouverte, un couloir encombré de caisses. Au premier étage, on nous ouvre une loge. La salle est assez vaste, mal éclairée. Là-bas, des bancs et des tables de bois. Tout est plein, à peu près uniquement de soldats : légionnaires en chemises vertes, deux ou trois *requetes* en béret rouge (pas plus), un lot de phalangistes. Quelques Allemands aussi, blonds et bien reconnaissables. Ils offrent à boire, silencieusement, à des femmes. Le spectacle ressemble à celui de n'importe quel café-concert de ville de garnison. Mais, au pied de la scène étroite où virevolte une créature décolorée, en large jupe noire, des castagnettes aux doigts, une douzaine de soldats en armes montent la garde. Ils sont hilares, d'ailleurs, ils sont appuyés négligemment sur leur fusil, mais ils ont un fusil.

335

— Il y a des bagarres ?
— Quelquefois. La semaine dernière, c'était la Légion. Vous savez ce que c'est. Un type qui en dérouille un autre, un cri : *A moi la Légion !* et c'est la grande danse. Des fois, ce sont les phalangistes. Ou les étrangers.
— Les Allemands ?
— Non. Les Italiens. Ils se disputent avec les Espagnols pour des histoires de femmes.

On nous a apporté des *refrescos* un peu tièdes, nous écoutons, vaguement engourdis, les chanteuses. Elles ne sont ni très belles, ni très savantes, ni très bien habillées. Mais ce sont des femmes. On comprend que dans cette ville de soldats, la rigueur du catholicisme fasciste s'atténue un peu. Et sous les lumières douteuses, cette ombre à figure un peu froissée qui tournoie, lève ses bras longs, sa robe pailletée, elle représente beaucoup de choses. C'est la salle pourtant, que je regarde surtout.

Dans la loge de droite, dont nous sommes séparés par un rebord bas, deux jeunes hommes en chemise verte, il me semble. Je regarde plus attentivement. L'un d'eux est une femme, fort belle, avec des cheveux noirs et courts, et, sur sa manche, deux brisques qui signifient deux blessures.

— C'est une femme légionnaire, me renseigne-t-on. Il y en a quelques-unes comme cela à la Légion. Vous n'avez pas rencontré Mathilde à la Cité Universitaire ? On les tolère. Elles sont fidèles à l'homme avec qui elles sont. Quand il est tué, elles en prennent un autre. Jusque-là, tout le monde respecte le camarade.

Dans cette guerre, tout romantisme devient vérité banale. Sur la gauche, je me penche un peu, on a l'air d'avoir fermement fêté la dernière victoire nationaliste. Trois ou quatre braillards applaudissent à tout rompre la chanteuse, qui doit être la vedette du *Royal* ou l'amie chère à leur cœur.

... Ainsi va l'Espagne, à travers mille lieues de guerre et de paix. D'autres paysages auraient pu s'offrir à nous que le temps ne nous a pas permis de parcourir. Mais l'Espagne éternelle et l'Espagne du moment, confondues, nous ont offert assez de sujets de nous étonner, d'admirer et de comprendre. Les beaux villages de Navarre sont vides d'hommes aujourd'hui : car, dès le début de la conquête, par milliers, les bérets rouges ont jailli, et les pères sont partis avec leurs pères et avec leurs fils. Et dans Valladolid, la ville bleue, la patrie d'Onesimo Redondo, la cité chère à José Antonio, les jeunes gens des Phalanges se sont fait tuer.

Le double idéal de la « Sainte Tradition », comme chantent les carlistes, et de « l'aube » nouvelle, du « printemps » qui vient rire sur l'Espagne, comme chante la Phalange, il est visible à chaque pas que nous faisons sur cette terre admirable de l'exaltation et de la foi. Nous le retrouvons dans les inscriptions des murailles, dans les portraits qui ornent les rues — José-Antonio, Franco — dans toutes les mesures prises par le chef. Nous l'avons trouvé à l'*Auxilio Social* de Mercédès Bachiller, comme parmi les officiers de la Cité universitaire. Comme nous le retrouvons à ces messes d'hommes qui emplissent les chapelles de la cathédrale de Burgos. Comme nous le retrouvons à voir la ferveur avec laquelle ces officiers, ces soldats, ces *requetes* à béret rouge, ces phalangistes en chemise bleue vont baiser le pilier sacré de Notre-Dame del Pilar, à Saragosse.

Dans les petites villes calmes que nous traversons, Avila, Vittoria, Burgos, dans les grandes cités comme Valladolid ou Saragosse, nous retrouvons le même génie de l'Espagne, et il me faut bien dire qu'aucun peuple ne pourra sans doute jamais me toucher aussi profondément que ce peuple. Certes, il y a encore beaucoup à faire. Mais lorsque seront revenus

Au pas allègre de la paix,

les drapeaux victorieux que célèbre la chanson de José Antonio, la tâche sera déjà commencée, qui n'est pas seulement une tâche guerrière, mais une œuvre de construction. Les hommes de notre temps auront trouvé en Espagne le lieu de toutes les audaces, de toutes les grandeurs, et de toutes les espérances.

*
* *

Nous avions vu le nationalisme en lutte en Espagne. Mais nous devions voir aussi le nationalisme triomphant, même s'il s'agit d'un nationalisme d'une essence assez différente, celui de l'Allemagne.

De l'Allemagne, nous restions toujours aussi curieux. Nos deux peuples sont ce qu'en ont fait l'histoire, ct plus encore la géographie. Mais il y a beaucoup de choses à voir en Allemagne, si l'on veut comprendre son temps : peut-être aussi beaucoup d'entre nous pensaient qu'il fallait se hâter, et que nous n'aurions pas longtemps à contempler pacifiquement ce pays.

En 1937, nous nous mîmes en tête d'aller au Congrès de Nuremberg. Nous trouverions bien quelques journaux heureux d'avoir des envoyés spéciaux peu avides, qui nous permettraient de couvrir une partie des frais du voyage. Annie Jamet s'agglutina à une mission commerciale lyonnaise, qui allait assister au Congrès, accompagnée de quelques parlementaires curieux, dont M. Pomaret, aujourd'hui ministre du Travail. Automobiliste attitré de *Je suis partout,* Pierre Cousteau emmenait sa femme, Georges et Germaine Blond (Georges écrirait le compte rendu du Congrès pour *la Liberté).* Je ne les rejoignis que pour les derniers jours[1].

Nous nous sommes fort amusés. Nous parcourions en autocar la route de Nuremberg à Bamberg (où nous étions logés, faute de place dans la ville sainte) en chantant *la Madelon,* sous l'œil respectueux des Bavarois, ce qui est une impression fort excitante. Nous parlions avec quelques Allemands, qui s'occupaient des *Cahiers franco-allemands,* avec Fritz Bran et Otto Abetz, dont nous faisions la connaissance. Et nous regardions de tous nos yeux l'Allemagne nouvelle.

Cent heures, c'est à peu près le temps que j'ai passé en Allemagne, et dans ce peu de jours, que faire, sinon se laisser envahir par des impressions vives, variées, contradictoires même, sans avoir surtout la prétention de juger un pays d'après une si brève expérience ? Ni l'Allemagne,

---

1. Le récit de ces *Cent heures chez Hitler* parut à *la Revue Universelle.*

ni l'hitlérisme ne sont des choses simples. Lorsqu'on a lu quelques livres, que l'on a rencontré quelques allemands, on croit avoir trop de facilité, au moment de gagner, pour la première fois, ce pays étrange, que l'on sait assez bien d'avance ce qui nous plaira et ce qui nous déplaira. Mais la réalité est toute autre, et le plaisir et le déplaisir se mêlent d'une manière bien différente de ce que nous avions prévu. Cette centaine d'heures n'a manqué ni de surprises ni de contrastes, peut-être effacés par l'habitude et le temps pour ceux qui connaissent trop bien le pays, l'habitent depuis des années. À regarder des images, on apprend parfois quelque chose. Ce sont des images, en effet, que nous offre tout d'abord l'Allemagne. Ces petites villes, ces villages bavarois que traversent le train et l'automobile, ils sont posés, au milieu de paysages charmants et verts, comme des objets enfantins et comme des décors. Les toits pointus ou ronds, le croisillon brun des poutres visibles, les fleurs à toutes les fenêtres, c'est l'Allemagne chère aux romantiques et à Jean Giraudoux qui nous accueille la première. Parfaitement propre et gracieuse comme un jouet de Nuremberg, médiévale et féodale, elle installe au long des routes le cadre ravissant de ses fêtes énormes, dans un contraste qui pourrait surprendre. Dans les petites rues pavées de Nuremberg et de Bamberg, au long des rivières et des canaux, auprès des cathédrales et des admirables statues de pierre, c'est l'ancienne Allemagne du Saint-Empire qui se marie avec le IIIe Reich. Ils ne détonnent pas, cependant, ces millions de drapeaux qui décorent les façades. Point d'affiches ici, comme en italie. Seulement des drapeaux, les uns immenses, d'une hauteur de cinq étages, d'autres moins vastes, mais toujours au moins trois par fenêtre. Se représente-t-on une parure, si joyeuse sous ce ciel gris, qui s'allie au baroque attendrissant des sculptures, aux maisons anciennes et aux fleurs sur les balcons ? Ce peuple aime les fleurs, on le sait du reste, et dans les garages, les ouvriers garnissent, dévotement, chaque matin, le porte-bouquet des voitures. C'est même toujours cela qui a attiré les croyants du temps passé, les amoureux de la « bonne » Allemagne, la grosse Mme de Staël. Les fleurs n'empêchent point d'autres réalités.

Il est bien vrai qu'il n'y a point de village qui ne soit pavoisé sur ces voies triomphales qui mènent à Nuremberg, pendant cette semaine du 6 au 13 septembre, où le parti national-socialiste tient ses assises dans la vieille ville de Franconie, la semaine sainte du *Reichsparteitag*. Ce décor raffiné nous introduit simplement aux cérémonies que nous sommes venus voir, et nous prépare aux rites sacrés de l'Allemagne nouvelle. De grandes banderoles, ici et là, nous souhaitent la bienvenue, et aux portes des villes, on en a placé d'autres qui nous invitent pour l'année prochaine. Pas d'autres inscriptions, sauf celles que l'on peut voir à l'entrée des villages et de quelques auberges, où il est simplement déclaré, avec une politesse contenue : « Les Juifs ne sont pas *souhaités* ici. » A l'extérieur, hors des emplacements consacrés à la célébration du nouveau culte, rien autre que les fleurs et les drapeaux. Si nous voulons en savoir davantage, il faudra aller au-delà de cette apparence de grâce et de fraîcheur.

On peut visiter les Expositions. A Nuremberg

se tient une grande Exposition antimarxiste, où des photographies et des affiches nous présentent les crimes marxistes dans le monde. Les marins du *Deutschland,* navire bombardé par les Rouges espagnols, ont leurs honneurs spéciaux, comme il est naturel. La France figure parmi les nations révolutionnaires, à cause de Jean-Jacques, mais pour notre amour-propre sans doute, les théoriciens racistes ont fait une place à Voltaire et à Napoléon, dont ils affichent en grosses lettres des phrases antisémites. Cette Exposition est adroite, bien qu'on y donne un autobus incendié au 6 février 1934 comme un exemple de barbarie « rouge ». Les Français, on l'avoue, passent devant cet autobus avec le sourire.

J'ai trouvé plus amusante, d'ailleurs, l'Exposition antimaçonnique d'Erlanger, où la loge a été cernée et prise, il y a peu d'années, avant que les Vénérables eussent eu le temps de la déménager. Elle a été transformée en musée, et l'on se promène à travers les couloirs tendus de noir, les salles d'initiation, les cercueils, les têtes de morts, et tout l'attirail de la maçonnerie. Des tableaux ingénieux nous montrent l'histoire du monde vue sous l'angle maçonnique : ils remontent à Hiram et à Salomon, et là encore la Révolution de 1789 joue un rôle important, mais aussi, ce qui est assez curieux pour le pays de la Réforme, Luther, Calvin et Zwingle. Dans des vitrines, des bijoux maçonniques, des photographies d'officiers coiffés du casque à pointe et porteurs des insignes (l'armée était très maçonnisée avant la guerre), des correspondances avec les loges étrangères, une croix de fer greffée du triangle. Un savant professeur, qui porte à son revers l'insigne hitlérien, le faisceau romain et les cinq flèches phalangistes, nous guide à travers les salles et nous mime en français l'initiation. A côté de lui, se trouve un tableau donnant la liste des grades, et nous cherchons tout de suite comment se dit « Sublime Prince du Royal Secret ». La scène, il faut le dire, est d'un comique prodigieux.

Ces expositions, ces villages parés pour la grande fête, ne sont pas une mauvaise introduction à l'Allemagne. Il nous reste maintenant à pénétrer dans l'enceinte magique et à voir se dérouler l'office hitlérien.

C'est bien un office, en effet, et tous les voyageurs en ont fait déjà la remarque. Les défilés à travers la ville n'en constituent pas la principale part. Un soir, du grand hôtel de Nuremberg, nous regardons, inlassablement, des groupes de S. A. en uniforme brun, qui passent sous les fenêtres, éclairés seulement par la lueur des torches. Ailleurs, ce serait une retraite aux flambeaux de village. Ici, il y a déjà une autre gravité, et d'autres sentiments.

Au Zeppelinfeld, en dehors de la ville, un stade immense a été construit, dans cette architecture quasi mycénienne qu'affectionne le IIIe Reich. Sur les gradins, il peut tenir cent mille personnes assises, dans l'arène deux ou trois cent mille. Les étendards à croix gammée, sous le soleil éclatant, claquent et brillent. Et voici venir les bataillons du travail, les hommes de l'*Arbeitskorp,* par rangs de dix-huit, musique et drapeaux en tête, la pelle sur l'épaule. Ils sortent du stade, ils y rentrent, les chefs du service du travail les suivent, le torse nu, puis les jeunes filles. On présente les pelles, et la messe du travail commence.

— Etes-vous prêts à féconder la terre allemande ?

— Nous sommes prêts.

Ils chantent, le tambour roule, on évoque les morts, l'âme du parti et de la nation est confondue, et enfin le maître achève de brasser cette foule énorme et d'en faire un seul être, et il parle. Quand le stade se vide avec lenteur de ses officiants et de ses spectateurs, nous avons commencé de comprendre ce qu'est l'Allemagne nouvelle.

On doit le comprendre mieux encore, pourtant, le lendemain, à cette cérémonie inouïe qui porte le nom banal d'appel des chefs politiques *(politischen Leiter)*. C'est la nuit. Le stade immense est à peine éclairé de quelques projecteurs qui laissent deviner les bataillons massifs et immobiles des S.A. vêtus de brun. Entre leurs rangs des espaces sont ménagés. L'un d'eux, plus large que les autres, forme une sorte d'avenue, qui mène de l'entrée du stade à la tribune où passera le Führer. Il est très exactement huit heures quand celui-ci entre, et suivi de son état-major, gagne sa place, sous la rafale des acclamations de la foule. Ceux qui crient le plus fort sont les Autrichiens. Nous les retrouverons à toutes les parades, avec leur appel rythmé :

— L'Autriche salue son Führer !

Les Bavarois sourient, lorgnent les tribunes diplomatiques, applaudissent.

A l'instant précis où il franchissait le stade, mille projecteurs, tout autour de l'enceinte, se sont allumés, braqués verticalement sur le ciel. Ce sont mille piliers bleus qui l'entourent désormais, comme une cage mystérieuse. On les verra briller toute la nuit de la campagne, ils désignent le lieu sacré du mystère national, et les ordonnateurs ont donné à cette stupéfiante féerie le nom de *Licht-dom,* la cathédrale de lumière.

Voici l'homme debout maintenant sur sa tribune. Alors déferlent les drapeaux. Pas un chant, pas un roulement de tambour. C'est le silence le plus extraordinaire qui règne quand apparaissent, à l'orée du stade, devant chacun des espaces qui séparent les groupes bruns, les premiers rangs de porte-étendards. La seule lumière est celle de la cathédrale irréelle et bleue, au-delà de laquelle on voit tournoyer des papillons, avions peut-être, ou simples poussières. Mais sur les drapeaux, le regard d'un projecteur s'est posé, qui souligne leur masse rouge, et qui les suit tandis qu'ils avancent. Avancent-ils d'ailleurs ? On a envie de dire plutôt qu'ils coulent, qu'ils coulent comme une coulée de lave pourpre, irrésistiblement, dans un énorme et lent glissement, pour remplir ces interstices préparés d'avance dans le granit brun. Leur avance majestueuse dure près de vingt minutes, et c'est lorsqu'ils sont près de nous seulement que nous entendons le bruit sourd des pas. Seul le silence a régné jusqu'à cette minute où ils vont s'immobiliser au pied du chancelier debout. Un silence surnaturel et minéral, comme celui d'un spectacle pour astronomes, dans une autre planète. Sous la voûte rayée de bleu jusqu'aux nuages, les larges coulées rouges sont maintenant apaisées. Je ne crois pas avoir vu de ma vie spectacle plus prodigieux.

Pour finir, avant et après le discours de Hitler, qui fait dans cette foule muette des remous de bras tendus et de cris, on chante : le *Deutschland über alles,* le *Horst Wessel* où plane l'esprit des camarades tués par le Front rouge et par la réaction, et le chant des soldats de la guerre :

> *J'avais un camarade ;*
> *De meilleur, je n'en aurai pas...*

Puis d'autres chants encore, créés pour le Congrès et qui se marient aisément à cette nuit fraîche, à la gravité de l'heure, à ces belles voix sombres et multiples, à tout l'enchantement musical sans lequel l'Allemagne ne peut rien concevoir, ni religion, ni patrie, ni guerre, ni politique, ni sacrifice.

Pendant les heures que j'ai passées dans ce pays surprenant, qui me semblait plus loin que le plus lointain Orient, j'ai assez eu l'occasion d'être surpris, pour ne pas me souvenir de ces minutes. Car tout cela n'est point vide, mais signifie. Tout cela est fondé sur une doctrine. C'est parce que ces cérémonies et ces chants signifient quelque chose que nous devons y faire attention.

Ils signifient d'abord pour la jeunesse du pays. C'est à elle que tout s'adresse ici, et l'on est presque étonné de découvrir, dans les S.A. qui emplissent les rues, de débonnaires Bavarois ventrus, petits, pacifiques, qui font de ces uniformes des vêtements de tranquille garde nationale. On avait oublié, en vérité, qu'il existait des Allemands de plus de vingt-cinq ans, — et que c'était même eux qui avaient fait le national-socialisme. Mais ils peuvent l'avoir créé, désormais le mouvement n'est plus pour eux, il est pour la jeunesse.

Nous avons voulu la voir, nous aussi, cette jeunesse allemande. A travers la campagne, ses petits villages, ses bois (l'arbre, c'est la divinité allemande par excellence), nous parlons avec ceux qui nous conduisent. C'est le moment de nous souvenir d'un mot de M. de Ribbentrop, que citait naguère Charles Maurras, sur la conscience profondément historique de l'Allemand. De quoi nous parle-t-on ici, devant ces croix gammées, ce décor nouveau ? On nous parle de la guerre de Trente ans.

— C'est la clef de l'histoire allemande. Il y avait vingt-cinq millions d'Allemands avant, cinq seulement après. Il a fallu tout reconstruire. Du Rhin, de la Bavière ou de l'Autriche l'axe s'est déplacé vers le nord de la Prusse. Et nous avons construit le germanisme, le germanisme qui est d'abord un particularisme, qui ne veut pas s'imposer comme une règle universelle.

Je laisse à ce jeune Allemand la responsabilité de ces rêveries historiques. Mais il est curieux qu'elles soient faites.

Mais nous voici engagés dans un petit chemin creux, nous voici arrivés à un village de maisons de planches, et c'est la fin de nos controverses historiques. Nous avons devant nous un camp de travail, comme il y en a des milliers en Allemagne. Quinze délégués seulement participaient hier à la parade des pelles. Le reste est là, quatre-vingts ou cent garçons de dix-neuf ans. Nous franchissons la clôture, la cour vide entourée de baraques et de massifs de fleurs. Ils sont, nous dit-on, derrière le camp.

Ils y sont, en effet, sous les hauts bouleaux, assis dans le sable, leurs pelles au loin — et ils chantent. Ces jeunes gens vêtus de brun, sous les arbres, composaient si naturellement un tableau de l'Allemagne éternelle, à l'heure du repos, que nous nous arrêtons un peu saisis. On nous explique :

— C'est la leçon de chant.

Ce mot, là-bas, n'évoque certes aucune mignardise, mais la gravité, la virilité, le dur et puissant amour de la patrie, le dévouement total, tout cela exprimé dans cette langue des sons et du chœur qui est la vraie langue maternelle de l'Allemand.

Devant nous, on interroge quelques-uns de ces jeunes gens. Ils sont presque tous de Saxe et de Franconie. Tout à l'heure, on nous dira le programme de leur journée : lever à cinq heures, coucher à dix, c'est un programme fort militaire et assez strict. Seulement, il y a dans les rapports de ces garçons entre eux (ils appartiennent à toutes les classes sociales), comme dans les rapports des chefs et des subordonnés, une sorte d'unité, de camaraderie rude. Là est la nouveauté incontestable du IIIe Reich, qui fait la force la plus redoutable de l'Allemagne. La *Hitlerjugend,* les S.S. couchent sur la paille dans leurs bivouacs. Ici, il y a des lits, des chambrées d'une propreté rigoureuse, ornées d'une grande croix (je dis bien : une croix, et non pas une croix gammée). Et naturellement, un peu partout, ces garçons promis à la vie âpre ont dessiné des parterres de fleurs.

Nous quittons le camp sous les arbres tandis qu'un orchestre nous joue des airs de danse, et c'est encore un orchestre, le lendemain, que nous retrouverons, sous la brume cette fois et sur un sol trempé par la pluie de la nuit, au grand camp de tentes de l'*Hitlerjugend* que vient visiter le matin le Führer de la jeunesse,

Baldur von Schirach. Du haut d'une tour en planches, nous regardons s'étendre au loin, sur la plaine bordée de bois, ces abris légers où s'exerce l'adolescence hitlérienne. Sauf le nombre — plusieurs milliers d'enfants sont abrités ici — rien qui diffère profondément d'un camp de louveteaux. Simplement ils se précipitent vers l'orchestre, ils courent chanter, avec une sorte d'ardeur d'affamés qui serait peut-être inconnue à la jeunesse française. Et aussi, sur une stèle de bois, on a inscrit le nom des centaines d'enfants du parti tombés sous les balles marxistes. Une flamme brûle, un enfant veille. Nous saluons silencieusement les jeunes morts. Là encore, ce qui nous frappe, c'est le caractère de la discipline. La militarisation de l'enfance, en Allemagne, n'est pas du tout ce que l'on croyait. Ceux qui viennent nous parler nous abordent joyeusement, sans crainte, et d'eux-mêmes. J'avoue que je trouve cela beaucoup plus important, au point de vue de la puissance allemande, qu'un sec caporalisme.

Mais déjà la nuit est tombée, et nous devons aller, aux portes de Nuremberg, dîner au bivouac des S.S. Nous y serons reçus par M. Himmler, chef des S.S., maître de la Gestapo, et M. Gœbbels en personne présidera le dîner. A dire vrai, le pittoresque du camp, des tentes réservées à la garde personnelle du Führer, ne paraît tel qu'aux naïfs. L'atmosphère des grandes manœuvres est la même dans tous les pays du monde, — et celle des banquets officiels aussi, même s'ils sont composés de choucroute, de saucisses bavaroises et du vin sec de Franconie. Tout cela n'aurait que peu d'intérêt, si l'on ne nous avait menés, en sortant, auprès du drapeau du camp. C'était l'heure où l'on amène les couleurs, un peu plus tard que sur les navires de guerre. Un clairon joua un air nostalgique, et lentement, le drapeau rouge à croix gammée descendit. Un tel spectacle est beau dans tous les pays sans doute, mais ici, il prenait sa place dans un ensemble. Après la fête, comme après le jeu, après la banalité quotidienne, c'est désormais l'habitude, pour l'Allemagne qui vit en groupe, de se remémorer soudain les plus graves pensées qui dirigent sa nation et sa race. De même que les jeunesses hitlériennes ont leur monument, de même après ce banquet officiel qui pouvait être agréable et vulgaire, on n'omet de nous rappeler qu'il existe aussi autre chose, que représentent les honneurs rendus au symbole même de l'Empire.

C'est à la France que nous songeons. Il y a bien des choses en Allemagne qui sont différentes de celles qu'il nous faut, que nous avons le droit de ne pas aimer. Mais est-ce que vraiment on nous fera croire que désormais les grands sentiments sont incompréhensibles à la France, qu'on ne pourrait pas les réapprendre à la jeunesse française, que nous ne pourrions pas les subir chez nous, à notre mode à nous ? C'est une sorte de regret qui nous poursuit, à chaque instant, quand nous pensons à ce que la démocratie a fait de la France. D'autant plus que nous n'emportons pas de ce bref séjour en Allemagne l'émerveillement qui saisit tant de voyageurs français un peu naïfs, « frères qui trouvent beau tout ce qui vient de loin », et qu'a saisis la grâce brusque de l'hitlérisme. Même en si peu de temps, il faudrait n'avoir pas d'yeux pour voir, et si nos sentiments à l'égard du phénomène d'outre-Rhin sont complexes, c'est que justement il y a beaucoup à dire.

Je me demandais quelle serait mon impression devant l'homme qui supporte sur ses épaules non seulement cet Empire, mas encore cette religion nouvelle. Et de nouveau, la complexité des impressions est si grande que l'on ne saurait, de bonne foi, en tirer des conclusions valables, et qu'il faut se contenter d'essayer de les débrouiller un peu.

Je me souvenais d'avoir écouté souvent Hitler, au moment de sa campagne électorale de 1933, à la radio ou au cinéma. Aujourd'hui, il parle de façon beaucoup plus calme. Certes, les Allemands s'exaltent toujours à l'entendre, et applaudissent avec ferveur lorsqu'il leur promet les privations pour conduire à la puissance. Certes sa voix semble s'émouvoir lorsque, comme l'autre jour à la parade des *Politischen Leiter,* il proclamait qu'il sacrifiait tout à l'Allemagne, et qu'il lui donnerait sa vie s'il le fallait. Mais l'ensemble nous donne l'impression d'une modération plus grande. Il ne fait plus de gestes, parle les mains croisées presque sans arrêt, et les haut-parleurs répètent en écho la fin de ses phrases. Reconnaissons-le, l'étranger se trouve un peu surpris, et contemple l'enthousiasme de ceux qui l'écoutent.

Je venais de le voir, il est vrai, deux heures avant, et de beaucoup plus près. Quatre-vingts à cent hôtes étrangers avaient été invités par M. de Ribbentrop à un thé où le chancelier devait paraître. Rudolf Hess, bras droit du Führer, son collaborateur depuis toujours et même pour *Mein Kampf,* dit-on, nous avait d'abord reçus. C'est un homme à figure énergique, aux yeux enfoncés et durs, qui exprime brièvement sa satisfaction de voir des étrangers s'intéresser à l'Allemagne nouvelle. Puis l'on nous a menés vers une autre salle, où nous avons découvert, dans une sorte de cohue sans ordre, un homme, qu'on entoure sans cérémonie, qui est le maître de soixante-dix millions d'hommes.

L'uniforme habituel, qui surprend, la veste jaunâtre, le pantalon noir. La mèche. Un visage fatigué. Plus triste aussi qu'on ne pensait. C'est de près seulement qu'on voit son sourire. Un sourire presque enfantin, comme en ont si souvent les meneurs d'hommes. « Il est si gentil, » disent de façon surprenante ses collaborateurs. On lui présente quelques personnes, il serre des mains avec un regard absent, répond de quelques mots. Et nous restons là, stupéfaits.

Pourtant, il faut regarder ses yeux. Dans ce visage, eux seuls comptent. Ce sont des yeux d'un autre monde, des yeux étrangers, d'un bleu profond et noir où l'on distingue à peine la prunelle. Comment deviner ce qui se passe en eux ? Qu'y a-t-il d'autre qu'un rêve prodigieux, un amour sans limites pour le *Deutschland,* la terre allemande, celle qui est réelle et celle qui est à construire encore ? Qu'avons-nous de commun avec ces yeux ? Et surtout, la première impression, la plus étonnante, subsiste : ces yeux sont graves. Une angoisse presque insurmontable, une anxiété inouïe y demeurent. Nous y devinons en un éclair, les difficultés présentes, la guerre possible, la crise économique, la crise religieuse, tous les soucis du chef responsable. Nous sentons fortement, physiquement, quelle épreuve terrible c'est de conduire une nation, et de conduire l'Allemagne vers son destin dévorant. Surtout lorsqu'il s'agit pour ce chef de la transformer de telle sorte qu'un « homme nouveau » comme il le dit à chaque instant, puisse y naître et y vivre.

On ne veut pas faire de romantisme. Pourtant, devant l'homme au regard lointain, qui est un dieu pour son pays, comment ne pas songer que dans une aube de juin, il est descendu du ciel, tel l'archange de la mort, pour supprimer par devoir quelques-uns de ses plus vieux compagnons. Et sans doute, on est bien libre de voir, dans le 30 juin, une révolution de palais. Mais c'est *aussi* autre chose. Car cet homme a sacrifié à ce qu'il jugeait son devoir, et sa paix personnelle, et l'amitié, et il sacrifierait tout, le bonheur humain, le sien et celui de son peuple par-dessus le marché, si le mystérieux devoir auquel il obéit le lui commandait. On ne juge pas Hitler comme un chef d'Etat ordinaire. Il est aussi un réformateur, il est appelé à une mission qu'il croit divine, et ses yeux nous disent qu'il en supporte le poids terrible. C'est cela qui peut, à chaque instant, tout remettre en question.

Je n'oublierai jamais, je le crois, la couleur et la tristesse des yeux de Hitler, qui sont sans doute son énigme. Certes, je ne prétends point le juger sur cette impression, encore qu'elle ait été éprouvée, pendant ces journées solennelles de

Nuremberg, par beaucoup d'autres. Mais surtout nous nous demandions, Français qui regardions cette suite de spectacles extraordinaires, nous nous demandions : de tout cela, qu'est-ce qui peut nous être commun un jour ?

Le matin du dimanche avait lieu la cérémonie la plus singulière du IIIe Reich, celle de la consécration des drapeaux. On amène devant le Führer le « drapeau du sang », celui que portaient les manifestants tués lors du *putsch* manqué de 1923, devant la Feldherrenhalle de Munich.

A Munich, ils étaient plusieurs
Quand les balles les ont frappés...

Le chancelier saisit d'une main le drapeau du sang, et de l'autre les étendards nouveaux qu'il devait consacrer. Par son intermédiaire, un fluide inconnu doit passer, et la bénédiction des martyrs doit s'étendre désormais aux symboles nouveaux de la patrie allemande. Cérémonie purement symbolique ? Je ne le crois pas. Il y a réellement, dans la pensée d'Hitler comme dans celle des Allemands, l'idée d'une sorte de transfusion mystique analogue à celle de la bénédiction de l'eau par le prêtre, — si ce n'est, osons le dire, à celle de l'Eucharistie. Qui ne voit pas dans la consécration des drapeaux l'analogue de la consécration du pain, une sorte de sacrement allemand, risque fort de ne rien comprendre à l'hitlérisme.

Et c'est alors que nous sommes inquiets. Devant ces décors graves et délicieux du romantisme ancien, devant cette floraison immense des drapeaux, devant ces croix venues d'Orient, je me demandais le dernier jour, si tout était possible. On peut donner à un peuple plus de vigueur. Mais peut-on vouloir tout transformer jusqu'à inventer des rites nouveaux, qui pénètrent à ce point la vie et le cœur des citoyens ? Le Français, qui comprend mal l'étranger, commence, avant de comprendre, par s'étonner.

Le drapeau lui-même accentue cette étonnante impression orientale, et il faut faire effort pour s'apercevoir que quelques-unes des vertus remises en honneur — le travail, le sacrifice, l'amour de la patrie — font partie du patrimoine commun de tous les peuples tant on est surpris par les impressions du dépaysement et de l'exotisme. Il semble y avoir quelque ironie du destin à souligner les apparences orientales de ces mythes, dans un pays qui rejette tout ce qui lui semble venir de l'Est. Mais Hitler, instaurateur des nuits de Walpurgis du 1er mai, des fêtes païennes, de la consécration des drapeaux, est fidèle en réalité à la vocation profonde de l'Allemagne, qui de Gœthe à Nietzsche et à Kayserling, a toujours été tournée vers le soleil de l'Orient. Dans beaucoup des aspects de cette politique nouvelle, on a envie de dire plutôt de cette poésie, tout, certes, n'est pas pour nous, et on n'a pas besoin d'insister pour le dire. Mais ce qui est pour nous, ce qui est un rappel à l'ordre constant, et sans doute une sorte de regret, c'est cette prédication soutenue qui est faite à la jeunesse pour la foi, le sacrifice et l'honneur. De même que Jacques Bainville revint monarchiste de l'Allemagne d'avant-guerre, de même tout Français revient de l'Allemagne d'aujourd'hui persuadé que son pays, sa jeunesse, pourraient faire au moins aussi bien que nos voisins, si nous restaurions d'abord certaines vertus universelles. Et cela c'est une leçon valable pour tous.

C'est l'impression finale que nous emportons : beaux spectacles, belle jeunesse, vie plus facile qu'on ne dit, mais avant tout mythologie surprenante d'une nouvelle religion. Quand on essaie de se remémorer ces journées si pleines, qu'on évoque les cérémonies nocturnes éclairées de biais par la lueur des torches et des projecteurs, les enfants allemands jouant comme des loups autour de leurs souvenirs de guerre civile et de sacrifice, le chef soulevant en larges houles, avec des cris plaintifs, cette foule subjuguée, on se dit, en effet, de ce pays, si voisin de nous, qu'il est d'abord, au sens plein du mot, et prodigieusement, et profondément, un pays *étrange*.

*
* *

Et la France, que faisait-elle ? Elle vivait sous le régime du Front populaire, tantôt à direction socialiste, tantôt à direction radicale, sous la menace perpétuelle du chantage communiste. Mais dans la jeunesse, on pouvait voir aussi, sans forcer les choses, se préciser cet esprit préfasciste qui était peut-être né, malgré tout, aux environs du 6 février 1934. On le retrouvait, cet esprit, dans les ligues tant qu'il y eut des ligues, parfois chez certains membres du P.S.F. malgré les tasses de thé, au Parti Populaire Français de Doriot, et dans la foule des sans-parti.

Tout n'était pas heureux dans la carrière du jeune nationaliste. On avait suivi en général avec sympathie les efforts du comte de Paris pour se faire connaître aux Français : il était aviateur, ce qui plaît aux foules, il s'était marié à Palerme avec une belle princesse de légende, il avait des enfants nombreux et ravissants. Il voulut un journal, le *Courrier Royal,* il signa des articles et des livres, où nous retrouvions cette alliance du social et du national qui nous paraissait essentielle. J'allai, un jour de 1936, le voir à Bruxelles avec Annie Jamet qui désirait organiser une ou deux conférences sous ses auspices. Je le revis au cours du voyage que je fis le mois suivant. Il me parut, comme en 1930, fin, émouvant, séduisant. Il écoutait toujours admirablement. Il tenait des propos sages et justes. Cependant, s'il lui arrivait de parler des ouvriers, de la vie ouvrière française, on sentait bien, par malheur, que tout cela était loin de lui, qu'il n'en avait pas de connaissance directe, qu'il ignorait les hommes de son pays. Ses raisonnements étaient exacts, mais un je ne sais quoi de brumeux, d'impalpable, s'interposait entre la réalité et lui. Il était, bien entendu, difficile de le lui dire, et le plus solide en lui était justement une assurance assez forte, la confiance en son destin. Mais la conversation était plus malaisée qu'on ne le croyait devant la gentillesse de son accueil.

L'année suivante, on apprit avec stupeur, au cours d'un manifeste, qu'il condamnait *l'Action française.* Sans doute ses conseillers lui avaient-ils fait croire que sa cause serait servie par l'abandon de ce parti déconsidéré. Il se passa ce qui devait se passer : les gens de gauche n'en devinrent pas royalistes, et les royalistes en conçurent quelque amertume. Le vieux lutteur, Charles Maurras, recevait sans ployer un nouveau coup. Nous nous répétâmes que la personne du roi n'a pas d'importance, que l'ingratitude est une vertu royale, et que le temps arrange bien des choses.

D'autres connaissaient des soucis pareils. Il y eut un grand procès La Rocque, où le chef du P.S.F. fut accusé d'avoir reçu des fonds du ministère Tardieu. Dégoûtés de tous les partis, des jeunes gens aventureux désirèrent alors autre chose. Ils organisèrent des sociétés secrètes, à la mode des Carbonari. Les premiers étaient des dissidents d'*Action française,* malheureusement noyautés par la police, comme il se doit, que l'on baptisa du nom ironique de *Cagoulards*. En même temps, s'étaient formées en province en particulier, des sociétés de défense contre le communisme. Tout le monde sait qu'il y eut des ententes entre les commandants de place et les notables des villes pour parer, le cas échéant, à un mauvais coup. Ailleurs, on organisa des sociétés encore différentes. La police surveillait tout cela, les marxistes embrouillaient les choses à plaisir. Un beau jour, on lança à grand fracas un vaste complot contre la République, le complot des *Cagoulards,* roman-feuilleton qui tint les foules haletantes. On arrêta, pêle-mêle, de très braves gens, et même des héros authentiques, comme le général Duseigneur qui devait disparaître au début de la nouvelle guerre, comme le sergent Darnand, grâce à qui fut dévoilée l'offensive allemande de juillet 1918. Nous n'avons, pour notre part, connu aucun

Cagoulard, de quelque nature qu'il soit. Mais nous savons qu'il y eut dans ces organismes souvent vagues, et toujours divers, des indicateurs de police, des canailles, des énergumènes, des cornichons, — et une majorité de courageux garçons tentés par les vertus de l'action. La bassesse fut de confondre tout, organisations défensives et *carbonari,* pendant que les cellules communistes fortement encadrées, fortement hiérarchisées, accumulaient les dépôts d'armes et les complots précis. La *Cagoule* servit, deux ou trois ans, d'épouvantail au front populaire, et fut la réponse à tout.

Mais c'était le signe du désarroi des esprits, de certain désespoir un peu romantique, qu'ont connu bien des patriotes de ces années-là. En même temps, André Tardieu abandonnait toute carrière politique et publiait des livres sur l'incapacité foncière du régime.

Un fait plus encourageant fut le succès qu'obtint dès l'abord Jacques Doriot. Nous avions toujours eu de la curiosité pour sa personne, du temps où, maigre et chevelu, il était le diable dont avaient peur les bourgeois, et la plus forte tête du parti communiste. Il s'en était séparé, il avait fondé le Rayon communiste de Saint-Denis (il y eut ainsi quelques dissidences, dont la plus importante fut à la Chambre, le P.U.P., ou Parti de l'Unité prolétarienne). Dans la vieille ville royale, nous savions qu'on l'aimait bien, qu'il s'occupait des œuvres d'assistance, qu'il était détesté des moscoutaires. On chantait :

En avant, Saint-Denis,
Pour l'unité révolutionnaire...

On savait aussi que ce marxiste, ancien combattant, ancien ouvrier, ancien agitateur, se rapprochait peu à peu de la réalité nationale. Il se fit pourtant encore élire en 1936 comme révolutionnaire non-communiste. Ce n'est qu'ensuite qu'il fonda le Parti Populaire Français, dont le premier mot d'ordre fut de soutenir les grèves professionnelles et de lutter contre les grèves politiques. Son ascendant personnel retint auprès de lui de nombreux ouvriers. Les marxistes enrageaient de ses succès. Il transportait dans son parti les méthodes communistes, l'organisation des cellules. Sous je ne sais quel prétexte, on le déposa de son siège de maire de Saint-Denis. Il eut l'audace d'abandonner son poste de conseiller municipal, il démissionna, se représenta aux élections, et après une campagne très dure, fut battu. Alors, par honnêteté, il abandonna son siège de député.

Nous avions à *Je suis partout* des camarades P.P.F. Tous nous avions beaucoup de sympathie pour le mouvement. Malheureusement, il fut affaibli par des querelles intérieures, et privé d'argent par le grand patronat qui trouva plus intelligent de subventionner le parti radical. Mais cela n'ôte rien à l'aspect vivace, dru, populaire, qu'eut pendant ces années le P.P.F. Les réunions étaient magnifiques, et je me rappelle encore celle qui eut lieu le lendemain de l'*Anschluss,* quand le ministère avait démissionné, et que dans cette salle pleine de délégués de la France et de l'Empire, rudes garçons batailleurs, le cri de « Doriot vaincra » semblait un autre mot pour dire « La France vaincra ! » Je me rappelle aussi une nuit où nous avions invité Jacques Doriot à un dîner de *Je suis partout*. Au sortir du dîner, avec Alain Laubreaux, Jean Fontenoy, nous sommes allés boire dans les caves de Saint-Denis pour fêter un légionnaire P.P.F. qui regagnait le lendemain Sidi-Bel-Abbès. Je regardais Jacques Doriot, ce géant calme et solide, patient, énergique, au milieu des braillements de bons garçons un peu éméchés qui chantaient des chansons sentimentales ou applaudissaient notre camarade Robert Andriveau qui, juché sur une futaille, entonnait le grand air de *la Tosca*. Tout cela était bien plaisant.

Ainsi, de ces divers éléments, se formait ce que nos adversaires appelaient le fascisme et que nous avions fini par nommer ainsi. Car ces mots étaient alors couramment employés, dans l'immédiate avant-guerre. Et les éléments de notre fascisme à nous n'étaient pas difficiles à énumérer. Nous savions, à travers l'univers, ce qu'étaient tant de jeunes gens qui, avec toutes les différences nationales, nous ressemblaient. Certains d'entre eux avaient souffert de la guerre enfants, d'autres de révolutions dans leur pays, tous de la crise. Ils savaient ce qu'est leur nation, son passé, ils voulaient croire à son avenir. Ils voyaient miroiter sans arrêt devant eux le scintillement impérial. Ils voulaient une nation pure, une race pure. Ils aimaient souvent à vivre ensemble dans ces immenses réunions d'hommes où les mouvements rythmés des armées et des foules semblent les pulsations d'un vaste cœur. Ils ne croyaient pas aux promesses du libéralisme, à l'égalité des hommes, à la volonté du peuple. Mais ils croyaient que du chercheur indépendant au chef d'industrie, au poète, au savant ou au manœuvre, une nation est *une,* exactement comme est *une* l'équipe sportive. Ils ne croyaient pas à la justice qui règne par la force. Et ils savaient que de cette force pourra naître la joie.

Car l'extravagance des adversaires du fascisme se trouve avant tout dans cette méconnaissance totale de la joie fasciste. Joie qu'on peut critiquer, joie qu'on peut même déclarer abominable et infernale, si cela vous chante, mais joie. Le jeune fasciste, appuyé sur sa race et sur sa nation, fier de son corps vigoureux, de son esprit lucide, méprisant des biens épais de ce monde, le jeune fasciste dans son camp, au milieu des camarades de la paix qui peuvent être les camarades de la guerre, le jeune fasciste qui chante, qui marche, qui travaille, qui rêve, il est tout d'abord un être joyeux. Avant de la juger, il faut d'abord savoir qu'elle existe, et que le sarcasme ne l'entamera pas. Je ne sais pas, si, comme l'a dit Mussolini, *« le vingtième siècle sera le siècle du fascisme »,* mais je sais que rien n'empêchera la joie fasciste d'avoir été, et d'avoir tendu les esprits par le sentiment et par la raison.

Le fascisme n'était pas pour nous, cependant, une doctrine politique, il n'était pas davantage une doctrine économique, il n'était pas l'imitation de l'étranger, et nos confrontements avec les fascismes étrangers ne faisaient que mieux nous convaincre des originalités nationales, donc de la nôtre. Mais le fascisme, c'est un esprit. C'est un esprit anticonformiste d'abord, antibourgeois, et l'irrespect y avait sa part. C'est un esprit opposé aux préjugés, à ceux de la classe comme à tout autre. C'est l'esprit même de l'amitié, dont nous aurions voulu qu'il s'élevât jusqu'à l'amitié nationale.

VII

ORAGES DE SEPTEMBRE

Plus tard, on ne comprendra peut-être pas tout à fait bien l'état d'esprit de ceux qui ont passé à côté de la guerre dans leur enfance, qui ont grandi dans une Europe pleine d'illusions (même s'ils ne croyaient pas à ces illusions, elles formaient l'atmosphère de leur adolescence) et qui, soudain, pendant plusieurs années, ont attendu la guerre pour le printemps ou pour l'automne. Je ne parle pas seulement des grandes crises où, en ouvrant le journal, un matin, on voit le combat se rapprocher. Mais je pense à cette insinuante combinaison du destin qui fait tout pour nous persuader, de jour en jour, d'heure en heure, que la guerre est inévitable, qu'elle viendra, de la bêtise démocratique, ou de quelque autre fatalité, mais qu'elle viendra. Alors, de temps en temps, les hommes de trente ans perdent un peu non pas courage, mais confiance, mais santé morale, et ils luttent avec leurs nerfs, d'une manière si continue qu'ils ne peuvent pas n'en pas ressentir quelque fatigue. Car peut-être, tout au fond d'eux-mêmes ne croient-ils plus au miracle, ce qui n'est pas une forme particulièrement réconfortante de l'espérance. Ils savent que les doctrines raisonnables n'ont pas de chance, ils font leur métier, métier d'homme, de politique, en attendant mieux, en se demandant s'ils ne l'abandonneront pas un jour pour le métier de guerre. Et ils ont beau faire bon visage à la destinée, ils connaissent une forme assez tranquille de *non-espoir*.

En achevant ce récit sur notre dernière année d'avant-guerre, je crois bien que c'est ce sentiment que je rencontre. Le premier appel net que nous ayons entendu, ce fut celui du 25 juillet 1934, lorsqu'en déployant notre journal sur la plate-forme d'un autobus, nous avons appris l'assassinat du chancelier Dollfuss : l'été venait, la similitude avec un anniversaire tragique. La guerre était possible, aussi possible qu'elle le fut après Serajevo, vingt ans auparavant. Il y eut ensuite le rétablissement de l'armée allemande, et la remilitarisation de la Rhénanie surtout, en mars 1936, jours où la France aurait sans doute accepté la guerre. Et il y eut encore Vienne, au mois de mars 1938. Tout cela, c'étaient des affaires allemandes, bien sûr. Quel que fût le danger, nous n'avons jamais cru de tout notre cœur à une guerre contre l'Italie, contre l'Espagne. C'était trop bête (mais le destin peut être bête). Enfin, il y eut la plus grave alerte, celle de septembre 1938, celle qu'on a appelée la guerre blanche.

On la sentait approcher depuis des mois, (et

les devins, comme Jacques Bainville, depuis Versailles), la guerre née de cette Tchécoslovaquie hétéroclite voisine d'un puissant Reich. Après l'*Anschluss* de l'Autriche — un illustre homme d'Etat tchèque n'avait-il pas dit : « Plutôt l'*Anschluss* que les Habsbourg » ? — la Tchécoslovaquie, en toute hâte, avait essayé de régler ses problèmes intérieurs, de s'entendre avec l'Allemagne. Mais elle avait trois millions et demi d'Allemands où la propagande gagnait chaque jour [1]. Il aurait fallu faire de la Tchécoslovaquie une Suisse, y respecter les nationalités, les cantons ; hélas ! il faut sept cents ans pour faire une Suisse : la Tchécoslovaquie avait vingt ans. Le Congrès de Nuremberg, cette année-là, aurait lieu dans la fièvre de l'attente européenne.

Il y avait un mois que cela durait. Quand on promettait une certaine autonomie aux Allemands des monts Sudètes (qu'on avait fini par appeler les Sudètes tout court), « le point de vue était dépassé », et ils réclamaient autre chose. L'Allemagne voulait l'annexion pure et simple. Pourtant, au soir du 12 septembre, à la clôture du Congrès de Nuremberg, lorsque le chancelier Hitler, parmi les torches et les projecteurs éclairant de biais les drapeaux rouges, annonça qu'il renonçait à toute revendication sur ses frontières de l'Ouest, on se remit à respirer. Puis, chaque jour apporta sa couleur, son espérance, sa crainte. Les gens s'abordaient déjà dans la rue, et expliquaient à leur façon le problème tchécoslovaque :

---

1. Ne nous hâtons pas de parler de tricherie. En pleine guerre, citoyens d'un pays en paix, 75 pour 100 d'Allemands du Tyrol sommés d'opter entre l'Italie et l'Allemagne, ont choisi de s'expatrier en Allemagne.

— Après tout, si trois millions d'Allemands veulent être Allemands, c'est leur affaire. Pas la nôtre.

Dans l'un comme dans l'autre camp, les alliances les plus étonnantes s'ébauchaient. On épiloguait longuement sur les intentions secrètes des gouvernements. On divisait en partis les nations étrangères. Les journaux atteignaient au plus haut point d'insanité, d'ignominie. La presse de l'après-midi jetait en pâture, sans discernement, toutes les fausses nouvelles. Les ploutocrates de *Paris-Soir*, les communistes de *Ce Soir*, travaillaient de concert à l'information du monde.

Puis l'espoir revenait. Un vieil Anglais prenait l'avion, courait à Berchtesgaden voir le maître de l'Europe. Il en rapportait la paix, le reste n'était qu'une question de procédure. Le parti de la guerre souffrait. Une seconde entrevue interrompue, à Godesberg, lui rendait sa vitalité. Le gouvernement tchécoslovaque lançait à ses peuples un ordre de mobilisation en huit langues. On attendait, on ne voulait pas croire à l'absurde conspiration du destin. La France n'avait pas d'aviation depuis le Front populaire. Pas de munitions. L'Angleterre aurait longtemps hésité. «Cette guerre aurait été un crime», devait dire plus tard le chef du gouvernement, M. Daladier. Pourtant certains respiraient le sang avec une volupté évidente. Le vendredi soir, excepté dans les journaux, on avait même repris quelque vague espérance. Le lendemain matin, les feuilles ne parlaient pas de mobilisation, mais dans la nuit des affiches blanches, d'un aspect assez miteux, avec leurs drapeaux gris entrecroisés, avaient été collées, et les premiers sortis téléphonaient à leurs amis pour savoir s'ils avaient sur leur fascicule le numéro 2 ou le numéro 3, appelés à partir. Henri Poulain venait me l'annoncer.

Nous nous souviendrons de cette journée où, dès le matin, on commençait de rencontrer dans les rues des hommes tenant à la main leur petite valise de carton. « Immédiatement et sans délai » n'est pas un vain mot pour la plupart des Français, même lorsque, par la suite, ils proclament volontiers que « s'ils avaient su », ils ne se seraient pas tant pressés. Et j'avouerai que, dans ces premiers jours, j'ai eu beaucoup de sympathie pour les braves gars qui s'en allaient, soûls d'idées fausses et de vin rouge, vers les dangers préparés par ceux qui les dupent depuis vingt ans.

Tout le monde a noté cette suprême brutalité du destin, qui confronta soudain des hommes de cinquante ans avec les souvenirs de leur terrible jeunesse. Le système de mobilisation n'étant pas le même qu'en 1914, les hommes descendaient dans les rues avec leur livret, et regardaient si vraiment le 2 ou le 3 de leur fascicule était fait exactement de la même manière que le 2 ou le 3 de l'affiche. J'en ai vu qui revenaient plusieurs fois, leur livret à la main. C'est bien ça, ils ne se sont pas trompés. Ils jettent un dernier coup d'œil, ils haussent une épaule. Quelle histoire ! Les officiers de réserve se précipitaient chez leur tailleur, dans les magasins, pour faire rafraîchir ou ajouter un galon. Trouver une tenue, il ne fallait pas y songer. Comme la France du Front populaire, dans cette journée, ne perdait pas encore tous ses droits, le tailleur à qui je demandai un petit travail « immédiatement et sans délai », me répliqua avec superbe, avant de s'humaniser :

— Monsieur, c'est samedi.

Les vieilles « actualités » du cinéma nous ont montré, par un jour chaud d'août 1914, la foule en canotiers démodés assiégeant les grilles de la gare de l'Est. Les mobilisés de 1938 portent la casquette ; ils ont revêtu leurs habits les plus minables, on leur a dit qu'ils les laisseraient au centre de mobilisation, et Dieu sait quand ils les retrouveront, et dans quel état ! Les bourgeois eux-mêmes me semblent vêtus de vieux costumes, qui font de cette foule un immense prolétariat, et, avant l'uniforme, déjà le grand troupeau. Je verrai tout à l'heure, à Soissons, la gare sans lumières envahie par un autre troupeau. Un demi-millier de gars de la campagne, rassemblés à pied des villages d'alentour, suants, sales, braillant des chants révolutionnaires, soûls à rouler sous les trains. C'est un spectacle que je n'oublierai pas. A les voir s'accrocher aux portières, rire et pleurer à la fois, plaisanter sans plaisir, courir docilement à leur destin incompréhensible, on saisissait soudain le sens des mots : chair à canon. C'était la chair à canon, devant moi, en grand tas anonyme, un grand tas de bêtes guerrières, sans compréhension, non sans courage, et dont le spectacle pouvait remplir d'une sorte d'horreur et de pitié. Nous avons revu cela, depuis.

En attendant, ils sont là, dans les halls et les cours de Paris, parfois depuis le matin. Peu de femmes parmi eux. J'en ai vu tout à l'heure, en grappes dans les taxis, qui accompagnaient de jeunes garçons un peu crispés. Aux grilles de la gare de l'Est, aux portes de la gare du Nord, elles disparaissent. Leurs hommes s'attroupent vite, demandent leur train aux gardes mobiles, aux sergents débordés. Sur les livrets, on n'indique même pas toujours le département où il faut rejoindre, et il s'agit parfois de villages infimes. Tout le chargement humain est entassé sans ordre, avec quelques femmes qui rejoignent les villes du Nord et de l'Est, et qui font tous leurs efforts, les pauvres, pour ne pas paraître déplacées. Il manque, pour rappeler 1914, les célèbres wagons « Hommes 40 — Chevaux (en long) 8 ». On en a vus ce matin, mais pour les troupes « habillées ». Ce n'est pas encore la vraie guerre. Elle ne se rappelle aux mémoires que par la musette brune, la gourde de fer feutré, le quart, que beaucoup ont si naturellement retrouvés, et qui, d'ailleurs, emplissent déjà sans grande décence les vitrines des quincailliers.

Il est six heures. Tout à l'heure, la nuit tombera, tiède encore en cette fin de septembre. Nous ne verrons rien des villes, noyées dans l'obscurité, éclairées de lampes bleuâtres. Ces sinistres lueurs des villes en alerte, nous saurons dans quelques jours qu'elles marquent seulement un exercice de défense passive, et, dès le lendemain l'éclairage urbain, quoique réduit, sera plus abondant. Mais on ne pensait pas, ce samedi soir, à un exercice. Les grands trains surchargés, d'où jaillissaient des cris et des chants, les grands trains qui ramassaient dans les gares de nouvelles cohues, à chaque arrêt, traversaient des pays morts, bleus et noirs, qui étaient déjà les pays de la guerre. Sur les quais invisibles, des hommes d'équipe rares, des employés sans ordres, donnaient des conseils contradictoires et vains, et disparaissaient, comme des fantômes, hors des cônes bleus des réverbères. Les hommes montaient n'importe où, s'écroulaient dans un coin, faisaient un geste à la portière, et essayaient de reprendre d'une voix hésitante, quelque couplet de *l'Internationale*, qui tombait dans un silence froid.

Les beautés de l'administration ne pouvaient manquer de produire quelques erreurs. Il existe en France bien des villages qui portent le même nom. Par suite d'une aventure cocasse et un peu ridicule, parti le samedi après-midi, je n'ai pu rejoindre que le lundi, parce que deux villages de la zone des armées s'appellent de la même manière et que l'on m'a d'abord aiguillé sur le mauvais. L'un n'est pas loin de la Belgique, l'autre en Lorraine, et pour revenir, une fois l'erreur reconnue, de l'un à l'autre, il faut emprunter ces mirifiques lignes transversales françaises qui ne vont guère plus vite que les diligences qu'elles ont remplacées. Par ailleurs, le flux des réservistes a été presque ininterrompu pendant les deux premières journées. Ils remplissaient les trains. J'ai donc eu la chance de pouvoir parler à des dizaines d'entre eux, tous communistes, tous patriotes, tous exaspérants pour l'intelligence, émouvants pour le cœur, et j'ai puisé dans ce voyage forcé quelques raisons supplémentaires de détester ceux qui ont fait d'un peuple comme le nôtre ce qu'il était en train de devenir.

Si les combattants de 1914 ont pu retrouver leurs impressions, nous autres, simples camarades du *Kriegsgefahrzustand* de 1938, nous découvrions au contraire ce que nous ne connaissions pas. On nous a offert à boire le vin rouge des mobilisations, on nous a montré les photographies des femmes et des enfants. Nous avons parlé de la paix prochaine, promis le retour rapide. Nous avons rencontré cette confiance de l'homme à l'homme qui a toujours paru le don le plus magnifique de la guerre. Et ce n'était pas la guerre, sans doute, nous n'aurons pas le ridicule de le croire. Mais je jure bien que tous ces hommes qui partaient et que j'ai rencontrés, les adieux dans les gares, les confidences, la tristesse, étaient bien choses d'un départ pour la guerre.

Alors ils se précipitaient pour demander un renseignement, pour se plaindre, pour s'informer. Ils le faisaient avec cette liberté naturelle du peuple français, qui discute le coup, et ne juge point qu'il est indigne de prendre la parole. Ils ne me cachaient pas, à moi qui étais en uniforme d'officier, qu'ils étaient communistes. Ils le faisaient avec de singulières façons, parfois.

— La guerre est voulue par les fascistes et les deux cents familles, me disaient-ils.

Je ne jugeais pas utile de discuter. Mais les mêmes ajoutaient, ce qui m'étonna :

— Et aussi par les Juifs, et par les Américains, qui veulent nous vendre des stocks. D'ailleurs, les Américains, c'est tous des Juifs.

Je ne donne pas ces propos pour une explication lumineuse de la crise, mais il est surprenant qu'ils m'aient été tenus, et plusieurs fois, et par ces hommes.

Pas d'enthousiasme, on le répète, seulement de la tristesse, mais aussi un sérieux, une gravité, qu'il me paraît d'autant plus dangereux d'exciter, d'autant plus ignoble de duper.

— S'il faut y aller, on ira. Il faut bien se défendre.

On aurait perdu son temps à leur dire que, pour l'instant, personne ne les attaquait : il n'était pas désagréable de retrouver le simple réflexe de l'homme qui se défend, même s'il se trompe. Ils m'ont aussi parlé de l'Allemagne, avec plus de curiosité que de haine. Je n'attendais pas d'eux qu'ils fussent exempts de certaines idées fausses. J'ai trouvé amusante l'opinion que se font les prolétaires du pouvoir absolu :

— En Allemagne, le peuple mange de la choucroute, mais Hitler et Gœring du poulet.

Ils n'y voient d'ailleurs pas grand mal, et ce qui m'a frappé est que *tous savaient* que Hitler avait beaucoup fait à cette époque pour la classe ouvrière, tous savaient qu'il est un homme du peuple. L'un d'eux a eu ce mot naïf :

— En somme, il a eu bien du mérite.

Je crois que je me souviendrai longtemps de quelques visages entrevus ces jours et ces nuits-là. Je vois encore ce métallo du Nord, veuf depuis cinq mois avec deux enfants. Il portait une chemise bleue sombre à pois blancs. Il avait déjà beaucoup bu, il était parti le matin et me montrait les photos de ses gosses. Je revois ce paysan breton qui parlait à peine français et qui n'avait pas mangé depuis le matin. Tout ce peuple est bon, et pourrait être grand, si on ne lui faisait pas mal. Faut-il avoir honte d'avouer que quelques heures m'ont donné pour lui plus d'amour que je n'en avais encore jamais eu ?

Emportés à travers les campagnes obscures, nous sommes ainsi ballottés dans la nuit. Long voyage obscur, ou même la journée, dans mon souvenir, prend sa couleur nocturne, tiède et enfumée. Laon la nuit, Guise au matin, les autocars vides dans la campagne brumeuse,

Nancy la nuit, les routes glissantes, les gares ensevelies dans l'ombre, tout a pour moi la même apparence sombre et rayée de lumières bleues. Deux fois, un mauvais plaisant tire la sonnette d'alarme et bloque le train qui filait à cent à l'heure. On se passe des bouteilles de vin rouge, mais on mange peu. Quelquefois, une scène bizarre : un ancien sergent de la guerre éprouve le besoin d'expliquer par le détail comment on sort de la tranchée à l'heure de l'attaque, et comment ce n'est pas si facile qu'on le croit de retirer une baïonnette d'un ventre. Il faut y mettre le pied. Les deux pauvres gars qui l'écoutent deviennent un peu verts, n'osent rien dire. Je le fais taire, le plus gentiment possible.

— Il faut bien que je leur explique.
— Ils le verront s'ils doivent y aller !

Je crois bien que les auditeurs m'ont jeté un regard reconnaissant. Tous me montrent leurs livrets, me demandent des renseignements extravagants. Ils ont une drôle de confiance. Ils me tendent la bouteille. Ils s'informent si je pense « comme eux », c'est-à-dire si je suis communiste. Je leur dis que non, cela leur est égal, mais je bois avec eux, et ils continuent à être aussi francs. Ai-je jamais fait aussi profond voyage ?

Si on avait su en comprendre les leçons, cette mobilisation de septembre 1938, n'eût-elle duré que deux jours, aurait sans doute été une manœuvre intéressante pour parer aux inconvénients forcés des prévisions abstraites. Mais l'a-t-on bien utilisée ? Elle aurait dû enseigner certaines déficiences tragiques, l'année suivante, remettre en honneur aussi les nécessités de l'organisation et de la discipline. Dans mon périple, je suis passé dans une ville où, devant la gare, le dimanche matin, des milliers d'hommes non vêtus erraient encore. Ils avaient erré toute la nuit, attaqué les cafés, voulu piller les caves des restaurants.

— On a voulu me jeter à la tête une table de marbre, me dit la patronne épouvantée moins du danger que de l'inconvenance.

Aussi tout est fermé, rideaux de fer tirés, même les épiceries.

A ce moment-là, d'ailleurs, confiants dans les fameuses vertus d'improvisation françaises, nous n'étions pas inquiets. Le mot que j'ai entendu le plus souvent dans ces journées, ce fut naturellement :

— Quelle pagaïe !

Ah ! oui ! quelle pagaïe ! Mais une pagaïe dont on sortait, en somme, avec une allégresse déconcertante. Personne ne faisait la tâche pour laquelle il était désigné ; tout le monde travaillait à des besognes saugrenues et diverses. Les bonnes sœurs s'étaient chargées de nourrir les hommes, puisqu'il n'y avait pas encore d'organisation officielle. Un jeune maire de vingt-sept ans, d'une activité prodigieuse, aidait à tout. Et nous transportions avec des camarades, que nul ordre de mobilisation n'affectait à de pareils travaux, des bottes de désinfecteurs de gaz et des machines à écrire. Je n'ai jamais de ma vie signé plus de papiers que je n'avais aucun droit de signer, n'étant d'aucune manière officier du Train, et attendant simplement d'être dirigé quelque part. On arrêtait les gens sur les routes, on leur donnait des bons pour leurs autos. Bref, l'ivresse du pouvoir absolu.

On faisait tout cela avec de braves gars lorrains, d'une bonne humeur à toute épreuve, que leurs femmes venaient voir dans l'après-midi et à qui elles portaient des bouteilles et des pâtés. La familiarité fait peut-être la force principale des armées. Il y eut un moment assez dur, l'après-midi du lundi, avant le discours d'Hitler, quand *Havas* afficha à Nancy, où j'étais allé, les nouvelles les plus pessimistes, et quand Sarraut donna des conseils d'évacuation aux Parisiens. Là, nous avons tous cru que ça y était. Mais vers deux heures du matin, nous avons fait rouvrir un bistro pour boire de la bière avec les hommes qui nous avaient aidés, Hitler avait parlé, un Alsacien nous avait raconté ce qu'il avait dit, et nous avions repris confiance.

Ce furent deux journées charmantes ; le curé m'offrait de la mirabelle, je tâchais d'apprendre les chants fascistes aux officiers, et j'avais choisi, naturellement, un chauffeur qui s'appelait Gaxotte, qui portait un foulard multicolore et de superbes culottes de cheval, et qui me parut de tempérament assez indiscipliné. Il me faut d'ailleurs avouer que les fascistes de l'endroit m'avaient « repéré » et qu'ils avaient échangé avec moi quelques mots de passe qui évoquaient aussitôt les plus redoutables cellules.

Ce mercredi matin, j'ai su ensuite comment Paris l'avait passé, comment il s'était réveillé dans la certitude de la guerre. Nous-mêmes, dans la nuit du lundi, nous avions vu arriver des motocyclistes porteurs d'ordres. Nous avons harponné les motocyclistes : était-ce l'ordre de mobilisation générale ? Non, ce n'étaient que quelques rappels « individuels », de « numéro 6 ». La vie était belle ! Et puis, nous n'avons rien su, ou à peu près rien, et ces heures pathétiques du mercredi, pour moi, c'est seulement un rassemblement chaotique, une longue file de voitures, et le départ à l'aube. Il fait beau, mes conjurés me cherchent une voiture, point tant pour mes beaux yeux que pour pouvoir en profiter aussi, au moins pour un ou deux. Je prends pour compagnon un très sympathique maréchal des logis-chef « fasciste » à qui je passe, un peu en cachette, des journaux factieux. Les camions bâchés, les « autocars de Lorraine », les voitures de livraison ont reçu leur chargement. Tout le village est aux portes pour regarder partir les armées de la République. Sur quelques camionnettes, un nom est répété : Louis Dixneuf. Ce n'est pas le prince régnant, celui dont un journal, il y a quelques années, nous racontait la vie, et qui monta sur le trône le 4 septembre 1870. C'est un épicier en gros dont on a réquisitionné les voitures. Mais on s'amuse de voir, par une ironie charmante du destin, notre colonne devenir l'armée de Louis XIX, dernier roi de France.

C'est le matin profond. Les motocyclistes remontent la colonne, la brigade des routes jalonne notre chemin, si mal que nous nous égarons. Peu de circulation d'ailleurs : encore quelques automobiles chargées d'édredons rouges et de paquets, qui évacuent les villes. Parfois aussi, des voitures marquées d'un D qui signifie Deutschland circulent paisiblement. Comment croirions-nous à la guerre ? Nous sommes ici, à coup sûr, plus tranquilles, l'esprit plus libre que les Parisiens. Il fait frais et beau, voici Baccarat, voici la route de Sion, voici Saint-Nicolas-du-Port, voici Saverne. Les armées de Louis XIX ne se sont pas perdues en route.

Dans cet autre petit village, alsacien cette fois, où je suis arrivé, tout est noir, et seules trois ou quatre lumières bleues signalent les carrefours. Les habitants se promènent avec leurs lampes à la main, sous le ciel étoilé. Car il a fait beau, les premiers jours de cette semaine, dans les régions fortifiées, s'il a fait mauvais à Paris. La pluie n'est venue gâcher les bivouacs en plein air qu'un peu plus tard.

On ne ferme pas les cafés, ils ont seulement leurs volets clos. Et nous avons pu revoir ce que nous a déjà montré, il y a quelques mois, la guerre d'Espagne : le rôle que joue aujourd'hui la T.S.F. Le soir du discours de Hitler, le soir où l'on a annoncé la conférence de Munich, dans un silence total, tout le monde écoutait. C'est ainsi, également, qu'on a entendu les bonnes paroles de Roosevelt, ou l'émouvant discours du pape. Dans les rues, près des volets poussés, des soldats, des civils se rassemblent autour de ces voix qui sortent des boîtes. La nuit est noire où elles montent, avec leurs paroles qui signifient la paix ou la guerre.

Tout cela donne sa couleur à la semaine que nous avons vécue, avec ses détails cocasses ou sérieux. Il me semble qu'il y a deux mois que j'ai quitté Paris, quand il n'y a pas quatre jours. Au moins, en Lorraine, en Alsace, ne savons-nous pas les nouvelles avant le soir ; au moins évitons-nous l'affolement parisien. Tout est éloigné de nous, et même pour ceux qui ne sont pas enfermés dans les casemates, même pour les civils de la région, il semble qu'il se soit créé un univers particulier. Ce qui le rend non seulement supportable, mais même aimable, c'est l'ironie avec laquelle chacun accepte les événements comiques, qui n'ont jamais manqué à la vie des hommes réunis par grandes masses.

Il eût été étonnant que la question juive ne se posât pas, sous quelque aspect, pendant cette mobilisation. J'avais été frappé d'entendre, dans l'autocar de Nancy une excellente dame à allure de paysanne effarouchée tenir des propos assez violents sur Israël. Un officier me disait :

— Les communautés juives d'Alsace ont été fort correctes et sont venues immédiatement se mettre à notre disposition. Il est vrai, ajoutait-il, qu'après tout, cette histoire les intéresse.

On sait qu'en Alsace il existe de très vieilles communautés qui, jusqu'à ces derniers temps, ont fait bon ménage avec les Français, et ont même donné, pendant pas mal d'années, des preuves de dévouement analogues à celles que pourraient donner des tribus kabyles loyales. Seulement, depuis la paix, l'Alsace et une partie de la Lorraine ont été terres d'invasion préférées du peuple élu. Et l'excitation belliciste juive a porté ses fruits. On a saccagé, ici et là, des magasins dont les propriétaires avaient tenu des propos déplaisants, on a molesté des Juifs. A Nancy, j'ai vu une boutique de fourreur exactement et entièrement démolie. Sur la palissade qui, le lendemain, la séparait de la rue, on avait écrit : « La France aux Français ! » Le propriétaire avait dû être emporté à l'hôpital, où, m'a-t-on dit, il est mort.

Poursuivi par Jéhovah, lorsque je suis arrivé en Alsace dans une automobile réquisitionnée par le lieutenant Dreyfus, on m'a aussitôt logé chez un M. Blum. Au-dessus de mon lit, avec les portraits des quatre derniers présidents de la République, un calendrier juif. Partout, dans le village, les commerçants sont juifs : Abraham, Latzarus, Bloch, Jud, Brunschwig, Lévi. Et vingt-quatre heures après, l'aumônier militaire juif se présentait, et on me le confiait.

Qu'un collaborateur de *Je suis partout* soit chargé d'organiser le culte israélite dans une région fortifiée, est certainement une de ces choses qui font croire que l'ironie est la quatrième vertu théologale. Il avait d'ailleurs l'air d'un homme pacifique, M. le rabbin. Il me confia que sa famille était en Alsace depuis trois siècles, et il refusa d'aller coucher chez le rabbin du lieu. Car j'appris qu'il y a rabbin et rabbin, que le militaire était un vrai, que le civil n'était qu'une espèce de sous-diacre, et que la dignité d'un rabbin véritable lui interdisait de coucher chez le demi-rabbin. Le mecredi 4 octobre étant la fête du Grand Pardon ou Yom-Kippour, il fallait faciliter les choses aux mobilisés juifs.

— Ils ne doivent pas être nombreux, me dit ce digne homme sans malice.

Je me hâtai, bien entendu, de l'aider dans ses fonctions. Par malheur, l'autorité militaire venait de réquisitionner la maison du chantre de la synagogue et son oratoire.

— C'est une profanation, murmura le rabbin. A-t-on déménagé la chaire de prière ?

— Certes.

— Il ne fallait pas y toucher. Du moins, promettez-moi que personne ne couchera dans l'oratoire.

On le lui jura. D'ailleurs, on ne put occuper tout de suite l'oratoire, car malgré une désinfection prolongée, il y régnait une abominable odeur sucrée et parfumée, intermédiaire entre celle de l'urine et celle du papier d'Arménie, dont tous les *goym* présents cherchèrent vainement la cause. De toute façon, le lieu saint était préservé de la souillure que lui eût imposée un sommeil aryen.

— Est-ce que j'ai un insigne ? Est-ce qu'on me reconnaîtra ?

Je pus lui assurer que, même sans insigne, on le reconnaîtrait.

Mais le jour du Sabbat suivant, de la fenêtre de l'oratoire qui donne sur la synagogue, j'ai pu le voir, toujours barbu, toujours vêtu de noir, arborant notre béret des troupes de forteresse, orné de l'étoile de Salomon...

Et puis, il y eut le dernier jour, dont tout le monde sut tout de suite que c'était le dernier jour. La T.S.F. raconta le retour de Daladier, la joie à Paris, les fleurs, les chants. Ici aussi, l'on chantait dans les rues, et, dans les villages sans lumière, on se promena très tard, la lampe électrique à la main. On pavoisa à Bitche, à Haguenau, dans presque toute l'Alsace, on donna à Strasbourg le nom de Daladier et de Chamberlain à deux rues. M. Blum, M. Lévy avaient les plus grands drapeaux. En somme, l'armistice.

— Depuis le temps que nous voyons des guerres sans déclaration, disait-on, pourquoi pas un armistice sans guerre ?

Depuis le jour où nous étions arrivés, nous savions que tout était terminé. Jamais sans doute le monde ne s'était trouvé aussi près de la guerre. Mais Mussolini (près duquel nous n'avions plus d'ambassadeur, à cause des sanctions, depuis un an) avait téléphoné à Londres, qui avait pris l'avis de Paris. Il s'offrait comme médiateur, il proposait une conférence entre

Hitler, Daladier, Chamberlain et lui-même. Le mercredi soir, le principe de la conférence était décidé, l'étonnante réunion avait lieu à Munich, on donnait aux Allemands les Sudètes, la Tchécoslovaquie acceptait. Les moscoutaires poussaient des cris de rage : la guerre leur échappait.

Ils avaient annoncé la mobilisation générale allemande avant de la connaître, ils avaient tronqué dans les discours de Hitler tout ce qui leur conférait une apparence provisoirement rassurante. Il y eut à Paris quelques journées pleines d'angoisse. *L'Action française* luttait pour la paix au premier rang. *Je suis partout*, que j'avais dû laisser, fit un numéro flamboyant de rage et d'ardeur, rassemblant tous les arguments pour la paix. La semaine suivante, comme pièce justificative, il publiait intégralement, seul de la presse française, le rapport du négociateur anglais lord Runciman, envoyé en Tchécoslovaquie, et qui concluait à l'impossibilité présente de laisser vivre ensemble Allemands et Tchèques. Par notre action, appuyée cependant, pour une fois et très exactement, à l'action du gouvernement, nous nous fîmes là de solides ennemis.

Mais enfin, pour une France sans aviation et sans grands appuis diplomatiques (la Pologne elle-même avait repris la ville de Teschen, qu'elle avait toujours réclamée à la Tchécoslovaquie), c'était la trêve.

— Il va falloir former l'union des Dérangés pour Rien, disions-nous.

Ainsi nous baptisions-nous, et nous buvions le vin d'Alsace en l'honneur de l'association nouvelle. Au dehors, des fantômes rieurs s'abordaient, un petit jet de lumière à la main, découvrant le visage des jeunes filles, illuminant les pavés où tombait une pluie fine. La guerre de 1938 était terminée.

On nous garda pourtant une quinzaine de jours. Nous allions dans ces étranges lieux que tant de reportages, sans parler des films, commenceront dès lors à faire connaître, je veux dire dans les citadelles englouties de la ligne Maginot. Sous un ciel gris le vent soufflait à travers les arbres, les bouquets d'herbe maigre, sur le sol pauvre. Des femmes, des paysans marchaient à travers la boue, au long des collines basses, du même pas pesant et tranquille dont ils pourraient marcher en Champagne ou en Bourgogne. Çà et là, cependant, un mamelon se dresse, ou une coupole de béton gris, pareille à une borne ou à une bitte d'amarrage, un peu plus haute, un peu plus large, pas beaucoup plus : c'est le sommet d'une tour, c'est le donjon d'une forteresse enterrée. Et nous arrivions devant ces hautes portes de style mycénien ou national-socialiste qu'ont popularisées le film et l'image. Nous passions dans ces longs couloirs, ces tourelles, ces usines éclatantes de blancheur, ces étroites chambres à trois étages de lits. C'est là qu'ont vécu des hommes, quelques jours, c'est là qu'ils reviendront un an plus tard.

Puis nous nous promenions sur les collines boueuses qui forment la surface de l'une de ces cités. Le soir tombait avec un vent froid. De grands nuages noirs couraient dans le ciel. La nuit venue, on verra monter des lueurs, parfois immenses : les lumières sous lesquelles travaillent les architectes, les ingénieurs et les ouvriers de la ligne Siegfried. Je contemple une courbe de collines lointaines qui ferme l'horizon déjà sombre. Cette courbe, c'est l'Allemagne.

Nous regardons.

Il va falloir partir, et c'est moins simple qu'on ne croit.

Les fiers garde-mites, l'œil fixé avec désolation sur les vêtements, les masques, les casiers à correspondance et les lanternes dites « sourdes », qui s'en allaient dans les camionnettes de Louis Dix-neuf, ne nous l'avaient pas célé, — avec un soupçon d'ironie :

— Pourvu, disaient-ils, qu'il y ait la guerre ! Ce serait trop affreux s'il fallait rendre tout cela. Et d'abord, on aura tout perdu.

On n'a pas tout perdu. Mais enfin, la démobilisation sans guerre, on le devine, n'est prévue par aucun règlement militaire. Et dès que l'on connut Munich, on commença à trouver qu'il ne fallait tout de même pas exagérer, et que chacun serait mieux chez soi. Les désœuvrés se promenaient dans les rues de villages, et la nuit, on commençait à entrouvrir les fenêtres sur les cafés où se poursuivaient d'héroïques parties de belote. Les personnes graves discutaient.

Il est certain que l'enthousiasme pour la paix avait pris parfois des proportions un peu étonnantes. La souscription pour la petite maison de campagne à M. Chamberlain, organisée par *Paris-Soir* (et refusée par le bénéficiaire) paraissait dans l'Est tantôt burlesque et tantôt choquante. On comprenait fort bien que les populations frontalières, destinées les premières à la dégustation, eussent manifesté leur joie. On comprenait fort bien aussi que le bon sens se montrât satisfait. Mais les plates adulations de la presse du soir ex-belliciste, étaient un peu choquantes. Ce sont les mêmes, d'ailleurs qui, plus tard, feront la petite bouche devant « Munich ».

En attendant mieux, on s'amusait des petites images cocasses dont la vie n'est point avare. Mon ami M. le rabbin était revenu ; il tirait, lui, de Munich, des leçons assez particulières.

— Tout cela, me confia-t-il, finira mal pour nous autres, pauvres Juifs. Je viens de rencontrer deux petits garçons qui parlaient en dialecte alsacien. Ils ont dit en me montrant du doigt : « Il faudra lui couper le cou. »

On essayait de le consoler en lui jurant que ce n'était pas pour aujourd'hui, et que le pogrom n'était d'ailleurs pas une solution parfaite. Il soupirait, en joignant ses mains pâles, essuyait sa barbe miteuse, et tentait d'aller catéchiser quelque rare disciple.

Comme tout arrive, nous avons fini par partir. Un matin pluvieux, qui finirait en heures claires et fraîches, les armées de Louis XIX ont quitté l'Alsace. Sur les camions, les soldats avaient écrit : « Rapide pour Paris, » « Fonctionne exclusivement au schnaps », et « Attention, le chauffeur a bu ». Ils avaient couronné de fleurs les voitures, et ils étaient prêts, à coup sûr, à défiler sous l'Arc de Triomphe.

— Si je vous trouve une voiture, m'avait dit l'un d'eux avec une familiarité sans hauteur, me permettrez-vous de monter avec vous ?

J'errais à travers le parc d'autos, avec un *Kriegsgefahrzustandkamerad*. Une fois la rafle faite, nous voici à travers la brume légère de six heures, prêts à partir. Mon impertinent est un étudiant débrouillard, mais nostalgique :

— Je n'ai jamais couché au camp. J'étais chez de braves Alsaciens. Ils avaient des alcools admirables. Et le soir, on mettait le phono, et je dansais avec la fille de la maison.

Nous riions à l'écouter, et à voir se lever les images les plus traditionnelles. La veille au soir, c'est un excellent vétérinaire qui nous a raconté ses difficultés :

— On m'a donné à estimer les bêtes, dans mon propre village. Et savez-vous combien l'Etat achète un cheval ? Deux mille francs, monsieur ! Vous me voyez offrant deux mille francs pour son cheval, d'après le barème officiel, à un de mes clients ? Mais il m'en voudrait toute sa vie, il ne reviendrait plus me voir. C'est scier la branche sur laquelle on est assis. Je lui offrais huit mille francs.

— Vous alliez loin.

— Puisqu'il n'y a pas la guerre, qu'est-ce que ça fait ? Je lui aurai fait plaisir, et ça ne coûtera rien à l'Etat.

Et le brave homme riait en se versant du Traminer.

Voici les routes de Lorraine, voici Saint-Nicolas où nous entrons dans la puissante église, voici Nancy bientôt. C'est la fin. La cour de la caserne est pleine d'un tumulte invraisemblable, mais joyeux, où les industriels viennent rechercher leurs lots de machines à écrire, et où les démobilisés tâchent de retrouver leur petite valise de carton. On me jette au visage les papiers que j'ai indûment signés l'autre nuit :

— Qu'avez-vous fait des trois ficelles à nettoyer les revolvers ? Et les pistolets du Trésor et Postes ? Où sont-ils ?

Hélas ! je n'en ai jamais eu la charge, il faut que je coure faire endosser ma signature illégale à l'officier du Train qui lève les bras au ciel :

— J'ai perdu neuf automobiles ! Alors, vous comprenez, les ficelles à nettoyer les revolvers...

Il signerait bien qu'il a perdu les quatre-vingt-dix-huit paires de bottes à désinfecter de l'officier Z, et les centaines de masques à gaz. Tout cela se retrouvera, l'important pour nous est de partir.

Encore une soirée à Nancy. Nous allons voir la place Stanislas, la plus belle place de France, une des plus belles du monde sans doute, avec celle de Sienne, illuminée d'une douce lumière grise et bleue, sous le ciel clair. Comme il fait beau, dans cette grande ville vide encore, aux cafés déserts, où errent quelques soldats étonnés qui ne savent s'ils sont en paix ou en guerre. Comme il fait beau, de sentir que quelques-uns sont tristes, parce qu'ils n'ont pas eu « leur » guerre !

Nous repartirons, demain matin, avec quelques images qui nous seront longtemps précieuses.

Dans ces trains qui circulaient la première nuit de la mobilisation à travers les gares aux lumières bleues, vers Laon, vers Nancy, vers Metz, tout était faux : les raisons du départ, les discours des hommes, vingt ans de politique meurtrière, un avenir obscur et détestable, la France saignée et ruinée, détruite par l'adversaire du dehors si elle était battue, par l'adversaire du dedans si elle était péniblement victorieuse. Tout était faux, les idées, les dangers, les causes, les espérances, les craintes. Les nationalistes partaient, le cœur serré, devant les poings fermés et le chant des *Internationales.* Nous n'avions rien à défendre, rien à conquérir. Tout était faux, excepté une chose : une très simple résolution. Ils disaient : on nous attaque, il faut se défendre. On ne les attaquait pas. Mais, puisqu'ils le croyaient, qui n'aurait vu, au milieu de la fausseté et du mensonge, luire la plus pure lumière de vérité ? Comme l'a dit magnifiquement Jean Giraudoux le 11 novembre 1938, d'une cause trouble, le peuple avait fait une cause juste. Comment ne pas en vouloir à mort à ceux qui l'ont dupé, et ont dû, pour y réussir, utiliser non pas les bas sentiments, mais les plus justes et les plus nobles ?

*
* *

De retour à Paris, nous avons passé, il faut bien le dire, une drôle d'année. Pseudo-guerriers désaffectés, quelques-uns eurent du mal à se remettre aux travaux incertains de la paix. Tout au long des mois, des événements bizarres venaient d'ailleurs nous tenir en haleine. Le 30 novembre 1938, l'ordre de grève générale était lancé, et échouait partout avec un ensemble parfait. Mais la politique extérieure ne laissait point de paix. A Munich, M. Chamberlain avait signé une déclaration anglo-allemande promettant des consultations préalables en cas de conflit, et jurant de ne plus recourir à la guerre. Le ministre des Affaires étrangères du Reich, M. de Ribbentrop, venait à Paris signer une déclaration franco-allemande analogue. On se prenait à espérer, on n'invitait pas les ministres non-aryens au banquet officiel, on entamait des négociations économiques avec l'Allemagne. D'autre part, on se décidait au début de 1939 à reconnaître en Espagne le gouvernement du général Franco, et M. Daladier avait la belle idée de lui envoyer comme ambassadeur le maréchal Pétain. Mais du côté de l'Italie, l'horizon se brouillait : des manifestations avaient lieu à la Chambre italienne pour réclamer la Corse, la Tunisie, Nice ! Des polémiques de presse internationale enfiévraient les choses : un journal romain, le *Tevere,* publiait un article antifrançais (surmonté, il est vrai, d'une épigraphe anti-italienne de l'*Ordre*) qui blessa les plus déterminés amis de l'Italie. La France avait reconnu le roi comme empereur d'Ethiopie, envoyé un ambassadeur. Mais les passions étaient déchaînées.

L'hiver passa. Un jeune juif assassina, pour venger sa race, un diplomate allemand à l'ambassade. L'antisémitisme, malgré l'éloignement de M. Blum, s'affermissait. Un décret-loi étrange prévut des sanctions contre ceux qui exciteraient à la haine, pour des motifs de race ou de religion, contre les citoyens de la France ou même ses « habitants ». C'était créer une catégorie sociale nouvelle. On interdit les livres de Céline qui, superbe et furieux, était devenu une sorte de prophète, un Ezéchiel de la bouffonnerie macabre et de la verve ordurière, dont notre camarade le dessinateur Ralph Soupault nous parlait avec une immense admiration, et qui domine de sa puissante hauteur ces années-là. Mais on n'appela plus les Juifs que les « habitants ».

Le plus grave était à venir. Subitement, pour les ides de mars, sa date fatale, l'Allemagne envahissait cette Tchécoslovaquie nouvelle née après Munich. Un Etat indépendant de Slovaquie était créé sous sa protection, la Bohême et la Moravie devenaient des protectorats, l'Ukraine subcarpathique, après quelques jours d'une indépendance fictive, revenait à la Hongrie. Munich n'avait été qu'un répit. Trois semaines plus tard, pour des raisons restées mystérieuses, et que j'ai toujours crues assez profondes, l'Italie annexait l'Albanie. Nous apprenions cela en Savoie, par un printemps léger, sur le Plateau d'Assy où un frère de Maurice venait d'ouvrir boutique de libraire à l'enseigne de « la Montagne magique ». Un peu partout, on commençait à rappeler des mobilisables, à prolonger le service militaire. Il n'était plus besoin, désormais, que d'attendre la date. L'Italie et l'Allemagne signaient un traité d'alliance appelé pacte d'acier (dont les marxistes affirmaient qu'il était automatique et entraînait l'esclavage de l'Italie), et l'Espagne adhérait au pacte antikomintern, dirigé par l'Allemagne, et qui unissait déjà le Reich, l'Italie, la Hongrie, et le Japon contre le bolchevisme.

Tels étaient les événements, qui comportaient leur répercussion sur l'esprit du monde. Un peu partout, les apôtres de la démocratie relevaient la tête, blâmaient les régimes totalitaires, et préparaient ouvertement une guerre idéologique où l'on eût vu d'un côté la France, l'Angleterre et les Etats-Unis, nations « démocratiques » et de l'autre les totalitaires : Allemagne, Italie, Espagne, Japon. La guerre de 1939 devait pourtant commencer avec la neutralité de ces trois derniers pays, — et la neutralité des Etats-Unis. Mais la puissance allemande, mais les erreurs italiennes plus encore peut-être, n'en portaient pas moins leur fruit. Tout ce qui se réclamait de principes analogues à ceux du fascisme paraissait suspect. Au retour d'un bref voyage en voiture vers la Hollande et la Belgique, nous apprenions, un soir, à Bruxelles, sous la pluie battante, la défaite électorale de Rex : trois cent mille abstentions, à coup sûr les braves gens venus au rexisme par crainte de Moscou, et qui s'en écartaient aujourd'hui par crainte du fascisme dévorateur. A mon sens, telle est la vraie raison de cet échec, plus profonde que les erreurs diverses. Rex ne semblait avoir été qu'un météore, décevante et brève aventure humaine. L'avenir dirait si c'était exact.

Ainsi prenait sa couleur indécise l'entre-deux-alertes. Les personnes dites raisonnables s'écartaient des mouvements hardis, abandonnaient Doriot pour le sage P. S. F., ou mieux, pour le radicalisme triomphant. Il restait par bonheur, même pour les indifférents, le mouvement qui a atteint à ce moment-là, à mon avis, son plus haut sommet, je veux dire *l'Action française*.

Nous n'avions certes pas oublié le rôle qu'avait joué cette *A. F.* toujours combattue, toujours violemment attaquée, et jusque par les siens. Nous en connaissions les hommes, le passé, la doctrine. Mais il me semble que c'est en septembre 1938 que commença pour elle l'année la plus étonnante. Dans les semaines qui précédèrent Munich, si Maurras s'absentait, la presse nationale vacillait, les meilleurs se trompaient. S'il revenait, s'il écrivait, avec lui revenaient la raison, la clarté, l'espérance. Nous n'oubliions les efforts de personne, dans cette lutte pour la paix, ni ceux de Mussolini, ni ceux du gouvernement français. Mais nous savions que seuls certains hommes n'étaient pas soupçonnables de la moindre complaisance envers l'Allemagne, contre laquelle ils avaient toujours lutté, sur tous les terrains : les hommes de *l'Action française*. Nous savions que dans cette lutte pour la paix, ils avaient pour eux leur passé, leurs théories (quelques-uns auraient pu dire parfois même leurs préjugés). Seulement ils donnaient ainsi la preuve d'une extraordinaire jeunesse, car de ce passé et de ces théories, ils n'étaient point esclaves. La doctrine ne se durcissait pas autour d'eux, ne se sclérosait pas : ennemis de l'Allemagne, ils consentaient à un succès diplomatique et territorial de l'Allemagne, parce que ce succès pour elle valait mieux qu'un désastre pour nous. Les yeux fixés sur le seul résultat, frappant sans relâche, les hommes de *l'Action française* accomplissaient ainsi la besogne la plus sacrée à laquelle ils avaient voué leur existence : celle du salut matériel de la patrie. Et parce qu'ils étaient les vieux adversaires de l'Allemagne, les entêtés ennemis du germanisme sous toutes ses formes, parce qu'ils étaient ceux que cette intimité et cet entêtement avaient fait moquer et bafouer, on se prenait à les écouter, à s'inquiéter, à les suivre, — on se disait : « Puisque c'est *eux* qui parlent ainsi, la raison doit être là », on leur permettait de sauver la paix.

Ils ne se reposèrent pas. Toute l'année, ils continuèrent à mettre en garde à la fois contre l'illusion pacifiste et contre l'illusion belliciste, à réclamer des armements et des alliances, et au mois d'août 1939, jusqu'à la dernière seconde où cela fut possible, à lutter pour cette paix agonisante. Nous, nous regardions, à chaque fois que nous le rencontrions, avec une affection croissante, ce petit Provençal sec et gris, qui portait le poids de tant d'angoisses et de tant d'efforts. Nous savions que son enfance avait été nourrie des récits d'une guerre, et qu'il avait été témoin d'une longue et terrible guerre de quatre ans, et qu'il ne voulait pas voir, une troisième fois, la jeunesse française s'user dans une autre guerre encore. C'est ce qui donnait à sa prose, cette année-là, un frémissement qu'elle n'avait peut-être encore jamais eu, une anxiété sacrée et mystérieuse ; c'est ce qui donnait à son accueil quand il levait ses larges yeux athéniens sur les jeunes gens qu'il recevait, quelque chose de paternel et d'inquiet à la fois, comme s'il avait voulu les sauver des dangers grandissants qu'il apercevait derrière eux. Dans chaque jeune homme, il semblait voir une victime possible, il s'avançait, il tendait presque les bras, il jetait un regard triste et plein d'espérance. Je ne crois pas qu'un seul jour, dans cette année menaçante, Charles Maurras ait eu d'autre pensée que celle d'éviter la guerre à la jeunesse française.

Si je n'avais pas été maurrassien à cette date, je pense que je le serais devenu. Partout, toujours, Maurras avait eu raison. Le plus extraordinaire, l'accord des nationaux-socialistes allemands et des bolcheviks russes, il ne s'était pas passé de mois, depuis les débuts de l'hitlérisme, qu'il ne l'eût annoncé. On commençait à le savoir. On commençait à savoir que le destin, pour suivre son plan inéluctable, avait trouvé plus simple de réaliser page à page *les Conséquences politiques de la paix* de Jacques Bainville. Des gens aussi éloignés que possible de ces deux hommes admettaient leurs idées, et, parfois, leur en reconnaissaient la paternité. Quelques lueurs brillaient. Réparant une vieille erreur, l'Académie, la première, recevait Charles Maurras comme elle avait reçu Jacques Bainville. Au mois de juillet 1939, après treize années de séparation, un pape juste et fin, aussi passionné pour la paix que Maurras lui-même, achevait cette réconciliation de *l'Action française* et de Rome, qui avait été un des vœux, avant de mourir, du pape Pie XI et des sœurs par le sang de sainte Thérèse de Lisieux. Mais nous, si nous aimions Maurras, ce n'était plus désormais parce qu'il avait raison, ni parce qu'on commençait à savoir qu'il avait raison, c'était parce qu'il nous aimait.

Je le regardais toujours, à l'imprimerie, quand il en sortait au matin, je continuais à le rencontrer chez des amis, chez la comtesse Murat, un peu délivré, toujours plein de Moréas et de Lamartine, et nous nous taquinions un jour, chez Pierre Varillon, devant un souper méridional, sur l'antériorité du provençal et du catalan. Il me citait Mistral, sur la Provence et la Catalogne, unies « par l'onde qui soupire » : ce sont les mots qu'il a inscrits au bas d'une belle image de lui prise par Pierre Varillon, qu'il m'a donnée.

Je rencontrais aussi Léon Daudet. Plus tard, on racontera aux auditeurs jaloux qu'on l'a connu. Par malheur, pour faire le portrait du plus prodigieux mémorialiste du début de ce siècle, il manquera précisément Léon Daudet. J'aimais l'entendre rappeler son père, les amis de son père. Je ne crois pas lui avoir entendu faire aucune révélation sur eux, peut-être même rien qu'il n'eût déjà raconté. Seulement, voilà, il les nommait. Il me suffisait d'une phrase banale pour voir apparaître le personnage, évoqué par le magicien.

— Flaubert entrait, et il disait : « Bonjour, Alphonse. »

Léon Daudet n'imitait même pas la voix de Flaubert ; mais Flaubert était là, soudain, avec ses grosses moustaches normandes. Cela tenait de la démonologie. Tranquille en ses opinions, si imperturbable qu'il ne tenait même pas à les faire partager, Léon Daudet parlait même de ses ennemis avec une espèce de cordialité magnanime. A table, chez lui, entouré d'un petit nombre d'amis, il dispersait d'une voix tantôt claire et tantôt tonnante, sans bouger, les fantômes, les nuées, et il créait de tout cela une vie opaque et résistante. Quand il disait d'un homme politique ou d'un littérateur : « C'est un salaud, » il façonnait en trois mots une sorte de bloc de certitude, auquel personne n'aurait eu envie de se heurter. Puis il se laissait secouer d'un grand rire sismique, passait à un autre sujet, et versait à boire à ses voisins. Quand le repas était fini, on passait le café à table, et il ne détestait pas s'y attarder. Puis, on continuait de parler dans le grand salon dominé par le portrait d'Alphonse Daudet, et l'on m'expliquait comment un jour, dans la maison de Hugo hantée par le spectre, Léon Daudet vit un balai descendre tout seul, de marche en marche, et debout, au long d'un escalier.

La guerre d'Espagne finissait. Après la prise de Barcelone, il ne pouvait être question d'une résistance bien longue, et nous apprenions les derniers événements de Madrid, les querelles intérieures des républicains et des staliniens. Malgré la reconnaissance de Franco par le gouvernement français, malgré la victoire, la presse marxiste continuait ses assauts. Le dernier communiqué étant du 1er avril, on se mit à réclamer avec une insistance parfois déplacée le défilé de la victoire, et le renvoi des volontaires allemands et italiens dans leur pays. Pierre Cousteau et moi nous eûmes envie d'aller voir l'Espagne libérée. Nous passâmes ainsi quelques jours de mai 1939 à Madrid entre deux après-midi d'imprimerie, nous comprîmes vite que le fameux défilé n'avait pas eu lieu tout simplement parce que Madrid manquait des plus élémentaires matériaux, et de moyens de transport. Quant aux Espagnols, ils étaient délivrés, il n'y a pas d'autre terme. On saluait sur les routes les ambulances françaises de la Croix-Rouge, on envoyait à Madrid, *Hermana,* sœur de toutes les villes d'Espagne, les approvisionnements et les vêtements. Une foule de soldats sans emploi circulaient dans les rues poussiéreuses. Nous assistâmes au déblaiement de la cathédrale, où l'on avait enfoui les reliques de saint Isidore, patron de la capitale, à la procession à travers les rues. Chicote, dans son bar plein comme un œuf, nous offrait une *combinacion,* et nous avertissait avec gourmandise qu'il avait obtenu le monopole des rafraîchissements dans les tribunes du Défilé. Au cinéma, nous regardions les films sur la guerre, et ce film nazi des luttes antibolchevistes, que l'Allemagne envoyait alors à tous ses nouveaux alliés, *Le jeune hitlérien Quex,* qui s'appelait à Madrid *Le flecha Quex.* C'était tout de même curieux d'entendre *l'Internationale* dans un cinéma de Madrid nationale... Nous vîmes aussi une sorte de revue, bien peu luxueuse, dans un théâtre de *Zarzuelas.* Les plaisanteries purement régionales du « comique aragonais » nous restaient imperméables, mais la salle était amusante à regarder. Jacinto Miquelarena nous raconta comment il avait pu conserver sa maison :

— Ma cuisinière, nous dit-il, est allée au comité marxiste se plaindre que son patron ne l'avait pas payée depuis des années. J'étais un affameur du peuple, un vampire, et je lui avais même emprunté de l'argent. Pour se rembourser, elle demandait à transformer ma maison en hôtel. On le lui accorda, par pitié pour la pauvre prolétaire exploitée. Elle m'a rendu la maison intacte et avec les clefs, le registre de location que je regarde de temps en temps.

Sur la Castellana, nous regardions édifier les tribunes modestes, pour la fête de la Victoire, nous regardions aussi des défilés partiels, beaux et bien ordonnés. Nous pillions les vitrines des libraires de tout ce qu'elles pouvaient contenir d'études sur la guerre. Et nous allions revoir les lieux de nos exploits, la *pasarela* à côté de laquelle on a construit un pont, les tranchées de la Cité universitaire, la Casa del Campo où l'on trouve encore des mines et des cadavres, l'Architecture et la Casa Velasquez, avec, un peu partout, des pancartes indiquant la position des adversaires : *Ellos* (eux) et *Nosotros* (nous), ornées de l'inscription : *Hemos pasado* (nous avons passé), en réponse au fameux slogan républicain : *No pasaran* (ils ne passeront pas). Dans les faubourgs réduits en gigantesques éboulis, la vie reprenait avec le printemps, tout un peuple courageux bâtissait, s'accommodait des ruines, ouvrait boutique entre trois murs, respirait.

Je suis partout continuait à inspirer des inimitiés solides. Au mois de juillet 1939, on arrêta pour trahison tout d'abord deux personnages qui appartenaient au personnel de la publicité de grands quotidiens, puis trois ou quatre Juifs. La presse moscoutaire s'emparait de tous ces événements, et essayait de compromettre ses adversaires. Je ne sais qui la documentait, (on a parlé de l'ex-inspecteur de police Bony, qui avait été cassé lors de l'affaire Stavisky), mais c'était bien mal fait. Un beau matin, en lisant M. Sampaix dans *l'Humanité,* j'appris que Pierre Gaxotte et moi-même étions arrêtés depuis la veille. Henri Benazet, au Poste Parisien de radio annonçait des perquisitions inexistantes. Je n'ai pas compris pourquoi on se hasardait à des inexactitudes aussi faciles à vérifier, et il a fallu que les pauvres communistes aient été volés. Nous poursuivîmes naturellement devant les tribunaux, et, quelques mois plus tard, le parti communiste dissous, ses chefs en prison ou en fuite, M. de Kérillis reprenait l'accusation d'hitlérisme que ses amis moscoutaires avaient dû abandonner pour cause de désertion. J'avoue n'avoir pas attaché à ces incidents bizarres, en juillet 1939, une importance bien considérable : c'était trop bête, et un peu trop vide. Il fallait simplement convenir que *Je suis partout* commençait à embêter beaucoup de monde, ce qui, en somme, n'est pas une constatation désagréable.

Ces incidents ne troublaient pas notre vie personnelle, toujours pacifique, devant les arbres ruinés de la rue Rataud, dans un logis que nous assemblions patiemment, jamais tout à fait terminé, tout à fait peint, tout à fait construit ni meublé. Un ou deux livres nous avaient permis le luxe d'une petite voiture, les premiers voyages. La bohème, la jeunesse, nous l'espérions bien, n'étaient pas encore exilées de nos cercles. José, marié avec notre amie de Vendôme, père de mon filleul Jacques et de Catherine, les abritait à Bourg-la-Reine. Georges et Germaine Blond les entraînaient avec eux en canoë dans les Landes ou à pied en Corse. Nous leur gardions tous au moins un abri spirituel. Et nous n'acceptions pour amis que ceux qui savaient conserver quelque affection pour la bohème et la jeunesse. D'autre part, en même temps que Maurice et moi achevions notre *Histoire de la guerre d'Espagne,* je terminais un petit roman de tentatives techniques et d'images de notre temps agité, *les Sept Couleurs*. Et Thierry Maulnier, prévoyant l'étroitesse des cantines et des paquetages, enfermait pour juillet l'essentiel de la poésie française dans son plus beau livre.

Nous continuions à nous entourer des images de Paris. La laiterie d'Auteuil, Saint-Germain-de-Charonne, le canal Saint-Martin étaient toujours les pôles mystérieux de nos explorations. J'emmenais Pierre Daye aux Halles, à Montsouris, à la Villette, devant les beaux entrepôts muets, sur le pont que domine une grosse horloge. Nous dînions un soir, avec Claude Roy, avec Henri Poulain et sa jolie et dorée femme danoise, que nous appelions la petite Sirène, tout contre la grande vitre qui sépare des vaches la laiterie d'Auteuil. Il pleuvait, nous revenions de Bagnolet, nous errions ensuite interminablement, en buvant des cocktails de lait et de fruits à Saint-Germain-des-Prés, en invoquant Andersen et Apollinaire. Un soir — il venait de publier un livre tendre et grave et magique, *la Fable du monde* — je traînai Jules Supervielle à la Villette avec Claude Roy. Après dîner, sous la lune, il s'assit sur la treizième marche du grand pont, et Claude Roy lui fit signer un livre. Telles sont quelques-unes des dernières images, dans notre album parisien d'avant-guerre.

Pêle-mêle, je retrouve parfois des souvenirs hétéroclites, avec lesquels je n'essaierai même pas de faire un montage adroit, et qui soudain, résument quelque événement du passé, ou préfigurent l'avenir. Je sais que nous nous amusions, Pierre Gaxotte et moi, à prétendre que toute notre politique était dirigée par les livres d'astrologie de Trarieux d'Egmont, mort depuis, et qui avait eu la chance de prévoir l'atmosphère et la date de Munich : nous lisions ses prophéties avec conscience. Je sais qu'au lendemain de cette paix provisoire, nous avions organisé le plus somptueux de nos banquets quasi-mensuels, où Pierre Varillon nous avait présenté un numéro parodique de notre journal sur papier de luxe. Et je sais qu'en juillet, à la veille des vacances, c'est au bord de l'eau, en banlieue, que nous avons fait nos adieux à la paix, dans le soir mouillé, riant, autour d'une table simple et délicieuse. Je sais qu'avant de partir pour l'Espagne, Charles Lesca nous a invités dans sa belle maison d'Auteuil avec M. de Lequerica et le frère de José-Antonio, et je sais qu'un autre soir, j'y suis allé écouter, sur d'admirables guitares passionnées, des *flamencos* populaires, et des musiques d'Albeniz et de Falla. De temps en temps, Henri Massis me téléphonait ; un matin, il me proposait d'aller à pied aux Champs-Elysées, à Montsouris, car il aime se promener, de son pas jeune et vif de chasseur, et nous parlions de Paris, et de Rome, et de nos amis. Je sais, pêle-mêle, car je cherche point à suivre l'ordre du temps, que nous sommes revenus de Belgique, au printemps, par des plateaux crayeux et déserts, semés de maisons neuves, battus par la pluie et le vent, et qu'au sommet d'une colline, auprès d'une croix, une simple pancarte de route vicinale indiquait : « Chemin des Dames. » Et je sais que Pierre Varillon publiait cet été un roman sur l'entre-deux-guerres, qui s'appelait tout justement *le Massacre des Innocents.*

Nous allions au cinéma, au théâtre, avec un peu moins de goût, toutefois, un peu moins d'ardeur. L'originalité, à l'écran, commençait alors à faire défaut, au milieu de comédies soignées, de drames bien joués, bien réglés. La curiosité pour cet art, d'ailleurs, avait presque totalement cessé, il faut bien le dire. On était loin de 1925, et si la foule allait, plus que jamais, se repaître de films vulgaires, les intellectuels, les artistes, se hâtaient d'oublier ce qu'aurait pu être le cinéma, ce qu'il était parfois encore. Faute de tradition sans doute, faute de sérieux de la part des critiques, toute esthétique de l'écran avait alors à peu près disparu, ceux qui étaient nés avant le cinéma n'ayant jamais cessé de n'y rien comprendre, et les nouveaux venus ignorant tout de son court passé. Le meilleur reste sans doute, en cette année, le grand livre d'images, attendri et puéril, de *Blanche-Neige et les sept nains.* Au théâtre, il y avait beau temps que, sauf exception lumineuse, la vitalité s'était retirée. Nous n'aimions plus guère voir que les spectacles des Pitoëff, la pièce annuelle de Jean Giraudoux, et les ballets ironiques et amers de Jean Anouilh.

Dans les salles, je rencontrais Lucien Dubech, de moins en moins toutefois, car il était malade, et il a disparu, lui aussi, après quelques mois de guerre. Un de ses derniers articles fut pour faire un magnifique et sensible éloge funèbre de Georges Pitoëff, dont il était si loin, mais qu'il aimait bien. Ainsi ont fui à peu de temps l'un de l'autre, le meilleur des animateurs de théâtre de l'entre-deux-guerres, et le meilleur de ses critiques. L'œil vif, le visage fin sous les cheveux blancs, extraordinairement fait pour le jabot de dentelle, les vêtements du dix-huitième siècle, il raillait parfois de façon assez dure. Critique à *Candide* et à *l'Action française,* il aimait le théâtre, plus encore la poésie. Je n'étais pas toujours d'accord avec lui, mais c'est à le lire que j'ai appris deux vérités essentielles : que le théâtre, c'est d'abord le style, et que ce n'est pas les projecteurs de M. Baty. Depuis Louis-le-Grand, nous le lisions, il nous guidait, nous envoyait voir les spectacles de Pitoëff et le *Siegfried* de Jean Giraudoux. C'était un homme irrité par la vie moderne, par la sottise, par la médiocrité, à mille lieues au-dessus de la tourbe sotte, prétentieuse et vieille, qui compose la majorité de la prétendue critique dramatique. Il avait écrit de beaux vers :

Mon printemps est passé, voici l'été tran-
quille,
Je n'ai plus à choisir mes dieux ni mes
amours...

Il est triste de penser qu'on n'entendra plus dans les couloirs, aux entractes, sa voix railleuse et enrouée, qu'interrompaient de terribles quintes de toux. Il nous a beaucoup appris.

Le livre que j'avais écrit sur Corneille après les conférences de *Rive gauche* m'avait valu de lui, de Léon Daudet, de Robert Kemp, des articles pleins de chaleur, et, aussi, de quelques artistes, des lettres souvent curieuses. Je n'ai vu Claudel qu'une fois, à une répétition de *l'Echange* chez les Pitoëff. Il m'avait écrit, jadis, pour me remercier de quelques pages : *« Aujourd'hui le Paul Claudel dramaturge est mort et enterré après une carrière plutôt limbaire ! Mais il reste au personnage posthume qui lui a succédé assez de solidarité avec une enveloppe dépouillée... »* *« Mon œuvre,* me disait-il une autre fois, *passe aux gens, aux intelligences et aux cœurs à qui elle était destinée. »* Mais il devait alors m'écrire sur Corneille une lettre bien vivante, bien amusante parfois, et qui n'est pas sans intérêt pour la compréhension de son œuvre (encore qu'à mon avis, j'ose l'écrire malgré lui, Corneille évoque assez souvent un Claudel du dix-septième siècle).

« On dit que Corneille, m'écrivait-il, est un maître d'héroïsme, et cela est vrai dans plus d'un sens ! Déjà j'avais feuilleté le livre de Schlum-

berger qu'il n'a pas craint d'appeler Plaisir à Corneille, *ce qui m'a semblé un véritable aveu de vampirisme ! Et maintenant voilà de nouveau un homme qui s'est plongé dans ce papier suffocant, qui a tout lu et tout digéré, et qui est encore vivant ! Et ce qui est le plus curieux, c'est qu'il a fait de son aventure un récit amusant, divers, suggestif, plein d'idées et d'horizons et qui donnerait presque envie de mettre le pied soi-même dans ce monde de pensum ! Mais il n'est pas possible. En ce qui me concerne Pertharite restera mort entre les cadavres et Théodore restera vierge.*

Car je dois vous avouer que j'abomine Corneille. Son ingestion est un de mes pires souvenirs scolaires. J'arrivais encore en me bouchant le nez à absorber Horace *et* Cinna, *mais* Polyeucte *me donnait littéralement des nausées. C'est là que j'ai puisé probablement cette horreur de l'alexandrin que j'ai conservée jusqu'à ce jour.*

Je suis étonné de votre affirmation que Corneille est le plus grand des poètes chrétiens. Certainement il a appliqué à des textes religieux son sinistre talent de tourner tout en pensum. Mais que faites-vous de toute son œuvre, qui est la négation même du christianisme, et où ne pénètre pas un seul rayon de l'Evangile? Car Polyeucte n'est pas autre chose qu'un fier-à-bras grotesque, et ce n'est pas avec des tirades et des rodomontades imbéciles qu'on affronte l'Enfer ! Tout le reste n'est qu'orgueil, exagération, pionnerie, ignorance de la nature humaine, cynisme et mépris des vérités les plus élémentaires de la morale. On fait apprendre par cœur aux petits enfants une pièce d'ailleurs écrite dans le style de la Tour de Nesle *où l'on apprend que les insultes ne peuvent se laver que dans le sang de l'offenseur. Les mères égorgent leurs enfants, et les frères se massacrent sans aucune espèce de difficulté. Et tout cela n'est pas seulement un goût ridicule de l'attitude et du développement de collégien. Mais on trouve de véritables leçons d'immoralité, comme celle-ci que j'emprunte à ce chef-d'œuvre,* Cinna :

Tous les crimes d'Etat qu'on fait pour la couronne
Le ciel nous en absout, alors qu'il nous la donne :
Et dans le sacré rang où sa faveur l'a mis (?)
Le passé devient juste et l'avenir permis.
Qui peut y parvenir ne peut être coupable :
Quoi qu'il ait fait ou fasse, il est inviolable.

Jolie morale! Voilà celle de ce grand chrétien, élève des Jésuites, et celle que depuis deux ou trois siècles on fait avaler à de jeunes âmes sans défense, en leur inculquant en même temps le goût du faux, de l'attitude et de la jactance. Mais cela vaut encore mieux que ces galanteries glacées, où Racine devait se distinguer. Un de ces jours je dirai ce que je pense de notre grand art classique et de l'éducation dont pour le malheur des générations successives il est la base. Non, Corneille n'est pas un poète. Racine en est un, je le salue, mais je ne l'aime pas.

Pardonnez-moi cet accès d'indignation, il y a longtemps que j'ai sur le cœur cet horrible paquet d'alexandrins dont on m'a gavé dans ma jeunesse, ce théâtre conventionnel ou pour mieux dire cadavérique, dont on essaie de maintenir le goût à force de professeurs et de millions[1] *!»*

Ce superbe pamphlet n'ôtait rien à mon admiration pour Corneille, et rien non plus, bien entendu, à celle que j'avais pour Claudel qui alors, oublieux de ses drames extraordinaires, de sa poésie cosmique, se livrait à de patients et admirables commentaires symboliques des livres sacrés, pour terminer sa vie par la méditation pure sur la Croix. Mais d'autres encore m'écrivaient, dont j'ai retrouvé les lettres à un passage à Paris : «*Je crois n'avoir jamais lu Corneille,* me disait René Clair, *autrement que dans une édition volée au lycée et qui est encore dans ma bibliothèque. Sa couverture tachée me rappelle ces affreux pupitres noirs si parfaitement polis par les coudes qu'il était difficile d'imaginer que les planches qui les composaient avaient jadis été taillées dans un tronc d'arbre frais. Pourtant, un coup de canif donné dans la couche d'encre et de crasse qui les recouvrait faisait apparaître le bois blanc et ses veines vivantes.* » Et il se plaisait à retrouver derrière « *le vieil embêteur solennel de notre enfance*» un « *dramaturge élizabéthain plein de passion et de hardiesse*». Lui-même, je le rencontrai au Théâtre-Français, où j'étais allé voir avec Lucien Rebatet ce *Chapeau de paille d'Italie* dont jadis il avait fait un film exquis. Il y avait bien longtemps que je ne lui avais parlé, depuis l'Ecole : nous évoquâmes les temps que nous aimions, le cinéma muet, il nous parla de Walt Disney et de *Blanche-Neige*

---

1. 10 juillet 1938.

qu'il nous annonça comme une merveille. Il me parut un peu inquiet toujours, devant son art menacé par les marchands et par les tentations faciles, et j'étais inquiet à mon tour au souvenir de son œuvre délicate et pure, que pouvait si aisément corrompre un univers d'argent et de vulgarité. Ainsi apercevions-nous, parfois, les hommes qui avaient donné sa couleur à notre jeunesse.

Enfin, je puis maintenant rassembler les dernières images de Georges Pitoëff. On le savait gravement malade depuis des mois, couché, immobilisé par son cœur. Il avait reparu pourtant, toujours tenace. Nous l'avons vu, léger, peureux, mélancolique, plein de secrets, dans *la Mouette* de Tchékov, triste et délicate. Et puis nous l'avons vu aussi, c'est notre dernier souvenir, dans *Un ennemi du Peuple,* dIbsen, rôle écrasant, où on le regardait avec terreur, pâle, bon et défait, juché sur une estrade face aux imbéciles et au nombre, prononçant un discours interminable, revendication pour l'homme seul. Deux ou trois fois, on crut qu'il allait mourir en scène, comme Molière : il s'arrêtait de parler, devant des spectateurs épouvantés, il reprenait haleine. Mais non, il alla jusqu'au bout, près de deux semaines, avant d'être obligé d'abandonner. Il se contenta alors de remonter, dans les décors exquis que nous étions allés voir en 1932 à Versailles, *la Dame aux camélias* pour Ludmilla.

Nous étions venus lui parler dans sa loge, au

mois de juin 1939, après la pièce d'Ibsen. Epuisé, souriant toujours, un peu amer pourtant, plus qu'il ne m'avait jamais paru, tel je le vis pour la dernière fois. Il avait eu des tendresses, on le savait, pour le Front populaire, et d'ailleurs ne pouvait trop se plaindre de Jean Zay. Mais il me parlait avec un dégoût véritable de cette période où les machinistes faisaient la loi dans les théâtres, où, à neuf heures moins cinq, ils refusaient de lever le rideau.

— Nous avons vécu des années complètement folles, me répétait-il de sa voix fêlée et émouvante.

Il haussait les épaules, m'expliquait qu'il avait pris désormais son fils Sacha comme machiniste, comme régisseur. Beaucoup d'illusions, visiblement, s'étaient défaites autour de lui, en lui. Mais il n'était pas né, malgré l'apparence, pour le seul découragement. Ses yeux brillaient toujours autant à parler du théâtre. Il promit de monter *le Soulier de satin,* — nous ne le verrons pas. Je me souviens qu'il me parla aussi, longuement, d'une pièce écrite par sa dernière petite fille, qui avait onze ans. Une vraie pièce, qu'il avait fait dactylographier : elle a plus de cent pages, précisait-il.

— Je la jouerai un jeudi, disait-il en riant, pour les amis des enfants. Ils passent leur temps à dessiner des maquettes, à fabriquer des décors. Je monterai la pièce d'Aniouta dans les décors dessinés par les enfants.

Cela non plus, nous ne le verrons pas. C'est son dernier rêve, c'est mon dernier souvenir de lui. Il est pur et gracieux.

Georges Pitoëff a disparu dans les premiers jours de la guerre, mort à Genève, au milieu de septembre 1939. Il était venu à Paris en 1919, et a rempli ainsi exactement l'entre-deux-guerres. Il s'en est allé avec sa voix d'outre-tombe, son pas toujours un peu fantômal, ses décors étonnants, son génie, tout juste à l'instant où pour remplacer les illusions qui lui furent chères, s'élevait un monde de béton et d'acier. Tué par la guerre, à coup sûr, à laquelle son pauvre cœur usé ne résista pas. C'était un homme merveilleux. Je ne pense pas seulement à son art, à son originalité, à tout ce qui l'inscrira à jamais dans l'histoire du théâtre en ce siècle, à sa conception du décor. Il aura marqué son temps. Mais je pense à lui-même, à son dévouement absolu envers son art, à sa pauvreté, à ses soucis perpétuels (jamais il n'eut un instant de paix et d'assurance), à sa noblesse. Je pense aussi à ce qu'il offrait à toute une jeunesse, à la figure qu'il prenait dans notre avant-guerre à nous. Je pense à son amitié. Adieu, cher Georges ! Voici venir une jeunesse qui ne saura point ce que vous avez été. Nous essaierons de le lui dire. Mais pour ma part je ne saurais séparer votre souvenir de celui de tant d'années si belles, de la cour de Louis-le-Grand et du matin profond, de l'étude où l'on nous portait les invitations pour *Hamlet,* de nos discussions, des bals de l'École où vous veniez avec Ludmilla, des loges étroites où vous nous accueilliez, sur le plateau des Arts, ou sous les toits des Mathurins. Vous avez représenté, tant d'années, cet esprit inquiet et fumeux de l'après-guerre, et, ces derniers mois, quelle que fût la beauté de quelques-uns de vos spectacles, il nous semblait parfois que certains accords s'étaient rompus entre vous et votre temps : car vous avez été le poète peut-être unique, le plus grand en tout cas, des désespoirs et des illusions, des nostalgies brumeuses, où votre accent d'exilé résonnait comme un chant funèbre. Tout cela, ce fut notre vie, et le monde où vous avez vécu, dans ce long armistice, disparaît en même temps que vous, et que notre jeunesse, avec vos drames russes et scandinaves, vos grands rideaux bleus, vos féeries shakespeariennes, dorées et désespérées. *Good night, sweet prince,* comme on dit à la fin de cet *Hamlet* qui n'aura plus jamais pour nous d'autre accent que le vôtre. Votre tendre et inquiète mémoire reste avec nous.

*
* *

... Et le dernier mois approchait.

Nous étions allés voir le dernier film de notre avant-guerre, qui nous ramenait au cinéma de notre enfance, aux Peaux-Rouges, aux cow-boys, aux bandits généreux, avec l'expérience supplémentaire de vingt ans, l'attention aux formes, de beaux paysages désertiques, et pour finir une poursuite épique d'un rythme saisissant. C'était *The Stagecoach* de John Ford, qu'on appelle en français *la Chevauchée fantastique,* et qui est une œuvre délicieuse. Comme nous avions adopté jadis *le Chemin du Paradis,* nous adopterons peut-être dans notre souvenir cette *chevauchée,* dont nous devions parler ensuite presque chaque jour de nos vacances. Elles ont pris en effet un aspect un peu inhabituel, moins dramatique à coup sûr que cette diligence d'il y a soixante ans, menacée par les Indiens, mais suffisamment pittoresque pour nous permettre des comparaisons complaisantes. C'est avec plaisir, aujourd'hui, que nous regardons notre avant-guerre s'achever sur les grandes routes, à travers les chemins impossibles, les déserts de pierre et les cours d'eau passés à gué, dans un rythme charmant et bohème, qui donne à nos yeux leur vraie signification à ces quinze années.

Nous avions réuni, à la fin de mai quelques camarades (c'était un vieux projet) afin de fêter notre ami Maurice Dérot promu médecin des hôpitaux par un dîner plus ou moins arabe, assis par terre, après avoir bu la *arira,* la soupe de pois aux œufs, autour d'une table très basse formée de deux valises : il y avait des brochettes, le *méchoui* d'agneau mangé avec les doigts, le couscous, les pâtisseries. Dans l'espoir de trouver des *cornes de gazelle,* nous avions été la veille à la Foire de Paris. Il n'y avait pas de *cabr-zel,* mais on nous donna des prospectus pour les roulottes de camping. Et tout le mal vint de là.

« *Le caravaning est une marotte si économique que la plupart des motoristes deviennent des caravaneurs enthousiastes.* » Je ne dis pas que cette phrase d'un français sublime ait été notre raison essentielle de partir pour l'Espagne en roulotte, mais il est certain que nous ne pouvions rester insensibles à la poésie qu'elle dégage. Et l'équipée que constituait un voyage en roulotte comporte suffisamment de joie, en l'été 1939, pour que nous puissions la conseiller d'enthousiasme, comme les « motoristes » du *slogan* publicitaire à tous ceux qui voudront nous imiter après la guerre.

Nous pourrons même leur donner quelques conseils pratiques. Depuis plus de dix ans, les Anglais pratiquent le *caravaning,* c'est-à-dire qu'ils accrochent derrière leur automobile une roulotte plus ou moins vaste et qu'ils parcourent ainsi les grands chemins. La mode en France commence à s'en répandre et à la Foire de Paris, au mois de mai, on exposait un certain nombre de remorques, d'un prix généralement si respectacle (de 20 000 à 80 000 francs) que seuls quelques privilégiés pouvaient envisager de les acheter. Cependant, il faudrait n'avoir jamais, dans son enfance, rêvé un seul jour d'être bohémien, pour ne pas être tenté. A ceux qui subiront cette tentation on conseille de parcourir les pages publicitaires de la revue du *Touring-Club* ou de la revue *Camping*. Ils y découvriront de nombreuses annonces, ils passeront deux ou trois semaines à lire des prospectus ou à aller visiter, en banlieue, des remorques de toutes dimensions. Comme il faut être franc, on avouera qu'une roulotte neuve coûte en général fort cher. Mais il est rare que les constructeurs n'aient pas à vendre quelque roulotte d'occasion, beaucoup plus abordable, qu'il faut leur demander car ils ne la montrent pas volontiers[1].

Ainsi, sommes-nous partis, le jeudi 20 juillet, à six heures du soir, glorieusement salués au

1. Certaines maisons ont même un service de location, mais il nous a paru coûteux et peu pratique. Choisissez donc votre roulotte : le premier élément à considérer est le poids. Avec une petite voiture, si elle est solide et de bonne qualité, vous pouvez traîner aisément 400 à 450 kilos. Vous pourrez marcher, en plaine, à 70 ou 80 kilomètres à l'heure. Nous avions une voiture depuis un an. Elle a parcouru l'Espagne, par des routes souvent médiocres, sans incident, et aussi allègre au retour qu'au départ. Il s'agissait d'une petite roulotte à deux places. On peut aisément coucher dans une voiture dont les sièges avant se rabattent, avec un matelas pneumatique. On peut même avoir une tente supplémentaire.

passage par Raoul Audibert à la porte d'Orléans et par José Lupin et Pierre Cousteau à Bourg-la-Reine. Henri Massis nous avait appris un mot du docteur Funck, ministre de l'Économie du Reich, qui avait rencontré en Suisse un homme d'affaires français :

— Vous voulez prendre vos vacances maintenant ? Prenez-les en toute tranquillité. Mais soyez rentré le 25 août.

Il nous fallait en profiter rapidement. Nous n'avions notre roulotte que depuis le matin, malgré bien des suplications et bien des promes-

Maintenant, il faut reconnaître que notre roulotte d'occasion, comme il arrive souvent dans ces cas-là, s'est fort mal comportée. Donc, faites vérifier avec soin votre roulotte, faites remplacer, si vous voulez tenter une expédition, toutes les pièces faibles.

Et si vous désirez encore quelques conseils, en voici d'essentiels :

1º La plupart des roulottes sont équipées au gaz butane. Ce n'est pas une mauvaise idée, mais il faut aussi emporter des fourneaux pour faire la cuisine en plein air, surtout si la roulotte est de petite taille. Des fourneaux à essence, car c'est le combustible qu'on trouve le plus facilement partout. Ajoutons qu'*aucun* fourneau a essence n'est vraiment satisfaisant ;

2º Notre roulotte comportait une glacière. En Europe, on trouve de la glace partout. C'est absolument nécessaire ;

3º *Ne craignez pas le confort.* Ne vous laissez pas influencer par les campeurs à pied, à bicyclette ou en canoë. On n'a jamais assez de linge, de batterie de cuisine. Tout cela ne pèse rien. Et il n'y a jamais d'eau dans les rivières. Emportez des seaux à eau, des réservoirs de toile. Emportez aussi, car le poids en est minime, des pliants, des tables pliantes, des fauteuils pliants. Il faut partir du principe qu'on ne vit *jamais* dans la roulotte, qui n'est qu'une maison ambulante, avec glacière, cabinet de toilette, penderie et lit.

ses. Elle était fraîchement peinte, crème au dehors, bleu ciel à l'intérieur et je commençais à la traîner avec une circonspection de débutant. La côte de Gometz-le-Châtel, que, pèlerins de Chartres, nous avions trouvée dure et longue, parut effrayante à notre équipage : nous devions en voir d'autres plus tard. Le soir tombait doucement, nous étions éreintés comme on ne l'est qu'au jour de partir pour les vacances, surtout lorsque le départ se double d'un déménagement. Mais nous avions une batterie de cuisine neuve dont nous étions très fiers, toutes sortes d'instruments pour lesquels nous avions couru les magasins, une inexpérience totale, nous nous répétions le slogan sacré sur le caravaning et nous fredonnions le motif musical de *la Chevauchée fantastique.* De temps à autre, nous nous retournions pour voir si la roulotte nous suivait toujours : elle n'abandonnait pas. La première étape fut courte : avant Chartres, tout de suite après le Gué de Longroi, nous fîmes halte dans un champ, et nous commençâmes notre premier repas aux bougies.

La traversée de la France fut sans histoire. Il pleuvait, il faisait frais, nous nous arrêtions dans les chemins de ferme, au bord des routes, puis dans les Landes sous les pins mouillés. Un peu de beau soir se leva à Saint-Jean-de-Luz, dans ce champ d'un sentier écarté où de petits garçons basques venaient conduire les vaches et le cheval galopant qui entourent obligatoirement le campeur dans les caricatures anglaises. Nous n'étions pas allés très vite, et nous pensions franchir la frontière le lundi matin.

Si habitué que l'on soit aux fausses nouvelles, il arrive pourtant que l'on s'y laisse prendre. En effet, nous étions donc paisiblement, ce jour-là, entourés de nos vaches, lorsque l'un de nous qui était allé à la ville revint avec *la Dépêche de Toulouse.*

— On ne peut pas partir. On ne sait pas ce qui se passe en Espagne. Queipo de Llano est en fuite. Yagüe en prison. Et la frontière est hermétiquement fermée.

ces étonnantes nouvelles étant signées du « correspondant de Hendaye », je reconnais avoir été ébranlé : laissant de côté les mésaventures des généraux[1], comment supposer qu'à Hendaye, on ne savait pas si la frontière était fermée ou non ? Saint Thomas (premier du nom) étant notre maître, nous décidâmes pourtant d'aller voir, en laissant la roulotte à la garde des vaches.

— La frontière fermée ? nous disent les douaniers et gendarmes français. Première nouvelle ! Si vous croyez tout ce qu'il y a dans les journaux...

Fort humiliés, nous revenons, raccrochons la roulotte, repartons. Nous avons perdu beaucoup de temps, et les douanes espagnoles étant fermées entre une heure et quatre heures, nous devons déjeuner à la frontière et attendre. Ce qui nous permet de contempler un spectacle vraiment extraordinaire, preuve de la puissance de la presse : deux cents personnes, sur la foi de *la Dépêche de Toulouse,* armées de jumelles et de kodaks, se pressaient devant le Pont International pour guetter les fumées de la prochaine

---

1. Bien entendu, Queipo de Llano n'était pas « en fuite », et le général Yagüe, loin d'être en prison, était nommé ministre.

414

guerre d'Espagne. Et l'un de nous, qui voulait revenir un instant en territoire français, ayant traversé le pont *en courant* fut aussitôt photographié comme le premier réfugié évadé à ses risques et périls de la terre maudite. La stupéfaction fut plus grande, il est vrai, lorsqu'on le vit regagner l'enfer, après avoir paisiblement téléphoné.

Nous avons déjeuné à la *fonda* de la frontière, puis, la roulotte hâtivement visitée sous la pluie battante, nous avons suivi les routes du vert pays basque, reconnu Irun toujours ruiné par les incendies des *dinamiteros,* Saint-Sébastien désert, qui a perdu son animation du temps de guerre et n'a pas retrouvé celle de la paix. Chicotte lui-même s'est transporté à Madrid, où nous l'avions vu, Pierre Cousteau et moi, au mois de mai. La seule nouveauté est que des prisonniers construisent de petites fortifications dans la montagne. Nous avons remplis nos seaux d'eau, nous avons connu les premières curiosités, les premiers achats, nos vacances, nos aventures ont vraiment commencé, et nous nous arrêtons enfin, comme le soir tombe, à l'entrée de Tolosa, sur une esplanade qui domine le torrent, anxieux sous la pluie de trouver, un jour proche, enfin, le soleil et la chaleur.

Il nous faut franchir pour cela nos premières montagnes, les hauts cols qui mènent à la Castille, et où notre attelage se comporte parfaitement bien. Il fait chaud soudain, nous faisons nos courses à Vitoria sous un soleil déjà implacable, et nous prenons connaissance de nos premières difficultés d'approvisionnement en Espagne. Nous mettons au point, aussi, le vocabulaire immuable dont nous aurons besoin, nous cherchons la *carniceria,* la *panaderia,* et l'essentielle, la nécessaire *fabrica de hielo.* Elle est assez loin d'ailleurs, derrière la nouvelle église en construction, cette fabrique de glace qui n'est qu'un bar accueillant et frais. Nous en connaîtrons plus tard de toutes les manières, et nous saurons que parfois, la glace ne se dit point hielo, mais *nieve,* comme la neige, et le *pan* le *pa.* Ainsi augmenterons-nous notre vocabulaire de savantes formes dialectales, et saurons-nous vite ne pas prononcer les s en Andalousie et dire simplement *Buena* pour bonsoir. Dans le guide bleu de notre voyage en Italie, nous avions découvert, deux ans auparavant, qu'en Sardaigne, on parle, paraît-il, un dialecte mêlé de toscan, de castillan et de catalan. Le sarde est donc à peu près la langue que nous parlons dans nos voyages, et nous devons dire hautement qu'il suffit à se faire comprendre, et même à engager les conversations les plus élevées, dans toute la Méditerranée. Le sarde est la langue de nos mots de passe personnels, de nos souvenirs de vacances, de nos slogans et de nos cris : espérons tout de même que ces souvenirs ne sont pas écrits en une langue sarde trop impénétrable.

Nous sommes au jour de la Saint-Jacques, patron de l'Espagne. On vend dans les rues de Vitoria une médaille de bronze à ruban tricolore : c'est la médaille commémorative de l'*Alzamiento,* de la révolution nationale du 18 juillet. Nous avons mis à notre voiture, pour notre voyage, le drapeau français et le drapeau espagnol. Parfois, au long des routes, on nous salue le bras tendu. Mais nous avons pour nous faire reconnaître notre extraordinaire équipage (il est infiniment probable qu'aucune roulotte n'est venue en Espagne avant nous), qui commençait dès avant Tolosa à provoquer des rassemblements de soldats et de gosses, perchés sur l'attelage, collant leur nez aux vitres, dans une curiosité sans mesure. Curiosité non sans inconvénient d'ailleurs : à Burgos, c'est en montant sur l'attelage que les gosses faussent la barre qui sert à abaisser les béquilles de soutien, et nous retrouvons notre maison piquant du nez. Voilà, presque au premier jour, notre premier accident.

Ce n'est pas une petite affaire que de trouver un garage surtout un dimanche, et comme la plupart des garages espagnols, celui-ci est militarisé. Nous y entamons des conversations cordiales avec les soldats, ils nous réparent notre barre, et le lendemain, comme elle est faussée à nouveau dès que nous sommes entrés dans la roulotte, ils s'en vont arracher une barre de direction à une vieille auto (c'est ainsi qu'on fait de la récupération sur toutes les routes d'Espagne) et nous permettent de continuer notre voyage. Nous aurons passé quelques heures dans cette cour mi-garage, mi-caserne, nous aurons campé, malgré tout, dans quelque terrain vague plein de ferrailles et de briques cassées, à l'entrée de la ville, mais nous aurons revu Burgos aussi, la cathédrale fleurie et grise, et les palais sculptés des petites rues abandonnées.

On ne s'étonnera pas si les souvenirs de la guerre laissent parfois les nerfs du peuple à fleur de peau. Nous venions de boire un Grand Café avec un soldat aimable qui parlait un peu français, et qui nous avait guidés à travers les garages. A cette heure toujours aussi animée du *paseo* sur l'Espolon, vers neuf heures du soir, on entend subitement un bruit très net de fusillade.

Aussitôt, la foule s'arrête, les hommes plaquent les femmes dans les portes, s'avancent vers la place d'où vient le bruit sinistre, refluent en courant. Ce n'était qu'un moteur de camion qui avait des ratés. Mais pendant cinq minutes ces gens, parmi lesquels beaucoup de soldats habitués au feu, ont nettement cru qu'il s'agissait d'autre chose. Et je n'oublierai pas le visage blanc de terreur de cette femme qui s'avança vers nous en s'agrippant au bras de l'homme qui l'accompagnait, et en criant comme une folle :

— Qu'est-ce qu'il y a ? Qu'est-ce qu'il y a ?

Comme si elle pensait :

— La guerre recommence !

Puis nous quittons la vieille capitale, une des villes d'Espagne qui restent les plus chères à mon cœur, nous traversons Aranda de Duero, nous gagnons les hauteurs les plus désertiques de la Castille. C'est sur un plateau absolument désert que nous nous arrêtons, quand le soleil n'est pas encore couché. Il sent le thym, il est battu de vent frais. Mais si désert soit-il, aucun abri ne le demeurera jamais longtemps pour nous dans notre voyage d'Espagne. Avertis par un invisible tam-tam, tout aussitôt voici deux enfants : ils ne nous quittent pas de tout le repas, pétrifiés de stupéfaction, ne mangeant même pas les fruits ou le pain que nous leur tendons. Et voici une femme, et des moissonneurs, et des vieux en carriole qui s'arrêtent et viennent, bayants d'admiration, nous demander ce que nous faisons là. Après dîner, comme il fait clair, nous pensons pouvoir aller dormir un peu plus loin, nous manquons casser notre roulotte dans un fossé. Mais une fois installés, sous la lune pleine, le dos calé contre les meules, quelle belle nuit sur cette Castille pacifique et froide, embaumée, quel calme auprès de ce village endormi ! Comme nous roulons tout le jour, c'est peut-être des nuits que je me souviens le mieux, dans ce voyage. J'y songe, aujourd'hui, en corrigeant une dernière fois ces lignes, et en levant les yeux sur mes nuits de béton et de voûtes basses : fraîches nuits, étoilées, éventées, sous le ciel merveilleux traversé de la Voie Lactée en poudre blanche, repos total et calme, maisons provisoires dressées comme un camp, proches l'une de l'autre, confiées au destin amical, et l'univers entier autour de nous oublié. C'est notre jeunesse, encore, à notre côté, vivante, et libre, sans autre souci que nos chariots, un peu de feu, un peu d'eau, et la route sans fin devant nous. Le lendemain, une femme de Fresno de Fuente vient nous vendre du lait, des œufs, et un *conejo*. Pour nous faire comprendre ce qu'est cette bête, elle remue les lèvres, elle se fait de deux doigts deux grandes oreilles de lapin. Nous imaginons n'avoir pas besoin de ce secours, nous ne prenons que le lait et les œufs, et nous repartons par le frais matin.

Nous n'avons pas l'intention de nous arrêter à Madrid. Le pain, le vin, la viande, la *fabrica de hielo*, nous connaissons tous les éléments de nos achats. Nous dînerons sous les arbres, un peu tard d'ailleurs. Mais la guerre est partout présente. Elle est dans les jardins royaux de la Casa del Campo, près de la Cité universitaire de Madrid, dont nous parcourions l'an dernier les tranchées. Des hommes et des femmes passent, ramassent du bois, des bouts de ferraille. Au lointain, de quart d'heure en quart d'heure, des explosions de mines, ou de grenades, que l'on fait éclater. L'atmosphère est pesante et triste en ces belles allées désertées, devant la ville à demi invisible, auprès des murs troués de balles. Non, nous ne resterons pas longtemps ici, nous avons hâte de quitter le bois, les tranchées mal comblées, les bruits de la guerre. Et nous errons à travers les faubourgs lamentables de Carabanchel, des lieues de ruines, où il ne reste pas une maison intacte, où dès qu'il y a trois murs, un petit peuple courageux est revenu ouvrir boutique, couper les cheveux, ou vendre des pastèques. Et nous faisons nos courses, tandis qu'une foule curieuse s'écrase autour de la roulotte. Un ouvrier peintre nous guide, qui est resté à Madrid durant toute la guerre. Il est chômeur aujourd'hui. Et nous nous apercevons combien il est difficile, en certaines régions, de s'approvisionner. La bière qu'on buvait à Burgos, nous n'en trouverons plus ici, nous n'en reboirons qu'en Andalousie. Les pommes de terre ? nous en demandons dans cette épicerie rigoureusement vide où une vieille nous répond avec une incontestable dignité :

— Inusitées.

C'est que le problème essentiel en Espagne est celui du transport. Faute de trains et de camions, les régions ont peu de communication entre elles : ici la vente du pain est libre, ailleurs, il faut une carte, là on ne trouve plus de viande après huit heures du matin. Nous regrettons de ne pas avoir acheté le *conejo* de la paysanne aux longues oreilles, et nous renonçons à trouver ces aliments qui sont la base de la nourriture du campeur, pâtes ou riz. Puis nous repartons, éternels errants, et le soir, nous campons dans un champ en contrebas de la route de Tolède, près du village d'Olios del Rey.

Ainsi parlons-nous avec tous, ainsi nous approchons-nous de la vie, du pain quotidien, des soucis, des difficultés, errants bien accueillis. Je suis maintenant convaincu que la roulotte est certes, en effet, le meilleur moyen d'errer à travers un pays, quatre ou cinq mille kilomètres de plateaux, de montagnes, de plaines et de villes, de voir ces gens qu'on ne voit jamais dans les hôtels et dans les agences de voyage, de s'inventer un petit jargon hispano-français, et de connaître un peu, ainsi, la vraie vie d'un peuple. Au hasard des rencontres, nous avons parlé avec des Rouges et des Blancs, des ouvriers, des villageois, nous avons évoqué la paix et la guerre, toujours dans les mêmes sentiments d'amitié les uns envers les autres.

Un peu avant Tolède, à Olios del Rey, Suzanne est allée laver au lavoir des femmes, avec les villageoises, un foulard sur la tête, et toute une nuée de paysannes rieuses entourait notre roulotte avec de grands cris de joie et les plus jolis adjectifs de la langue castillane :

— *Bonita ! Preciosa ! Graciosa !*

Après avoir passé la journée dans la ville impériale et triste, par 38 degrés de chaleur, nous nous sommes arrêtés, le soir, à la sortie du village de Sansena. Au bout d'une heure, nous avions quelque cinquante personnes, en cercle respectueux autour de nous. Un des jeunes gens parlait un peu français. Il nous a présenté un de ses camarades de seize ans qui, à treize ans, avait été enfermé avec les héroïques défenseurs de l'Alcazar. Et une femme du peuple, elle aussi, vint nous dire qu'elle avait été décorée pour avoir vécu les soixante-douze jours du siège. Nous avons parlé avec eux jusqu'à minuit, dans nos deux langues également approximatives. Ils connaissaient mieux qu'on ne pourrait croire la France, ses mouvements divers, *l'Action française* en particulier. Ils nous ont évoqué les souvenirs du siège, ils voulaient nous offrir quelques exemplaires du journal ronéotypé *El Alcazar,* dont le maire de Tolède m'avait déjà donné la collection. Nous avons bu le café sous la lune. Ce fut là une soirée pleine de charme et pleine d'amitié.

Certes, tous ces gens-là étaient curieux : ils n'avaient jamais vu de roulotte, et notre campement leur paraissait, à coup sûr, extraordinaire. Ils ne nous ont pourtant jamais gênés. Et Dieu sait si la foule de soldats qui nous entourait à Andujar, pendant que l'un de nous cherchait la glace, nous empêchait positivement de respirer ! Nous ne nous sommes sentis mal à l'aise, pour être tout à fait franc, qu'une seule fois : non loin de Cordoue, en bordure du front, près du village d'El Carpio qui fut rouge, où rôdaient la nuit des garçons pareils à des chats, dont on sentait fort bien qu'une forte discipline ne leur était pas inutile. Ils ne nous ont pour ainsi dire pas quittés de la nuit, sans mauvaise intention, j'en suis sûr, mais terriblement bavards et bruyants.

Les routes d'Espagne sont inégales, c'est le moins qu'on puisse dire. A cause d'elles, il ne nous fallut pas longtemps pour nous apercevoir que notre périple serait bientôt un périple de Juifs errants, ne nous permettant aucun repos. Nous nous arrêterions bien un jour ou deux dans les villes que nous voulions visiter, mais il faudrait sans doute renoncer à passer une semaine dans quelque baie poétique de la Méditerranée, comme nous en avions l'intention naïve au départ. Une fois parvenus à Gibraltar, nous aurions sans doute tout juste le temps de revenir. Les grandes voies, dans le Nord, sont bonnes. Mais après Tolède, nous avons commis l'imprudence de nous engager dans certaine route « secondaire », qui mène à Ciudad Real et Valdepeñas et où, de « nid de poule » en « nid de poule », il est impossible d'avancer à plus de vingt à l'heure, sur une distance de cent cinquante kilomètres dans la poussière, et par une chaleur de 40 degrés à l'ombre. On imagine à quel point un pareil voyage peut être exténuant, et je me souviens avec volupté, aujourd'hui, par 27 degrés au-dessous de zéro, de certaine journée littéralement écrasée de soleil, où, après avoir erré dans Ciudad Real à la recherche d'une *panaderia* introuvable et d'une *fabrica de hielo* bénie du ciel, nous nous sommes écroulés pour dormir après le déjeuner dans un bois d'oliviers sans ombre. A Valdepeñas, il fallut faire des rangements jusqu'à minuit passé, la roulotte, les vêtements, la vaisselle étaient couverts d'une épaisse poussière rouge indélébile, qui s'était insinuée par tous les interstices. Heureusement, nous avions trouvé pour quinze sous le litre, un admirable vin rosé qui aurait ressuscité des morts.

Valdepeñas avait d'ailleurs à nos yeux un autre mérite : celui d'être un marché assez abondant, où nous avons pu acheter de la viande, des fruits, des pastèques, ce vin merveilleux, des alcarazas pour tenir l'eau fraîche. Un Espagnol qui parlait français nous guidait. Nous parlâmes avec un jeune garçon qui nous racontait comment il avait déserté l'armée rouge, les derniers jours. Le pays était resté jusqu'au bout aux mains des républicains, personne ne s'en cachait.

Certains Français naïfs, intoxiqués par la presse, s'imaginent de bonne foi qu'on n'est pas très bien accueilli en Espagne ou bien que, toute question de sympathie mise à part, la pauvreté des gens les aigrit et les rend peu aimables. C'est méconnaître là une des qualités les plus belles et les plus importantes du peuple espagnol : sa magnifique, son extraordinaire courtoisie. J'ai vu des paysans français aimables et généreux. Je ne crois pas avoir rencontré ailleurs qu'en Espagne une aussi continuelle ingéniosité pour faire plaisir. Nous nous souviendrons longtemps de cette halte que nous avons faite après les défilés de Despeñapedras, dans un lieu fort sauvage où se trouvait une ferme habitée par deux vieilles bonnes gens. Nous leur avons demandé si nous pouvions nous arrêter deux heures. Ils se sont tenus discrètement à l'écart, n'apparaissant que pour nous rendre service. Nous leur avons offert du café, puisque cette denrée est rare en Espagne.

— Je n'en ai pas bu de meilleur, nous dit le vieil homme, depuis la guerre de Cuba en 1898.

Mais ne voulant pas demeurer en reste, ils nous ont porté un panier de pommes et des œufs, en s'excusant de donner si peu. Et lorsque nous sommes partis, ils nous ont accompagnés avec la vieille phrase de la politesse espagnole :

— *Esta su casa,* c'est votre maison.

J'ai vu rarement quelque chose d'aussi délicieux que ces vieilles gens échappés d'un conte d'Alphonse Daudet. C'est ce qui rend un voyage en Espagne, fait dans ces conditions, avec ses rencontres imprévues, ses contacts avec les paysans, les pauvres gens, si passionnant et si émouvant. On en revient plein d'une amitié plus grande encore pour ce peuple courtois, fier et grand, qui, après une guerre si tragique, n'a rien perdu des qualités les plus nobles qui ont fait la beauté de son histoire et la grâce de son accueil.

Ainsi le temps passait-il pour les bohémiens. Juillet finissait. Il faisait chaud le jour, sous un ciel immuablement pur depuis le pays basque, frais la nuit. Au bord des routes, on rencontrait à chaque pas des carcasses d'autos abandonnées : sans roues, sans phares, sans moteur, on leur a enlevé tout ce qui peut servir. C'est un spectacle bien bizarre que celui de ces voitures aveugles renversées dans le fossé. Avant la frontière française, il y en a des centaines, réunies dans des champs : ce sont les voitures des Rouges au moment de leur retraite. Nous étions toujours en retard, nous campions toujours trop tard, nous dînions toujours à la nuit, et chaque fois nous nous jurions de ne pas recommencer le lendemain, et nous commencions à nous disputer vers six heures et demie du soir sur les lieux d'arrêt. C'est que le campeur en roulotte ne peut franchir les haies et les fossés, qu'il a besoin d'un sol dur, et que pour trouver réunies les conditions nécessaires, il lui faut presque toujours s'approcher des villages, adopter une aire à blé comme à Valdepeñas, un terrain d'aviation, comme à Cordoue, une esplanade, presque une place publique. Qu'on perde ses illusions sur la possibilité de « s'arrêter où on en a envie ». Et il faut faire provision d'eau, et nous ne trouvâmes plus dans le Sud pour nous éclairer que de gluantes bougies de suif, de formes penchées et bizarres, tout de suite fondues. Nous mangions de la viande trois ou quatre fois par semaine, nous réussissions presque toujours à trouver du pain (le pain de la guerre d'Espagne était blanc, le pain de la paix fut noir et mêlé de son, d'ailleurs excellent), nous buvions un vin parfait, en tous lieux, et notre repas presque immuable était composé de riz et de tomates pour le matin, et de pommes de terre cuites dans le potage aux herbes pour le soir. Et nous avions toujours une heure ou deux de querelles pénibles avec notre fourneau à essence, nommé en sarde *Piccione,* c'est-à-dire Pigeon, qui mettait une doucereuse obstination à ne pas fonctionner. Quand les Espagnols voulaient nous faire regarder quelque chose, ils se touchaient l'œil du doigt, avec insistance. Les enfants terrifiés se précipitaient vers les jupes de leur mère, lorsque surgissait notre roulotte, en criant : « *Un tanco, mama!* (Un tank!) » Et nous faisions la queue, longuement, dans des villages perdus, avec les chevaux, les ânes, les vieilles femmes porteuses de jarres et de seaux, auprès des fontaines publiques, à midi et le soir. Et nous achetions, ici et là, des alcarazas vite cassés, des melons verts, des pastèques, des pêches, pour quelques sous. Tout cela était libre, délicieux et pittoresque.

Nous passions avec lenteur, en première vitesse, sous le soleil accablant, suivis de notre lourde coquille, les défilés et les cols : Somosierra est à près de quinze cents mètres, et la route est abrupte qui mène à Grenade par la Sierra Nevada. Un voyage en Espagne n'emprunte à peu près que des routes de montagne. Pourtant, nous n'avons jamais été trahis par notre machine. Et puis, nous avons vu les villes.

Nous laissions alors la roulotte dans un garage, pour nous promener librement, et comme nous ne sommes pas des fanatiques, nous avons même couché à l'hôtel, à Séville et à Barcelone. Pour Grenade, nous nous sommes contentés de camper deux soirs de suite à l'entrée de la ville, tel Boabdil faisant ses adieux au royaume more.

Le dernier jour de juillet, nous étions à Cordoue, trésor de l'Andalousie. Elles sont toujours belles, les trois villes précieuses. Elle est toujours la merveille unique, la Grande Mosquée aux colonnes innombrables, au milieu de laquelle on a coupé comme au tranchoir la place d'une église brodée et dorée. Elles sont toujours aussi belles les petites rues étroites et propres où s'ouvrent les patios les plus gracieux de l'Espagne, les grilles de fer forgé, les jardins pleins de jets d'eau, de mosaïques et d'ombre. Et au-dessus de Grenade poussiéreuse, avec ses gitans et ses quartiers surpeuplés, s'élèvent toujours les lieux féeriques entre tous, l'Alhambra, les jardins du Généralife. Le jour où nous y étions, toute une nuée de petits Arabes visitaient les souvenirs de gloire de leurs ancêtres sous la direction de jeunes phalangistes : ils devaient être vraiment suggestifs pour des Marocains, ces souvenirs de la grandeur arabe. Mais enfin, cela ne regarde que les Espagnols, et il était curieux et émouvant, pour nous, de voir passer ces turbans et ces robes à travers la cour aux Lions, dans l'odeur merveilleuse des roses, des myrtes et des jasmins, au milieu des paradis terrestres construits par les hommes les plus habiles au plaisir de vivre, au repos, à la noblesse paresseuse, les plus adroits à bâtir avec des mosaïques, des palmiers, des cyprès et des jets d'eau, de miraculeux abris pour la volupté humaine. Nous avions fini par discerner les deux chants qui se lèvent à chaque pas de la campagne andalouse : l'un chaud et doré, un peu italien, plein de passion, de volutes et de mouvements, — l'autre monotone et pur, tantôt pareil au grégorien le plus grave, tantôt frère de la mélopée arabe, ligne unique et envoûtante, le véritable, le seul *chant profond*.

Il n'y avait pas encore beaucoup de touristes étrangers pour contempler ces merveilles uniques au monde. Quelle erreur! Sans même parler de nos étranges manières de voyager, comment ne pas s'apercevoir que l'Espagne est belle, et qu'elle est tranquille, et que la vie y est peu coûteuse et que c'est même le seul pays étranger où un Français, si désavantagé par le change, puisse aller. D'autant plus que si des questions d'approvisionnement se posent pour les errants que nous sommes, elles se posent beaucoup moins pour les gens qui habitent un lieu à demeure et connaissent les coutumes, et pas du tout pour les hôtels, qui sont bien approvisionnés. A travers les chemins, sous le ciel superbe, nous avons vu renaître et vivre une des terres les plus exaltantes et les plus belles qui aient jamais été.

— Et la France ? dira-t-on. Comment la France est-elle jugée ? Comment les Français sont-ils accueillis ? N'avez-vous vraiment eu aucune difficulté ?

Soyons sincères : à Cordoue, nous achetions diverses provisions chez un épicier qui n'avait pas l'air d'avoir pour les étrangers une grande considération. Mais enfin, il était poli. Il devint franchement désagréable lorsque nous lui demandâmes quatre paquets de macaroni. Il ne fallait pas beaucoup d'intuition pour s'apercevoir qu'aux yeux de ce digne homme, des étrangers capables d'acheter quatre paquets de macaroni (denrée assez rare en Espagne) ne pouvaient être que... des Italiens.

A part cela, nous avons voyagé d'Irun à Gibraltar et de Gibraltar au Perthus avec à notre voiture le drapeau français et le drapeau espagnol. Lorsqu'on nous demandait :

— Italiens ?

Nous répondions :

— Français.

Et les visages s'illuminaient. C'est que le retour des Français en Espagne, indépendamment de toute question d'amitié, signifie le retour de la paix, l'ordre établi, la première apparition des étrangers. Et puis, les Espagnols, il faut bien le dire, ont une sympathie naturelle pour la France. Il est des endroits où l'on touve difficilement du pain, où il faut une carte. Mais si l'on en demandait dans une boulangerie, on s'écriait :

— *Una Francesita!*

Et aussitôt on nous trouvait du pain. Nous n'avons jamais traversé de ville sans rencontrer quelqu'un qui ne s'occupât de nous, ne nous indiquât les magasins, ne discutât les prix à notre avantage. La seule fois où, dans un campement, la *guardia civil* nous ait demandé nos papiers, c'était au clair de lune, après le village de San Enrique par un vent terrible, sur la côte du Sud. Nous avons parlé aimablement, nous leur avons expliqué qui nous étions, et spectacle extraordinaire, on aurait pu voir dans cette crique déserte, sur le coup de minuit, trois ou quatre gardes civils au chapeau de cuir bouilli s'écrier avec enthousiasme :

— *Arriba Francia!*

Mais nous ne nous promenions pas pour faire une étude sur nos deux pays, nous nous promenions parce que l'Espagne était belle, et paisible, et rapprenait à vivre après une guerre dure. Nous nous promenions pour assembler les images qui nous ont tenu compagnie tout cet hiver : le mercredi 2 août, à sept heures du soir, après Séville, nous avons acheté, pour deux sous les dix litres, de l'eau au marchand d'eau de Dos-Hermanas, qui avait des tonneaux traînés par un cheval ; le 3 août, nous avons déjeuné, après Jerez, sous un palmier, et nous avons vu l'après-midi défiler les *flechas* de la marine dans Cadix. Et nous n'avons trouvé ni pain, ni viande, ni vin rouge. Mais nous nous sommes souvenus de la phrase imaginaire : « Ils n'ont pas de pain ? Qu'ils mangent de la brioche ! » et nous avons fait, sur le coup de minuit, à La Chinclana, dans un champ, un souper dans le style des orgies romaines pour courtisanes du Second Empire, avec de la brioche, un homard énorme payé dix pesetas, et des bouteilles de Jerez. Quand les braconniers sont venus au clair de lune nous proposer des *conejos*, cette fois, nous les avons achetés. Un peu plus tard, nous avons encore acheté de l'eau au marchand d'eau : mais celui-là avait des jarres sur son âne, c'était à Murcie. Et la monnaie était rare, et on nous donnait des timbres en guise de sous. Et nous avons campé, à Torre del Mar, dans le sud, auprès d'une tour en ruines et dangereusement penchée. Et je me souviens comme d'un trésor inattaquable, d'un midi brûlant par une route abrupte, où nous buvions de la bière dans la voiture. Et à travers les villages, on regardait avec stupéfaction passer notre étrange attelage, où nous chantions à tue-tête le chant de la Phalange et les chansons les plus idiotes de notre jeunesse. Et dans l'Andalousie, les gamins vendaient pour deux sous les fleurs de jasmin que les femmes se mettent dans les cheveux.

Notre but était d'atteindre Gibraltar. Il y eut quelques difficultés douanières que la complaisance des Espagnols et leur goût de rendre service réduisirent au minimum. Depuis longtemps je voulais connaître cette ville mystérieuse, devant laquelle j'étais passé bien des fois, ce rocher abrupt sur la mer marocaine et qui est, de l'intérieur, un amoncellement de maisons au milieu desquelles passe *Main Street,* une rue de province française. Mais dans cette rue, les magasins sont presque tous juifs ou hindous, la population parle espagnol, la monnaie est anglaise, et de superbes *policemen* font circuler d'un air souverain. A la frontière, un factionnaire anglais faisait dix pas, s'arrêtait, levait haut ses genoux, piétinait sur place, se retournait et repartait, automate luxueux de la puissance anglaise. En la quittant, comme l'Espagne est un village où l'on retrouve toujours par hasard ses amis, nous rencontrons à la douane l'attaché de presse espagnol à Paris, Antonio Zuloaga, qui nous a donné toutes facilités pour nos voyages avec une complaisance inépuisable, et qui nous porte des nouvelles d'Europe.

Il régnait alors à Gibraltar une activité très grande. Nous n'avons naturellement visité aucun terrain militaire. Mais il n'est pas nécessaire de s'y promener longtemps pour découvrir dans ce roc l'emblème même de l'orgueil anglais. Il y a trois plages à Gibraltar : l'une est tout à fait populaire, l'autre est réservée à la population moyenne et interdite aux soldats de Sa Majesté. Quant à la troisième, la plus belle, la plus large, la mieux située, on n'y peut pénétrer qu'avec une autorisation du gouverneur, et elle est réservée aux officiers et aux fonctionnaires de la couronne. Nous n'étions pas encore soldats de Sa Majesté. L'Angleterre a transporté à Gibraltar, avec ses Hindous, leurs soieries et leurs cotonnades, le système des castes.

Nous avions campé la veille devant la ville, sous les eucalyptus, en territoire espagnol. Nous faisions des feux parfumés avec les feuilles des arbres, pour écarter les seuls moustiques qui nous aient gênés dans notre voyage. Toute la nuit, un projecteur suit les contours du rocher. De cinq minutes en cinq minutes, un projecteur plus puissant balaie la baie d'Algésiras. Rarement, on a eu l'impression d'une telle insolence. Nous regardions, par la nuit superbe, le haut et dur piton se dressant au-dessus des murs et des champs. Nous n'avons pas oublié cette impression d'audace et de force, que renforce la visite de la petite ville si espagnole d'aspect, traversée soudain par quelques soldats hautains et superbement vêtus. La belle ville, à jamais inconnaissable, ici village maure, ici nonchalante et riche cité coloniale, avec ses jardins et ses avenues, et encore port grouillant et populaire, et puissant entrepôt, et forteresse guerrière. Ville sans eau, où les plates-formes obliques qui regardent le Maroc mènent la pluie aux citernes. Ville brumeuse, toujours un peu noyée dans les chauds brouillards du chenal. Et devant nous, au-dessus des nuages et de la mer, l'Atlas neigeux. C'est une vision bien étrange, à l'extrémité de l'Espagne, que ce fragment d'Empire où les Anglais, sans modification, sans influence du pays d'alentour, sans pastèques, sans vins (on boit du mauvais bordeaux), ont transporté leurs salles de bain, leur thé, leur whisky, leur porridge, leurs sauces en bouteille et leurs canons.

Puis nous sommes repartis, par les routes redevenues mauvaises. Nous avons cassé un boulon, perdu notre huile, des soldats ont fait vingt kilomètres pour nous en trouver, ont réparé notre accident avec un bout de bois, (et encore voulaient-ils nous offrir des cigares, nous payer à boire), nous avons gagné Malaga en achetant de l'huile toutes les dix lieues, la roulotte a perdu les écrous des essieux avant d'entrer dans la ville (un dimanche, bien entendu), et nous avons encore suivi, jusqu'à Motril, sous le soleil brûlant, une route épouvantable, défoncée par les camions et la guerre au-delà de toute imagination. Autour de nous, un peu plus tard, ce serait l'étonnante désolation de la campagne. Je crois que le spectacle le plus effrayant de l'Espagne, ce n'est pas Sagonte détruite, ou les visions de cauchemar de Carabanchel. Ce sont les jardins de Murcie. Qu'on imagine, pendant des heures et des heures, des enclos de pierre ou des haies entourant des terres nues et désertes, des portes monumentales menant à des étendues vides, des plaines divisées en petites steppes. Trois ans d'abandon, trois ans de domination marxiste ont fait de cette terre, l'une des plus belles et des plus fertiles de l'Espagne, cet extraordinaire désert, où l'on peut voir, comme sur un énorme plan cadastral, ce que furent les jardins et les champs féconds, mais entre les limites vaines des propriétés, il n'y a *exactement plus rien, plus rien.* C'est un des spectacles les plus saisissants que l'on puisse imaginer au monde.

Nous avons fini pourtant par casser l'attelage de notre roulotte, deux cents mètres avant le village d'Aguadulce, quinze kilomètres avant Almeria. Il nous faut la traîner tant bien que mal dans le champ le plus proche. Il est trop tard pour songer à la faire réparer. Le lendemain, j'amènerai de la ville un *mecanico,* car, bien que nous ayons fait d'énormes progrès dans la capacité de désigner en espagnol les pièces d'une voiture, je me sens tout à fait incapable d'expliquer, sans rien montrer (et on ne peut plus traîner la remorque) ce qu'est une roulotte et son attelage, et ce qu'il faut emporter pour faire une soudure.

En attendant, nous allons acheter du vin dans une auberge pour *Don Quichotte,* pleine d'énormes outres, de vieilles peaux de lapin et de jarres de terre. Quand nous nous mettons à table, un peu inquiets sur notre avenir de bohémiens, à trois mille kilomètres de Paris, les petits garçons de l'auberge viennent nous voir. Ils sont délicieux, hardis, et nous baragouinons. Ils ont vécu les années de misère de la domination rouge.

— Nous avions faim, nous disent-ils. On ne nous donnait pas à manger. Alors, nous allions demander aux brigades internationales qui campaient ici. Les étrangers nous donnaient toujours.

Ils ont peut-être dit cela pour nous faire plaisir, mais nous envoyons une pensée amicale aux braves gars communistes de Paris ou d'ailleurs, qui se laissaient attendrir par les petits enfants espagnols affamés. Nous sommes maintenant entrés en pays rouge. Almeria est cette ville qui fut bombardée par les Allemands lorsque vingt marins du *Deutschland* eurent été tués. Le *mecanico* nous parle de l'épouvante des habitants paisibles, loin du front, lorsque commencèrent à pleuvoir les obus dont on voit encore la trace dans le port. Elle devait être charmante, d'ailleurs, cette ville, avant la guerre, fraîche sous ses palmiers, avec sa plage où nous engageons la conversation avec un phalangiste convaincu, et où je manque de me faire emmener au poste par de pudiques gardiens de l'ordre, car je n'ai pas de maillot de bain qui couvre le torse, indécence sévèrement interdite. *Austeridad!* telle est la nouvelle devise de l'Espagne. Quand nous regagnons le garage où l'on a achevé de réparer notre dernier accident, nous trouvons un énorme *teniente-coronel* qui, accompagné d'un menuisier, prend les mesures de notre équipage, afin de se faire construire, séance tenante, une roulotte pour aller gambader sur les routes avec la coronelle. Etouffant une violente envie de rire, nous lui faisons visiter les beautés de la nôtre, nous lui ouvrons la glacière, nous lui en expliquons les avantages et les inconvénients (sans trop nous étendre sur les inconvénients) et nous récitons la phrase de jargon qui nous a servi cent fois à montrer comment on abaisse la table pour poser des coussins dessus afin de faire le lit :

— *Se abaja la mesa y se hace la cama...*

Nous la chantions même, sur l'air du *Grand méchant loup.*

Nous repartons ensuite, nous campons au désert, après Rioja, près d'une ferme où l'on vient encore nous parler de la misère et de la guerre. Nous déjeunons à Puerto Lumbreras, à l'abri d'une hostellerie qui fut renommée, d'un beau *parador* moderne aujourd'hui fermé, et le soir, à quelques kilomètres avant Elche, près d'Alicante, nous établissons nos foyers de fugitifs dans un camp que garde une petite masure. Je n'oublierai jamais, non plus, cette femme vieillie avant l'âge, qui vint nous parler en français. Elle n'avait pas de feu, pas de lumière dans cette maison que lui laissait la charité, sous prétexte de garder les champs. Son fils aîné était dans un camp de concentration. Son petit-fils venait de mourir. Elle avait avec elle un petit garçon, Vicente, une petite fille malade, Maria. Et cette femme qui ne possédait rien au monde, le néant absolu, nous recevait dans ce champ qui n'était pas à elle, comme au seuil d'un domaine, nous offrait son aide, envoyait son petit cueillir des figues qu'elle nous présentait, joliment, sur des larges feuilles de figuier. Il fallut la prier pour qu'elle acceptât quelque chose, le lendemain, pour les enfants. Ces enfants nourris de pain et de figues. Ils nous embrassèrent, nous avions les larmes aux yeux.

Cette Espagne de 1939, elle se relevait lentement de ses ruines, de ses deuils. Comment pouvait-on croire qu'elle était prête à des aventures insensées ? Nous regardions autour de nous, acceptée avec une dignité admirable, la misère, la misère paysanne, la plus inconnue en France. Et pourtant, le gouvernement luttait de façon très belle contre cette misère : partout, des distributions, partout l'*Auxilio Social,* et, près de Malaga, nous avions vu un camp ravissant de garçons heureux en plein air. Nous pensions à cette Phalange dont on commençait, après l'avoir admirée, à se déprendre en France parce que certains de ses dirigeants étaient trop germanophiles. Sans doute, nous admirions plus que jamais les combattants de Navarre, les bérets rouges revenus dans leurs villages. Mais la Navarre, peuple de petits propriétaires, connaît le travail dur, la pauvreté, — pas cette affreuse misère prolétarienne des faubourgs ou des campagnes du Sud. C'est la Phalange qui a raison de vouloir ramener à l'humanité, à la vie, à la joie, tant de malheureux. Notre seul regret, en rencontrant ici et là le chômage et la peine, était que ses moyens, malgré ses efforts admirables, ne fussent pas encore suffisants, par pauvreté, et que l'Europe ne collaborât point au relèvement de ce grand peuple. Notre espoir était que la Phalange comprît la nécessité d'apporter le secours, la fraternité, la *hermandad,* à tous, de réconcilier les égarés. C'est le vœu chrétien du chef de l'Espagne. Je donnerais beaucoup aujourd'hui pour savoir que notre paysanne d'Elche ne souffre pas du froid dans sa maison et qu'on s'occupe de Vicente et de Maria.

Pour nous, nous remontions, au long de la mer, à travers les paysages rocheux, les cannes à sucre d'Andalousie, les vergers abandonnés, les orangers devenus sauvages. C'était Valence intacte, Sagonte en ruines. Les images devenaient plus âpres.

Parmi les ruines de la guerre, la tristesse de Tolède et même de Carabanchel est moindre que celle des petites villes du Levant : Nules où nous entendons la messe dans une église éventrée, Burriana non loin de nous, anéanties, presque disparues de la surface de la terre, bombardées du dehors, brûlées du dedans par les anarchistes ; Sagonte, la ville aux sièges illustres, réduite en cendres sous son haut *castillo* romain et médiéval. Les ponts sont coupés, et l'on descend dans les ravins et dans les rios. On saute à travers les tranchées à peine couvertes. Entre Barcelone et la frontière française, il n'est *pas un pont,* même de deux mètres de long sur un petit ruisseau, qui n'ait été miné par les Rouges, dans leur retraite. Le plus étonnant paysage reste pourtant Tortosa. Entre deux rives entièrement démolies, dans un éboulis gigantesque de maisons en ruines, coule l'Ebre dans sa plus grande largeur. Un pont de bateaux a été jeté, et deux ou trois cents personnes, au long de la journée, se paient le spectacle gratuit de voir passer les voitures. Nous leur avons offert une prime de choix. Ondulante, zigzaguante, la roulotte avança, et les soldats espagnols nous aidaient en riant à la pousser pour remonter la pente. Superbe spectacle à ravir les metteurs en scène du cinéma muet américain, au temps de Rio Jim et de *La Caravane vers l'Ouest*[1].

Ce furent les derniers jours. Nous nous arrêtâmes à Barcelone, qui (alors que Séville et Valence nous avaient paru désertées par l'été et par la guerre) est toujours aussi bruyante, aussi merveilleusement animée, avec sa foule sur les

---

1. Sauf en certains points bien déterminés, comme le passage de l'Ebre et après Barcelone, la route de l'Est est d'ailleurs nouvellement entretenue, nouvellement réparée, et dans l'ensemble en bon état.

Ramblas qui bavarde jusqu'à six heures du matin. Seul le Barrio Chino n'est plus ce qu'il était, les boîtes mal famées y sont closes ou éventrées par une bombe, les mauvais garçons en fuite. Comme l'*austeridad* ne peut avoir trop vite son dernier mot, il reste encore pourtant un ou deux cafés un peu louches, d'innombrables plaques de médecins « spécialistes », et même, ma foi, de candides produits pharmaceutiques dans les vitrines. Nous avions déjeuné à Sitges, plage charmante, mais où l'animation n'était pas encore revenue, passé l'après-midi à Badalona, plage populaire. Et ce serait la fin. Il nous restait à passer une rivière à gué (celles que nous avions passées jusque-là n'avaient pas d'eau). Comme dans *la Chevauchée fantastique,* notre roulotte s'avançait à travers les rues étroites des villages, où nous devions descendre de voiture, caler les roues avec des pierres pour lui permettre de repartir, grimpant des pentes à 45 degrés, et finissait par traverser un superbe *rio,* dans un grand jaillissement de vagues. Notre voyage s'achevait sur la petite place de Figueras où jadis avait joué mon ami catalan Jaume Miravitlles, ajourd'hui exilé, au col du Perthus par où nous gagnerions pour quelques jours la plage de notre enfance.

Ainsi finissait la chevauchée. Pendant un mois, sous le ciel espagnol, nous avions suivi le Chemin de Saint-Jacques, voie lactée, qui menait jadis les pèlerins. Autour de nous la fièvre européenne montait. De temps en temps nous jetions un coup d'œil sur un journal, qui nous apprenait que la situation était toujours tendue à Dantzig. Mais nous revenions, par la force des choses, au ciel espagnol, à notre marche sans arrêt, à nos repas dans les fossés, à notre confrontation avec le petit peuple courageux et gracieux. Rien ne gâcha nos dernières journées de la paix. Rien ne nous empêcha d'amasser ainsi de l'Espagne et de nous autres les plus riches images, comme si ce voyage unissait en un seul bloc de soleil et de plaisir tant de choses passées : notre enfance d'abord, nos souvenirs plus vieux que nous-mêmes, nos farces d'étudiants, nos amitiés, nos curiosités pour notre temps, notre vie de bohème, nos premiers voyages, tout cela résumé en quelques jours au long des routes sèches et trouées, en quelques nuits merveilleuses. Beau voyage de bohémiens, à la fin même de notre jeunesse, à la veille de la guerre, beau symbole vivant de tout ce que nous avions aimé...

Nous rentrâmes à Paris par la vallée du Rhône, amarrer notre maison roulante au réverbère de la rue Rataud par lequel, jadis, nous rentrions à l'Ecole. Je n'y passai pas longtemps. Le lendemain, à minuit, Lucien Rebatet, mû peut-être par un secret sadisme, me téléphonait de *l'Action française.* Il m'appenait qu'on rappelait les porteurs de fascicule 3, comme en 1938, et désirait savoir si tel était bien le numéro du mien. *L'Action française* jusqu'au dernier jour lutta désespérément contre la tragique aventure qui allait mettre en jeu, pour la deuxième fois en vingt-cinq ans, une génération de jeunes Français. D'autres, qui étaient plus loin de nous, s'associèrent en vain au suprême effort. Le 1er septembre, *Je suis partout,* privé des trois quarts de ses collaborateurs, paraissait avec la manchette : « *Vive la France! A bas la guerre!* » Quelques heures plus tard, la Pologne était envahie, la mobilisation générale décrétée.

Notre avant-guerre était finie.

6 février 1940 (An VII.)

J'écris maintenant ces dernières lignes sous un ciel alsacien, bas et gris, au commencement du sixième mois de la guerre. Voici réunies devant moi bien des images, comme dans ces albums où nous cherchons la trace un peu décolorée des heures de vacances et de voyages. A moi-même, elles parlent bien sûr, elles rappellent quinze années de jeunesse, déjà lointaines, ensevelies comme on ensevelit quelques-uns des témoins de notre existence, de temps à autre, au détour d'une colonne de journal. Pour les autres lecteurs, ce n'est pas à moi de dire si elles ont un sens.

« Notre avant-guerre » n'a pas été l'avant-guerre de tous, je le sais bien. Elle a d'abord été celle d'un petit groupe d'amis, parfois éloignés du temps où ils vivaient, mais j'imagine qu'à travers les détails de leur existence individuelle, ils ont su conserver quelques biens assez communs. Ce ne sont pas ici des confidences que je

fais, je n'en ai guère le goût : j'aime peut-être mieux parler de mes compagnons que de moi-même. Mais par la force des choses, ces compagnons ont traversé un univers et un temps qui furent à d'autres. Venus au jour lorsque l'après-guerre finissait, que les illusions planaient au son des violoncelles genevois, découvrant Paris en même temps que les féeries du cinéma muet, le théâtre dans sa vitalité, la poésie dans sa pureté, l'anarchie dans son charme, ils se sont avancés peu à peu vers une planète toute scintillante de guerres possibles, vers l'exaspération des nationalismes, vers l'oubli des tours d'ivoire et des soucis d'art pur. Ce fut une aventure plus grande que la nôtre propre, et l'aventure même de l'histoire contemporaine : nous l'avons connue nous aussi.

Nos écoles, nos revues, nos maisons, nos voyages, nos plaisirs, n'ont été que les apparences singulières, il me semble, par lesquelles se désignait à nous notre époque. A les décrire dans leur particularisme, j'ai déjà l'impression de diriger des fouilles. Quel que soit l'avenir, il n'offrira plus désormais, ni pour nous ni pour autrui, le même visage. L'Espagne en guerre, la sainte exaltation de l'année triomphale, c'est du passé. La vie nonchalante d'un étudiant à Paris, à travers certains cafés, certains restaurants, certains cinémas, certains théâtres, tous transformés ou disparus aujourd'hui, c'est du passé. Les costumes éphémères, qu'il est si difficile de reconstituer de mémoire, les chansons à la mode, les bérets de la marine américaine, les guitares d'Hawaï, les cravates de batik ou de grosse laine, les airs de Mireille, les romans féeriques, les danses antillaises, la poésie pure, tout cela, pêle-mêle, c'est du passé. Et le théâtre ne sera plus le même pour nous, puisque nous ne lirons plus désormais l'article de Lucien Dubech sur un spectacle de Georges Pitoëff, et qu'ils ont regagné tous deux avec précipitation, aux premiers jours de la guerre, le pays des images et des fantômes.

De ce passé, nous sommes assez proches encore pour que les témoins soient nombreux à le reconnaître, et pour que les nouveaux venus ne soient peut-être pas tout à fait dépaysés à le suivre du doigt. Nous pourrons peut-être nous entendre, au moins quelques instants. Les étudiants de l'avant-guerre n'ont pas tous connu les mêmes travaux, mais ils étaient étudiants comme nous, ils lisaient les mêmes livres, ils allaient voir les mêmes spectacles. Plus tard, ils n'ont pas fait les mêmes voyages que nous, mais ils ont eu au moins envie des mêmes confrontations, et l'Italie, l'Espagne, l'Allemagne, ont fait partie de la vie quotidienne de chacun. Ils n'ont pas tous cherché les traces de Péguy sur la route de Chartres, mais Péguy n'a jamais été oublié. Et ils ont couru les champs, les rivières, la neige, les grandes routes, la mer, à pied, à bicyclette, en canoë, avec cette soif de grand air qui fut celle des quatre ou cinq dernières années de l'avant-guerre. Ils auront su, pour quelques-uns d'entre eux, tout au moins, préserver aussi les biens les plus précieux de leur âge : la fantaisie, l'ironie, la bohème, l'insouciance du lendemain. Ce monde menacé où ils sont nés, à la veille de l'autre guerre, ce monde menacé où ils ont vécu, à la veille de la nouvelle, ne les a pas incités aux vertus bourgeoises. C'est sans doute la ligne essentielle, celle qui a pu punir, parfois, au hasard d'une rencontre, les tenants d'opinions différentes. C'est ce que nous appelions entre nous l'esprit fasciste. Car nous ne voulions pas être les gladiateurs de la bourgeoisie et du conservatisme, et nous aimions la liberté de notre vie.

Parfois, il nous est arrivé de compléter cet univers commun, d'en prendre une connaissance personnelle plus vive que la connaissance qu'en avaient nos camarades du même âge. Les autres se sont passionnés pour l'Espagne en guerre, mais nous avons vu l'Espagne en guerre. Les autres ont applaudi aux films de René Clair. Les autres ont aimé de loin Georges et Ludmilla Pitoëff, mais nous avons emmené Georges et Ludmilla dans les thurnes de l'Ecole, et par les toits. Sur les lecteurs de Défense de l'Occident, *nous avons la supériorité d'avoir appris d'Henri Massis le chemin de la laiterie d'Auteuil, et sur ceux de l'*Introduction à la poésie française *celui d'être camarades d'études et de journalisme de Thierry Maulnier depuis quinze ans. Et parfois, en lisant les articles durs et dorés de l'*Action française, *nous pouvions nous rappeler que la veille, nous en avions entendu la substance éclatante de la bouche même de Charles Maurras. C'est, on l'espère, ce qui permettra à nos images d'être comprises de tous comme d'assez commodes symboles.*

Beaucoup des témoins de notre avant-guerre ont déjà disparu. Nous sommes les contemporains d'un Paris historique, dominé par le Trocadéro à deux tours, et il y a plusieurs années qu'un jeune homme m'a dit, avec une nuance de respect : « Ah! vous avez connu le cinéma muet ? » Nous sommes les contemporains d'évé-

444

nements aujourd'hui figés, embaumés pour de futurs manuels, nous avons lu depuis longtemps déjà dans les journaux, comme seuls des contemporains peuvent le faire, la mort de Clemenceau, la mort de Joffre, l'assassinat du roi des Serbes, la mort du roi des Belges, la mort de Briand, nous avons enterré l'autre guerre et l'après-guerre. Et voici que déjà on emporte au-delà des regards humains quelques-uns de ceux qui ont été nos amis, nos maîtres, nos hôtes, les dispensateurs de nos plaisirs ou de nos inquiétudes, qui ont donné sa couleur irremplaçable à notre époque. Ceux qui aimeront le théâtre plus tard ne sauront pas ce que fut de vivre en même temps que Georges Pitoëff. Ceux qui aimeront vivre tout court ne sauront pas ce que fut d'en attendre la permission des dieux de la guerre.

Je n'ai passé, entre l'Espagne et la guerre, que deux jours à Paris, à la fin de ce mois d'août 1939 où s'arrête notre avant-guerre. C'était peu pour y rassembler les dernières images de notre jeunesse. Pourtant, le soir, à travers Paris qui déjà commençait à éteindre ses lumières, sur la Seine noire, devant le Louvre noir, je marchais avec Henri Massis, comme nous l'avons fait tant de fois naguère, nous gagnions l'imprimerie de l'Action française. *La paix n'était pas encore tout à fait perdue. La censure même n'était pas établie, et Maurras, chaque jour, essayait avec un courage extraordinaire d'écarter les dernières menaces. Un jeune normalien (je le rencontrais parfois dans notre quartier, ce garçon agrégé de philosophie, marié, père de deux bébés, et qui ressemblait à Bonaparte jeune, mais très blond), Pierre Boutang, rédigeait une extraordinaire « Revue de la Presse », d'un mouvement de vie absolument prodigieux, pleine de colère et de vigueur. Nous l'avons retrouvé dans la rue du Jour, à l'heure où l'on commence à décharger les camions des Halles, avec Lucien Rebatet toujours tempétueux. Nous avons attendu Maurras. Il arriva vers minuit, il me parut lassé, inquiet aussi devant ce qu'il prévoyait, toujours plein de son indomptable espérance. Nous nous sommes dit au revoir dans cette petite cour d'entrée mal éclairée, devant la porte de fer de l'imprimerie, devant le bel escalier Renaissance. Il regardait ces jeunes gens qui l'entouraient avec une sorte de regard pathétique. Il parla de Jean Massis à son père, il murmura à mon adresse, de sa voix étouffée : « Je n'ai rien à vous dire que vous ne sachiez. » Puis, je vis s'enfoncer vers les machines, l'odeur du plomb et des fumées, jusqu'au profond matin, un peu courbé sous la destinée de sa patrie, l'homme de notre temps qui l'a le mieux saisie, pénétrée et portée.*

Les vivants et les morts de notre avant-guerre, c'est lui qui les domine : nous aurons eu la chance de l'approcher, de rencontrer dans notre jeunesse ce regard aux yeux gris, cette pensée juste et dure, et cette brûlante passion pour son pays et pour la jeunesse de son pays. En même temps, nous autres qui restons là, et qui allons partir pour cette guerre que nous détestons de toutes nos forces, que nous avons essayé d'empêcher, dans la mesure de nos moyens, au milieu d'une presse vendue ou imbécile, nous considérons notre avenir. Nous savons bien que nous sommes, malgré tout, la génération de la relève. Mais il semble loin, aujourd'hui, le temps où rayonnait pour nous, hier encore, le fascisme immense et rouge, avec les chants, les défilés, la conquête du pouvoir, José Antonio, la jeunesse virile, la nation. Quand tout cela reviendrait-il ? Quand pourraient s'accorder dans l'univers tant de provinces rudes et jeunes ? En tout cas, nous avions trop connu les vices du monde qui disparaissait aujourd'hui pour le regretter, nous savions que, quel que soit le destin, notre tâche serait, en toutes circonstances, de recréer ce climat national et hardi où notre patrie devrait bien vivre, à son tour, pour étonner le monde. Les jalons que nous avions posés indiqueraient la route, plus tard, à d'autres que nous, et à nous-mêmes, nous en étions sûrs. Mais après quoi ? et dans combien de temps ?

Enfin, nos paquets sont faits. Je n'ai mis dans mon bagage, avant de gagner ce calme village alsacien, ni livres chers, ni grandes pensées, ni certitudes bien résolues. J'ai seulement en moi ces images que j'achève aujourd'hui de fixer dans cet album, sur fond alterné de neige et de dégel : images de nos amitiés, de notre jeunesse, de notre bohème, des livres que nous avons lus, des ombres mouvantes sur la scène ou sur l'écran gris, tout ce qui n'est pour moi, aujourd'hui, ni mélancolique ni décourageant, — car c'est d'abord un réconfort. Les formes que nous avons aimées peuvent se dissoudre dans l'air froid, et nous savons bien que certaines d'entre elles ne reparaîtront plus sur la terre mortelle : un mince fantôme amical dans le Paris nocturne, un magicien dans ses décors d'ombres et de lueurs, ce sont nos biens à nous, irréparables. Mais les amitiés et les charmes ne sont point vaincus par les échecs, les anéantissements ne les touchent point. Nous retrouverons leurs suites fraternelles dans la paix, sur les *routes de Chartres ou de l'Espagne, dans les maisons provisoires où nous nous reconnaîtrons un jour.*

Aussi, dans ces albums, rencontrera-t-on peut-être l'agrément qu'on a quelquefois à feuilleter, dans un hôtel de vacances, les images de fêtes auxquelles on n'a pas pris part, — mais on a connu des fêtes semblables. Et saura-t-on y respirer le souvenir et le parfum de ce qui fut longtemps une paix menacée, — mais c'était la paix.

Aux armées, septembre 1939-mai 1940.